雙照樓詩詞藁

〔增修版〕

汪精衛

汪夢川——註釋
葉嘉瑩——審訂作序
余英時——作序

汪精衛，原名汪兆銘，字季新，號精衛，一八八三年五月四日出生於廣東三水（現屬佛山市），祖籍浙江山陰（今紹興縣）。

青年時代為孫中山得力助手。辛亥革命前一年，因謀刺大清帝國攝政王載灃失敗而下獄問死，後在肅親王善耆斡旋下改判終身監禁，翌年辛亥革命成功後獲釋。歷任國民政府常務委員會主席、軍事委員會主席、行政院長、國防最高會議副主席、中國國民黨副總裁等，直到中日戰爭初期仍是蔣中正最主要的政敵之一。

日本侵華戰爭期間，汪精衛主張「和平救國」路線，與日本合作，出任日本在南京組建的「中華民國國民政府」主席兼行政院長、中央政治委員會最高國防會議主席。

一九四三年年底，汪精衛健康惡化，一九四四年三月赴日治療，十一月十日病逝於日本名古屋帝國大學（今名古屋大學）醫院。

余英時，原籍安徽潛山，生於天津，燕京大學歷史系肄業，一九五〇年入讀香港新亞書院，師從錢穆，為第一屆畢業生。一九五五年入讀哈佛大學，師從楊聯陞，獲歷史學哲學博士。歷任美國哈佛大學教授、耶魯大學歷史講座教授、普林斯頓大學講座教授、康乃爾大學第一任胡適講座教授。二〇〇六年獲美國國會圖書館頒授克魯格人文與社會科學終身成就獎。余教授著作等身，為享譽中外的著名歷史學家。

葉嘉瑩，一九二四年生於北京，一九四五年畢業於輔仁大學國文系，一九四八年赴台灣，曾執教於台灣大學、淡江大學、輔仁大學，並受聘為美國哈佛大學、密歇根州立大學客座教授。一九六九年移居加拿大，任不列顛哥倫比亞大學終身教授。一九七九年開始回中國大陸講學，一九八九年當選為加拿大皇家學會院士，一九九六年於南開大學創建中華古典文化研究所，任所長至今。

汪夢川，湖北麻城人，一九七六年生，一九九五年入南開大學歷史系，二〇〇二年獲碩士學位，二〇〇三年入南開大學文學院，二〇〇七年獲文學博士學位，並留本院任教。

目錄

附錄

序一

余英時

多年以來顏純鈎先生都抱着一個願望，想推出一部註釋本的汪精衛詩詞集，讓一般讀者也能充份欣賞他的古典創作。在我們信札往復中，顏先生曾一再表示，政治和藝術必須分別看待，我們不應因為不贊成汪精衛的政治，便將他的藝術也一筆抹殺了。這一觀點我是完全同意的。

現在顏先生的夙願即將實現，但他雅意拳拳堅約我為箋釋本《雙照樓詩詞藁》寫序，參與他的創舉。感於他的熱忱，我一諾無辭，然而也不免有幾分躊躇，不知道應該從何處落筆。

我既不懂中國傳統的文學批評，也沒有系統地研究過詩詞流變的歷史，因此對於汪精衛詩詞本身的分析和評價，我只能敬而遠之。一再考慮之後，我覺得也許可以從兩個互相關聯的角度來寫這篇序文：第一、我是一個舊詩詞的愛好者，並且很早便已為汪的作品所吸引；第二、我又是一個史學工作者，對於汪精衛在日本侵略者的羽翼之下建立政權這一舉動一向有極大的探索興趣，希望找到一個合情合理的歷史解釋。因此幾十年來，凡是有關汪晚年活動的記述，特別是新出現的史料，我大致都曾過目。下面便讓我從這兩條線索談一談我對於汪精衛其人及其詩詞的認識。

如果記憶不誤，我想我最早接觸到汪精衛的詩是在抗戰時期的鄉間。大約在我十二、三歲的時候，有人把他早年〈被逮口占〉四首五絕寫給我讀。像許多讀者一樣，我當下便記住了其中第三首：「慷慨歌燕市，從容作楚囚。引刀成一快，不負少年頭。」當時我很崇拜「革命烈士」，因此作者在我的心中留下了很深的印象，但是今天回想起來，有一件事不可理解，即寫汪詩給我的人（已不記得是誰），似乎並沒有告訴我，汪已投靠了日本。無論如何，在窮鄉僻壤的安徽潛山鄉間，汪政權的存在根本無人注意。我是在一九四六年重回大城市以後才弄清楚所謂「漢奸」問題的。

第二次發現汪精衛的作品是在一九五〇年的香港。我偶然在報刊上讀到汪的〈憶舊遊．落葉〉詞和吳稚暉反唇相識的和什。汪詞如下：

嘆護林心事，付與東流，一往淒清。無限留連意，奈驚飆不管，催化青萍。已分去潮俱渺，回汐又重經。有出水根寒，拏空枝老，同訴飄零。　天心正搖落，算菊芳蘭秀，不是春榮。摵摵蕭蕭裏，要滄桑換了，秋始無聲。伴得落紅歸去，流水有餘馨。只極目煙蕪，寒螿夜月愁秣陵。（按：末句收入《掃葉集》改作「儘歲暮天寒，

冰霜追逐千萬程。」見本書註釋）

這首詞是「艷電」發表以後汪在河內寫的，將當時中國的處境和他謀和的心境十分委婉地表達了出來，而復創造了一種極其「淒清」而又無奈的氣氛。我讀後不但立即體會到「他人有心，予忖度之」的實感，而且對作者的同情心也油然而生。我當然記得元好問《論詩絕句》中說過的話：「心畫心聲總失真，文章寧復見為人。」但是汪精衛早年〈被逮口占〉和這首〈落葉〉詞本身所發出的感人力量使我不能相信這是「巨奸為憂國語，熱中人作冰雪文」。（錢鍾書語，見《談藝錄》補訂本，中華書局，一九八六年，頁一六三）與汪詞相對照，吳稚暉「步韻」之什雖大義昭然，政治上絕對正確，但卻完全不能激動我。（按：吳詞也引在本書註釋中，讀者可以比觀。）姑且將「言為心聲」的問題撇開不談，僅就藝術造境而言，汪遠高於吳，到眼即辨。我當時曾本此認識寫了一篇文章，發表在新亞書院同學們創辦的壁報上。但這是六十二年以前的事，我的原稿早已不知去向了。

後來讀到了汪氏晚年的其他詩詞，我更相信我最初對〈落葉〉詞的理解雖不中亦不甚遠。試讀〈舟夜．二十八年六月〉七律：

臥聽鐘聲報夜深，海天殘夢渺難尋。柁樓欹仄風仍惡，鐙塔微茫月

半陰。良友漸隨千劫盡，神州重見百年沉。淒然不作零丁嘆，檢點平生未盡心。（見〈掃葉集〉）

這是他在一九三九年六月從日本回天津的船上寫的。他這次偕周佛海等人去日本，已取得日方支持，回國後將推行所謂「和平運動」，其實即是建立政權。但從這首詩看，他不但沒有半點興奮的情緒，而且「神州重見百年沉」之句明明透露出亡國之音。這和周佛海及其他同路人的反應完全不同。（見後）總之，以我個人的眼光來看，汪的古典詩詞在他那一代人中無疑已達到了第一流的水平。近人稱許黃公度寫的詩能「我手寫我口」，我以為汪的詩詞則是「我手寫我心」，其委婉曲折處頗能引起讀者的共鳴。關於汪詩的評價，讓我舉陳寅恪和錢鍾書兩人議論，以見一斑。陳氏〈阜昌．甲申冬作時卧病成都存仁醫院〉七律起句說：

阜昌天子頗能詩，集選中州未肯遺。

這是以劉豫比汪精衛，但重點放在詩上，稱許汪氏可躋於一代詩人之林。元好問選《中州集》收了劉豫的七絕七首（卷九），都楚楚有風致。錢鍾書一九四二年有〈題某氏集〉七律一首，專為評汪詩而作，值得全引於下：

掃葉吞花足勝情，鉅公難得此才清。微嫌東野殊寒相，似覺南風有死聲。孟德月明憂不絕，元衡日出事還生。莫將愁苦求詩好，高位從來識易成。

一九四三年春季正值汪氏六十歲，陳群（人鶴）為他刊印了《雙照樓詩詞藁》，負責編校的是龍榆生（沐勛），世稱「澤存書庫」本（見龍沐勛一九四七年跋陳璧君手抄本《雙照樓詩詞藁》，收在本書「附錄」三），錢與龍時相過從（見錢氏一九四二年〈得龍忍寒金陵書〉），所讀汪集必龍氏贈本無疑。關於全詩的旨趣已有人討論過了，限於篇幅，不能詳及。（參看劉衍文〈《石語》題外絮語．雙照樓主〉，《萬象》第六卷第一期，二〇〇四年一月，頁十一—十五）下面我只想提出兩點看法：第一、「鉅公難得此才清」其實和上引陳寅恪詩句所表達的是同樣的意思，即高度稱賞汪的詩才；不過因為錢當時是在淪陷的上海，只能用中立性的「鉅公」而已。第二、錢詩頷頸兩聯特別點出汪詩的特色，如「寒相」、「死聲」、「憂不絕」云云，而歸結於「莫將愁苦求詩好」。「愁苦」自是汪晚年詩詞的一個顯著特色，但是簡單地把「愁苦」看作僅僅是為了「求詩好」而特別製造出來的，則對汪精衛有欠公允。從我所接觸到的一切內證、外證、旁證等來看，我始終認為汪詩的「愁苦」主要是他內心「愁苦」的折射。為了證成這一論點，我們必須從詩轉向內心活動，對他為甚麼不惜自毀生平與日本謀和，求得一個比較合乎情理的了解。

首先必須指出，汪之一意求和是建立在一個絕對性預設之上，即當時中國科技遠落在日本之後，全面戰爭一定導致亡國的結局。因此他認為越早謀得和平越好，若到完全潰敗的境地，那便只有聽征服者的宰割了。但這一預設並非汪精衛一人所獨有，而代表了當時相當普遍的認識。讓我撇開複雜的政治界，從學術界中選一位比較客觀而冷靜的史學家——陳寅恪——作為代表，以說明問題。吳宓在一九三七年七月十四日的日記中說：

晚飯後，七—八與陳寅恪散步。寅恪謂中國之人，下愚而上詐。此次事變，結果必為屈服。華北與中央皆無志抵抗。且抵抗必亡國，屈服乃上策。保全華南，悉心備戰；將來或可逐漸恢復，至少中國尚可偏安苟存。一戰則全局覆沒，而中國永亡矣云云。（《吳宓日記》北京：三聯，一九九八年，第六冊，頁一六八）

同年七月二十一日又記：

惟寅恪仍持前論，一力主和。謂戰則亡國，和可偏安，徐圖恢復。（同上，頁一七四）

這是吳、陳兩人在「七七」事變發生後的私下議論，陳氏兩次都堅持同一觀點，可見他對此深信不疑。他之所以斷定「戰則亡國」顯然是因為中國當時還沒有足以抵抗日本的武力。正如一九四四年年底胡適在美國一次講演中所說的：

> 中國在這次戰爭中的問題很簡單：一個在科學和技術上都沒有準備好的國家卻必須和一個第一流軍事和工業強國進行一場現代式的戰爭。（The problem of China in the War is simply the problem of a scientifically and technologically unprepared country having to fight a modern war against a first class military and industrial power. 見《胡適日記全集》第八冊，台北：聯經，二〇〇四年，頁二〇三）

這也是為甚麼胡適在很長一段時期內力主與日本正式進行和談，直到一九三七年上海「八．一三」戰事爆發之後才開始修改他的觀點。（見《日記》第七冊，頁四七三，一九三七年九月八日條）

陳寅恪的話是許多人心中所同有，但很少人敢公開說出來，因為當時民族激憤高昂，一聽見有人主「和」便群起而攻，目之為「漢奸」了。事實上，和或戰不過是一個民族在危機關頭如何救亡圖存的兩種不同手段，都可以出於「愛國」的動機。陳寅恪後來在淪陷的香港所表現的民族氣節充份說明了他主和正是為了使中國免於「全局覆沒」，然後再「徐圖恢復」。同樣的，汪精衛在抗戰初期的主和也應作如是觀。

關於汪精衛因求和而引發的內心痛苦，最近《陳克文日記》刊佈，是前所未見的第一手史料，下面將擇引幾則，以見一斑。陳克文（一八九八—一九八六）曾參與所謂「改組派」，屬於汪系，至一九三八年底「艷電」發表後始與汪氏正式分手。「七七」事變時他在行政院參事任上，與汪氏過從甚密，且極得其信任。《日記》一九三七年十一月七日條載：

> 九時驅車往謁汪先生。……先生狀甚憂鬱嚴肅，知為時局吃緊所擾。（見陳方正編校《陳克文日記輯錄》（六），刊於《萬象》第十二卷第八期，二〇一〇年八月，頁四七）

所謂「時局吃緊」指「八·一三」上海之戰已潰敗，南京也將棄守而言。汪此時通過周佛海、高宗武等與日本有所接觸，已露出別樹一幟以求和的意向。《日記》同月十八日條云：

> 上午八時，到陵園見汪先生，先生及夫人女公子等均在座。大家

> 面上，都罩上一重憂慮之色。見面後，先生指示地圖，說明政府遷往重慶，及軍事機關遷往長沙、衡陽之意。問以外交形勢，先生搖頭嘆息，謂友邦雖有好意，但我方大門關得緊緊的，無從說起。又說，現時只望大家一心一意，支持長久，這些且勿向外宣露。停一會又說，從前城池失守，應以身殉，始合道德的最高觀念；今道德觀念不同，故仍願留此有用之身，為國盡力，言下態度至沉着堅決。見面約一小時，先生說話極少，俯頭踱步，往來不已，先生精神之痛苦大矣。（《日記輯錄》（七）《萬象》第十二卷第十期，二〇一〇年十月，頁四七）

這是政府撤離南京前兩三天的情況，汪的「憂慮」更深，內心「痛苦」也更大了。日記所說「友邦好意」則指德國駐華大使陶德曼居間斡旋和平事，汪即直接參與者之一。（見《萬象》第十二卷第八期，頁四五—四六，十月三十一日條）但由於蔣介石不肯鬆口，所以他抱怨「我方大門關得緊緊的」。最後他以「沉着堅決」的態度強調繼續「為國盡力」，其實即是決心求和的一種暗示。因此一個月後在漢口（十二月十九日）《陳克文日記》中有以下一段紀事：

> 晚飯後到商業銀行附近汪先生寓所，以委員長紀念週中之演說詞

大要相告。（按：蔣在演說中強調「抗戰到底，決無妥協之可能」云云）先生言，此蔣先生鼓勵群眾之言也。先生旋以午後與委員長討論時局之綱要見示，並云，余非敢動搖蔣先生之決心，弟（即「但」）有決心而無辦法，徒供犧牲耳。綱要若干則，最重要者認為，敵人軍事勝利後將控制我之經濟與財政，以中國人之錢養中國之兵以殺中國之民。對今後的危機，可謂指陳痛切，惟積極之辦法若何，亦尚付之缺如。臨別先生誡云，余與蔣先生所討論者，慎勿告人，余謹應曰唯。（《日記輯錄》〔八〕《萬象》第十二卷第十一期，二〇一〇年十一月，頁八四）

汪氏的「綱要」主要是為他的和平主張提供一種立論的根據，其絃外之音是說：中國如改「戰」為「和」，雖暫時受到委屈，卻可以阻止日本取得全面「軍事勝利」；如此則隨之而來的一連串的可怕後果便可以避免了。很顯然的，汪是想以戰敗的嚴重後果來打動蔣介石，逼他改變政策，然而並未奏效。這裏我還要指出一項重要事實，即汪精衛的主和最早是以秘密方式向蔣和國民黨領導階層提出的，並非以他個人為和談主體。一九三九年一月四日汪覆孔祥熙（時為行政院長）信中說：

> 弟此行目的，具詳艷電，及致中常、國防同人函中，無待贅陳。弟此意乃人人意中所有，而人人口中所不敢出者。弟覺得緘口不言，對黨對國，良心上，責任上，皆不能安，故決然言之。前此秘密提議，已不知若干次，今之改為公開提議，欲以公諸同志及國人，而喚起其注意也。（引自朱子家〔即金雄白〕《汪政權的開場與收場》，香港：春秋雜誌社，一九五九年，第一冊，頁二〇）

這一段話完全是事實，而且除蔣之外，其他黨內領袖與汪立場相同者也大有其人。周佛海一九三七年十一月十八日的日記說：

> （高）宗武來，謂昨晚與孔祥熙、張岳軍（群）談，時局仍有百份之一轉機；今日上午，再與孔及汪一談。為之稍慰。（《周佛海日記全編》，北京：中國文聯出版社，二〇〇三年，上冊，頁九四）

可知孔祥熙、張群等都是傾向於和談的。胡適一九三八年十一月八日有一條日記說：

> 晚上詠霓（按：翁文灝）來一電，說國內有「一部（份）人鑒於實力難久持，願乘此媾和」。（《胡適日記》第七冊，頁六一八）

同月十二日又記翁的電報云：

是答我的佳電（按：指十一月八日電報），說汪、孔甚主和，蔣「尚未為所動」。（同上，頁六一九）

主和派在黨內忽然抬頭，是因為十月二十二日廣州陷落，再過五、六天武漢又陷落，軍事上已呈崩潰之勢。但是由於蔣「未為所動」，主和派最後還是沉寂了下去。

在中央政府完全關閉了與日本直接談和的大門以後，汪才決定親自出面和日本進行另一輪的秘密交涉。《周佛海日記》一九三八年十一月二十六日載：

八時起。（梅）思平由港來，略談，即偕赴汪公館，報告與（高）宗武赴滬接洽經過，並攜來雙方簽字條件及近衛（按：即日本首相近衛文麿）宣言草稿，商至十二時始散。飯後午睡。三時起。四時復至汪公館，汪忽對過去決定一概推翻，云須商量。余等以冷淡出之，聽其自決，不出任何意見。（上冊，頁二〇一）

第二天（十一月二十七日）周又記：

五時偕思平赴汪宅，與汪先生及夫人商談。汪先生忽變態度，提出難問題甚多。余立即提議前議作罷，一切談判告一結束。汪又轉圜，謂簽字部份可以同意，其餘留待將來再商，於是決定照此覆電。經數次會談，抑（益）發現汪先生無擔當，無果斷，作事反覆，且易衝動。惟茲事體大，亦難怪其左思右想，前顧後盼也。

（同上，頁二〇一—二〇二）

這兩條記事是關於汪氏心理狀態的直接史料，極為重要。但這裏必須先對記事的背景作一簡單交代。一九三八年十一月十二和十三日，梅思平、高宗武分別來到上海，和日方負責人影佐楨昭與今井武夫舉行秘密談判。最後在二十日簽訂了《日華協議記錄》及《諒解事項》。雙方擬定了計劃，一方面，近衛文麿發表關於「調整中日邦交根本方針」的宣言；另一方面，汪精衛則公開響應，然後再直接與日方進行談判。為了做到這一點，汪和他的追隨者便必須脫離重慶，逃至中國境外。（參看《周佛海日記》上冊，頁一九九，編註3）從上引周的兩條日記可知，梅思平從上海回到香港後，立即趕到了重慶，向汪報告與日方交涉的具體結果，並商討如何離開國境的問題。

這裏最值得注意的是：汪在一連兩天的集會中都表現出徹底推翻前議的意向。他也許對兩個談判文件——《日華協議記錄》和《諒解事項》——不滿意，也許感到日本不可信。無論如何，這時（十一月二十六、七日）離他出走河內（十二月十九日）只有三星期，而仍猶豫不決如此，則內心之衝突與痛苦，已可想見。

甚至在政權即將建立之際，汪仍然內心充滿着悲苦，而未露出半點興奮的情緒。茲再舉兩個例子以為證明。其一、馬敍倫一九四五年八月二十九日在上海拜訪陳陶遺，後者說出了下面的故事：

二十九年（一九四〇），精衛至上海，亟欲訪我。我因就之談，問精衛：「是否來唱雙簧？」精衛即泣下，我又問：「此來作為，有把握否？」精衛亦不能肯定。（見馬敍倫《石屋續瀋．記汪精衛與張靜江書》，引在劉衍文〈《石語》題外絮語．雙照樓主〉一文中，頁三一）

陳陶遺是政治和實業界的耆宿，又和汪私交很深，馬敍倫所記則是親見親聞的事，所以這條史料大致反映了汪初回上海時期的心情。

其二：《周佛海日記》一九四〇年三月十九日記：

七時起，陪汪先生謁（中山）陵，淒雨苦風……汪先生讀遺囑，聲淚俱下，余亦泣不成聲。（上冊，頁二六五）

這是在所謂「還都」（三月三十日）前十一天的事，汪卻仍然深陷在悲苦的情緒之中。

以上我從汪精衛自「八・一三」以來力主和議一直下溯到一九四〇年他在南京建立政權的前夕；在這一過程中，我特別注重他的心理狀態，就我所能收集到的可靠證據作判斷，我只能得到下面這個看法：由於確實相信「戰必亡國」，因此他一意求和，不惜以一定程度的委屈與妥協為代價。他在一九四四年十月口授的遺書中說：

對日交涉，銘嘗稱之為與虎謀皮，然仍以為不能不忍痛交涉……。（〈最後之心情〉，收在朱子家《汪政權的開場與收場》，香港：春秋雜誌社，第五冊，一九六四年，頁一五九。按：此文曾有過爭論，但我反覆推究，承認其真實性，至少它十分真實地反映了汪的晚年「心情」。）

他明知「與虎謀皮」，都仍堅持應「忍痛」為之，這正是他晚年心理長期陷於愁苦狀態的根源所在。這裏讓我重引〈舟夜〉七律的後半段：

良友漸隨千劫盡，神州重見百年沉。凄然不作零丁嘆，檢點平生未盡心。

讀了上引有關汪的種種心理描述之後，我們現在不能不承認，這幾句詩把他內心最真實的感受和盤托出，而且其委婉方式也達到了藝術的高度。我還要介紹他在《三十年以後作》中最後一首詞——〈朝中措〉——「重九日登北極閣，讀元遺山詞至『故國江山如畫，醉來忘卻興亡』，悲不絕於心，亦作一首」：

城樓百尺倚空蒼，雁背正低翔。滿地蕭蕭落葉，黃花留住斜陽。闌干拍徧，心頭塊磊，眼底風光。為問青山綠水，能禁幾度興亡？

（按汪氏詞稿原迹影印本收在《汪政權的開場與收場》第一冊第二頁。「眼底風光」之「風光」兩字，原擬作「滄桑」，但「桑」字尚未寫，即改成「風光」了。其實「滄桑」更為寫實，但出自汪的筆下，未免過於難堪耳。）

此詞作於一九四三年重陽，即公曆十月七日，再過兩個月他開刀取出背部子彈，發現已患脊骨瘤，次年十一月十日便病死於日本名古屋醫院。所以這首〈朝中措〉很可能是他詞中絕筆。這時他出任所謂「國民政府主席」已三、四年，而詞中流露出來的思想和情感竟和亡國詩人元遺山如出一轍。但是如果細讀他的遺書〈最後之心情〉，我們便不能不承認，這首詞正是他當時「心情」的忠實寫照。一句話說到底，汪的詩詞基本上可以用「詩言志」或「言為心聲」來加以概括，其中所呈現的「愁苦」決不可能是為了「求詩好」而偽裝或誇張出來的。（陳克文也認為汪最後幾年詩詞表現了精神上的「創痛」。見

《時代洪流一書生——陳克文日記》附錄十二〈憶陳璧君與陳春圃〉中「獨行踽踽最堪悲」一節。）

以上關於汪精衛心路歷程的反覆論證並不是為他翻案，價值判斷根本不在我的考慮之內。我的唯一目的是通過心理事實的建立以理解他的詩詞。現在我要引一二反面的例證，與汪的心理狀態作對照。周佛海主和的正面理由，從他的日記來看，與汪精衛幾乎完全一致。他在日記中又記下了國民黨同仁的共識：「咸以如此打下去，非為中國打，實為俄打；非為國民黨打，實為共產黨打也。」（《周佛海日記》一九三七年十月六日條，上冊，頁七九）這也和汪精衛預言戰爭「必將使中共坐大」，如出一轍。（此一問題這裏不能展開討論，但讀者可參看胡文輝關於陳寅恪〈阜昌〉詩「一局收枰勝屬誰」句的長註，《陳寅恪詩箋釋》，廣州：廣東人民出版社，二〇〇八年，上冊，頁二〇二—二〇四）所以我們大致可以斷定，在早期避戰求和的階段，周的主要動機也出於對亡國的恐懼，與汪氏似無大異同。然而到了後期在日本羽翼下建立政權的階段，周的個人企圖心便在不知不覺中流露出來了。《周佛海日記》一九四〇年一月二十六日條：

八時半起。與（梅）思平商擬各院部院長、部長人選，因擬行決

定，因與思平戲言，中央政府即於十分鐘之內在余筆下產生矣。（上冊，頁二三七）

這是汪精衛、周佛海等等在青島與北平、南京兩個偽組織會商後得到日方認可，準備成立所謂「中央政府」，由周佛海負責擬定人選。周的「戲言」其實即是得意忘形的輕佻表現。同年三月三十一日，即偽「國民政府還都典禮」的第二天，周又寫道：

四時返寓，犬養（健）、伊藤（芳男）來談。一年努力竟達目的，彼此甚為欣慰，大丈夫最得意者為理想之實行。國民政府還都，青天白日滿地紅重飄揚於石頭城畔，完全係余一人所發起，以後運動亦以余為中心，人生有此一段，亦不虛生一世也！今後困難問題固多，僅此亦足以自豪。（《日記》上冊，頁二七三）

這一番自言自語不但把他得意忘形的輕狂心理發揮到了極致，而且更暴露出他推動偽政權的建立主要是為了實現個人的權力野心。（「以後運動亦以余為中心」）同年五月三日的日記恰好提供了一個最生動也最有趣的例證：

劉復之算命，謂余於五年內握大權，四十九以後備位諮詢，為之心冷。迷信雖不足恃，然劉於六年前謂余必長財政，今果爾，亦奇

矣。如余僅能當權五年，何必如此焦心勞力耶？（《日記》上冊，頁二八八—二八九）

算命先生預言他僅能「當權五年」，他大失所望，頓時心灰意冷，其權力慾之大，可以想見。但是換一個角度看，這位算命先生的靈驗也實在令人驚異。我猜想劉復之也許已算出他四十九歲以後將有牢獄之災，不過不便明言，只好以「備位諮詢」四字搪塞過去罷了。無論如何，這不失為一個很有趣的插曲。周佛海「握大權」後的興高采烈和汪精衛居「高位」而依然滿懷「愁苦」形成了鮮明的對比。但若以羅君強和周佛海加以比照，則後者又好像高不可攀了。羅是周一手扶植起來的人，後來汪政權中曾出任偽司法部長、安徽省長、上海市秘書長等要職。抗戰爆發時他是行政院秘書。陳克文一九三七年十二月十七日記載了他在漢口的一次談話如下：

軍委會秘書廳秘書羅君強亦即行政院秘書到四明銀行敘談。虧他發出如下的議論：他說「日本人在北平成立新組織，多般利害，影響必定不少。如今我們可以隨意選擇我們的去處，那一處待遇好，我們便到那一處，橫豎都是中國人的統治，又何必分彼此呢。」……這段話似乎是說笑，又似乎不是說笑，介松、彥遠聽了都很生氣。

> 我最擔慮的倒不是君強個人是否有此思想，所怕的真有許多人會如此動搖起來。（《陳克文日記輯錄》（八），《萬象》第十二卷第十一期，頁八三）

事後我們當然知道，這是羅君強的由衷之言，決非「說笑」。但具有這樣想法的人在汪政權參與者之間恐怕相當普遍，代表了當時典型的所謂「漢奸」言論。我們必須跳出羅君強以至周佛海的思想層次，然後才能開始探索汪精衛的「最後之心情」及其晚年的詩詞。這是我深信不疑的。

我這樣說並不是特意抬高汪精衛，否認他的政治取向與活動後面也有個人的動機。傅斯年在一九四〇年二月曾分析過汪的「犯罪心理」，認為由於汪是「庶出」，父兄之教又嚴，以致很早就形成了一種要做「人上人」的強烈心理。他又特別提到，陳璧君恰好也是一個「人上人」慾望最強的人，因此終於走上了「漢奸」、「賣國」的道路。（見〈汪賊與倭寇——一個心理的分解〉，收在《傅斯年全集》，台北：聯經，一九八〇年，第五冊，頁二二九—二三六）傅斯年富有民族熱情，全文下語極重，見仁見智，可不深論。他關於「庶出」的心理分析是否可信，因資料太少，也只能懸而不決。但他所指出的「人上人」心理，卻指示了一個正確的探求方向。他論陳璧君時有下面一句微妙的話：

漢光武的時代，彭寵造反，史家說是「其妻剛戾，不甚其夫之為人下」，陳璧君何其酷似！（同上頁二三二）

這句話之所以微妙，是因為原文（《後漢書》卷十三〈彭寵傳〉）只說「而其妻素剛，不堪抑屈」，並無「其夫之為人下」語。我相信傅之增字解經是為了要點出汪不甘被蔣介石壓成黨內第二人這一事實。我們都知道，在抗戰前的南京，蔣主軍、汪主政，大致尚是分庭抗禮的形勢。然而抗戰發生以後，蔣不但獨攬軍與政，而且更進一步正式佔據了黨的最高地位。一九三八年三月二十九日國民黨在武昌召開臨時全國代表大會，建立了總裁制，以蔣為總裁，汪則副之。以汪在黨內的歷史而言，這是相當使他難堪的。所以嚴格地說，這不是汪氏夫婦要爭做「人上人」的問題，而是汪受不了「人下人」屈辱的問題。關於這一點，當時人無不瞭然。馬敍倫說：

汪、蔣之隙末凶終，以致國被侵略後，精衛猶演江寧之一幕，為萬世所羞道，受歷史之譴責。在精衛能忍而不能忍，而介石不能不分其責。觀介石後來之於胡展堂（漢民）、李任潮（即李濟深，原名濟琛）者，皆令人寒心；則精衛之鋌而走險，甘心下流，亦自不可謂非有以驅之者也。（《石屋續瀋》引在劉衍文前引文，頁三〇—

三一）

這就是說，蔣的唯我獨尊必須對汪之出走負起很大的責任。

另一方面，陳璧君在汪建立政權方面所起的作用也遠比外間所傳為大。陳克文是很感念陳璧君的人（見陳方正編校《時代洪流一書生——陳克文日記，一九三七—一九五〇》，台北：中央研究院近代史研究所，即將出版，一九四七年一月十九日條），卻也在《日記》中一再記下了陳璧君的負面行為，而且其來源都出於與汪氏夫婦關係極深的人。（如一九四五年四月八日條記云：「汪精衛之事敵冤死與伊〔按：陳璧君〕之關係最大。」）但最直接可信的證據則是由周佛海提供的。一九四四年八月十日周專程到日本名古屋醫院探望汪氏的病，記他與陳璧君的談話云：

出與汪夫人談一小時。余表示行政院長及軍委會長，仍以代行為宜，不必代理，汪夫人似乎心安。蓋其意，恐余與公博盼正式代理，真不知吾兩人真意，而以權利之徒目吾兩耳。（《周佛海日記》下編，頁九〇九）

此時去汪死僅三個月，陳璧君仍唯恐大權旁落，在交談中逼得周佛海聲明只是「代行」而不是「代理」。這一定是陳璧君自己的主張，決不代表汪有此顧慮，因為汪在一九四四年三月三日赴日治療登機前的親筆手令即明言「職權交由公博、佛海代理」，他並未用「代行」字樣。（見《汪政權的開場與收場》第二冊卷首影印本）

汪精衛也有個人的動機，這是不成問題的。不過比較地看，他對亡國的憂慮的確佔據着主導的成份。胡適在聽到汪的死訊時也提出了一個心理分析，但與傅斯年的觀點有所不同。他說：

精衛一生吃虧在他以「烈士」出身，故終身不免有「烈士」的complex（包袱）。他總覺得，「我性命尚不顧，你們還不能相信我嗎？」性命不顧是一件事；所主張的是與非，是另外一件事。此如酷吏自誇不要錢，就不會做錯事，不知不要錢與做錯事是兩件不相干的事呵！（《胡適日記全集》卷八，一九四四年十一月十三日條，頁二〇〇）

「烈士」情結確實存在於汪的識田之中。不用說，這一情結遇到國家危亡關口必然首先被激發起來而變成行動的原始力量之一，汪的主和與出走即由此開始；然後配合着其他內外因素，終於演出一幕歷史悲劇。

在我的認識中，汪精衛在本質上應該是一位詩人，不幸這位詩人一開始便走上

「烈士」的道路，因而終生陷進了權力的世界。這樣一來，他個人的悲劇便注定了。現在我決定要把他搬回詩的世界，所以下面引他一九二三年一封論詩的信，以為序文的終結：

適之先生：

接到了你的信，和幾首詩，讀了幾遍，覺得極有趣味。

到底是我沒有讀新體詩的習慣呢？還是新體詩，另是一種好玩的東西呢！抑或是兩樣都有呢，這些疑問，還是梗在我的心頭。

只是我還有一個見解，我以為花樣是層出不窮的，新花樣出來，舊花樣仍然存在，誰也替不了誰，例如曲替不了詞，詞替不了詩，故此我和那絕對主張舊詩體仇視新體詩的人，固然不對，但是對於那些絕對主張新體詩抹殺舊體詩的人，也覺得太過。

你那首看山霧詩，我覺得極妙，我從前有相類的詩，隨便寫在下面給你看看。

曉　煙

槲葉深黃楓葉紅，老松奇翠欲拏空；
朝來別有空濛意，都在蒼煙萬頃中。

初陽如月逗輕寒，咫尺林原成遠看；
記得江南煙雨裏，小姑鬟影落春瀾。
你如果來上海，要知會我一聲。
祝你的康健

兆銘　十月四日

這封論新舊體詩的白話信收在《胡適日記》中（第四冊，頁一一五—一一六，一九二三年十月七日條），信中所引〈曉煙〉二首收在他的《小休集》卷上，第一首末句第一字「都」在集中改作「只」字，別無異文。這封信似乎還沒有受到注意，但它讓我們看到在純粹詩世界中的汪精衛，這是很可珍貴的。

二〇一二年二月六日於普林斯頓

序二

葉嘉瑩

我是一個終生從事詩詞之教研的工作者，對於政治全然是個門外漢，而汪精衛則是一個曾經在歷史上引起過極大之爭議的政治人物，我自不敢對之妄加評說。而可喜的則是他有一冊詩詞稿傳留了下來，讀了他的詩詞之作，私意以為他的作品與我平日論詩詞的某些說法，居然頗有一些暗合之處。我曾經以為一個真正的詩人，應該是用自己的生命來寫作自己之詩篇，用自己的生活來實踐自己之詩篇的。讀汪氏之作，令我深感他的詩詞之佳處乃竟與我的論詩之說頗相契合。至於他在詩篇中所表現的，和在生活中所實踐的究竟是甚麼？則私意以為應該乃是他終生不得解脫的一種「精衛情結」。以前讀其詩詞稿，曾口占絕句一首，今重錄於此，以誌所感。詩曰：

曾將薪釜喻初襟，舉世憑誰證此心。
未擇高原桑枉植，憐他千古作冤禽。

壬辰元月八九老人葉嘉瑩寫於天津南開寓所

小休集

小休集序

《詩》云：「民亦勞止，汔可小休[1]。」旨哉斯言！人生不能無勞，勞不能無息，長勞而暫息，人生所宜然，亦人生之至樂也。而吾詩適成於此時，故吾詩非能曲盡萬物之情，如禹鼎[2]之無所不象、溫犀[3]之無所不照也，特如農夫樵子偶然釋耒弛擔，相與坐道旁樹陰下，微吟短嘯，以忘勞苦於須臾耳。因即以「小休」名吾集云。

汪兆銘精衛自序

1. 汔（qì ㄑㄧˋ）：庶幾；差不多。詩見《詩．大雅．民勞》。

2. 禹鼎：相傳夏禹以九州之金鑄鼎，上圖萬物，使民知何者為善，何者為惡。《左傳．宣公三年》：「昔夏之方有德也，遠方圖物，貢金九牧，鑄鼎象物，百物而為之備，使民知神、姦。」

3. 溫犀：《晉書．溫嶠傳》：「（嶠）至牛渚磯，水深不可測，世云其下多怪物，嶠遂燬犀角而照之。須臾，見水族覆火，奇形異狀，或乘馬車著赤衣者。嶠其夜夢人謂己曰：『與君幽明道別，何意相照也？』」

小休集

卷上

重九遊西石巖 巖在廣東樂昌縣城西北

笑將遠響答清吟，葉在欹巾酒在襟[1]。天淡雲霞自明媚，林空巖壑更深沈。
茱萸悵觸思親感，碑版勾留考古心[2]。咫尺名山時入夢，偶逢佳節得登臨。

此十四歲時所作[3]

【解題】西石巖：民國《樂昌縣志》卷二十〈古蹟．名勝〉：「（西石巖）一名泐溪巖。在縣治西北三里。舊志所謂石室仙蹤者是也。石室高三丈，廣丈餘，左右各有竇可通。左竇上有六祖石牀，相傳六祖往黃梅，歸曾憩於此。室前有屋十數間，左右皆倚山為亭。古木陰翳，夏日忘暑。自唐宋以來，題壁泐碑者甚夥。」重九：公曆一八九八年十月二十三日。

1. 欹巾：東漢郭泰字林宗，品學為時所重，「嘗於陳梁間行遇雨，巾一角墊，時人乃故折巾一角，以為『林宗巾』。」見《後漢書．郭泰傳》。宋．司馬光《山中早春》詩：「欹巾望歸雁，伏檻聽新雷。」又宋．陸游《記夢》詩：「青冥誰見欹巾角，碧瀣閑將洗筆鋒。」
2. 茱萸：舊俗重陽節佩茱萸以祛邪辟惡。悵（chéng ㄔㄥˋ）觸：觸動。思親：汪精衛十三歲（一八九六）喪母，十四歲（一八九七）喪父，父歿於重陽前一日。此詩作於其父歿之次年重九，故云。
碑版：泛指碑碣。勾留：牽繫，挽留。白居易《春江》詩：「鶯聲誘引來花下，草色勾留坐水邊。」

3. 按：此詩實作於十五週歲以後。汪精衛於父歿之次年二月隨其同父異母之長兄汪兆鏞客居樂昌。汪兆鏞（一八六一——一九三九），字伯序，一字憬吾，自號慵叟，室名微尚齋。有《微尚齋詩》、《雨屋深鐙詞》、《碑傳集三編》、《嶺南畫徵略》等。

附：汪兆鏞《泐溪巖》詩

秋士無好懷，新爽卻喜秋。牆頭數點山，寒碧與目謀。蟬聲引苕屩，鳥路穿林陬。巖腹呀然入，繞戶眾綠稠。石骨鬼斧削，竹根禪牀幽。循磴躡枯蘚，開軒臨清流。雜卉響笙筑，古藤蟠蛟虯。撲衣山翠溼，斂袂塵慮收。惟嘆紹興年，題壁窮雕鎪。其時南渡初，戈鋋遍中州。蕭然人間世，胡為逍遙遊。曩賢豈無意，詩人工寫憂。興感在千載，寄懷聊一丘。青草藉可坐，素醪醉即休。徑當結茅庵，佳處為我留。

被逮口占　以下民國紀元前二年北京獄中所作

啣石成癡絕[1]，滄波萬里愁。孤飛終不倦，羞逐海鷗浮。

姹紫嫣紅色，從知渲染難。他時好花發，認取血痕斑。

慷慨歌燕市，從容作楚囚[2]。引刀成一快，不負少年頭。

留得心魂在，殘軀付劫灰[3]。青燐光不滅，夜夜照燕臺[4]。

【解題】清宣統二年（一九一〇）初，汪精衛與陳璧君、黃復生等潛入北京謀刺攝政王載灃，至四月十六日事敗，汪、黃被逮，二十九日被清廷判處永遠監禁。

口占：不起草稿隨口而成。

1. 啣石：《山海經．北山經》：「發鳩之山，其上多柘木。有鳥焉，其狀如烏，文首、白喙、赤足，名曰精衛，其鳴自詨。是炎帝之少女，名曰女娃，女娃遊於東海，溺而不返，故為精衛，常銜西山之木石，以堙於東海。」

2. 燕市：戰國時燕國國都。《史記．刺客列傳》：「荊軻嗜酒，日與狗屠及高漸離飲於燕市。酒酣以往，高漸離擊筑，荊軻和而歌於市中。」後亦指燕京，即今北京。

楚囚：被俘之楚國人。《左傳．成公九年》：「晉侯觀於軍府，見鍾儀。問之曰：『南冠而縶者，誰也？』有司對曰：『鄭人所獻楚囚也。』」後亦泛指俘虜。

3. 心魂：即心神、心靈。南朝梁．江淹《效左思〈詠史〉》詩：「百年信荏苒，何用苦心魂。」

劫灰：劫火之餘灰。南朝梁．慧皎《高僧傳．竺法蘭》：「昔漢武穿昆明池底，得黑灰，問東方朔。朔云：『不知，可問西域胡人。』後法蘭既至，眾人追以問之，蘭云：『世界終盡，劫火洞燒，此灰是也。』」

4. 青燐：亦作「青磷」。動物屍體腐爛時分解出磷化氫，常在夜間田野中自燃，生青綠色光燄。俗稱鬼火。宋．吳龍翰《過淮南湖》詩：「夜夜青燐照斷蓬，訓狐自戴髑髏舞。」

燕臺：戰國燕昭王所築。故址在今河北易縣東南。南朝梁．任昉《述異記》卷下：「燕昭王為郭隗築臺，今在幽州燕王故城中。土人呼為賢士臺，亦謂之招賢臺。」後亦泛指冀北一帶。唐．祖詠《望薊門》詩：「燕臺一望客心驚，笳鼓喧喧漢將營。」

附：胡漢民《在星洲得港訊知精衛等失陷》詩

挾策當興漢，持椎復入秦。問誰堪作釜，使子竟為薪（精衛潛入燕，以血書密寄云「我今為薪，兄當為釜」，蓋用其論革命文中語也）。智勇豈無用，犧牲共幾人？此時真決絕，淚早落江濱。

雜詩

忘卻形骸累，靈臺自曠然[1]。狷懷得狂趣，新理出陳編[2]。霜鬢侵何易，冰心抱自堅[3]。舉頭成一笑，雲淨月華妍。

【解題】此詩亦見《邱樊倡和集》，為《雜詠》五首之一。

1. 形骸：人之軀體。《莊子．天地》：「汝方將忘汝神氣，墮汝形骸，而庶幾乎？」唐．杜甫《長吟》詩：「已撥形骸累，真為爛熳深。」

靈臺：指心。《莊子．庚桑楚》：「若是而萬惡至者，皆天也，而非人也，不足以滑成，不可內於靈臺。」郭象註：「靈臺者，心也。」

曠然：豁達貌。三國魏．嵇康《養生論》：「曠然無憂患，寂然無思慮。」

2. 狷：拘謹自守；狂：志向高遠。《論語．子路》：「子曰：『不得中行而與之，必也狂狷乎！狂者進取，狷者有所不為也。』」

陳編：古書，舊書。唐·韓愈《進學解》：「踵常途之促促，窺陳編以盜竊。」

3. 霜鬢：白髮。宋·劉一止《次韻賓老過會稽訪余同遊禹廟龍瑞宮晚歸二首》：「十載江湖客，重來霜鬢侵。」冰心：純淨高潔之心。唐·王昌齡《芙蓉樓送辛漸》詩之一：「洛陽親友如相問，一片冰心在玉壺。」

獄中雜感

西風庭院夜深沈，徹耳秋聲感不禁[1]。伏櫪驊騮千里志，經霜喬木百年心[2]。

南冠未改支離態，畫角中含激楚音[3]。多謝青燐慰岑寂，殘宵猶自伴孤吟[4]。

【解題】本組詩《邱樊倡和集》皆題為《口占贈小隱》。

1. 秋聲：秋天自然界之各種聲音。北周·庾信《周譙國公夫人步陸孤氏墓誌銘》：「樹樹秋聲，山山寒色。」
2. 櫪（lì ㄌㄧˋ）：馬槽。驊騮（huá ㄏㄨㄚˊ / liú ㄌㄧㄡˊ）：傳說中周穆王八駿之一。泛指駿馬。《荀子·性惡》：「驊騮騹驥纖離綠耳，此皆古之良馬也。」楊倞注：「皆周穆王八駿名。」漢·曹操《龜雖壽》詩：「老驥伏櫪，志在千里。」

喬木：高大之樹木。《詩．周南．漢廣》：「南有喬木，不可休思。」宋．孫應時《如寧庵》詩：「愴然瞻故丘，喬木百年舊。」

3. 南冠：借指囚犯。參前《被逮口占》註2。支離：憔悴、衰疲之態。《晉書．郭璞傳》：「支離其神，蕭悴其形。」
畫角：古管樂器。以竹木或皮革等製成，因表面有彩繪，故稱。其聲淒厲高亢，多用於軍中。激楚：高亢淒清。《楚辭．招魂》：「宮廷震驚，發激楚些。」

4. 岑寂：寂寞，孤獨冷清。唐．唐彥謙《樊登見寄》詩之三：「良夜最岑寂，旅況何蕭條。」

煤山雲樹總淒然，荊棘銅駝幾變遷[1]。行去已無乾淨土，憂來徒喚奈何天[2]。
瞻烏不盡林宗恨，賦鵩知傷賈傅年[3]。一死心期殊未了，此頭須向國門懸[4]。

1. 煤山：即北京故宮後之景山。元時方為小丘，因其下曾堆煤，又稱煤山。明永樂年間修建皇宮，以北面玄武位須有山，乃將工程所掘之土堆積於此，名萬歲山。崇禎十七年（一六四四）李自成攻入北京，明思宗於此山自縊殉國。清順治十二年（一六五五）改稱景山。
銅駝：銅鑄駱駝，古時多置於宮門寢殿之前。《晉書．索靖傳》：「靖有先識遠量，知天下將亂，指洛陽宮門銅駝，嘆曰：『會見汝在荊棘中耳！』」後以荊棘銅駝喻亂世荒涼之景象。

2. 乾淨土：即淨土，清淨無污染之地。佛教以喻極樂世界。清．陳寶琛《後落花詩》之四：「委蛻大難求淨土，傷心最是近高樓。」

奈何天：令人無可奈何之時光。宋．晏幾道《鷓鴣天》詞：「歡盡夜，別經年。別多歡少奈何天。」

3. 瞻烏：《詩．小雅．正月》：「瞻烏爰止，於誰之屋？」毛傳：「富人之屋，烏所集也。」鄭玄箋：「視烏集於富人之室，以言今民亦當求明君而歸之。」林宗：東漢名臣郭泰，字林宗。《後漢書》本傳：「建寧元年，太傅陳蕃、大將軍竇武為閹人所害，林宗哭之於野，慟。既而嘆曰：『人之云亡，邦國殄瘁。瞻烏爰止，不知於誰之屋耳！』」
賦鵩（fú ㄈㄨˊ，讀入聲）：西漢賈誼有《鵩鳥賦》。《史記．本傳》：「賈生為長沙王太傅，三年，有鴞飛入誼舍，上於坐隅。楚人命鴞曰服。賈生既以謫居長沙，長沙卑濕，自以為壽不得長，傷悼之，乃為賦以自廣。」

4. 心期：心願，心意。宋．陸游《七月二十四日作》詩：「射胡羽箭凋零盡，坐負心期四十年。」
懸頭：春秋時，吳國大夫伍子胥勸吳王夫差拒絕越國求和，夫差聽信讒言，賜子胥屬鏤之劍，令其自盡。子胥遺言：「抉吾眼置之吳東門，以觀越之滅吳也。」參《國語．吳語》、《史記．吳太伯世家》。

有感

憂來如病亦緜緜，一讀黃書一泫然[1]。瓜蔓已都無可摘，豆萁何苦更相煎[2]。
笳中霜月淒無色，畫裏江城黯自憐[3]。莫向燕臺回首望[4]，荊榛零落帶寒煙。

【解題】《南社叢刻》題作「讀小隱詩感賦」，文字略異。小隱卽蕭天任，廣東嘉應（今梅州）人，爲汪精衛獄中難友（見《邱樊倡和集》），《汪精衛先生行實錄》謂其「幼承庭訓，治王學，以文字諷清政府，被逮入獄。與先生監號比鄰」。按：行實錄誤小隱名爲天佑。

1. 緜緜（mián ㄇㄧㄢˊ）：連續不斷貌。《楚辭．九章．悲回風》：「藐蔓蔓之不可量兮，縹緜緜之不可紆。」

黃書：明末思想家王夫之所著。書中嚴申「夷夏之防」，力倡種族主義。清．黃遵憲《日本國志書成志感》詩：「改制世方尊白統，罪言我竊比黃書。」

泫然：流淚貌。《禮記．檀弓上》：「孔子泫然流涕曰：『吾聞之：古不脩墓。』」

2. 瓜蔓：史載唐章懷太子李賢作《黃臺瓜辭》以諷武后：「種瓜黃臺下，瓜熟子離離。一摘使瓜好，再摘令瓜稀，三摘猶尚可，四摘抱蔓歸。」參《舊唐書．承天皇帝倓傳》。似可類比慈禧廢黜光緒事。又《明史．景清傳》：「一日早朝，清衣緋懷刃入……成祖怒，磔死，族之，籍其鄉，轉相攀染，謂之瓜蔓抄，村里爲墟。」黃遵憲《罷美國留學生感賦》詩：「竟如瓜蔓抄，牽累何纍纍。」則瓜蔓亦猶瓜蔓抄。謂株連迫害，如瓜蔓之攀延。

其豆相煎：喻兄弟相殘。《世說新語．文學》：「文帝嘗令東阿王七步中作詩，不成者行大法。應聲便為詩曰：『煮豆持作羹，漉菽以為汁。萁在釜下燃，豆在釜中泣。本自同根生，相煎何太急？』帝深有慚色。」

3. 霜月：寒夜之月。南朝宋．鮑照《和王護軍秋夕》詩：「散漫秋雲遠，蕭蕭霜月寒。」江城：臨江之城郭。嘉應近梅江，番禺近珠江。

4. 燕臺：《邱樊倡和集》作「金臺」。按：金臺亦名燕臺，即戰國燕昭王所築黃金臺。參前《被逮口占》註4。

詠楊椒山先生手所植榆樹

樹猶如此況生平，動我蒼茫思古情[1]。千里不堪聞路哭，一鳴豈為令人驚[2]。
疏陰落落無蟠節，枯葉蕭蕭有恨聲[3]。寥寂階前坐相對，南枝留得夕陽明[4]。

附記：椒山先生以劾嚴嵩下獄，就義之歲手所植榆樹適活，數百年來無敢毀之者。相傳有神怪，殆有心人藉此以存甘棠之愛也。余所居獄室門前正對此樹，朝夕相接。民國六年重遊北京，獄舍已剷為平地，唯此樹巋然獨存。

【解題】楊繼盛（一五一六——一五五五），號椒山，直隸容城（今河北容城）人。明代名臣，以直諫下獄，備受嚴刑，至嘉靖三十四年被殺。

1. 樹猶如此：用東晉桓溫之典故。《世說新語．言語》：「桓公北征經金城，見前為琅邪時種柳，皆已十圍，慨然曰：『木猶如此，人何以堪！』攀枝執條，泫然流淚。」庾信《枯樹賦》：「桓大司馬聞而嘆曰：『昔年種柳，依依漢南；今看搖落，悽愴江潭。樹猶如此，人何以堪。』」思古：即懷古。漢．班固《西都賦》：「願賓攄懷舊之蓄念，發思古之幽情。」
2. 路哭：北宋范仲淹為相，銳意改革吏治，「視不才監司，每見一人姓名，一筆勾之，以次更易。富公素以丈事公，謂公曰：『六丈則是一筆，焉知一家哭矣！』公曰：『一家哭何如一路哭耶！』遂悉罷之。」見宋．朱熹《宋名臣言行錄》。按：路為宋代地方行政區域名，相當於後代之省。

一鳴驚人：喻素來無聞而忽有驚人之舉。《史記．滑稽列傳》：「（齊威）王曰：『此鳥不飛則已，一飛沖天；不鳴則已，一鳴驚人。』」

3. 落落：稀疏；零落。漢．杜篤《首陽山賦》：「長松落落，卉木濛濛。」

蕭蕭：象草木搖落之聲。杜甫《登高》詩：「無邊落木蕭蕭下，不盡長江滾滾來。」

4. 南枝：朝南之樹枝。亦喻故土。《古詩十九首．行行重行行》：「胡馬依北風，越鳥巢南枝。」

附：曼昭《南社詩話》：「此詩已為人傳誦，余特述其本事如下：……（楊椒山）繫獄中久，嘗手植榆樹一株，曰：『我生則榆死，我死則榆生。』是歲榆生，而先生以秋後棄市。……樹自先生歿後，日益茂盛。歷明至清，無敢翦伐之者。相傳樹有神怪。清康熙時，有管獄郎中某，惡其占隙地，命伐去之。有諫者，不聽。斧斤已具，而家人來報，其封翁已中風死矣。踉蹌捨去。嘉慶時，又一管獄郎中某，惡樹枝拂瓦，命伐去其枝。不數日，乘驢車出門，輪蹶於道，蹩其左足。大懼，扶病至樹下，泥首以懺。由是相戒不敢有不軌之志矣。精衛語余，此殆有心人造此神話，以存甘棠之愛。理或然也。……精衛又嘗語余，所居獄室，正對此樹。朝夕盤桓，有如良友。及民國元年，王寵惠長司法，議改獄舍，精衛嘗告以宜勿毀此樹，笑曰：『君即不為保存古物計，亦當為衛足計也。』六年再至京師，獄舍剗平已盡，而此巍然獨存，以鐵闌護之。乃拾取枯枝懷歸，以為紀念。十三年秋，余於精衛書室中曾一見之。」

中夜不寐偶成

飄然御風遊名山，吐噏嵐翠陵孱顏[1]。又隨明月墮東海，吹噓綠水生波瀾[2]。海山蒼蒼自千古，我於其間歌且舞。醒來倚枕尚茫然，不識此身在何處。三更秋蟲聲在壁，泣露欷風自啾唧[3]。群鼾相和如吹竽，斷魂欲嗁凄復咽。舊遊如夢亦迢迢，半炧寒鐙影自搖[4]。西風羸馬燕臺暗，細雨危檣瘴海遙[5]。

1. 御風：乘風飛行。《莊子．逍遙遊》：「列子御風而行，泠然善也。」吐噏（xī ㄒㄧ）：猶吞吐。南朝宋．謝靈運《曇隆法師誄》：「吐噏芳華，懷抱日月。」嵐翠：蒼翠色之山霧。唐．白居易《早春題少華東巖》詩：「三十六峰晴，雪銷嵐翠生。」
2. 吹噓：呼氣。《莊子．刻意》：「吹噓呼吸，吐故納新。」唐．孟郊《哭李觀》詩：「清塵無吹噓，委地難飛揚。」
3. 泣露：謂滴露。唐．李賀《李憑箜篌引》詩：「昆山玉碎鳳凰叫，芙蓉泣露香蘭笑。」欷（xī ㄒㄧ）：抽咽聲；嘆息聲。啾唧：象細碎之聲音。漢．枚乘《柳賦》：「鎗鍠啾唧，蕭條寂寥。」
4. 舊遊：昔日遊覽之地。亦指昔日交遊之友人。炧（xiè ㄒㄧㄝˋ）：指鐙燭、香火熄滅。
5. 羸（léi ㄌㄟˊ）馬：瘦馬。燕臺亦稱黃金臺。唐．胡曾《黃金臺》詩：「北乘羸馬到燕然，此地何人復禮賢。若問昭王無處所，黃金臺上草連天。」

危檣：高船桅。亦指代帆船。南朝梁．何遜《初發新林》詩：「危檣迥不進，沓浪高難拒。」瘴海：指南方有瘴氣之地。唐．盧綸《領嶺南故人書》詩：「瘴海寄雙魚，中宵達我居。兩行燈下淚，一紙嶺南書。」

秋夜

落葉空庭夜籟微，故人夢裏兩依依。風蕭易水今猶昨，魂度楓林是也非[1]。入地相逢雖不愧，擘山無路欲何歸[2]。記從共灑新亭淚[3]，忍使啼痕又滿衣。

此詩由獄卒輾轉傳遞至冰如手中，冰如持歸與展堂等讀之。伯先每讀一過，輒激昂不已。然伯先今已死矣，附記於此，以誌腹痛[4]。

【解題】此詩亦見《邱樊倡和集》，為《口占贈小隱》組詩之一。

1. 風蕭易水：易水在河北西部，源出易縣境，故名。《史記．刺客列傳》：「太子及賓客知其事者，皆白衣冠以送之。至易水之上，既祖，取道，高漸離擊筑，荊軻和而歌，為變徵之聲，士皆垂淚涕泣。又前而為歌曰：『風蕭蕭兮易水寒，壯士一去兮不復還！』復為羽聲慷慨，士皆瞋目，髮盡上指冠。」

魂度楓林：杜甫《夢李白》詩之一：「魂來楓林青，魂返關塞黑。」

2. 不愧：《公羊傳．僖公十年》：（晉）獻公病將死，謂荀息曰：「士何如，則可謂之信矣？」荀息對曰：「使死者反生，生者不愧乎其言，則可謂信矣。」

擘（bò ㄅㄛˋ）：分開；剖裂。陸游《趙將軍》詩：「擘山瀉黃河，萬古仰巨靈。」

3. 新亭：亭名，三國吳始建，名臨滄觀。晉代重修，名新亭。故址在今南京江寧區。《世說新語．言語》：「過江諸人，每至美日，輒相邀新亭，藉卉飲宴。周侯中坐而嘆曰：『風景不殊，正自有山河之異！』皆相視流淚。唯王丞相愀然變色曰：『當共勠力王室，克復神州，何至作楚囚相對！』」後以「新亭淚」指懷念故國或憂國傷時之悲憤心情。

4. 冰如：陳璧君（一八九〇—一九五九），字冰如，原籍廣東新會，生於馬來亞檳榔嶼華僑富商家庭。一九〇七年汪精衛赴馬來亞宣傳革命，陳與之相識，隨後加入同盟會。一九一〇年與汪精衛等赴北京謀刺攝政王。一九一二年四月與汪精衛結婚。其後曾任國民黨中央監察委員，在汪精衛政府亦歷任要職。一九四六年被判無期徒刑，監禁於蘇州獅子口監獄，一九四九年移送上海提籃橋監獄，一九五九年六月十七日病逝。

展堂：胡漢民（一八七九—一九三六），字展堂，廣東番禺人。光緒二十七年（一九〇一）舉人，後赴日本留學，一九〇五年加入同盟會，被推為評議部評議員。一九一一年十一月被推為廣東都督，十二月任中華民國臨時大總統府秘書長，後歷任國民黨中央執行委員、南京國民政府中央政治會議主席、立法院長、國民黨中央常務委員會主席等職。一九三六年五月二日病逝於廣州。

伯先：趙聲（一八八一—一九一一），字伯先，江蘇丹徒（今鎮江）人。光緒二十七年（一九〇一）考入江南水師學堂和陸師學堂，一九〇三年赴日本考察，一九〇六年加入同盟會。歷任廣東新軍第二標、第一標標統。辛亥廣州起義，趙聲任總指揮，起義失敗後憂憤成疾，一九一一年五月十八日病逝於香港。

腹痛：典出曹操《祀故太尉橋玄文》：「又承從容約誓之言：『殂逝之後，路有經由，不以斗酒隻雞過相沃酹，車過三步，腹痛勿怪。』雖臨時戲笑之言，非至親之篤好，胡肯為此辭乎？」後因指哀悼亡友。

附：張江裁《汪精衛先生行實錄．汪精衛先生庚戌蒙難實錄》：章孤桐丈嘗與余言：民國元年四月中旬，先生隨同國父為武昌之遊。是日國父談社會主義，胡漢民龐青城彈棋，先生與陳漢元賦詩。先生偶寫獄中夢友一律出示，適所夢之友人，又多在座，遂分和之。先生原唱曰：落葉空庭萬籟微，故人夢裏兩依依。風蕭易水今猶昨，魂度楓林是也非。入地相逢雖不愧，擘山無路欲何歸。記從共灑新亭淚，忍使啼痕又滿衣。梓琴和詩曰：忍為中原賦式微，哀鴻滿地有誰依。男兒慷慨輕生死，世路紛歧認是非。佛氏立心甘入獄，子規啼血已忘歸。故人往事難回首，幾度低徊淚滿衣。漢元和詩曰：一劍精神貫少微，蒼生捨汝竟誰依。荊卿渡易心何壯，博浪椎秦計豈非。萬世祖龍興亦滅，千秋遼鶴去還歸。只今虎穴生還日，猶記當年血染衣。又某君和詩曰：北發當年心事微，遠途楊柳盡依依。磨椎借箸兩無意，殺賊吟詩各不非。李白江南久相憶，令威遼海乍來歸。十年間事難回首，手擊船舷月滿衣。又某君和詩曰：頭顱一擲豈輕微，忍見蒼生失所依。借箸奇謀前席是，奮椎遺計副車非。相看夢裏論交切，何意生前奏凱歸。最是樓船西上月，燕雲回首淚沾衣。

附註：章孤桐：即章士釗（一八八一—一九七三）；龐青城：即龐元澄（一八七五—一九四五）；陳漢元：即陳家鼎（一八七六—一九二八），南社社友。梓琴：即田桐（一八七九—一九三〇），南社社友。

夢中作

朅來荒島上[1]，極目海天明。心與孤帆遠，身如一棹輕。浪花分日影，石筍咽湍聲。漠漠平煙外，翛然白鷺橫[2]。

【解題】《邱樊倡和集》題作《夢中得詩醒而遺其半追摹夢境足而成之》，文字略異。

1. 朅（qiè ㄑㄧㄝˋ）：句首助詞。朅來：猶言來，來到。唐·張九齡《歲初登高安南樓言懷》詩：「朅來彭蠡澤，載經敷淺原。」
2. 漠漠：迷蒙貌。翛（xiāo ㄒㄧㄠ）然：超脫無拘束貌。《莊子·大宗師》：「翛然而往，翛然而來而已矣。」唐·王維《積雨輞川莊作》詩：「漠漠水田飛白鷺，陰陰夏木囀黃鸝。」

大雪

凍雲沈沈作天幕[1]。直令萬象沈寥廓。朝來開戶忽大叫。瓊樓玉宇來相照。曇空自漠漠[2]，四野何茫茫。飄如扁舟淩滄浪。銀濤萬頃搖光芒。又如花時歸故鄉。玉田藹藹素馨香[3]。六花霏霏已奇絕[4]。絢以朝霞助明滅。千里一白無纖塵[5]，欲與冰壺爭皎潔[6]。王母瓊漿真可咽。謝公屐齒應知惜[7]。如何棄擲道路隅，遂令泥土同狼藉。噓嗟乎莫怨雪成泥。雪花入土土膏肥[8]。孟夏草木待爾而繁滋[9]。

【解題】《邱樊倡和集》題作《雪》，文字略異。

1. 凍雲：冬天之陰雲。唐．李世民《望雪》詩：「凍雲宵徧嶺，素雪曉凝華。」
2. 曇空：雲氣密佈之天空。《說文新附．日部》：「曇，雲布也。」
3. 玉田：冰雪覆蓋之田野。唐．李紳《登禹廟降雪》詩：「玉田千畝合，瓊室萬家開。」藹藹：香氣濃烈貌。漢．劉向《九嘆．湣命》：「懷椒聊之藹藹兮，乃逢紛以罹詬。」素馨：植物名。其花色白而芳香，故稱。宋．吳曾《能改齋漫錄．方物》：「嶺外素馨花，本名耶悉茗花，……唯花潔白，南人極重之，以白而香，故易其名。」
4. 六花：即雪花。雪花結晶六瓣，故云。唐．賈島《寄令狐綯相公》詩：「自著衣偏暖，誰憂雪六花。」霏霏：雨雪盛貌。《詩．小雅．采薇》：「今我來思，雨雪霏霏。」
5. 纖塵：微塵。唐．張若虛《春江花月夜》詩：「江天一色無纖塵，皎皎空中孤月輪。」
6. 冰壺：指月亮或月光。唐．元稹《獻滎陽公》詩：「冰壺通皓雪，綺樹眇晴煙。」

7. 謝公屐：一種木屐，前後齒可裝卸。《宋書・謝靈運傳》：「（靈運）尋山陟嶺，必造幽峻，巖嶂十重，莫不備盡。登躡常着木履，上山則去其前齒，下山去其後齒。」唐・李白《夢游天姥吟留別》詩：「腳着謝公屐，身登青雲梯。」

8. 土膏：土中所含之養份。《國語・周語上》：「陽氣俱蒸，土膏其動。」宋・宋庠《次韻和吳侍郎佳雪應祈豐年有望》詩：「稍添波面白，併作土膏肥。」

9. 孟夏：夏季第一個月，即農曆四月。晉・陶淵明《讀〈山海經〉》詩之一：「孟夏草木長，遶屋樹扶疏。」繁滋：繁殖滋生。晉・張華《鷦鷯賦》：「繁滋族類，乘居匹遊，翩翩然有以自樂也。」

附：曼昭《南社詩話》：「前人種樹，後人乘涼。」莫問收穫，只問耕耘。尚矣！……龔定庵云：「落紅不是無情物，化作春泥更護花。」精衛愛誦之。近日坊刻《汪精衛集》，於〈民族的國民〉篇末綴此兩句，余頗疑之，嘗於通訊時問及。得精衛復書云：「篇末空白，隨意填寫古人詩詞或格言一兩句，此雜誌慣事也。然其後輾轉翻刻，竟若以此兩句為與論文相連屬者然，此則非僕所知矣。」然此兩句實能道出志士仁人殺身成仁之心事。執信詩「葉落還肥根」，精衛謂是龔定庵詩意，而另有一種古樸風味。其實精衛所自作，如「雪花入土土膏肥，孟夏草木待爾而繁滋」，如「飛絮便應窮碧落，墜紅猶復絢蒼苔」，亦此物此志也。

見梅花折枝

家在嶺之南，見梅不見雪。時將皴玉姿[1]，虛擬飛瓊色。祗今雪窖中，卻斷梅消息。忽逢一枝斜，相對嘆奇絕。乃知雨雪來，端為梅花設。煙塵一掃淨，皎皎出寒潔。清輝妙相映[2]，秀色如可掇。香隨心共澹，影與神俱寂。藹藹含春和[3]，稜稜見秋烈。俠士蘊沖抱[4]，美人負奇節。孤根竟何處[5]，念此殘枝折。忽憶珠江頭，花時踏寒月。

【解題】《邱樊倡和集》題作《雪中見梅花折枝感賦》，文字略異。

1. 皴（cūn ㄘㄨㄣ）玉：喻梅。陸游《十二月初一日得梅一枝絕奇戲作長句今年於是四賦此花矣》詩：「盡意端相終有恨，夜寒皴玉倩誰溫？」飛瓊：喻雪。宋・辛棄疾《滿江紅・和范先之雪》：「天上飛瓊，畢竟向人間情薄。」

2. 清輝：月之清光。杜甫《月圓》詩：「故園松桂發，萬里共清輝。」秀色：優美之景色。南朝宋・王僧達《答顏延年》詩：「麥壟多秀色，楊園流好音。」掇（duó ㄉㄨㄛˊ，讀入聲）：拾取。《詩・周南・芣苢》：「采采芣苢，薄言掇之。」

3. 藹藹：溫和貌。韓愈《醉贈張秘書》詩：「君詩多態度，藹藹春空雲。」春和：春日之和暖。《漢書・文帝紀》：「方春和時，草木群生之物皆有以自樂。」晉・傅玄《眾星》詩：「冬寒地為裂，春和草木榮。」稜稜：嚴寒貌。南朝宋・鮑照《蕪城賦》：「稜稜霜氣，蔌蔌風威。」

4. 沖抱：猶虛懷。元・沈夢麟《楊原英招飲和壁間韻》詩：「於焉有佳士，沖抱吐華月。」

美人節：元．貫雲石《美人篇》詩：「天與美人傾國色，不如更與美人節。夢裏梅花夢外身，萬古千年一明月。」

5. 孤根：樹木獨生之根。喻孤獨無依。張九齡《出為豫章郡途次廬山東巖下》詩：「孤根自靡托，量力況不任。」

寒夜背誦古詩至「波瀾誓不起，妾心古井水」，美其詞意，為進一解

止水既無滓[1]，流水亦無頗。渟為百尺潭[2]，蕩為千層波。娟娟月自永，習習風微和[3]。泠然識此意，欲和滄浪歌[4]。

【解題】引句出孟郊《烈女操》詩。

1. 止水：靜止之水。《莊子．德充符》：「仲尼曰：『人莫鑑於流水而鑑於止水。』」頗：偏頗，不平正。
2. 渟（tíng ㄊㄧㄥˊ）：水聚集不流。漢．馬融《長笛賦》：「於是山水猥至，渟涔障潰。」
3. 娟娟：長曲貌。鮑照《玩月城西門廨中》詩：「始出西南樓，纖纖如玉鈎。末映東北墀，娟娟似蛾眉。」亦作明媚解。司馬光《和楊卿中秋月》詩：「嘉賓勿輕去，桂影正娟娟。」習習：微風和煦貌。《詩．邶風．谷風》：「習習谷風，以陰以雨。」陶淵明《擬古九首》之七：

「日暮天無雲，春風扇微和。」

4. 泠然：輕妙貌。《莊子．逍遙遊》：「夫列子御風而行，泠然善也。」

滄浪（láng ㄌㄤˊ）歌：古歌曲，又名《孺子歌》。《孟子．離婁上》：「有孺子歌曰：『滄浪之水清兮，可以濯我纓；滄浪之水濁兮，可以濯我足。』」

見人析車輪為薪，為作此歌

年年顛蹶關山路，不向崎嶇嘆勞苦。只今困頓塵埃間，倔強依然耐刀斧。輪兮輪兮生非徂徠新甫之良材[1]，莫辭一旦為寒灰[2]。君看擲向紅鑪中，火光如血搖熊熊。待得蒸騰薦新稻[3]，要使蒼生同一飽。

【解題】勞薪：古時車輪多為木製，受力最重且久，敝則析以為柴，故云。《世說新語．術解》：「荀勖嘗在晉武帝坐上食筍進飯，謂在坐人曰：『此是勞薪炊也。』坐者未之信，密遣問之，實用故車腳。」宋．蘇軾《貧家淨掃地》詩：「慎勿用勞薪，感我如薰蕕。」

1. 徂徠（cú ㄘㄨˊ / lái ㄌㄞˊ）、新甫：指生長棟樑材之大山。《詩・魯頌・閟宮》：「徂來之松，新甫之柏。是斷是度，是尋是尺。」
2. 寒灰：已冷卻之灰燼，猶死灰。鮑照《贈故人馬子喬六首》之二：「寒灰滅更燃，夕華晨更鮮。」
3. 蒸騰：氣體上升。元稹《秋堂夕》詩：「雲雷暗交構，川澤方蒸騰。」薦：進獻；送上。
汪精衛《革命之決心》：「是故不畏死之勇，德之烈者也；不憚煩之勇，德之貞者也：二者之用，各有所宜。譬之炊米為飯，盛之以釜，爇之以薪。薪之始燃，其光熊熊，轉瞬之間成煨燼。然體質雖滅，而熱力漲發，成飯之要素也；釜之為用，水不能蝕，火不能鎔，水火交煎逼，曾不少變其質，以至於成飯，其熬煎之苦至矣！斯亦成飯之要素也。嗚呼！革命黨人，將以身為薪乎？抑以身為釜乎？亦各就其性之所近者，以各盡所能而已。革命之效果，譬則飯也；待革命以蘇其困之四萬萬人，譬則啼饑而待哺者也。革命黨人以身為薪，或以身為釜，合而炊飯，俟飯之熟，請四萬萬人共饗之！」

除夕

今夕復何夕[1]，圜扉萬籟沈。孤懷戀殘臘[2]，幽思發微吟。積雪均夷險，危松定古今。春陽明日至[3]，不改歲寒心。

【解題】是為宣統三年（庚戌）除夕，即公曆一九一一年一月二十九日。

1. 今夕何夕：讚嘆語，意謂此夜為良辰。《詩·唐風·綢繆》：「今夕何夕，見此良人。」杜甫《贈衛八處士》詩：「今夕復何夕，共此燈燭光。」《邱樊倡和集》本句作「倚枕不成寐」。

圜扉：獄門。獄門以圓木為扉，故借指為牢獄。唐·駱賓王《獄中書情通簡知己》詩：「圜扉長寂寂，疎網尚恢恢。」

2. 孤懷：孤高之情懷。孟郊《連州吟》詩：「孤懷吐明月，眾毀爍黃金。」

殘臘：農曆年底。唐·李頻《湘口送友人》詩：「零落梅花過殘臘，故園歸去又新年。」

幽思：深思，沈思。《史記·屈原賈生列傳》：「故憂愁幽思而作離騷。」

3. 春陽：即陽春。漢·焦贛《易林·井之巽》：「春陽生草，夏長條枝。」舊題枚乘《雜詩》之七：「蘭若生春陽，涉冬猶盛滋。」

歲寒心：喻堅貞不屈之節操。語本《論語·子罕》：「歲寒然後知松柏之後凋也。」張九齡《感遇》詩之七：「豈伊地氣暖？自有歲寒心。」

悠悠一年事[1]，歷歷上心頭[2]。成敗亦何恨，人天無限憂。河山餘磊
塊[3]，風雨滌牢愁[4]。自有千秋意，韶華付水流。

1. 悠悠：久長；久遠。《楚辭·九辯》：「去白日之昭昭兮，襲長夜之悠悠。」

2. 歷歷：逐一，一一。韓愈《送李正字歸》詩：「歷歷余所經，悠悠子當返。」

3. 磊塊：猶塊壘。喻胸中鬱積之不平。陸游《家居自戒》詩之三：「未能平磊塊，已復生堆阜。」

4. 牢愁：憂愁，憂鬱。《漢書．揚雄傳上》：「又旁《惜誦》以下至《懷沙》一卷，名曰《畔牢愁》。」《邱樊倡和集》本聯作「蒼茫追漢臘，淒咽聽吳謳。」

獄簷偶見新綠口占

初日枝頭露尚涵，春光如酒亦醰醰[1]。青山綠水知何似？愁絕風前鄭所南[2]。

1. 醰醰（tán ㄊㄢˊ）：醇濃；醇厚。北周．王褒《洞簫賦》：「哀悁悁之可懷兮，良醰醰而有味。」

2. 鄭所南：南宋詩人、畫家，福建連江人。宋亡後為遺民，隱居蘇州，改名思肖，寓意思念趙宋；字憶翁，寓意不忘故國；號所南，寓意以「南」為「所」。陳炯明《修理西湖募捐序》（汪精衛代作）：「鄭所南縱觀青山綠水，感喟蒼茫，無以為情，而作《心史》。」

晚眺

斜陽如胭脂，林木盡渲染。秀色自天然，桃李失其豔。白雲亦融洽，娟娟作霞片[1]。晴空淨如拭，著此三兩點。春光如故人，醇醪醉深淺[2]。感此太和心[3]，臨風相繾綣。

【解題】《邱樊倡和集》題作《春日晚眺》，文字略異。

1. 霞片：即雲片。宋．梅堯臣《碧雲騢》：「碧雲騢者，廄馬也……以其吻肉色碧如霞片，故號之。」
2. 醇醪：味道醇厚之美酒。《史記．袁盎晁錯列傳》：「乃悉以其裝賚置二石醇醪。」唐．高適《宋中遇林慮楊十七山人因而有別》詩：「簷前舉醇醪，竈下烹隻雞。」
3. 太和：《易．乾》：「保合大和，乃利貞。」大，一本作「太」。朱熹註：「太和，陰陽會合沖和之氣也。」

繾綣（qiǎn ㄑㄧㄢˇ／quǎn ㄑㄩㄢˇ）：纏綿。晉．陸雲《與張光祿書》之二：「望風自託，其意繾綣。」

春晚

向晚微風和[1]，斜月明天邊。流雲受餘豔，漾作晴霞妍[2]。長空舒霽碧，光景涵清鮮。感此春氣好[3]，閒階自流連。眾鳥相往還，飛鳴時翩翩。[4]如何我與君，離思徒纏綿[5]。相去不咫尺，邈如隔雲煙[6]。娟娟明月影，故故向人圓[7]。何當若流星，一閃至君前。

【解題】《邱樊倡和集》、《南社叢刻》題作「寄小隱」，《汪精衛全集》題作「暮春遣興寄小隱」。

1. 向晚：傍晚。唐·權德輿《成南陽墓》詩：「向晚微風起，如聞坐嘯時。」
2. 晴霞：即明霞。隋煬帝《早渡淮》詩：「晴霞轉孤嶼，錦帆出長圻。」
3. 春氣：春季陽和之氣。《莊子·庚桑楚》：「夫春氣發而百草生，正得秋而萬寶成。」
4. 陶淵明《飲酒二十首》之五：「山氣日夕佳，飛鳥相與還。」
飛鳴：邊飛邊鳴。晉·潘岳《射雉賦》：「越壑淩岑，飛鳴薄廩。」
5. 離思：別後之思緒。三國魏·曹植《九愁賦》：「嗟離思之難忘，心慘毒而含哀。」

6. 邈：遙遠。《楚辭．九章．悲回風》：「藐蔓蔓之不可量兮，縹緜緜之不可紆。」

7. 故故：故意；特意。杜甫《月三首》之三：「時時開暗室，故故滿青天。」

獄中聞溫生才刺孚琦事

血鐘英響滿天涯，不數當年博浪沙[1]。石虎果然能沒羽，城狐知否悔磨牙[2]。

鬢銜劍底情何暇，犀照磯頭語豈誇[3]。長記越臺春欲暮，女牆紅遍木棉花[4]。

【解題】《邱樊倡和集》題作《感事》。溫生才（一八七〇——一九一一）：字練生，廣東嘉應（今梅州）人，一九〇七年加入同盟會，一九一〇年謀刺廣州將軍增祺未果；一九一一年四月八日，於廣州街頭擊斃新任廣州將軍孚琦，後被捕遇害。孚琦：字樸孫，西林覺羅氏，滿洲正藍旗人，累官至內閣學士。宣統二年（一九一〇）任廣州將軍。

1. 血鐘：本指以血釁鐘，在古代為祭祀儀式。後演變為一種軍禮，《太平御覽》引《軍令》：「若出征有所剋獲，還亦祠。向敵祠，血於鐘鼓。秋祠及有所剋獲，但祠，不血鐘鼓。」此處喻以鮮血喚醒民眾。近代波蘭劇作家廖抗夫（Leopold-Kampf，1874-1913）有《夜未央》（*Am Vorabend*）一劇，寫俄國民粹派青年之暗殺活動，劇中主人公為推翻專制制度，捨棄自由與愛情，寧願以生命敲響「血鐘」，喚起人民覺醒。該劇由李石曾譯成中文，於一九〇八年初版，反響極大。《夜未央》（第一場）：樺西里：「……須得你自己，先能夠被那如江如河的血流，沖將起來。他們自然也就鼓舞着，跟着我們動了。所以這個『血鐘』，應當響起來，越響越高，不到那全勝的時候不止。」汪精衛被逮之後，胡漢民曾發表其行前書信三通，並為跋云：「按吾友此事蓄念已久，然吾與孫中山君，及一二同志屢泥其行，其意皆欲吾友為木鐸，不遽為血鐘也。吾友所言，昭昭然揭日月而行，譬之炊飯，以己為薪，曾不念其己當為釜者，故終不能回吾友之意。關於此事，往復辯論者數，而此書最為明白詳盡，故錄之。時距北京事件一年，閱者亦可知吾友非一時慷慨赴死者矣。」

不數：不亞於。博浪沙：地名。在今河南陽武縣。《史記·留侯世家》：「（張）良與客狙擊秦皇帝博浪沙中。」

2. 沒羽：《韓詩外傳》卷六：「昔者楚熊渠子夜行，寢石，以為伏虎，彎弓而射之，沒金飲羽。下視，知其為石。」又《史記·李將軍列傳》：「廣出獵，見草中石，以為虎而射之，中石沒鏃。」

城狐：城牆洞中之狐狸，喻有所憑依而為非作歹之人。《晉書·謝鯤傳》：「及敦將為逆，謂鯤曰：『劉隗姦邪，將危社稷。吾欲除君側之惡，匡主濟時，何如？』對曰：『隗誠始禍，然城狐社鼠也。』」

磨牙：磨利牙齒，伺機攫食，形容兇狠。焦贛《易林·需之鼎》：「虎聚磨牙，以待豚豬。」李白《蜀道難》詩：「磨牙吮血，殺人如麻。」

3. 銜鬚：喻臨難不屈、大義凜然。《後漢書·溫序傳》：「序受劍，銜鬚於口，顧左右曰：『既為賊所迫殺，無令鬚污土。』遂伏劍而死。」暇（xià ㄒㄧㄚˋ）：從容；悠閒。

犀照：見《小休集》序註3。

4. 越臺：即越王臺。漢時南越王趙佗所築，在廣州越秀山。韓愈《送鄭尚書赴南海》詩：「貨通師子國，樂奏越王臺。」

女牆：城牆上呈凹凸形之小牆。《釋名．釋宮室》：「城上垣，曰睥睨……亦曰女牆，言其卑小，比之於城。」

木棉：落葉喬木，又名攀枝花、英雄樹。花大而紅，先葉而開。

辛亥三月二十九日廣州之役，余在北京獄中，偶聞獄卒道一二，未能詳也，詩以寄感

欲將詩思亂閒愁[1]，卻惹茫茫感不收。九死形骸慚放浪，十年師友負綢繆[2]。

殘鐙難續寒更夢，歸雁空隨欲斷眸。最是月明鄰笛起，伶俜吟影淡於秋[3]。

【解題】辛亥三月二十九：即公曆一九一一年四月二十七日。是日革命黨人在黃興等指揮下發起廣州起義，旋歸失敗，損失慘重。後檢得烈士屍骨七十二具，合葬於黃花崗，後此役亦稱「黃花崗起義」。又：《邱樊倡和集》題作《感事》。

1. 詩思（sīㄙ）：作詩之情思。唐．皎然《五言送邱秀才遊越》詩：「山情與詩思，爛熳欲何從。」
閒愁：無端或無謂之愁緒。唐．許渾《游江令舊宅》詩：「閒愁此地更西望，潮浸臺城春草長。」

2. 九死：猶萬死。屈原《離騷》：「亦余心之所善兮，雖九死其猶未悔。」放浪：放蕩；形骸：人之軀體。放浪形骸指行動不受世俗禮節束縛。晉・王羲之《蘭亭集序》：「或因寄所託，放浪形骸之外。」

綢繆：情意殷切。舊題漢・李陵《與蘇武詩》之二：「獨有盈觴酒，與子結綢繆。」

3. 隣笛：寓悼念亡友。晉・向秀《思舊賦》序：「余與嵇康、呂安居止接近，其人並有不羈之才，……其後各以事見法……余逝將西邁，經其舊廬，於時日薄虞淵，寒冰淒然，鄰人有吹笛者，發聲寥亮，追思曩昔游宴之好，感音而嘆，故作賦云。」

伶俜（pīng ㄆㄧㄥ）：孤單貌。《玉臺新詠・古詩為焦仲卿妻作》：「晝夜勤作息，伶俜縈苦辛。」

珠江難覓一雙魚，永夜愁人慘不舒[1]。南浦離懷雖易遣，楓林噩夢漫全虛[2]。

鵑魂若化知何處，馬革能酬愧不如[3]。淒絕昨宵鐙影裏，故人顏色漸模糊[4]。

1. 雙魚：古詩有「客從遠方來，遺我雙鯉魚。呼兒烹鯉魚，中有尺素書」，後指代書信。唐・楊炯《和酬虢州李司法》詩：「非君重千里，誰肯惠雙魚。」

永夜：長夜。鮑照《代蒿里行》詩：「馳波催永夜，零露逼短晨。」慘舒：漢・張衡《西京賦》：「夫人在陽時則舒，在陰時則慘，此牽乎天者也。」後以「慘舒」指憂樂、盛衰等。宋・楊萬里《秋熱》詩：「多難幽懷慘不舒，秋風殘暑掃難除。」

2. 南浦：南面水邊。後常指代送別之地。屈原《九歌．河伯》：「子交手兮東行，送美人兮南浦。」江淹《別賦》：「春草碧色，春水淥波，送君南浦，傷如之何。」

楓林：參前詩《秋夜》註1。

3. 鵑魂：相傳古代蜀帝杜宇讓位鱉靈自逃，後欲復位不得而死，魂化為鵑，悲啼不止，乃至血出，人稱冤鳥。見漢．揚雄《蜀王本紀》。後以「鵑魂」指冤魂。

馬革：即馬革裹屍。謂戰死沙場。《後漢書．馬援傳》：「男兒要當死於邊野，以馬革裹屍還葬耳，何能臥牀上在兒女子手中邪？」

4. 故人：指黃花崗烈士林時塽、李文甫、喻培倫等。汪精衛於一九四三年作《故人故事》一文（見《古今》第十九期），可為此詩詳註，文長不錄。顏色：面容。《禮記．玉藻》：「凡祭，容貌顏色，如見所祭者。」江淹《古離別》詩：「願一見顏色，不異瓊樹枝。」

辛亥三月二十九日廣州之役，余在北京獄中聞展堂死事，為詩哭之，纔成三首，復聞展堂未死，遂輟作

馬革平生志，君今幸已酬。卻憐二人血，不作一時流。忽忽餘生恨，茫茫後死憂[1]。難禁十年事，潮上寸心頭[2]。

【解題】辛亥三月二十九日廣州之役：一九一一年四月廿七日（農曆辛亥三月廿九）革命黨人於廣州發動起義，但終歸失敗，後有烈士七十二人遺體合葬於廣州郊外之紅花崗（後改名黃花崗），故亦稱黃花崗起義。

1. 忽忽：倏忽，急速貌。屈原《離騷》：「欲少留此靈瑣兮，日忽忽其將暮。」後死：謂死在後，常用作生者自謙之詞。《論語．子罕》：「天之將喪斯文也，後死者不得與於斯文也。」

2. 十年：按一九〇二年胡漢民留學日本，入東京弘文學院速成師範科，不久退學回國；一九〇四年再度留日，入法政大學速成法政科，是年汪精衛以官費留學日本法政大學速成科，與胡漢民等同船赴日，二人此時方相識，至辛亥尚不足八年故所謂「十年」當舉其成數而言。

落落初相見，無言意已移[1]。弦韋常互佩，膠漆不曾離[2]。杜鑴朝攜處，韓檠夜對時[3]。歲寒樂相共，情意勝連枝[4]。

1. 落落：猶磊落。《三國志．蜀志．彭羕傳》：「若明府能招致此人，必有忠讜落落之譽。」楊炯《和劉長史答十九兄》詩：「風標自落落，文質且彬彬。」

2. 弦韋：弦和韋，指用作自警自勉之物。《韓非子．觀行》：「西門豹之性急，故佩韋以自緩；董安于之心緩，故佩弦以自急。」此處意指二人互相警勉。
膠漆：喻情誼極深，親密無間。漢．鄒陽《獄中上梁王書》：「感於心，合於意，堅如膠漆，昆弟不能離，豈惑於眾口哉！」

3. 鑱：古代一種掘土農具，裝有彎曲之長柄，稱長鑱。杜鑱：喻艱苦度日。杜甫《乾元中寓居同谷縣作歌七首》之二：「長鑱長鑱白木柄，我生託子以為命。」
韓檠：喻刻苦攻讀。韓愈《短燈檠歌》：「長檠八尺空自長，短檠二尺便且光……此時提攜當案前，看書到曉那能眠。」

4. 連枝：兩樹枝條連生一起。喻同胞兄弟姐妹。南朝梁．周興嗣《千字文》：「孔懷兄弟，同氣連枝。」

日日中原事，傷心不忍聞。賦懷徒落落，過眼總紛紛。蝙蝠悲名士，蜉蝣嘆合群[1]。故園記同眺，愁絕萬重雲。

1. 蝙蝠：喻騎牆派。《伊索寓言》有《鳥獸和蝙蝠》一則，記鳥獸雙方大戰，互有勝負，蝙蝠依違其間，鳥勝則謂己為鳥，獸勝則謂己為獸。後鳥獸議和，蝙蝠乃遭雙方拋棄。
按：汪精衛曾撰文譏立憲派為「蝙蝠名士」：「昔有鷃鵲名士，今有蝙蝠名士」（《新民叢報之怪狀》，《民報》第六號，一九〇六年）；「即今之立憲黨人……此等人平日不憚以蝙蝠名士自居，充然無廉耻之色。」（《論革命之趨勢》，《民報》第二十五號，一九一〇年）

蜉蝣：昆蟲名。多群飛，生存期極短。多喻淺薄狂妄之輩。晉．郭璞《游仙詩》之三：「借問蜉蝣輩，寧知龜鶴年。」清．袁枚《隨園詩話》：「今人未窺韓柳門戶，而先掃六朝；未得李杜皮毛，而已輕溫李：何蜉蝣之多也。」

附：胡漢民《精衛獄中誤聞余死有詩三首至粵始出相示依元韻和之》（一九一二）

博浪椎秦志，原知未易酬。可憐成獨往，只欲障狂流。日日中原事（原句），沈沈大地憂。廣州三月暮，吾亦戴吾頭。

火盡薪仍在，行危道不移。心魂留共守，風雨恨相離。國士生還日，群黎望治時。當春繁萬木，彌重歲寒枝。

既定共和局，因之揖讓聞。我懷良未已，此日且無紛。回雁知秋氣，飛鳥有舊群。徘徊不能去，應為故山雲。

感懷

士為天下生，亦為天下死。方其未死時，怦怦終不已[1]。宵來魂躍躍，一驚三萬里[2]。山川如我憶，相見各含睇[3]。願言發清音，一為洗塵耳[4]。醒來思如何，斜月淡如水。

1. 怦怦：心跳動貌。《楚辭．九辯》：「私自憐兮何極，心怦怦兮諒直。」
2. 躍躍：跳動貌。喻急切期待或心情激動。鶩（wù ㄨˋ）：疾速行進。
3. 含睇：含情而視。睇，斜視貌。屈原《九歌．山鬼》：「既含睇兮又宜笑，子慕予兮善窈窕。」
4. 願言：期望殷切貌。《詩．衛風．伯兮》：「願言思伯，甘心首疾。」清音：清越之聲。晉．左思《招隱詩》之一：「非必絲與竹，山水有清音。」洗耳：表示厭聞污濁之聲。晉．皇甫謐《高士傳．許由》：「堯又召為九州長，由不欲聞之，洗耳於潁水濱。」

述懷

形骸有死生，性情有哀樂。此生何所為，此情何所託。嗟余幼孤露，學殖苦磽确[1]。蓼莪懷辛酸，菜根甘淡泊[2]。心欲依墳塋，身欲棲巖壑[3]。憂患來薄人[4]，其勢疾如撲。一朝出門去，萬里鶩寥落[5]。感時積磊塊，頓欲忘疏略[6]。鋒鋩未淬厲，持以試盤錯[7]。蒼茫越關山，暮色照行橐[8]。瘴雨黯蠻荒，寒雲蔽窮朔[9]。山川氣悽愴，華采亦銷鑠[10]。愀然不敢顧，俯仰有餘怍[11]。遂令新亭淚，一灑已千斛。回頭望故鄉，中情自惕若[12]。尚憶牽衣時，謬把歸期約[13]。

蕭條庭前樹，上有慈烏啄[14]。孤姪襁褓中，視我眸灼灼[15]。兒乎其已喻，使我心如斫。沈沈此一別，賸有夢魂噩。哀哉眾生病[16]，欲救無良藥。歌哭亦徒爾，搔爬苦不著。針砭不見血，痿痺何由作[17]。驅車易水傍[18]，嗚咽聲如昨。漸離不可見，燕市成荒寞[19]。悲風天際來，驚塵暗城郭[20]。萬象刺心目，痛苦甚炮烙[21]。恨如九鼎壓，命似一毛擢[22]。大椎飛博浪，比戶十日索[23]。初心雖不遂，死所亦已獲[24]。此時神明靜，蕭然臨湯鑊[25]。九死誠不辭，所失但軀殼[26]。悠悠檻穽中，師友嗟已邈[27]。我書如我師，對越凜矩矱[28]。昨夜我師言，孺子頗不惡[29]。但有一事劣，昧昧無由覺[30]。如何習靜久，輒爾心躍躍[31]。有如寒潭深，潛虯自騰轢[32]。又如秋飆動，鷙鳥聳以愕[33]。百感紛相乘，至道終隔膜[34]。悚息聞師言，愧汗駭如濯[35]。平生慕慷慨，養氣殊未學[36]。哀樂過劇烈，精氣潛摧剝[37]。餘生何足論，魂魄亦已弱。痌瘝耿在抱，涵泳歸沖漠[38]。琅琅讀西銘，清響動寥廓[39]。

【解題】按《邱樊倡和集》，此詩作於一九一一年。又《掃葉集》有詩：「冰如手書陽明先生答聶文蔚書及余所作述懷詩合為長卷，繫之以辭，因題其後。時為中華民國三十年四月二十四日，距同讀《傳習錄》時已三十三年，距作述懷詩已三十二年矣。」或為汪氏誤記。

1. 孤露：孤單無所蔭庇。指父母早亡。嵇康《與山巨源絕交書》：「少加孤露，母兄見驕，不涉經學。」學殖：學問積累增進。亦泛指學業、學問。《左傳．昭公十八年》：「夫學，殖也；不學將落。」杜預注：「殖，生長也；言學之進德，如農之殖苗，日新日益。」磽（qiāo ㄑㄧㄠ）确：土地堅硬貧瘠。此喻學業荒疎。
2. 蓼莪（lù ㄌㄨˋ，é ㄜˊ）：《詩．小雅》有《蓼莪》一篇，述子女追慕雙親撫養之德。後以指悼念亡親。
菜根：喻生計艱難。陸游《感遇》詩之三：「但能飽菜根，何地不可處。」
3. 依墳塋：指在父母墳塋旁守喪盡孝。棲巖壑：棲息於山林巖谷之間，指隱居。
4. 薄：逼近，靠近。
5. 出門：外出，亦喻死亡。陶淵明《擬挽歌辭》之二：「一朝出門去，歸來夜未央。」此處指離家遠行。寥落：衰落；衰敗。陶淵明《和胡西曹示顧賊曹》詩：「悠悠待秋稼，寥落將賒遲。」
6. 疏略：粗略；粗心大意。范仲淹《答安撫王內翰書》：「某處事疎略，忤朝廷意，既去職任而尚懷國家之憂。」
7. 淬厲：厲同礪，淬火磨礪。北齊．劉晝《新論．崇學》：「越劍性利，非淬礪而不銛。」盤錯：盤根錯節之略語。謂樹木根株盤屈，枝節交錯。喻事情艱難複雜。
8. 橐（tuó ㄊㄨㄛˊ，讀入聲）：盛物之袋。行橐即行囊。
9. 瘴雨：南方含有瘴氣之雨。蠻荒：原指南方未開化之地，後泛指經濟文化落後之僻遠地區。窮朔：極北之地。泛指北方。

10. 銷鑠：消逝。何遜《暮秋答朱記室》詩：「寸陰坐銷鑠，千里長遼迥。」

11. 愀（qiǎo ㄑㄧㄠˇ）然：憂愁貌。作（zuò ㄗㄨㄛˋ）：羞慚。

12. 中情：內心之感情。惕若：勤奮謹慎，不敢懈怠。《易．乾．九三》：「君子終日乾乾，夕惕若，厲無咎。」

13. 牽衣：拉着衣襟，指依依不捨。此句謂其五姊，參下文《重九日謁五姊墓》詩解題。

14. 慈烏：烏鴉之一種。相傳此鳥能反哺其母，故稱。晉．王嘉《拾遺記．魯僖公》：「仁鳥，俗亦謂烏，白臆者為慈烏，則其類也。」

15. 孤姪：指喪父或父母雙亡之侄。按此侄為汪精衛二兄兆鋐之子。兆鋐於一九〇〇年娶妻，一九〇三年去世，汪精衛於一九〇四年赴日留學。灼灼：明亮貌。

16. 眾生：泛指人和一切動物。有時也僅指百姓、世人。

17. 針砭：砭石所製之針。也指針灸治病。痿痺（bì ㄅㄧˋ）：肢體不能動作或喪失感覺。也指麻木不仁，對事物反應遲鈍或漠不關心。作：起身。

18. 易水：參前《秋夜》詩註 1。

19. 漸離：即高漸離，荊軻之友人，善擊筑。秦滅燕後，入秦為樂師，曾以鉛灌筑中，伺機撲擊始皇，被殺。燕市：參見《被逮口占》詩註 2。

20. 悲風：淒厲之寒風。《古詩十九首．去者日以疎》：「白楊多悲風，蕭蕭愁殺人。」驚塵：車馬疾駛揚起之塵土。唐．戴叔倫《奉天酬別鄭諫議雲逵盧拾遺景亮見別之作》詩：「駿馬帳前發，驚塵路傍起。」

21. 炮（páo ㄆㄠˊ）烙：相傳為殷紂王所用之酷刑。喻難以忍受之痛苦。

22. 九鼎：相傳夏禹鑄九鼎，象徵九州，夏商周三代奉為傳國寶器。喻份量極重。

一毛：一根毛。喻細小、輕微。漢．司馬遷《報任少卿書》：「假令僕伏法受誅，若九牛亡一毛，與螻蟻何以異？」

23. 大椎：《史記．留侯世家》：「留侯張良者，其先韓人也。……韓破，良家僮三百人，弟死不葬，悉以家財求客刺秦王，為韓報仇……得力士，為鐵椎重百二十斤。秦皇帝東遊，良與客狙擊秦皇帝博浪沙中，誤中副車。秦皇帝大怒，大索天下，求賊甚急，為張良故也。」

比戶：挨家挨戶。《史記．秦始皇本紀》：「二十九年，始皇東遊。至陽武博浪沙中，為盜所驚。求弗得，乃令天下大索十日。」

24. 初心：本意。死所：就死之處。《左傳．文公二年》：「其友曰：『盍死之？』（狼）瞫曰：『吾未獲死所。』」

25. 神明：指人之精神，心思。《荀子．解蔽》：「心者，形之君也，而神明之主也。」

蕭然：悠閒無掛慮貌。晉．葛洪《抱朴子．刺驕》：「高蹈獨往，蕭然自得。」

湯鑊（huò ㄏㄨㄛˋ）：煮着滾水之大鍋。古代常作刑具，用來烹煮罪人。《史記．廉頗藺相如列傳》：「臣知欺大王之罪當誅，臣請就湯鑊。」

26. 軀殼：指人之肉體。宋．林希逸《莊子口義》卷七：「精神將散，則軀殼從之。」

27. 悠悠：黝黑幽暗貌。檻穽（jiàn ㄐㄧㄢˋ / jǐng ㄐㄧㄥˇ）：捕捉野獸之機具和陷坑。喻人間之陷阱、牢籠。

28. 對越：答謝頌揚。《詩．周頌．清廟》：「濟濟多士，秉文之德；對越在天，駿奔走在廟。」

凜：敬畏。矩矱（yuē ㄩㄝ，讀入聲）：規矩法度。屈原《離騷》：「曰勉升降以上下兮，求矩矱之所同。」

29. 孺子：小子，對後輩之稱呼。

30. 昧昧：無知，糊塗。「無」本作「无」，從他本改。覺（jué ㄐㄩㄝˊ，讀入聲）：明白，覺悟。

31. 習靜：修養靜寂之心性。亦指過幽靜之生活。何遜《苦熱》詩：「習靜閟衣巾，讀書煩几案。」

輒爾：任意，動不動。

32. 虯（qiú ㄑㄧㄡˊ）：同「虬」，無角之龍。騰轢（lì ㄌㄧˋ）：跳躍撞擊貌。

33. 飆：旋風；暴風。鷙（zhì ㄓˋ）鳥：猛禽類。聳：往上跳動。愕：受驚貌。

34. 相乘：相繼。至道：最為精深微妙之道理或道術。隔膜：理解事物流於表面，看不清實質。

35. 悚息：因惶恐而屏息。濯：洗。蘇軾《再遊徑山》詩：「老人登山汗如濯，到山困臥呼不覺。」

36. 慷慨：激昂豪爽。南朝齊·何昌寓《與驃騎大將軍蕭道成書》：「非敢慕慷慨之士，激揚當世；實義切於心，痛入骨髓。」養氣：保養元氣。語本《孟子·公孫丑上》：「我善養吾浩然之氣。」

37. 精氣：精神元氣。摧剝：摧殘。

38. 痌瘝（tōng ㄊㄨㄥ / guān ㄍㄨㄢ）：病痛；疾苦。耿：梗塞。抱：人體胸腹之間。引申指胸懷。

涵泳：浸潤；沉浸。韓愈《禘祫議》：「臣生遭聖明，涵泳恩澤。」沖漠：虛寂恬靜。梅堯臣《寄題梵才大士台州安隱堂》詩：「達士遠紛華，於茲守沖漠。」

39. 琅琅：清朗、響亮之聲。西銘：北宋理學家張載所著《正蒙·乾稱篇》中部份文字。張載曾將其錄於學堂雙牖右側，題為《訂頑》，後程頤改稱為《西銘》。

寥廓：遼闊之高天。杜甫《追酬故高蜀州人日見寄》詩：「嗚呼壯士多慷慨，合沓高名動寥廓。」

獄卒持山水便面索題

西風無地著蘭根，未讀黃書已斷魂[1]。細雨瀟瀟夢何處，江東雲樹擁孤村[2]。

【解題】《邱樊倡和集》、《南社叢刻》皆題作「為小隱題讀書圖」。

便面：古人用以遮面之扇狀物。後亦稱團扇、摺扇為便面。

1. 宋遺民鄭所南畫蘭皆露根無土，寓意國土盡已淪喪。
黃書：見前《有感》詩註1。
2. 瀟瀟：小雨貌。唐．皇甫松《夢江南》詞：「閒夢江南梅熟日，夜船吹笛雨瀟瀟。」
杜甫《春日憶李白》詩：「渭北春天樹，江東日暮雲。」

登鼓山（以下民國元年）

登山如登雲，盤紆千仞上[1]。寥寥萬松陰，唯聽疎蟬響。

【解題】鼓山：在福州東郊、閩江北岸。一九一一年十一月六日汪精衛等獲釋出獄，次年四月十七日隨孫中山自上海赴廣州，二十日抵達福州。

1. 登雲：謂升於雲端。盤紆：盤旋曲折。

太平山聽瀑布（山在南洋馬來半島）

山徑無人燕自鳴，椰陰瑟瑟弄新晴[1]。隔林遙聽潺湲起，猶作宵來風雨聲[2]。

泠然清籟在幽深，如見畸人萬古心[3]。流水高山同一曲，天風惠我伯牙琴[4]。

雙峽如花帶雨開，臨流顧影自徘徊。幾疑天上銀河水，來作人間玉鏡臺。

一片淪漪不可收，和煙和雨總無愁[5]。何當化作巖中石，一任清泉自在流。

【解題】一九一二年三月三十一日，汪精衛與陳璧君在上海結婚。四月十七日南下，經廣州（其間汪攜陳回番禺見過家人）、香港，二十五日轉赴馬來西亞庇能（Penang，即檳榔嶼），二十六日偕至陳家。參後「二十五年結婚紀念日賦示冰如」詩解題。

太平山：原稱拿律山，位於賓登山脈南麓。今亦名武吉拉律（Bukit Larut）、麥士威爾山（Maxwell Hill）。

1. 瑟瑟：象聲詞。漢．劉楨《贈從弟》詩之二：「亭亭山上松，瑟瑟谷中風。」新晴：天氣初放晴。
2. 潺湲（yuán ㄩㄢˊ）：流水聲。屈原《九歌．湘夫人》：「荒忽兮遠望，觀流水兮潺湲。」
3. 泠然：形容清越激揚之聲。畸人：指志行獨特、不同流俗之人。《莊子．大宗師》：「畸人者，畸於人而侔於天。」
4. 伯牙：春秋時著名琴師。《列子．湯問》：「伯牙善鼓琴，鍾子期善聽。伯牙鼓琴，志在高山。鍾子期曰：『善哉！峩峩兮若泰山！』志在流水。鍾子期曰：『善哉！洋洋兮若江河！』」後以「高山流水」為知音相賞之典故，也比喻音樂高妙。
5. 淪漪：即漣漪，水面微波。南朝梁．劉勰《文心雕龍．情采》：「夫水性虛而淪漪結，木體實而花萼振。」

印度洋舟中

低首空濛裏，心隨流水喧。此生原不樂，未死敢云煩。淒斷關河影，蕭條羈旅魂。孤蓬秋雨戰，詩思倩誰溫？

鐙影殘宵靜，濤聲挾雨來。風塵隨處是，懷抱幾時開。肱已慚三折，腸徒劇九迴[1]。勞薪如可爇[2]，未敢惜寒灰。

【解題】一九一二年八月，汪精衛偕陳璧君赴法留學，此詩為途中作。又：《汪精衛全集》題作「印度洋舟中書寄展堂廣州」。

1. 三折肱：喻屢遭挫折。《左傳・定公十三年》：「三折肱知為良醫。」宋・張侃《歲時書事》詩：「年來三折肱，逢人漫稱好。」劇：極，甚。九迴腸：愁腸反覆翻轉，比喻憂思鬱結難解。司馬遷《報任少卿書》：「是以腸一日而九迴。」
2. 勞薪：參前詩《見人析車輪為薪，為作此歌》解題。

舟泊錫蘭島，至古寺觀臥佛，憩寺前大樹下，導者云此樹已二千年，佛曾坐其下說法

寺前有奇樹，婆娑二千年[1]。枝條方秀發，馨香因風傳[2]。我來坐其下，久久已忘言。梵唄來空壇，其聲柔以緜[3]。感此傷我心，哀吟滿山川。回頭問臥佛，爾乃能安眠？問佛佛不應，自問亦茫然。荒山曠無人，玄雲渺無邊[4]。嗒然俯潭影，輕陰蕩清圓[5]。

【解題】錫蘭島，即今斯里蘭卡。島上有名勝區Kandy，其北有石窟寺，臥佛即供養其中。近代著名詩人黃遵憲有《錫蘭島臥佛》詩。

1. 婆娑：猶扶疎，紛披貌。《世說新語．黜免》：「殷因月朔，與眾在聽，視槐良久，嘆曰：『槐樹婆娑，無復生意。』」
2. 秀發：植物生長繁茂，花朵盛開。《詩．大雅．生民》：「實發實秀。」
3. 梵唄：佛教謂作法事時歌詠讚頌之聲。
4. 玄雲：黑雲，濃雲。屈原《九歌．大司命》：「廣開兮天門，紛吾乘兮玄雲。」

5. 嗒（tà ㄊㄚˋ）然：沮喪悵惘貌。清圓：美麗之圓形，如荷葉之類。宋．周邦彥《蘇幕遮》詞：「葉上初陽乾宿雨，水面清圓，一一風荷舉。」

曉煙（以下民國三年）

槲葉深黃楓葉紅，老松奇翠欲拏空[1]。朝來別有空濛意，只在蒼煙萬頃中。

初陽如月逗輕寒，咫尺林原成遠看。記得江南煙雨裏，小姑鬟影落春瀾[2]。

1. 槲（hú ㄏㄨˊ）：即柞櫟，一種落葉喬木。陸游《禹跡寺南有沈氏小園四十年前嘗題小闋壁間偶復一到而園已易主刻小闋於石讀之悵然》詩：「楓葉初丹槲葉黃，河陽愁鬢怯新霜。」拏（ná ㄋㄚˊ）空：凌空；抓向空中。
2. 小姑：小孤山之別稱。在今江西彭澤縣北。宋．歐陽修《歸田錄》卷二：「江南有大、小孤山……俚俗轉孤為姑。」宋．黃彥平《送徐稚山江西漕》詩：「煙鬟小姑山，曉鏡女兒浦。」

晚眺

緜緜遠樹低，渺渺長河直[1]。新月受餘霞，流光如琥珀[2]。

蕭瑟郊原蘆荻風，予懷渺渺淡煙中[3]。斜陽入地無消息，唯見餘霞一抹紅。

1. 長河：大河。江淹《別賦》：「怨復怨兮遠山曲，去復去兮長河湄。」王維《使至塞上》詩：「大漠孤煙直，長河落日圓。」
2. 餘霞：殘霞。南朝齊・謝朓《晚登三山還望京邑》詩：「餘霞散成綺，澄江靜如練。」流光：如水般流瀉之月光。曹植《七哀》詩：「明月照高樓，流光正徘徊。」
3. 蘆荻：蘆與荻。唐・劉禹錫《西塞山懷古》詩：「今逢四海為家日，故壘蕭蕭蘆荻秋。」渺渺：幽遠貌。《管子・內業》：「折折乎如在於側，忽忽乎如將不得，渺渺乎如窮無極。」蘇軾《赤壁賦》：「桂棹兮蘭槳，擊空明兮泝流光。渺渺兮予懷，望美人兮天一方。」

歐戰既起，避兵法國東北之閬鄉。時已秋深，益以亂離，景物蕭瑟。出門偶得長句

修竹三竿小閣前，平臺一角屋西偏。園荒知為耰鋤棄[1]，地僻應無烽火傳。宿霧初陽涼似月，迴風斜雨蕩如煙。秋來未便悲搖落，卻為黃花一悵然[2]。

下帷長日未窺園[3]，偶趁秋晴出郭門。風景不殊空太息，江山如此更何言[4]。殘陽在地林鴉亂，廢壘無人野兔尊[5]。欲上危樓還卻步，怕將病眼望中原[6]。

【解題】一九一三年三月二十日宋教仁被刺，六月二日汪精衛回國抵上海。「二次革命」失敗後，汪精衛於九月三日再度赴法國。一九一四年七月第一次世界大戰在歐洲爆發，其後汪精衛等移居閬鄉（Laon，今譯拉昂）。

長句：本指七言古詩，後亦兼指七言律詩。杜甫《蘇端薛復筵簡薛華醉歌》：「近來海內為長句，汝與山東李白好。」

1. 耰（yōu ㄧㄡ）：農具名。用以擊碎土塊、平整土地和複種。

2. 搖落：凋殘，零落。《楚辭．九辯》：「悲哉秋之為氣也！蕭瑟兮草木搖落而變衰。」

黃花：指菊花。《禮記．月令》：「（季秋之月）鞠有黃華。」陸德明釋文：「鞠，本又作菊。」

3. 下帷：放下室內懸掛之帷幕，指課讀。《史記．儒林列傳》：「下帷講誦，弟子傳以久次相授業，或莫見其面，蓋三年董仲舒不觀於舍園，其精如此。」

4. 風景不殊：語出《世說新語．言語》：「過江諸人，每至美日，輒相邀新亭，藉卉飲宴。周侯中坐而嘆曰：『風景不殊，正自有山河之異！』皆相視流淚。唯王丞相愀然變色曰：『當共戮力王室，克復神州，何至作楚囚相對！』」

江山如此：陸游《劍門城北回望劍關諸峰青入雲漢感蜀亡事慨然有賦》詩：「陰平窮寇非難禦，如此江山坐付人。」明．殷雲霄《九日登混元峰》詩：「孤杖千峰病起時，江山如此更何之。」

5. 廢壘：已廢棄之軍營壁壘。蘇軾《東坡八首》之一：「廢壘無人顧，頹垣滿蓬蒿。」

6. 欲上句：宋．辛棄疾《鷓鴣天》詞：「不知筋力衰多少，但覺新來懶上樓。」

病眼：有病之眼。宋．高翥《同劉灊夫登烏石山望海有懷方孚石柯東海陳復齋舊游》詩：「休起癡心乘九鯉，莫勞病眼望三韓。」

紅葉

不成絢爛只蕭疎，攜酒相看醉欲扶。得似武陵三月暮，桃花紅到野人廬[1]。

無定河邊日已昏[2]，西風刀翦更銷魂。丹楓不是尋常色[3]，半是嗁痕半血痕。

1. 武陵：郡名，西漢初改秦黔中郡為武陵郡，其後東漢、孫吳及晉代皆因之設郡。陶淵明《桃花源記》：「晉太元中，武陵人捕魚為業。」後亦以武陵指代理想中之桃花源。
野人：泛指村野之人；農夫。
2. 無定河：黃河支流，位於陝西省北部。唐．陳陶《隴西行》詩：「可憐無定河邊骨，猶是春閨夢裏人。」又北京西南永定河亦曾名無定河。
3. 丹楓：經霜泛紅之楓葉。唐．李商隱《訪秋》詩：「殷勤報秋意，只是有丹楓。」

再賦紅葉

澹秋顏色勝穠春，卻為飄零暗愴神[1]。風妒霜憐兩無謂，不辭汎菊慰靈均[2]。

1. 顏色：色彩。杜甫《花底》詩：「深知好顏色，莫作委泥沙。」
2. 汎菊：重陽節登山宴飲菊花酒。唐．李嶠《九日應制得歡字》詩：「仙杯還汎菊，寶饌且調蘭。」
靈均：即屈原。《離騷》：「名余曰正則兮，字余曰靈均。」

三賦紅葉

剗地西風萬木殘，滋蘭樹蕙悔無端[1]。楓林不是湘妃竹，誰染嗁痕點點斑[2]？

1. 剗地：依舊。辛棄疾《新荷葉》詞：「歲晚淵明，也吟草盛苗稀。風流剗地，向尊前、采菊題詩。」
滋蘭樹蕙：培植蘭花蕙草。屈原《離騷》：「余既滋蘭之九畹兮，又樹蕙之百畝。」
2. 湘妃竹：即斑竹，亦稱淚竹，竿部有黑色斑點。張華《博物志》：「堯之二女，舜之二妃，曰湘夫人，舜崩，二妃啼，以涕揮竹，竹盡斑。」

四賦紅葉

疏林亦有斜陽意，都為將殘分外妍。留得娟娟好顏色，不辭岑寂晚風前[1]。

1. 娟娟：姿態柔美貌。杜甫《寄韓諫議注》詩：「美人娟娟隔秋水，濯足洞庭望八荒。」
岑寂：高而靜貌。亦泛指寂靜。杜甫《樹間》詩：「岑寂雙柑樹，婆娑一院香。」

坐雨

荒原遠樹欲浮天[1]，黃葉聲中意渺然。為問閒愁何處去，西風吹雨已如煙。

1. 浮天：接觸天際。蘇軾《同王勝之游蔣山》詩：「峰多巧障日，江遠欲浮天。」

譯佛老里昂寓言詩一首

東風和且平，眾木繁其枝。夜來有微雨，初日還遲遲[1]。在此春光中，不樂將何為？東顧有牧場，碧草生離離[2]。一羊蹶而趨，一犬還相隨。宛然兄若妹，情好相依依。阿妹今不歡，流淚如綆縻[3]。嗚咽語阿兄：「吾生其何之！我聞造物者，用意無偏私。跂行與喙息[4]，所適惟其宜。如何兄與我，長日為人羈。阿兄啖餘糧，辛勤守房幃。晝防暴客至，夕畏穿窬窺[5]。小變起不虞，生死還相持[6]。何以報忠貞，唯有鞭與笞？主人有嬌子，蹴踏供娛嬉。慴伏敢枝梧，中慚語阿誰[7]。至今撫瘡痏[8]，毛血猶參差。阿兄既不辰，阿妹尤童癡[9]。撏我膚中毛，織彼篝中衣[10]。奪我懷中乳，哺彼褓中兒。可憐曳行田，撾策來無時[11]。雨淋與日炙，狼藉成枯骴[12]。曉行庖廚下，碧血驚淋漓。群饕口流沫，談笑酬號嘶[13]。伯叔與諸姑，赫然在盤彝[14]。死睫不敢看，驚趺不能移[15]。投地有餘骨，封狼朵其頤[16]。孤墳在何許，溝水流殘脂。生也為人奴，死也為人犧[17]。皇皇此一息[18]，命矣其何辭！」阿兄聞妹言，憮然止其哭：「弱者未云禍，強者未云福。與其作刀俎，毋寧為魚肉[19]。」

佛氏此詩，天下之自命為強者皆當愧死。顧吾以為弱肉強食，強者固有罪矣，即弱者亦不為無罪。罪惡之所以存於天地，以有施者即有受者也。苟無受者，將於何施？是又願天下之自承為弱者一思之也。

都朗有一山羊記[20]，述一小山羊遇一狼，自分必死，然與之惡鬥至力盡始已。文甚奇妙，而用意可與此詩相發明，暇日當更譯之。

【解題】佛老里昂：即法國詩人、寓言作家 Jean-Pierre Claris de Florian（1755-1794）。此詩題為《羊和狗》（La brebis et le chien），即其寓言詩中之一篇。

1. 遲遲：陽光溫暖充足貌。《詩．豳風．七月》：「春日遲遲，采蘩祁祁。」

2. 離離：濃密貌。曹操《塘上行》詩：「蒲生我池中，其葉何離離。」

3. 綆：繩索；縻，牛繮繩。漢．王粲《咏史詩》：「臨穴呼蒼天，涕下如綆縻。」

4. 跂（qǐ ㄑㄧˇ）行：用足行走者，多指蟲豸。喙，鳥獸之嘴。喙息，有口能呼吸者，代指人和一切動物。《史記．匈奴列傳》：「元元萬民，下及魚鱉，上及飛鳥，跂行喙息蠕動之類，莫不就安利而辟危殆。」

5. 暴客：强盜，盜賊。《易．繫辭下》：「重門擊柝，以待暴客。」

穿窬：挖牆洞和爬牆頭，指偷竊行為。亦指小偷。

6. 不虞：意料不到。《國語．周語中》：「昔我先王之有天下也，……以備百姓兆民之用，以待不庭不虞之患。」

相持：雙方對立爭持。《戰國策．魏策四》：「秦趙久相持於長平之下而無決。」

7. 慴（shè ㄕㄜˋ）：恐懼。慴伏：因畏懼而屈服。枝梧：斜立而相抵之支柱。引申為對抗，抵擋。《史記．項羽本紀》：「當是時，諸將皆慴服，莫敢枝梧。」

中慚：心中羞愧。宋．韓維《知襄州謝表》：「荷睿慈之曲貸，撫懦志以中慚。」

8. 痏（wěi ㄨㄟˇ）：泛指毆傷，創傷。

9. 不辰：不得其時。《詩．大雅．桑柔》：「我生不辰，逢天僤怒。」

童：《詩．大雅．抑》：「彼童而角，實虹小子。」毛傳：「童，羊之無角者也。」此處謂無自衛能力。癡：愚笨。漢．牟融《理惑論》：「聖人云：食穀者智，食草者癡，食肉者悍，食氣者壽。」

10. 撏（xián ㄒㄧㄢˊ）：撕，扯。篝：盛物之竹籠。

11. 行田：經行於田間。撾策：撾和策，驅趕家畜之鞭棒。
12. 骴（cī ㄘ）：帶肉之殘骨。韓愈《寄崔二十六立之》詩：「過半黑頭死，陰蟲食枯骴。」
13. 饕（tāo ㄊㄠ）：指貪食者。號嘶：指禽畜待宰殺時之叫聲。
14. 彝：古代一種盛食器。
15. 睫：指代眼睛。趺（fū ㄈㄨ）：同「跗」，腳。
16. 封狼：大狼。朵頤：鼓腮嚼食。《易・頤・初九》：「舍爾靈龜，觀我朵頤。凶。」
17. 犧：古代祭祀所用之純色牲畜。後亦泛指祭祀品。
18. 皇皇：惶恐不安貌。皇，通「惶」。《禮記・檀弓上》：「既葬，皇皇如有望而弗至。」

一息：一口氣，喻生命。《論語・泰伯》：「死而後已，不亦遠乎！」朱熹註：「一息尚存，此志不容少懈，可謂遠矣。」

19. 刀俎：喻強勢施暴者。魚肉：喻弱勢受害者。《史記・項羽本紀》：「沛公曰：『今者出，未辭也，為之奈何？』樊噲曰：『大行不顧細謹，大禮不辭小讓。如今人方為刀俎，我為魚肉，何辭為？』」
20. 都朗：今譯都德（Alphonse Daudet，1840-1897），法國作家。山羊記：即都德童話《塞根先生之山羊》（La Chèvre de Monsieur Seguin）。

附：原詩序及詩末案語（見《旅歐雜誌》民國五年第二期）

寓言之作，有演為文者，亦有述為詩者。然私意以為寓言之妙，在以煩絮之語，述平近之意，而能使人隨處領會真理，此尤於詩為宜。昔讀昌黎《嗟哉董生行》，至「狗乳求食」數句，以為以此譯寓言詩，當無難者，偶譯斯篇，未知能免於效顰之誚否也。

（案）愚前著論，論「弱肉強食，彼強者固有罪矣，即弱者亦寧得為無罪，所異者受與施之不同耳。罪惡所以存於天壤，以有施者即有受者也，使無受者，將於何施。」此所以為弱者警，使其不安於弱也。此詩則曰，「與為刀俎，寧為魚肉」。則所以為強者警者，更深切矣。至其辭婉而意直，憾譯筆不足以達之。

自都魯司赴馬賽歸國留別諸弟妹

十年相約共鐙光，一夜西風雁斷行[1]。片語臨歧君記取[2]，頗將剛膽壓柔腸。

【解題】時為一九一五年，袁世凱方密謀帝制，革命黨人遂發起討袁運動，汪精衛應孫中山之召回國。都魯司：即圖盧茲（Toulouse），法國西南部城市。諸弟妹：指方君瑛、方君璧姊妹以及曾醒、曾仲鳴姐弟等人。

方君瑛（一八八四—一九二三）：字潤如，福建侯官（今閩侯）人，方聲濤、方聲洞之姊，一九〇六年加入同盟會，曾任實行部部長。一九一二年赴法留學，一九二一年獲波多鐸大學數學碩士學位，一九二二年回國。後因憤於國事不可為，兼家事亦多煩擾，復因車禍頭部受傷，遂不勝其苦，於一九二三年六月十二日服毒自殺，至十四日逝世。

曾醒（一八八二—一九五四）：福建福州人，為方聲濂之妻、方君瑛之嫂。一九〇六年加入同盟會。一九一二年赴法留學，回國後任執信學校校長，一九二四年任國民黨中央黨部婦女部部長。後曾任汪政府中央監察委員、立法院立法委員。
曾仲鳴（一八九六—一九三九）：曾醒之弟。一九一二年赴法留學，一九二〇年獲里昂大學文學博士學位。一九二五年回國後，歷任國民政府秘書、汪精衛秘書、國民黨中央候補執行委員、中央政治會議副秘書長等職。一九三九年三月二十一日，在越南河內汪精衛寓所中遇刺，次日身亡。
方君璧（一八九八—一九八六）：方君瑛之妹。一九一二年赴法留學，一九二〇年考入國立巴黎高等美術學校，一九二二年與曾仲鳴結婚。後以畫家名世。一九四九年赴法，後移居美國。

1. 共鐙光：杜甫《贈衛八處士》詩：「人生不相見，動如參與商。今夕復何夕，共此燈燭光。」此句謂相約一起讀書。
雁斷行：雁脫離行列，喻離群。庾信《奉和趙王喜雨》詩：「鶩烏灑翼度，濕雁斷行來。」宋·蔣捷《虞美人》詞：「壯年聽雨客舟中。江闊雲低斷雁叫西風。」
2. 臨歧：面臨歧路，指別離。杜甫《送李校書》詩：「臨岐意頗切，對酒不能喫。」「岐」同「歧」。

六月與冰如同舟自上海至香港，冰如上陸自九龍遵廣九鐵道赴廣州歸寧，余仍以原舟南行，舟中為詩寄之（以下四年）

悵望孤煙裊驛樓，零丁我亦汎扁舟[1]。天涯不用遙相問，一樣輪聲一樣愁。
一去匆匆太可憐，只餘巾影淡於煙。風帆終是無情物，人自回頭舟自前。
沈沈清夜欲生寒[2]，倚遍迴闌意未安。遙想檐花鐙影裏，正攜小妹話團圞[3]。
難得拋書一晌眠，夢回鐙蕊向人妍。此時情況誰知得？依舊濤聲夜拍船。

【解題】一九一五年汪精衛回國後先抵上海，六月偕陳璧君赴香港，之後陳璧君回廣州，汪精衛赴南洋策劃討袁運動。歸寧：已嫁女子回娘家看望父母。《詩．周南．葛覃》：「害澣害否，歸寧父母。」陳璧君父陳耕基，原籍廣東新會；母衛月朗，原籍廣東番禺，同盟會會員。

1. 驛樓：驛站之房屋。唐．張說《深渡驛》詩：「猿響寒巖樹，螢飛古驛樓。」零丁：孤獨無依貌。晉．李密《陳情表》：「臣少多疾病，九歲不行，零丁孤苦。」
2. 沈沈：同「沉沉」。鮑照《代夜坐吟》：「冬夜沈沈夜坐吟，含聲未發已知心。」
3. 團圞（luán ㄌㄨㄢˊ）：團欒、團聚。

鴉爾加松海濱作（以下五年）

朝行松林中，初陽含芬芳。晚行松林中，新月生清涼。林外何所有？白沙浩如霜。沙外何所見？海水青茫茫。遙山三兩重，淡如紙屏張。明帆四五片，輕若沙鷗翔。海風以時來，松籟因之揚。和我讀書聲，空谷生琅琅。藉此碧茵，如在白雲鄉[1]。清遊不可負，哦詩慚孟光[2]。

【解題】一九一五年十二月，汪精衛再度赴法國。鴉爾加松：即法國西部海濱城市阿卡雄（Arcachon）。

1. 藉（jiè ㄐㄧㄝˋ）：坐臥於物。白雲鄉：《莊子．天地》：「乘彼白雲，至於帝鄉。」後因以「白雲鄉」為仙鄉。
2. 清遊：清雅遊賞。潘岳《螢火賦》：「翔太陰之玄昧，抱夜光以清遊。」孟光：東漢隱士梁鴻之妻。此處借指陳璧君。

六年一月自法國度海至英國，復度北海，歷挪威、芬蘭至俄國京城彼得格勒，始由西伯利亞鐵道歸國。時歐戰方亟，耳目所接皆征人愁苦之聲色。書一絕句寄冰如（以下六年）

野帳冰風冷鬢鬚，鄜州明月又何如[1]？天涯我亦仳離者[2]，莫話深愁且讀書。

【解題】一九一六年底，孫中山電召汪精衛回國，汪精衛隨即啟程，於一九一七年一月歸國。陳璧君仍留法國。

1. 鄜州明月：寓思念妻子之意。語本杜甫《月夜》詩：「今夜鄜州月，閨中只獨看。」
2. 仳（pǐ ㄆㄧˇ）：分別，分開。仳離：離別。《詩．王風．中谷有蓷》：「有女仳離，嘅其嘆矣。」

西伯利亞道中寄冰如

我如飛雪飄無定，君似梅花冷不禁。迴首時晴深院裏，滿裾疎影伴清吟。

遊昌平陵

昌平園寢鬱參差，想見塵清漠北時[1]。地老天荒終有恨，山環水抱亦無奇。銅駝魏闕蕪仍沒，石馬昭陵汗已滋[2]。索與虬松同醉倒，不須惆悵讀碑辭。

長陵殿前有一松偃地上，俗稱之曰「臥龍松」，旁植一碑，清乾隆間製，具道愛護勝朝陵寢之意[3]。

【解題】時為一九一七年三月。《汪精衛全集》題作「同展堂游昌平十三陵，展堂有詩絕佳，亦作一首」。

昌平陵：即十三陵，為明代十三帝之陵墓群，位於北京西北郊昌平區天壽山。

1. 園寢：帝王墓地上之廟堂建築。《後漢書．祭祀志下》：「古不墓祭，漢諸陵皆有園寢，承秦所為也。說者以為古宗廟前制廟，後制寢，以象人之居前有朝，後有寢也。」

塵清漠北：元朝被推翻後，蒙古勢力退居漠北，但仍不時南下騷擾。為此燕王朱棣兩次率軍遠征漠北，稱帝後又五次親征。

2. 銅駝：參前《獄中雜感》詩之二註1。魏闕：古代宮門外兩邊之高臺，其下常為懸佈法令之所。故以借指朝廷。《莊子．讓王》：「身在江海之上，心居乎魏闕之下。」

昭陵：唐太宗李世民陵墓，在陝西禮泉縣九嵕山。石馬：傳說「安史之亂」時，潼關大戰中忽有黃旗軍幫助官軍戰鬬。其後昭陵守墓官報告，謂交戰當日昭陵石人石馬汗濕欲滴。《新唐書．五行志》：「至德二載，昭陵石馬汗出。」

3. 長陵：明成祖朱棣陵墓，「十三陵」之一。勝朝：被取代之前朝。

附：胡漢民《遊明陵》詩

高皇三尺定中原，燕子飛來啄漢孫。白帽奉王先有意，玉魚埋地更何言。東陵已竊前朝樹（聞清東陵多移去昭陵樹），月夜誰招帝子魂。怪是臥龍呼不起（陵前老柏臥地，有臥龍之封），萬山如睡又黃昏。（「高皇」：胡氏《不匱室詩鈔》本作「高王」，按「王」通「皇」。《莊子．天運》：「夫三王五帝之治天下不同，其係聲名一也。」以頷聯有「王」字，從他本改。）

廣州感事

獵獵旌旗控上游，越王臺樹只荒邱[1]。一枝漫向鷦鷯借，三窟誰為狡兔謀[2]。
節度義兒良有幸，相公曲子定無愁[3]。過江名士多於鯽，祗恐新亭淚不收[4]。

【解題】一九一七年七月，「護法運動」正式爆發，但由於各系軍閥爭權奪利，至一九一八年五月運動失敗。

1. 獵獵旌旗控上游：指桂系、滇系軍閥與北方直系軍閥議和，排擠孫中山。桂、滇在廣東上游，故云。
越王臺：見前《獄中聞溫生才刺孚琦事》詩註4。

2. 一枝：喻所求不多。《莊子．逍遙遊》：「鷦鷯巢於深林，不過一枝。」此句當指孫中山等革命黨人。
三窟：喻藏身處多，便於避禍。《戰國策．齊策四》：「狡兔有三窟，僅得免其死耳；今君有一窟，未得高枕而臥也；請為君復鑿二窟。」此句指桂系、滇系軍閥多方接洽謀利。

3. 節度義兒：晚唐諸藩鎮主帥，多養勇武善戰者為義兒，至五代其風益烈，往往以功封節度使。《新五代史》因立《義兒傳》。此處當暗指段芝貴。段芝貴（一八六九—一九二五）字香巖，安徽合肥人。畢業於北洋武備學堂。為袁世凱之義子，曾受封為一等公。後於護法戰爭期間任陸軍總長。
曲子相公：五代後晉宰相和凝之綽號。宋．孫光憲《北夢瑣言》卷六：「晉相和凝，少年時好為曲子詞……契丹入夷門，號為『曲子相公』。」此處疑暗指徐樹錚。徐樹錚（一八八〇—一九二五）字又錚，江蘇蕭縣（今屬安徽）人。一九〇五年赴日本，入士官學校，畢業後任段祺瑞第一軍總參謀。一九一七年八月任陸軍部次長，十一月辭職；一九一八年初投張作霖，三月任奉軍副司令。喜昆腔，擅詞曲，有《碧夢庵詞》。
無愁：古樂府雜曲歌名。北齊後主高緯極愛之。《北史》本紀載：「盛為《無愁》之曲，帝自彈胡琵琶而唱之，侍和之者以百數，人間謂之『無愁天子』。」

4. 過江名士多於鯽：原指東晉王朝建立後，北方士族紛紛來到江南。後以貶稱某物多且紛亂。此處喻護法運動中各派勢力紛紛登場。新亭淚：見前《秋夜》詩註3。

十二月二十八日雙照樓即事

雙照樓頭月色新，清輝如慶比肩人[1]。梅花雪點溫詩句[2]，疎影橫斜又滿身[3]。

【解題】陳璧君於一九一七年九月回國。《申報》一九一七年十二月廿九日〈南京快信〉載：「孫中山代表張繼、汪精衛前日來甯謁李督商議和問題，聞孫仍主恢復舊國會，張汪已於昨日晚車回滬。」然則此詩作於上海。雙照樓：汪精衛之室名。或謂本於杜甫《月夜》詩：「何時倚虛幌，雙照淚痕乾。」取月照雙人之意，寓亂中望治、夫妻恩愛。

1. 比肩人：謂形影不離之夫妻。《太平廣記》卷三八九引南朝梁·任昉《述異記》：「吳黃龍年中，吳都海鹽有陸東美，妻朱氏，亦有容止，夫妻相重，寸步不相離，時人號為『比肩人』。」
2. 梅花雪點：指梅花如雪點點飄落。元·貢師泰《吳中曲送楊伯費南游》：「梅花雪點身上衣，慈母倚門聽馬歸。」
3. 疎影橫斜：形容梅花。宋·林逋《山園小梅》詩：「疎影橫斜水清淺，暗香浮動月黃昏。」

舟出吳淞口作（以下七年）

鐙影柁樓起夕陰[1]，早秋涼氣感人心。愁生庾信江南賦，意遠成連海上琴[2]。
明月不來天寂寂，繁霜初下夜沈沈[3]。塊然亦自成清夢[4]，三兩疎星落我襟。

【解題】一九一八年七月，汪精衛離廣州赴上海，十月復返廣州。吳淞口：在上海，原為吳淞江入海口，故名。

1. 柁（duò ㄉㄨㄛˋ）樓：船上操舵之室，亦指後艙室。因高起如樓，故稱。
2. 庾信（五一三—五八一）：字子山，南陽新野（今河南新野）人。早年仕梁，後仕西魏，為南北朝時期著名文學家。有名篇《哀江南賦》。
成連：春秋時著名琴師。相傳伯牙曾學琴於成連，三年未能精通。成連因與伯牙同往東海中蓬萊山，使聞海水激盪、林鳥悲鳴之聲，伯牙嘆曰：「先生將移我情。」從而得到啟發，技藝大進，終成天下妙手。參唐·吳兢《樂府古題要解·水仙操》。
3. 繁霜：即濃霜。《詩·小雅·正月》：「正月繁霜，我心憂傷。」
4. 塊然：獨處貌。《荀子·君道》：「塊然獨坐而天下從之如一體。」楊萬里《感秋》詩之四：「掩卷卻孤坐，塊然與誰語？」

冰如薄遊北京，書此寄之

坐擁書城慰寂寥[1]，吹窗忽聽雨瀟瀟。遙知空闊煙波裏，孤棹方隨上下潮。

小病初蘇意尚猜，中庭風露久徘徊。夢魂不被關山隔，玉體宵來熨幾回。

按：此詩不見於諸本，現據手稿補入。

彩筆飛來一朵雲[2]，最深情語最溫文。鐙前兒女依依甚[3]，笑頰微渦恰似君。

北道風塵久未經，愁心時逐短長亭。歸來攜得西山秀[4]，螺髻蛾眉別樣青。

【解題】一九一八年五月「護法運動」失敗，陳璧君無事可為，乃借機赴北京遊覽。汪精衛仍留上海。

1. 書城：書籍環列如城，極言其多。明·陳繼儒《太平清話》卷二：「宋政和時，都下李德茂環集墳籍，名曰書城。」清·吳綺《休園記》：「則可以坐擁書城，閒披詩卷。」

2. 彩筆：相傳江淹少時，曾夢人授以五色筆，從此文思大進，晚年又夢郭璞索還其筆，自後作詩，再無佳句。參《南史．江淹傳》。後因以「彩筆」指詞藻富麗之文筆。

3. 辛棄疾《木蘭花慢．滁州送范倅》：「秋晚蓴鱸江上，夜深兒女燈前。」

4. 西山：北京西郊群山之總稱。為遊覽勝地。

展堂養疴江之島，余往省之，留十日歸。舟中寄以此詩

平原秋氣正漫漫，步上河梁欲別難[1]。彈指光陰彌可戀，積胸磊塊未能歡[2]。
巢成苦被飛鴞妒，露重遙知落雁寒[3]。久立櫓聲帆影裏，不辭吹浪溼衣單。

【解題】江之島：位於日本神奈川縣。按孫中山、胡漢民年譜，孫胡曾於一九一八年六月十日抵日本，二十五日復返上海。然按汪精衛此詩所記，則赴日探病在秋季，待考。

1. 漫漫（màn ㄇㄢˋ）：廣遠無際貌。宋．范成大《題山水橫看》詩之一：「煙山漠漠水漫漫，老柳知秋渡口寒。」
河梁：橋樑。舊題李陵《與蘇武》詩之三：「攜手上河梁，游子暮何之？……行人難久留，各言長相思。」後以借指送別之地。

2. 磊塊：石塊，亦指塊狀物。又常比喻鬱積在胸的不平之氣。陸游《家居自戒》詩之三：「世人無奈愁，沃以杯中酒。未能平磊塊，已復生堆阜。」

3. 巢成句：寓鵲巢鳩居之意，又鴞為惡鳥，喻被姦邪之輩排擠。露重句：取駱賓王《在獄詠蟬》詩「露重飛難進」句意，喻阻礙重重，立足艱難。時當「護法運動」失敗之際，故云。

太平洋舟中玩月。達爾文嘗云月自地體脫卸而出，其所留之窪痕即今之太平洋也。戲以此意搆為長句

地球一角忽飛去，留得茫茫海水平。卻化月華臨夜靜，頓令波影為秋清。單衣涼露盈盈在，短鬢微風渢渢生[1]。斗轉參橫仍不寐，要看霞采半天明[2]。

1. 涼露：周邦彥《夜飛鵲》詞：「銅盤燭淚已流盡，霏霏涼露沾衣。」渢渢（fàn ㄈㄢˋ）：象聲詞。司馬光《潛虛．行圖．聲》：「空谷來風，有聲渢渢。」

2. 斗轉參橫：北斗轉向，參星橫斜。表示天色將明。蘇軾《六月二十日夜渡海》詩：「參橫斗轉欲三更，苦雨終風也解晴。雲散月明誰點綴？天容海色本澄清。」

重九日謁五姊墓

倉猝別吾姊，從茲生死殊。風塵久憔悴，魂夢屢驚呼[1]。荷鍤憂仍大，聞砧淚易枯[2]。斜陽趣歸去[3]，回首斷墳孤。

【解題】重九：公曆一九一八年十月十三日。一九一八年十月汪精衛自上海抵廣州。五姊：汪精衛有三兄六姊，五姊即精衛生母之次女，於一八九四年適袁可貞（尹白）。見汪兆鏞《微尚老人自訂年譜》。《汪精衛全集》此詩序云：「姊諱兆綺，字綺昭，溫淑多才，與余友愛至篤。余獄中《述懷》詩所云『尚憶牽衣時，謬把歸期約』，即為姊作也。今距姊沒十餘年矣。」

1. 風塵：塵世。明・王世貞《與吳明卿書》：「又數夜夢明卿憔悴風塵，吾二人東西，呼之不應也。」驚呼：杜甫《贈衛八處士》詩：「訪舊半為鬼，驚呼熱中腸。」
2. 荷鍤（chā ㄔㄚ，讀入聲）：用《列子》愚公移山之典。《漢書・王莽傳》：「父子兄弟負籠荷鍤，馳之南陽。」庾信《擬連珠》：「愚公何德，遂荷鍤而移山；精衛何禽，欲銜石而塞海。」宋・姚勉《送萬仲榮赴省》詩：「內訌外阻憂方大，東拄西撐策已窮。」

砧：擣衣聲。陸游《初寒》詩：「傷心到處聞砧杵，九月今年未授衣。」明．方孝孺《懿文皇太子輓詩十章》之二：「厭世嗟何早，蒼生淚欲枯。」

3. 趣（cù ㄘㄨˋ）：催促。

自上海放舟，橫太平洋經美洲赴法國，舟中感賦（以下八年）

一襟海氣暈成冰，天宇沈沈叩不譍[1]。缺月因風如欲墜，疎星在水忽生稜。聞歌自愧隅常向[2]，讀史微嫌淚易凝。故國未須回首望，小舟深入浪千層。

【解題】一九一九年一月十一日，廣州軍政府委派汪精衛出席歐洲媾和會議，汪精衛固辭。三月取道日本、美國赴法，十二日抵日本神戶，二十六日抵美國檀香山，四月二十三日抵巴黎。

1. 天宇：即天空。明．羅洪先《即事》詩之一：「天宇沈沈高莫攀，反袂無聲掩雙涕。」譍（yìng ㄧㄥˋ）：應答。
2. 向隅：面對角落。常以喻孤獨失意。劉向《說苑．貴德》：「今有滿堂飲酒者，有一人獨索然向隅而泣，則一堂之人皆不樂矣。」此句謂無意參與船上娛樂活動。

舟中曉望

朝霞微紫遠天藍，初日融波色最酣。正是暮春三月裏，鶯飛草長憶江南[1]。

1. 鶯飛草長：指代江南美景。南朝梁．丘遲《與陳伯之書》：「暮春三月，江南草長，雜花生樹，群鶯亂飛。」

舟次檀香山書寄冰如

烏篷十日風兼雨[1]，初見春波日影融。家在微茫蒼靄外，舟行窈窕綠灣中[2]。鸞飄鳳泊年年事[3]，水秀山明處處同。雙照樓中人底似？莫教惆悵首飛蓬[4]。

【解題】檀香山：即美國夏威夷州首府火奴魯魯（Honolulu），華人習稱檀香山。

1. 烏篷：竹片編成、上塗黑油之船篷，指代小船。

2. 微茫：隱約渺茫。前蜀·韋莊《江城子》詞：「角聲嗚咽，星斗漸微茫。」窈窕：曲折深遠貌。唐·盧照鄰《雙槿樹賦》：「紛廣庭之霏靡，隱重廊之窈窕。」

3. 鸞飄鳳泊：喻夫妻離散。清·龔自珍《金縷曲》詞：「我又南行矣。笑今年鸞飄鳳泊，情懷何似。」

4. 飛蓬：遇風飛旋之蓬草。喻無心梳妝以致頭髮凌亂。《詩·衛風·伯兮》：「自伯之東，首如飛蓬。」

春日偶成

孤筇隨所之，窈窕至林谷。泉聲流不斷，悽愴動心曲。山徑隱薜蘿，攀陟氣纔屬[1]。微生寄片石[2]，千里集吾目。初陽被綠草，天氣清且淑。繁花何茫茫，紅紫自成簇。飛鳥既睍睆，遊人亦雝穆[3]。大塊富文藻，當春更蕃沃[4]。勢如決巨浸[5]，萬物盡淹覆。奇愁定何物，百計不可逐。惘惘情未甘，靡靡行已足[6]。欲語苦口噤，微風振林木。

1. 薜蘿：薜荔與女蘿，皆為藤本植物。屈原《九歌·山鬼》：「若有人兮山之阿，被薜荔兮帶女蘿。」陟（zhì ㄓˋ）：由低往高走。《詩·周南·卷耳》：「陟彼崔嵬，我馬虺隤。」纔屬（zhǔ ㄓㄨˇ）：僅能連續。形容聲氣微弱乏力。《資治通鑑·魏邵陵厲公正始九年》：「（司馬）懿使聲氣纔屬，說：『年老枕疾，死在旦夕……恐不復相見，以子師昭兄弟為託。』」胡三省註：「詐為羸憊之狀也。」

2. 微生：細小之生命。駱賓王《螢火賦》：「何微生之多躓，獨宛頸以觸籠。」
3. 睍睆（xiàn ㄒㄧㄢˋ／huǎn ㄏㄨㄢˇ）：鳥類毛色美好或鳴聲清圓。《詩．邶風．凱風》：「睍睆黃鳥，載好其音。」雝（yōng ㄩㄥ）穆：和睦。宋．劉弇《上張天覺學士書》：「九列三事之人，雝雝穆穆。」
4. 大塊：大自然。《莊子．齊物論》：「夫大塊噫氣，其名為風。」成玄英疏：「大塊者，造物之名，亦自然之稱也。」蕃（fán ㄈㄢˊ）：生息；繁殖。《易．坤》：「天地變化，草木蕃。」沃：澆灌，蕩滌。
5. 浸：蓄水以供灌溉之川澤。亦泛指江河湖泊。
6. 靡靡：遲緩貌。《詩．王風．黍離》：「行邁靡靡，中心搖搖。」

比那蓮山雜詩

比那蓮山在法國南部，與西班牙接壤。冰如嘗以暑假一攬其勝，歸國後時時為余言之。八年夏重至法國，因與方、曾兩家姊妹弟甥往遊，足跡所及皆冰如舊經行地也，得詩數首以寄冰如。

【解題】比那蓮山：今通譯比利牛斯山（Pyrénées）。方、曾兩家姊妹弟甥：指方君瑛、方君璧姊妹，曾醒、曾仲鳴姐弟及曾醒子方賢叔等人。參前《自都魯司赴馬賽歸國留別諸弟妹》詩解題。

山中即事

沈沈萬山中，泉聲鳴不已。心逐野雲飛[1]，忽又墜溪水。山坳聚林木，眾綠光薿薿[2]。纖草織平茵，小花間藍紫。怡然相坐語，間亦恣遊戲。小妹捉蚱蜢，荊棘創其指。一笑釋自由，驚飛側雙翅。

1. 野雲：猶閒雲。宋．邵雍《晚步吟》詩：「靜隨芳草去，閒逐野雲歸。」
2. 薿薿（nǐ ㄋㄧˇ）：茂盛貌。《詩．小雅．甫田》：「今適南畝，或耘或耔，黍稷薿薿。」韓愈《秋懷詩》之一：「牕前兩好樹，眾葉光薿薿。」

遠山

遠山如美人，盈盈此一顧[1]。被曳蔚藍衫，嬾裝美無度[2]。白雲為之帶，有若束縑素。低鬟俯明鏡，一水澹無語。有時細雨過，輕渦生幾許。有時映新月，娟娟作眉嫵[3]。我聞山林神，其名曰蘭撫。誰能傳妙筆，以匹洛神賦[4]。

1. 盈盈：儀態美好貌。陸雲《為顧彥先贈婦四首》之三：「美目逝不顧，纖腰徒盈盈。」
2. 嬾裝：嬾於梳妝；隨意妝扮。晏幾道《六幺令》詞：「日高春睡，喚起嬾裝束。」
3. 眉嫵：眉毛秀麗。范成大《七月五日夜雨快晴》詩：「千山濯濯淨鬟髻，缺月娟娟烔眉嫵。」
4. 洛神賦：曹植名篇，原名《感甄賦》。世傳乃曹植為曹丕妻甄氏而作。

西班牙橋上觀瀑

翠巖碧嶂相周遮[1]，遠看瀑勢如長蛇。下馳嶔奇犖确之峻坂，又若以風為馬雲為車[2]。蒼崖崩摧大壑裂，峭壁削成愁嶄絕[3]。唯餘怪石鬱嵯峨，錯落水中猶杌隉[4]。石齒咽波波不定，沸白渟藍紛復整[5]。浪花蹴起入長空，散作四山煙雨影。輕煙細雨微濛中，燁然受日橫長虹[6]。行人拍手眼生纈[7]，餘光反映松林紅。據石臨流自攲側，斷橋小樹如相識。瀼瀼零露洗肺肝[8]，淅淅微寒生鬢髮。由來泉水在山清[9]，莽莽人間盡不平。風雷萬古無停歇，和我中宵悲嘯聲。

【解題】西班牙橋：即Pont d'Espagne，在今法國南部上比利牛斯省（Hautes-Pyrénées）科特雷（Cauterets）附近。

1. 周遮：遮掩。元稹《感石榴》詩：「暗虹徒繳繞，濯錦莫周遮。」
2. 嶔（qīn ㄑㄧㄣ）奇：同「嶔崎」。險峻，不平。漢．王延壽《王孫賦》：「生深山之茂林，處嶄巖之嶔崎。」犖確：怪石嶙峋貌。韓愈《山石》詩：「山石犖确行徑微，黃昏到寺蝙蝠飛。」風馬雲車：神靈之車馬。李白《夢游天姥吟留別》詩：「霓為衣兮風為馬，雲之君兮紛紛而來下。」
3. 嶄（zhǎn ㄓㄢˇ）絕：險峻陡峭。鮑照《登廬山》詩之二：「嶄絕類虎牙，巑岏象熊耳。」
4. 杌隉（wù ㄨˋ / niè ㄋㄧㄝˋ）：危險不安。《書．秦誓》：「邦之杌隉，曰由一人。」
5. 渟（tíng ㄊㄧㄥˊ）：水聚而不流。
6. 燁（yè ㄧㄝˋ）：同「爗」。明亮，燦爛。

7. 纈（xié ㄒㄧㄝˊ，讀入聲）：眼花時所現各色斑斕之狀。

8. 瀼瀼（ráng ㄖㄤˊ）：露濃貌。零露：夜晚降下之露水。《詩・鄭風・野有蔓草》：「野有蔓草，零露瀼瀼。」

9. 杜甫《佳人》詩：「在山泉水清，出山泉水濁。」

曉行山中書所見寄冰如

初陽在翠壁，爛漫不可名。熠熠朝露晞[1]，依依白雲晴。積雪冒遙岑，靉靆生光明[2]。煙光澹欲盡，山夢如初醒。綠葉紛葳蕤，燁然發其瑩[3]。幽花與長松，一一生奇馨。行行至水源，屏峰入眉青。石筍咽流泉，涼風自泠泠。頹巖有嘉樹，虧蔽若危亭。塊然倚之坐，睍睆聞流鶯[4]。遐思素心人[5]，莓苔屐曾經。作詩道相念，歌罷心怦怦。

1. 熠熠（yì ㄧˋ）：鮮明閃爍貌。三國魏・阮籍《清思賦》：「色熠熠以流爛兮，紛雜錯以葳蕤。」

2. 靉靆（ài ㄞˋ / dài ㄉㄞˋ）：雲盛貌。晉・潘尼《逸民吟》詩：「朝雲靉靆，行露未晞。」

3. 葳蕤（wēi ㄨㄟ / ruí ㄖㄨㄟˊ）：草木茂盛枝葉下垂貌。漢・東方朔《七諫・初放》：「便娟之修竹兮，寄生乎江潭。上葳蕤而防露兮，下泠泠而來風。」

4. 塊然：參前《舟出吳淞口作》詩註4。

睍睆：見前詩《春日偶成》註3。流鶯：即鶯，其鳴聲流麗婉轉，故云。南朝梁．沈約《八咏詩．會圃臨東風》：「舞春雪，襍流鶯。」

5. 素心人：純潔淡泊之人。此處指陳璧君。陶淵明《移居》詩之一：「聞多素心人，樂與數晨夕。」

題蘗莊圖卷

【解題】蘗（bò ㄅㄛˋ）同「蘗」（檗）。「蘗」當為「蘗」（檗）字之誤。檗莊即古檗山莊，在福建晉江東石鎮檗谷村，為當地華僑黃秀烺所營家族墓園。黃秀烺（一八五九—一九二五），字猷炳，福建晉江人。幼失怙恃，隨二兄經商，後南渡菲律賓，終成巨富。一九一二年始在祖籍東石檗谷村營造「古檗山莊」，至一九一六年竣工。黃氏又為遍徵題詠，成《古檗山莊題詠集》行世。汪精衛原題詩文字略異。

儒家重飾終，墨子論薄葬[1]。事人與明鬼[2]，於義各有當。

儒者言事人，故以死為人生最痛之事，其喪禮隨以重；墨者言明鬼，則體魄非所深戀，故主薄葬：皆其學說根據使然也。

1. 飾終：謂人死時給予尊榮。《荀子．禮論》：「送死，飾終也。」薄葬：《墨子》有〈節葬〉篇，提倡薄葬。

2. 事人：侍奉人，謂服侍活人。《論語．先進》：「季路問事鬼神。子曰：『未能事人，焉能事鬼？』」明鬼：《墨子》有「明鬼」篇，認為鬼神之存在，「能賞賢而罰暴」。

附：《古檗山莊題詠集》原註

孔子言：「未能事人，焉能事鬼？」「未知生，焉知死？」其思想專注於人生，故養生送死，唯恐不至。墨子明鬼，故輕死而賤形。教義不同，故持論異。

杯棬與手澤，惓惓不能忘[1]。所以鼎湖人，涕淚收弓裳[2]。

口手之澤猶不忍棄，況父母之遺體乎？此孟子所以謂孝子仁人之葬其親，必有道也。

1. 杯棬（quān ㄑㄩㄢ）：亦作「杯圈」，一種木質飲器。手澤：猶手汗。後以稱先人或前輩之遺墨、遺物等。《禮記．玉藻》：「父歿而不能讀父之書，手澤存焉爾。母歿而杯圈不能飲焉，口澤之氣存焉爾。」

惓惓（juàn ㄐㄩㄢˋ）：深切思念。

2. 鼎湖：地名。傳說黃帝於鼎湖乘龍升天，所遺弓劍衣冠葬於橋山。參《史記．封禪書》。

附：《古檗山莊題詠集》原註

繁文縟節固不足尚，而性情之自然有不容已者。父歿而不能讀父之書，手澤存焉爾。母歿而杯圈不能飲焉，口澤之氣存焉爾。遺物猶然，況於遺體乎！

漢文恭儉主，石槨生汍瀾[1]。達哉張釋之，妙喻錮南山。

1. 漢文：即漢文帝劉恒。《史記・張釋之馮唐列傳》：「（釋之）從行至霸陵，居北臨廁。是時慎夫人從，上指示慎夫人新豐道，曰：『此走邯鄲道也。』使慎夫人鼓瑟，上自倚瑟而歌，意慘悽悲懷，顧謂群臣曰：『嗟乎！以北山石為槨，用紵絮斮陳，蕠漆其間，豈可動哉！』左右皆曰：『善。』釋之前進曰：『使其中有可欲者，雖錮南山猶有郄；使其中無可欲者，雖無石槨，又何戚焉！』文帝稱善。」

恭儉：恭謹儉約。《晏子春秋・外篇上》：「景公奢，晏子事之以恭儉。」

槨（guǒ ㄍㄨㄛˇ）：古代葬制，貴族之棺有多重，外層大棺稱為槨。

汍（wán ㄨㄢˊ）瀾：淚疾流貌。《後漢書・馮衍傳下》：「淚汍瀾而雨集兮，氣滂浡而雲披。」

附：《古檗山莊題詠集》原註

史稱德莫過於孝文，非獨漢代為然也。觀其一聞釋之之言而豁然開悟，非有道者安能若是。

景純詠游仙[1]，意欲翔寥廓。如何著葬書，所志在糟粕。

葬親為仁人孝子所不能免。然死不欲朽，其用心已可笑；而堪輿家言，則直陷於罪戾矣[2]！景純猶不免，蓋此風至魏晉而始盛也。

1. 景純：郭璞（二七六—三二四），字景純。西晉著名學者、文學家和術士。曾作《遊仙》詩多首。《葬書》舊題郭璞撰，言風水形勢之學。
2. 堪輿家：古時為占候卜筮者之一種。後專稱以相陰陽宅為業者，即俗所謂「風水先生」。罪戾：罪過。《左傳．莊公二十二年》：「赦其不閑於教訓而免於罪戾，弛於負擔，君之惠也。」

附：《古檗山莊題詠集》原註
陰陽家言，其來雖古，至東晉而始盛，與其時清談所謂放棄形骸者實相刺謬，雖景純亦不免。

蘗莊山水好，此意真緜緜。佇看松與竹，一一長風煙[1]。

蘗莊主人闢數弓之地以為墳園[2]，舉族葬於斯，既不多奪生人耕植之地，又擺脫一切堪輿家言，且其地山川映帶，松竹蔚然，風景宜人。以圖卷索題，余喜其有改良社會風俗之志，故為題詩數首如右。

1. 風煙：風光。宋．黃庭堅《郭明父作西齋於潁尾請予賦詩二首》之一：「萬卷藏書宜子弟，十年種木長風煙。」
2. 蘗莊主人：即黃秀烺。弓：量詞。原為長度單位，後亦用作土地面積之單位。

附：《古檗山莊題詠集》原註

檗莊之制，一掃形家勢利之見而準於情理，法良意美。葬制改良，此其先導。

鄧尉山探梅口占（以下九年）

林外春山斷復延，泮冰池水乍涓涓[1]。田家籬落欹疏處，一樹紅梅分外妍。

湖光如雪靜無聲，掩映梅花更有情。山路迂迴行不盡，冷吟纔了暗香生。

【解題】一九一九年十一月七日，汪精衛自法國返香港，十一日赴上海；次年二月自上海南下廣州。遊蘇州當在一九二〇年初。鄧尉山：在蘇州西南。漢有鄧尉曾隱居於此，故名。以產梅著稱。

1. 泮（pàn ㄆㄢˋ）：消融。《詩・邶風・匏有苦葉》：「士如歸妻，迨冰未泮。」

【評】亞凰（朱大可）《近人詩評》：「此詩寫鄧尉風物，澹宕夷猶，了無俗態，置之宋人千首絕句中，可亂楮葉。又豈今春某報所載蔡元培之鄧尉詩，所得同日而語哉！」（《金剛鑽月刊》第三集，一九三三年）

林子超葬陳子範於西湖之孤山，詩以紀之

民國二年春，江色朝入檻。我從張靜江[1]，初識陳子範。容貌既溫粹，風神亦夷澹[2]。於中鬱奇氣，如山不可撼。落落語不煩，沈沈心已感。至今寤寐間，光采猶未滅。嗚呼夜漫漫，眾生同黯黮[3]。束身作大炬，燭破群鬼膽。勞薪忽已爇[4]，驚淚不能斬。故人有林君，收骨入深坎[5]。秋墳鬱相望，楊花白如糝[6]。下車苦腹痛，絜酒致煩憯[7]。

【解題】林森（一八六八—一九四三）：字子超。福建侯官（今閩侯）人。一九〇五年加入同盟會。民元後曾任國民政府臨時參議院院長，一九三二年就任國民政府主席。一九四三年因車禍逝世於重慶。陳子範：字勒生，福建閩侯人，同盟會會員、南社社友。宋教仁案後積極反袁，一九一三年夏以製炸彈失慎自炸死。

1. 張靜江（一八七六—一九五〇）：一名人傑，浙江湖州人，出身南潯巨富，一九〇六年加入同盟會。為國民黨元老之一。
2. 溫粹：溫和純正。歐陽修《河南府張推官》詩：「堯夫大雅哲，稟德實溫粹。」夷澹：平易恬靜。《新唐書・庾敬休傳》：「敬休夷澹，多容可，不飲酒食肉，不邇聲色。」

3. 黯黮（dǎn ㄉㄢˇ）：昏暗不明。《楚辭·九辯》：「彼日月之照明兮，尚黯黮而有瑕。」引申為蒙昧、糊塗之意。

4. 勞薪：見前詩《見人析車輪為薪，為作此歌》解題。

5. 坎：墓坑。《禮記·檀弓下》：「延陵季子，吳之習於禮者也。觀其葬焉，其坎深不至於泉。」

6. 糰（dàn ㄉㄢˋ）：《說文》：麋和也。「麋」同「糜」，即粥。

7. 腹痛：參前《秋夜》詩註4。

絮酒：祭奠用酒。唐·楊炯《為薛令祭劉少監文》：「蒼煙漫兮紫苔深，陳絮酒兮涕沾襟。」

煩憯（cǎn ㄘㄢˇ）：糾結憂傷。

遊莫干山

初看山腳斜陽黃，漸聞涼風颯颯鳴高岡。炊煙漸上雲漸合，頓使山無遠近皆蒼茫。夜上峰頭天已黑，缺月疏星氣蕭瑟。寥天忽跳赬虬珠[1]，斑駁林巒半蒼赤。披衣起立明霞中，朝氣撲面生沖融[2]。群山起伏何止千萬疊，修竹掩映何止千萬叢。沈沈黝色黯雲壑，瑟瑟清影明嵐峰[3]。泉流澗中鳴不斷，其聲欲與風葉同琤瑽[4]。平生愛竹已成癖，三竿兩竿青亦得[5]。只今身已入山深，雖白雲鄉不此易。流長不洗孫楚耳，峰青不蠟阮孚屐[6]。一角茅檐對遠山，此心清似長天色。

【解題】莫干山：在浙江北部德清縣。相傳春秋時期干將、莫邪為吳王鑄劍於此，故名。

1. 寥天：遼闊之天空。皎然《五言宿道士觀》詩：「影殿山寂寂，寥天月昭昭。」赬（chēng ㄔㄥ）：紅色。虬珠：喻朝日。
2. 沖融：沖和，恬適。杜甫《寄司馬山人十二韻》詩：「望雲悲轗軻，畢景羨沖融。」
3. 黝（yǒu ㄧㄡˇ）：青黑色。瑟瑟：蕭索寂寥貌。唐．劉希夷《搗衣篇》詩：「秋天瑟瑟夜漫漫，夜白風清玉露溥。」
4. 琤瑽（chēng ㄔㄥ／cōng ㄘㄨㄥ）：象聲詞。劉禹錫《牛相公見示新什依韻抒情》詩：「玉柱琤瑽韻，金觥雹凸稜。」
5. 愛竹成癖：典出晉王徽之。《世說新語．任誕》：「王子猷嘗暫寄人空宅住，便令種竹。或問：『暫住何煩爾？』王嘯詠良久，直指竹曰：『何可一日無此君？』」蘇軾《於潛僧綠筠軒》詩：「可使食無肉，不可使居無竹。無肉令人瘦，無竹令人俗。」

三竿兩竿：語出庾信《小園賦》：「一寸二寸之魚，三竿兩竿之竹。」

6. 孫楚：西晉名士、詩人。《世說新語．排調》：「孫子荊年少時欲隱，語王武子當枕石漱流，誤曰漱石枕流。王曰：『流可枕石可漱乎？』孫曰：『所以枕流，欲洗其耳；所以漱石，欲礪其齒。』」

阮孚：東晉名士，字遙集。蠟屐即以蠟塗木屐。《世說新語．雅量》：「阮遙集好屐……或有詣阮，見自吹火蠟屐，因嘆曰：『未知一生當著幾量屐！』神色閑暢。」

廬山雜詩

廬山之美未易以言語形容也。蘇子瞻入廬山不欲作詩，良非無故。然子瞻終不能不作，殆所謂情不自禁者歟！余九年夏入廬山，感懷世事，鬱伊寡歡，然山色水聲接於耳目，亦得暫開懷抱。所為詩悲愉雜陳，稱心而出，蓋非以寫廬山，特以寫廬山中之一我而已。廬山有知，當不患其唐突耳。

【解題】蘇子瞻即蘇軾。《東坡志林．記游廬山》：「僕初入廬山，山谷奇秀，平生所未見，殆應接不暇，遂發意不欲作詩。」

鬱伊：憂憤鬱結。《後漢書．崔寔傳》：「是以王綱縱弛於上，智士鬱伊於下。」

曉起

空山朝氣來撲人，清似初秋藹似春。殘月曙星相映處[1]，瓊樓終古不生塵。

1. 曙星：拂曉之星。多指啟明星。古詩《兩頭纖纖》二首之一：「兩頭纖纖月初生……磊磊落落向曙星。」蘇軾《送李公擇》詩：「有如長庚月，到曉不收明。」

佛手巖飲泉水

巖葉因風響碧廊，秋花絡石意深長。自慚肝肺無由熱，尚為冰泉進一觴[1]。

【解題】佛手巖：在廬山花徑西、大天池山東北。

1. 無由：沒有辦法。《儀禮·士相見禮》：「某也願見，無由達。」按「無」字遺訓本作「无」，從他本改。

肝肺熱：語本《莊子·人間世》：「今吾朝受命而夕飲冰，我其內熱與！」杜甫《鐵堂峽》詩：「飄蓬踰三年，迴首肝肺熱。」

冰泉：清涼之泉水。唐·呂溫《虢州三堂記》：「冰泉潺潺，終夜有聲。」

水口月下

疊巘沈沈冷翠生，樛枝危石勢相縈[1]。此心靜似山頭月，來聽清泉落澗聲。

【解題】水口：「遺訓本」作「水石」，茲從《汪精衛集》、《汪精衛全集》改。按廬山有地名水口。民國《廬山志》：「水口者，大林峰前諸水所由，以趨於錦澗橋者也。」又「石隱庵在水口，石生禪者山居前，佛手巖後，上大林寺西。」

1. 疊巘（yǎn 一ㄢˇ）：重疊之山峰。謝靈運《晚出西射堂》詩：「連障疊巘崿，青翠杳深沈。」樛（jiū ㄐ一ㄡ）枝：向下彎曲之樹枝。謝朓《敬亭山》詩：「交藤荒且蔓，樛枝聳復低。」

登天池山尋王陽明先生刻石詩，於叢薄中得之

拄杖撞天志不回[1]，斷碑一角臥荒臺。依然風雨霾山下，手剔莓苔祇自哀。

【解題】此為大天池。在廬山來龍梗西、神龍潭北。叢薄：茂密之草叢。漢·劉安《招隱

士》：「叢薄深林兮人上慄。」洪興祖補注：「深草曰薄。」
天池山王陽明詩刻石名「照江崖」，詩即王陽明《夜宿天池月下聞雷次早知山下大雨三首》之一：「昨夜月明峰頂宿，隱隱雷聲在山麓。曉來卻問山下人，風雨三更捲茅屋。」

1. 拄杖撞天：王陽明《文殊臺夜觀佛燈》詩：「老夫高臥文殊臺，拄杖夜撞青天開。」

自神龍宮還天池峰頂宿

抵死潛虬不起淵，松根抉石出飛泉。星繁風緊蕭蕭夜[1]，獨傍天池望鐵船。

鐵船：峰名，與天池相對。

【解題】民國《廬山志》：擲筆峰西南有小山曰將軍山，其西有神龍宮。又引《桑紀》：「神龍宮在將軍山西，下邃谷中，南邇九奇，北距天池。巖石幽邃，宮左有壑以受長衝九奇之水，宮左大壑中有白龍潭，其潭神龍時來居之。來則雲合，涌水洗潭。」又：「神龍宮久圮，近其地為李拙翁購置……擬募建神龍宮，恢復古蹟。其右則自營生壙在焉。」按李鳳高（一八六一——一九四四）字翥林，晚號拙翁。湖北漢陽人，張之洞高足。民國間曾出任江西上猶等縣縣長。

1. 蕭蕭：蕭條；寂靜。杜甫《子規》詩：「眇眇春風見，蕭蕭夜色淒。」

含鄱嶺上小憩松下，既醒，白雲在衣袂間，拂之不去

蟬咽松風日影涼，山屏水枕夢初長。白雲紉作秋蘭佩[1]，從此襟頭有異香。

【解題】含鄱嶺：在廬山蘆林東、太乙峰西北。

1. 屈原《離騷》：「扈江離與辟芷兮，紉秋蘭以為佩。」

行蓮花谷最高處

峰勢阽危人影孤，天風颺髮粟生膚[1]。偶從雲罅窺人世[2]，赭是長江碧是湖。

【解題】蓮花谷：即蓮谷，在廬山草地坡西、霞照峰北。峰高一三〇〇公尺。

1. 阽（diàn ㄉㄧㄢˋ）：危險。颺（yáng ㄧㄤˊ）：吹起。粟生膚：因受驚或受寒，皮膚上出現粟狀小粒。即俗所謂「起雞皮疙瘩」。宋．陳造《陳學正惠詩酬以長句》詩：「寒風折人粟生膚，局坐掩戶孰與娛。」

2. 雲罅（xià ㄒㄧㄚˋ）：雲間縫隙。邵雍《秋懷》詩之三十五：「土口風大行，雲罅日微漏。」

廬山風景佳絕而林木鮮少，為詩寄慨

巖谷春來錦綉舒，煙蕪蕭瑟正愁予[1]。樓臺已重名山價，料得家藏種樹書[2]。

【解題】《汪精衛集》、《汪精衛全集》題作：「予初登廬山，頗訝林木之鮮少。後讀毛德琦《廬山志》，引《桑疏》云：『往國初時，廬山林木深茂，虎豹縱橫，即數里間，非數十人不可往。乃今山益童赤，虎豹稀少，窮巖邃谷，無不可至矣。自明代已然，然不詳其致此之由。』又引《續志》云：『廬山介彭蠡之濱，距通都大邑稍遠，所植樹木，幸無兵卒薪艾之患，然諸寺觀，近營屋宇甚眾，大約皆伐自山中，大木為之失，亦不為約束，恐山之南北，合抱之材漸盡矣。』又引莊泖云：『五老矗起天半，有松俱數十百年物，而負形爭狀，株株異觀，長僅二三尺許，皆盤結幾層，有磊砢千仞之勢。其松針較山下者短而粗，邇來土民防猛獸，每自下縱火，燒去叢茅，烈燄所至，蒼枝不守。住持老僧往向予稱悼焉。』合此二說，則牛山之悲，千古同嘆，晚近牯嶺蓮谷諸處，避暑樓臺日有增益，而護林之術鮮措意者，予與居人語造林，猶以招致猛獸為慮；且營造愈繁，則採伐益勤。冬令圍爐，又復濫事樵蘇，循此不改，實令名山減色。感慨之餘，為詩紀之。」

1. 愁予：使我憂愁。屈原《九歌．湘夫人》：「帝子降兮北渚，目眇眇兮愁予。」
2. 陸游《幽居》詩：「社結山林友，家藏種樹書。」

廬山瀑布以十數，飛流渟淵，各有其勝。余輩攀躋所至，輒解衣游泳其間，至足樂也

浪花無蔕自天垂，石氣清寒蘚不滋。夜半素娥初墮影，冰肌玉骨最相宜[1]。

1. 素娥：即嫦娥。亦用作月之代稱。南朝宋．謝莊《月賦》：「引玄兔於帝臺，集素娥於後庭。」冰肌玉骨：形容女子體膚潔白細膩。後蜀．孟昶《避暑摩訶池上作》詩：「冰肌玉骨清無汗，水殿風來暗香滿。」

五老峰常為雲氣蒙蔽，往遊之日，風日開朗，豁然在目

席捲煙雲萬壑醒，長松偃蓋盡亭亭[1]。狂生賸有窮途淚，五老何緣眼尚青[2]。

【解題】五老峰：在廬山含鄱口東北、牯嶺東南。峰高一四三六公尺。（見民國《廬山志》）

1. 偃蓋：車篷或傘蓋。亦形容松樹枝葉伸展，張大如蓋之狀。《抱朴子》：「千歲松樹，四邊披越，上杪不長，望而視之，有如偃蓋。」杜甫《題李尊師松樹障子歌》：「陰崖卻承霜雪幹，偃蓋反走虬龍形。」又按：廬山天池山文殊臺旁有偃蓋松。民國《廬山志》引《桑紀》云：「葉短，異於常松，數百年物也。」

亭亭：直立貌。劉楨《贈從弟》詩之二：「亭亭山上松，瑟瑟谷中風。」

2. 窮途淚：典出《晉書．阮籍傳》：「（籍）時率意獨駕，不由徑路，車跡所窮，輒慟哭而反。」唐．王勃《滕王閣序》：「阮籍猖狂，豈效窮途之哭。」

青眼：謂對人喜愛或器重。《世說新語．簡傲》〈嵇康與呂安善〉條劉孝標註引《晉百官名》：「嵇喜字公穆，歷揚州刺史，康兄也。阮籍遭喪，往弔之。籍能為青白眼，見凡俗之士，以白眼對之。及喜往，籍不哭，見其白眼，喜不懌而退。康聞之，乃賫酒挾琴而造之，遂相與善。」

開先寺後有讀書臺。杜甫詩云：「匡山讀書處，頭白好歸來」；蘇軾詩亦云：「匡山頭白好歸來」。余登斯臺，有感其言，因為此詩。余所謂「歸來」與杜蘇所云不同也

殘陽明滅讀書臺，萬樹鵑聲次第催。占得匡山一片石[1]，未妨頭白不歸來。

【解題】開先寺又名秀峰寺，在廬山鶴鳴峰下，寺後有南唐中主李璟讀書臺。杜詩題《不見》，所云匡山乃大匡山，在四川江油，非江西之廬山。蘇詩題《書李公擇白石山房》。

1. 匡山：此指廬山。一片石：一塊石頭，亦指碑碣。唐·張鷟《朝野僉載》：「溫子昇作《韓陵山寺碑》，（庾）信讀而寫其本。南人問信曰：『北方文士何如？』信曰：『唯有韓陵山一片石堪共語。』」

屋脊嶺為廬山最高處，余行其上，但見群峰雜遝，來伏足下。倚松寂坐，俛視峰色明滅無定，蓋雲過其上所致也

楚尾吳頭入望微[1]，近天草樹靜秋暉。群峰明滅渾無定，為有孤雲頭上飛。

【解題】屋脊嶺：在廬山牯嶺東、蓮谷東南、大月山西北。峰高一四五六尺。（見民國《廬山志》）

雜遝（tà ㄊㄚˋ）：同「雜沓」。紛亂繁多貌。宋・呂陶《西陽道中》詩：「千山雜沓開還掩，一水縈紆淺復深。」

俛（fǔ ㄈㄨˇ）：同「俯」。

1. 楚尾吳頭：江西處楚地下游、吳地上游，如首尾相接，故稱。

王思任遊記稱，嘗於五老峰頭，望海緜萬里。余雖不敢必，亦庶幾遇之。八月二日晨起倚欄，山下川原平時歷歷在目，至是則滿屯白雲，浩然如海，深不見底，若浮若沈。日光俄上，輝映萬狀，其受日深者，色通明如琥珀，淺者暈若芙蕖。少焉，英英飛上，繽紛山谷間，使人神意為奪。古人真不我欺也

風似生毛日似鱗，俛看人世失緇磷[1]。海緜忽作天花散[2]，釀出千巖萬壑春。

【解題】王思任（一五七四——一六四六）：字季重，明代畫家、文學家，浙江山陰（今紹興）人。曾任袁州推官及江西僉事。其《遊廬山記》云：「予昔在青田小洋中得看天錦，以為奇絕；不意五老峰上復看海綿之奇也。天錦之色，金染萬鮮，俱非人目所經見；而海綿素鋪幾萬里，拋彈鬆稱，光絲躍然，覺霜雪死白為呆，凹凸不等，小家數耳。」英英：輕盈明亮貌。《詩．小雅．白華》：「英英白雲，露彼菅茅。」

1. 緇磷：緇，黑；磷，薄。《論語．陽貨》：「不曰堅乎？磨而不磷；不曰白乎？涅而不緇。」此處當指事物之細微特徵，謂雲起而不復能辨山下川原人物。
2. 海緜：喻雲海。天花：天界之花，本佛教語，又作「天華」。《維摩經．觀眾生品》：「時維摩詰室有一天女……見諸大人聞所說法，便現其身，即以天華散諸菩薩大弟子上。」

晚晴雲霞清豔殊絕

峰銜餘日變秋顏，瀹彩流天麗且閒[1]。自是空山風景澈，雲霞原不異人間。

1. 閒麗：「閒」通「嫻」，嫻雅美麗。戰國楚．宋玉《登徒子好色賦》：「玉為人體貌閒麗，口多微辭。」

十一月八日自廣州赴上海舟中作

鷗影微茫海氣春，雨收餘靄碧天勻。波凝綠蟻風無翼[1]，浪蹙金蛇月有鱗。始信瓊樓原不遠，卻妨羅韈易生塵[2]。鐘聲已與人俱寂，袖手危闌露滿身。

【解題】《汪精衛詩存》題作「九年十一月八日自廣州赴上海舟中作」。

1. 綠蟻：酒面上之綠色泡沫，亦借指酒。此處喻海水。
2. 曹植《洛神賦》：「凌波微步，羅襪生塵。」

附：曼昭《南社詩話》

執信以九年九月二十日殉難於虎門。其時陳炯明方率師與桂將林虎，滇將李根源等，戰於潮惠之間。魏邦平、李福林則與桂將馬濟等，對峙於珠江兩岸，勝負未判。孫公乃命汪精衛、廖仲愷繼執信之任。及戰事既定，汪精衛赴上海，迎孫公暨伍秩庸、唐少川及胡漢民偕至廣州，復開軍政府。既而精衛知胡與陳之相齮齕也，悵然不樂，遽一人歸上海，舟中有詩曰：……所謂「始信瓊樓原不遠」，言有志者事竟成也。所謂「卻妨羅襪易生塵」，言履霜堅冰至也。大不得意之事，即伏於得意之時，古今往往如此矣。執信之詩峭厲，而精衛之詩則溫婉，兩人詩派固不同也。十一年二月，鄧鏗死於刺客之手，未幾孫公自桂林旋師驅陳炯明，兵禍遂作。韓仲樂言，《禮記》「鐘聲鏗」；「鐘聲已與人俱寂」，謂鄧仲元死事也。「負手危闌露滿」，謂大亂已成不能挽救也。謂為詩讖，是則未免於鑿矣。

生平不解作詠物詩，冬窗晴暖，紅梅作花，眷然不能已於言

鶴瞑髹欄日上遲，南枝紅影靜中移[1]。由來瀟灑出塵者，定有芳華絕世姿。風骨轉教添嫵媚，冬心聊復寄沖夷[2]。與君冰雪周旋久，欲近脂香似未宜。

【解題】一九二〇年十一月二十五日，汪精衛隨孫中山自上海返回廣州，籌備重組軍政府。此詩當作於廣州。

1. 瞑（miàn ㄇㄧㄢˋ）：小睡，亦泛指睡覺。髹（xiū ㄒㄧㄡ）欄：髹漆圍欄。南枝：朝南之樹枝，亦借指梅花。蘇軾《次韻蘇伯固遊蜀岡送李孝博奉使嶺表》詩：「願及南枝謝，早隨北雁翩。」
2. 嫵媚：即嫵媚。唐·吳融《和韓致光侍郎無題三首》之一：「可憐三五夕，嫵媚善為鄰。」

冬心：冬日孤寂之心。江淹《燈賦》：「悁連冬心，寂歷冬暮。」沖夷：沖和平易。《宋書．良吏傳》：「朱萬嗣年五十三，字少豫，理業沖夷，秉操純白。」

朝霞和雪作肌膚，更把宮砂漬臂腴[1]。火齊光芒嬌欲吐[2]，水沈香氣暗相濡[3]。

終留玉潔冰清在，自與嫣紅姹紫殊。底事凝脂生薄暈，似聞佳壻是林逋[4]。

1. 宮砂：即守宮砂，舊時以朱砂飼壁虎搗爛而成者，謂塗於女子臂上可驗貞操。
2. 火齊（jì ㄐㄧˋ）：即火齊珠。張衡《西京賦》：「翡翠火齊，絡以美玉。」李善註：「火齊，玫瑰珠也。」又《梁書．諸夷傳．中天竺國》：「火齊狀如雲母，色如紫金，有光耀。別之則薄如蟬翼，積之則如紗縠之重沓也。」
3. 水沈（chén ㄔㄣˊ）：即沉香。明．李時珍《本草綱目．木一．沉香》：「木之心節置水則沈，故名沈水，亦曰水沈。半沉者為棧香，不沉者為黃熟香。」
4. 壻：同「婿」，夫婿、丈夫。林逋（九六七—一〇二八）：北宋詩人。隱居杭州西湖孤山，無妻無子，種梅養鶴以自娛，人稱「梅妻鶴子」。

小休集
卷下

十年三月二十九日黃花崗七十二烈士墓下作（以下十年）

飛鳥茫茫歲月徂，沸空鐃吹雜悲噓[1]。九原面目真如見[2]，百劫山河總不殊。
樹木十年萌櫱少[3]，斷篷萬里往來疎。讀碑墮淚人間事[4]，新鬼為隣影未孤。

墓邇執信冢，故末句云然[5]。

【解題】一九一一年四月二十七日（農曆辛亥三月二十九），革命黨人發起廣州起義，旋歸失敗。後檢得烈士遺體七十二具，合葬於廣州黃花崗。「十年三月二十九日」即公曆一九二一年五月六日，是日汪精衛與孫中山、胡漢民等赴黃花崗參加廣州起義十年祭。

1. 飛鳥茫茫：明．貝瓊《太行山謠送靳用中歸潞州》詩：「青天茫茫飛鳥孤，我歌短歌傾酒壺。」徂（cú ㄘㄨˊ）：消逝。《文心雕龍．徵聖》：「百齡影徂，千載心在。」沸空：喧騰之聲徹於天空。元．黃鎮成《題新城彭元履賑米卷》詩：「又不見北里笙竽聲沸空，千金結客五陵東。」鐃吹（chuì ㄔㄨㄟˋ）：即鐃歌。軍中樂歌。南朝梁簡文帝《旦出興業寺講詩》：「羽旗承去影，鐃吹雜還風。」
2. 九原：即九泉。泛指墓地。駱賓王《樂大夫輓詞五首》之三：「九原如可作，千載與誰歸。」
3. 萌櫱（niè ㄋㄧㄝˋ）：植物之新芽。《孟子．告子上》：「是其日夜之所息，雨露之所潤，非無萌櫱之生焉。」

4. 墮淚碑：西晉羊祜都督荊州諸軍事，駐襄陽。死後，其部屬在峴山建碑立廟祭祀，見碑者莫不流淚。杜預因稱此碑為「墮淚碑」。參《晉書．羊祜傳》。後用為感懷逝者德業之典。

5. 朱執信（一八八五—一九二〇），名大符，原籍浙江蕭山，生於廣東番禺，為汪精衛之（堂）外甥。一九〇四年以官費留學日本，次年加入同盟會。一九二〇年九月二十一日，在虎門調解駐軍與民軍之衝突時遇害。一九二一年一月十六日葬於廣州東郊馴馬崗，與黃花崗鄰近。

晨起捲簾庭蘭已開

香入疎簾意尚猜，驚看玉立久徘徊[1]。初陽欲襮幽花豔，更遣微風澹蕩來[2]。

1. 玉立：喻姿態修美。明．童冀《蘭雪軒》詩：「猗猗謝庭蘭，玉立美無度。」

2. 襮（bó ㄅㄛˊ，讀入聲）：暴露。澹蕩：風光使人怡悅。鮑照《代白紵曲》之二：「春風澹蕩俠思多，天色淨淥氣妍和。」

【評】亞鳳（朱大可）《近人詩評》：「此詩清豔，頗似前人學宋之作。民黨詩人七絕詩，多不能出龔定庵一派，惟精衛絕無跳踉之習，側媚之容。夫惟大雅，卓爾不群，精衛有也。」（《金剛鑽月刊》第三集，一九三三年）

初夏即事寄冰如

拂拭書城不染塵，瓶花旖旎有餘春。開編真似逢知己，得句還愁後古人。梅雨池塘魚自樂，楝花簾幕燕初馴。近來何事關心最？一紙書來萬里親。

入吳淞口

塞外空吟物候新，霏霏寒雨不成春。扁舟拏入吳淞口，芳草江南綠已勻。

【解題】一九二三年四月十日，汪精衛奉孫中山命赴奉天（今瀋陽）晤張作霖，商談和平統一事宜，十七日返上海。

還家

兼旬作客又還家，稚子迎門笑語譁[1]。步上小樓餘惘惘，春風鬢影在天涯[2]。

【解題】一九二三年五月一日汪精衛再赴奉天，約在五月中旬返上海，旋赴廣州。

1. 兼旬：二十天。稚子：幼子；小孩。陶淵明《歸去來兮辭》：「乃瞻衡宇，載欣載奔。僮僕歡迎，稚子候門。」譁（huá ㄏㄨㄚˊ）：同「嘩」，喧嘩；喧鬧。
2. 春風鬢影：指陳璧君。一九二三年四月二十九日，陳璧君由上海出發赴美洲籌款。

江樓秋思圖　為柳亞子題

日暮倚江樓，問君何所思？蕭蕭天地間，秋風來以時。君如王仲宣，瑰麗多文詞[1]。江山本吾土，俛仰聊自怡。知不因登樓，而興游子悲[2]。君如張季鷹，不為好爵縻[3]。家在蓴鱸鄉，可以樂棲遲[4]。知不因秋風，慨然始懷歸[5]。

向晚天氣佳，叢菊盈東籬[6]。有石宜彈琴，有酒宜賦詩。舍此忽有念，兀兀將何為[7]？由來賢哲人，萬感積心期[8]。莛鐘偶然值[9]，一縱不可覊。有如雲生石，因風自逶迤。又如絲出繭，映日成離披[10]。其來既無端，其去亦無倪[11]。君既不能名，我亦不自知。蘆渚煙漫漫，水遠天低垂。望門投止者，躑躅將何依[12]。安得為蘆花，毋使悲鴻罹[13]。楓林霜斑斑，有若別淚滋。世間諸兒女，一例傷乖離[14]。安得為紅葉，宛轉與通辭[15]。秋光渺無際，秋思亦如之。茫茫良自失，喋喋恐非宜[16]。不如酌美酒，與君盡一巵。

【解題】柳亞子（一八八七—一九五八），原名慰高，字安如，後改名棄疾，字亞子，江蘇吳江人，同盟會、光復會會員，一九〇九年與陳去病、高旭等成立南社，一九一四—一九一八年間為南社主任。一九二三年十月，柳亞子攜夫人鄭佩宜養疴滬上，與汪精衛相識。十月十四日，柳亞子等成立新南社，汪精衛亦入社。

《江樓秋思圖》（《江樓第一圖》）為柳亞子好友、南社社員胡樸安之女胡漳平繪，作於一九二三年（柳亞子另有《江樓第二圖》，為何香凝於一九二九年繪）。「江」即吳淞江，發源太湖，流經吳江，至上海匯入黃浦江。秋思（sì ㄙˋ）：秋日寂寞淒涼之思緒。

1. 王粲（一七七—二一七）字仲宣，漢末文學家，「建安七子」之一，有《登樓賦》。

瑰麗：亦作「瓌麗」，形容姿質美好。宋・洪邁《夷堅丙志・錦香囊》：「奇衣袨服，儀狀瓌麗。」

2. 不（fǒu ㄈㄡˇ）：同「否」。王粲《登樓賦》：「登茲樓以四望兮，聊暇日以銷憂……雖信美而非吾土兮，曾何足以少留！」

3. 張翰字季鷹，西晉文學家，吳郡吳縣（今蘇州）人。《晉書・文苑列傳》：「翰因見秋風起，乃思吳中菰菜、蓴羹、鱸魚膾，曰：『人生貴得適志，何能羈宦數千里以要名爵乎！』遂命駕而歸。」

好爵：精美之酒器，借指美酒。《易・中孚》：「我有好爵，吾與爾靡之。」後亦引申指高官厚祿。陶淵明《辛丑歲七月赴假還江陵夜行塗口》詩：「投冠旋舊墟，不為好爵縈。」縻（mí ㄇㄧˊ）：束縛，牽制。

4. 棲遲：遊息。《詩・陳風・衡門》：「衡門之下，可以棲遲。」

5. 懷歸：思歸故里。《詩・小雅・小明》：「豈不懷歸？畏此罪罟。」

6. 陶淵明《諸人共遊周家墓柏下》詩：「今日天氣佳，清吹與鳴彈。」又《飲酒》詩之五：「採菊東籬下，悠然見南山。」

7. 兀兀：孤獨靜坐貌。唐・盧延讓《冬除夜書情》詩：「兀兀坐無味，思量誰與鄰。」

8. 心期：胸懷。唐・錢起《送沈仲》詩：「心期邈霄漢，詞律響瓊琚。」

9. 莛（tǐng ㄊㄧㄥˇ）：同「梃」。歐陽修《鐘莛說》：「削木為莛，以莛叩鐘，則鏗然而鳴。」

值：遇到。

10. 離披：參差錯雜貌。清・姚鼐《雜詩》之一：「誰植高原樹，花葉相離披。」

11. 端倪：頭緒；迹象。《莊子・大宗師》：「反覆終始，不知端倪。」

12. 望門投止：見有人家即去投宿，極言處境窘迫。《後漢書・黨錮傳》：「（張）儉得亡命，困迫遁走，望門投止。莫不重其名行，破家相容。」按柳亞子自撰年譜，一九二三年「與同邑陸樹棠構釁，陸指余為『過激黨』，飛章告密。……幾不測。」

躑躅：徘徊不進貌。《樂府詩集．焦仲卿妻》：「躑躅青驄馬，流蘇金鏤鞍。」

13. 鴻即大雁。相傳大雁口銜蘆葦用以自衛。《尸子》卷下：「雁銜蘆而捍網」。又《淮南子》：「（雁）銜蘆而翔，以備矰弋。」

14. 乖離：別離。晉．孫楚《征西官屬送於陟陽候作詩》：「乖離即長衢，惆悵盈懷抱。」

15. 紅葉：唐代多有男女因紅葉題詩而結良緣之故事。後因以為託物傳情之典。

16. 自失：內心若有所失。《列子．仲尼》：「子貢茫然自失，歸家淫思七日。」

喋喋：多言；嘮叨。《史記．匈奴列傳》：「嗟土室之人，顧無多辭，令喋喋而佔佔，冠固何當？」

附：柳亞子《乞湋平繪江樓秋思圖，詩以將意》

鴻光便敢擬前賢，皋廡居然賃一椽。玉宇瓊樓涵並影，藥爐茶灶裊雙煙。紅桑海底今何世，翠袖天寒瘦可憐。鄉夢一宵無著處，剩持圖畫托嬋娟。

為余十眉題鴛湖雙棹圖

鴛鴦湖上泛鴛鴦，煙雨樓頭未夕陽[1]。情似春潮無畔岸，思如幽草有芬芳。驚鴻照影空回首，別鶴流聲易斷腸[2]。羅韈凌波原一瞬[3]，衹宜畫裏與端詳。

【解題】余其鏘（一八八五—一九六一），號十眉，浙江嘉善西塘人，南社社友。其妻胡淑娟於一九一五年底去世。此圖又名《鴛湖雙槳圖》，寄悼亡之意。鴛湖即鴛鴦湖，為嘉興南湖之別名。

1. 煙雨樓：位於嘉興南湖湖心島。
2. 驚鴻：喻舊愛。陸游《沈園》詩：「傷心橋下春波綠，曾是驚鴻照影來。」又《禹跡寺南有沈氏小園》詩：「林亭感舊空回首，泉路憑誰說斷腸。」
別鶴：古琴曲有《別鶴操》。晉・崔豹《古今註》卷中：「《別鶴操》，商陵牧子所作也。娶妻五年而無子，父兄將為之改娶。妻聞之，中夜起，倚戶而悲嘯。牧子聞之，愴然而悲，乃歌曰：『將乖比翼隔天端，山川悠遠路漫漫，攬衣不寢食忘餐！』後人因為樂章焉。」後以喻夫婦離散。
3. 曹植《洛神賦》：「凌波微步，羅襪生塵。」

十月二十四日過西湖

不晴不雨只陰陰，此日西湖倦色侵。孤塔偶從雲外見，好山如在夢中尋。幽懷自樂波光澹，清嘯遙隨谷籟沈。棹[1]到水心亭下泊，半林黃葉識秋深。

【解題】手鈔本亦作「十月二十四日過西湖」。《汪精衛全集》、《汪精衛詩存》詩題皆作「十月二十六日過西湖畔」。按汪精衛實於一九二三年十月二十六日自上海赴杭州，二十八日返上海（見上海《民國日報》一九二三年十月二十七日、二十九日）。

1. 手鈔本作「掉」。按：「掉」同「棹」，划船。

十一月二十四日再過西湖

臨流莫笑影婆娑，一月西湖得再過[1]。煙斂波光如薄睡，日融山色似微酡。疎鐘渡水無歧籟，落木攢空有靜柯[2]。短棹夷猶亦徒爾[3]，累他蘆雁戒心多。

【解題】手鈔本亦作「十一月二十四日再過西湖」。《汪精衛全集》、《汪精衛詩存》詩題皆作「十月二十六日再過西湖」。

1. 一月西湖得再過：《汪精衛全集》、《汪精衛詩存》皆作「一日西湖得再過」。手鈔本亦作「月」。
2. 落木：「遺訓本」誤作「落水」，從手鈔本、曾本、黑根本、澤存本改。落木即落葉。杜甫《登高》詩：「無邊落木蕭蕭下，不盡長江滾滾來。」

3. 夷猶：從容自得貌。王維《汎前陂》詩：「此夜任孤棹，夷猶殊未還。」徒爾：徒然，枉然。

夜坐（以下十三年）

雲月吐還翳，餘光猶在林。窅然見流水[1]，萬壑自沈沈。老柏作人立，松風時一吟。寒生知坐久，茗椀靜愔愔[2]。

1. 窅（yǎo ㄧㄠˇ）然：幽暗貌。宋・嚴羽《山居即事》詩：「磵戶寂無人，松蘿窅然暝。」
2. 椀（wǎn ㄨㄢˇ）：同「碗」。愔愔（yīn ㄧㄣ）：悄寂貌。唐・溫庭筠《洞戶二十二韻》詩：「醉鄉高窈窈，棊陳靜愔愔。」

西山紀遊詩

數年以來，李石曾先生在北京西山從事農林，並開創學校暨天然療養院，余數得音訊，而未獲一臨其境為憾。十三年春日，余以事潛入北京，因得抽暇暢遊西山，為詩紀之，得若干首。

【解題】李煜瀛（一八八一—一九七三），字石曾，河北高陽人。晚清重臣李鴻藻之子。一九〇二年隨駐法公使孫寶琦赴法留學，一九〇六年加入同盟會。一九一二年與汪精衛等在天津組織京津同盟會，又發起成立「進德會」。一九一五年發起成立法華教育會，一九一七年應蔡元培之邀回國任北大生物學和社會學教授，後於北京西山建溫泉療養院，又購置林地成立農林試驗場。一九一九年組織留法勤工儉學會，一九二〇年在西山創辦北京中法大學。後在國民政府任職，致力於文化教育事業。一九四九年赴瑞士，一九五六年定居臺灣，一九七三年九月三十日病逝於臺北。

一九二四年三月，汪精衛赴奉天晤張作霖，歸途在北京與國民黨北京執行部會商黨務，四月上旬返上海。

始出西直門，歷西山至溫泉村宿

郊行值春陰，群峰隱如簇。玄雲豁天際[1]，蒼翠忽在目。西山多爽氣，風物至蕃沃[2]。溫泉更幽絕，一水戛鳴玉[3]。依山結村落，高下見茅屋。初日絢平林，春氣溫以淑[4]。兒童讀書聲，若與田歌續。桃李已微華，馨香采盈匊[5]。樹木與樹人，為日常不足[6]。禽聲繁且和，萬彙盡涵育[7]。逶迤登小丘，曠衍眺平陸[8]。居庸屹相向，蕭爽動心曲[9]。

【解題】西直門：北京內城西垣北側城門。溫泉村：在西山碧雲寺北，原名石窩村，李石曾於此建溫泉療養院。

1. 玄雲：黑雲。屈原《九歌．大司命》：「廣開兮天門，紛吾乘兮玄雲。」
2. 蕃沃：見前《春日偶成》詩註4。
3. 戛（jiá ㄐㄧㄚˊ，讀入聲）：同「戞」，敲擊。鳴玉：佩玉。古人腰間佩玉，行走時相擊發聲，故稱。
4. 溫淑：天氣溫和。宋．陳著《代季念五侄回王巴山定女札》：「修勁之風，溫淑之氣，薰蒸融液，皆福所都。」
5. 華：開花。《禮記．月令》：「（仲春之月）始雨水，桃始華。」
   匊（jū ㄐㄩ，讀入聲）：同「掬」。杜甫《佳人》詩：「摘花不插髮，采柏動盈掬。」
6. 樹：種植，培養。明．孫繼臯《贈郡大夫河南錢公應覲敍》之二：「夫一年樹穀，十年樹木，百年樹人：言育材也。」為日不足：謂時間不夠用。《淮南子．繆稱訓》：「文王聞善如不及，宿不善如不祥。非為日不足也，其憂尋推之也。」
7. 萬彙：萬類、萬物。韓愈《祭董相公文》：「五氣敘行，萬彙順成。」
8. 逶迤：曲折徐行貌。盧照鄰《登封大酺歌》之三：「翠鳳逶迤登介丘，仙鶴徘徊天上遊。」
   曠衍：開闊平坦。漢．劉歆《甘泉宮賦》：「高巒峻阻，臨眺曠衍。」平陸：平原。《孫子．行軍》：「平陸處易，而右背高，前死後生，此處平陸之軍也。」

9. 居庸：即長城之居庸關，為北京西北之門戶。自西山可望居庸關。

蕭爽：閒適清爽。杜甫《都壇歌寄元逸人》詩：「鐵鏁高垂不可攀，致身福地何蕭爽。」心曲：內心深處。《詩．秦風．小戎》：「言念君子，溫其如玉。在其板屋，亂我心曲。」

登金山憩金仙庵

列岫隱蒼煙，傾崖響玉泉[1]。澄心寄丘壑，遠目隘幽燕[2]。危石下無地，孤松敻在天[3]。名山新事業，佇看集群賢。

【解題】金山：北京西郊群山之一。金仙庵又名金山寺，在今北京海淀區四季青鄉北塢村。

1. 玉泉：清泉之美稱。
2. 幽燕：古幽州及戰國時燕國地，指今河北北部、京津以及遼寧一帶。《周禮．夏官．職方氏》：「東北曰幽州。」《爾雅．釋地》：「燕曰幽州。」
3. 敻（xiòng ㄒㄩㄥˋ）：高。

宿碧雲寺

鴉影落寒山，鐘聲出遠寺。行行知漸近，已見碧雲起。石闕何嵯峨，寶塔五星聚[1]。孤標不可即[2]，如出碧雲際。奇松生石罅，老柏影交翠。朱垣隱復現，又在碧雲裏。憶昨遊溫泉，水聲清在耳。復攬金山勝，遠目盡千里。得此信三絕，可以嘆觀止。名山宜講學，合併眞與美[3]。東風動絃歌[4]，山水益輝媚。結隣有故人，相見各歡喜。茅屋三兩椽，魂夢得所寄。夜來臨水坐，疎星耿林翳[5]。語默咸自然，夜氣清且旨[6]。作詩以自幸，亦以勞吾子[7]。

【解題】碧雲寺：在北京西郊聚寶山東麓，今北京海淀區香山公園北側。始建於元末，為西山勝地。

1. 石闕：指碧雲寺內牌坊。寶塔：指碧雲寺金剛寶座塔。其上有塔五座，大者居中，小者分據四隅。故云。
2. 孤標：山、樹等特出之頂端。北魏．酈道元《水經注．涑水》：「東則磻溪萬仞，方嶺雲迴，奇峰霞舉，孤標秀出，罩絡群山之表。」

3. 時李石曾於碧雲寺成立陸謨克研究所，從事生物學研究和講座。陸謨克：今譯拉馬克（Lamarck Jean Baptiste，1744-1829）。法國博物學家，進化論宣導者。

4. 絃歌：同「弦歌」。古代授《詩》均配以弦樂歌詠，後以指禮樂教化、學習誦讀等活動。

5. 耿：照耀。林翳（yì 一ˋ）：樹林濃密如蓋。宋．秦觀《酬曾逢原參寥上人見寄山陽作》詩：「嗟予逃空虛，終日面林翳。」

6. 語默咸自然：按「咸」字遺訓本、澤存本等均作「成」，從《汪精衛集》、《汪精衛全集》改。語默：說話或沉默。《易．繫辭上》：「君子之道，或出或處，或默或語。」明．陳獻章《與順德吳明府》：「出處語默，咸率乎自然，不受變於俗，斯可矣。」旨：美好。

7. 自幸：自己慶幸。《史記．越王勾踐世家》：「莊生知其意欲復得其金，曰：『若自入室取金。』長男即自入室取金持去，獨自歡幸。」

勞（lào ㄌㄠˋ）：慰勞。吾子：對對方敬愛之稱，一般用於男子之間。《左傳．隱公三年》：「吾子其無廢先君之功。」

碧雲寺夜坐

餘霞滅天際，山寺漸沈黑。方庭蓄萬綠，一一潑濃墨。巖壑入黝冥，深沈不可測[1]。泉聲出萬寂，流遠韻更徹。似聞穿林去，邂逅澗中石。微風一吹蕩，松籟與之洽。坐久夜逾明，纖月吐雲隙。幽輝纔半林，樹影清可織。棲鴉枝不動，想像夢魂適。幽景信難摹，苦吟終未得。

1. 黝冥：黑暗幽深貌。元．吳海《擬招》：「日月不照，黝冥冥些。」深沈：深邃隱蔽。謝靈運《晚出西射堂》詩：「連障疊巘崿，青翠杳深沈。」

再登金山桃杏花已盛開

新綠麥繡野，輕黃柳拂池。別來能幾何，春光已如斯。金山累千步，步步見花枝。山勢有盤陀[1]，花開無參差。山色間紺碧，花光涵絳緋。清輝一相映，百丈成虹霓。隨花入山去，花與人逶迤。回看乍來處，萬樹煙霏霏。

1. 盤陀：曲折迴旋貌。宋．王令《同孫祖仁王平甫遊蔣山作》詩：「山形欝盤陀，石路隨直紆。」

白松

秀林有奇松，玉樹差可擬[1]。孤高更皎潔，抗節比君子[2]。歲寒饜霜雪[3]，顏色亦相似。亭亭明月中，清影了無翳[4]。臨風得相見，繾綣不能已。何當如翠禽，樂此一枝寄[5]。

【解題】《汪精衛集》題作「金仙庵碧雲寺皆植白松為詩咏之」。

1. 玉樹：神話傳說中之仙樹。李白《懷仙歌》：「仙人浩歌望我來，應攀玉樹長相待。」差：略微。擬：比擬。《世說新語．言語》載：謝太傅寒雪日內集，與兒女講論文義。俄而雪驟，公欣然曰：「白雪紛紛何所似？」兄子胡兒曰：「撒鹽空中差可擬。」兄女曰：「未若柳絮因風起。」公大笑樂。
2. 孤高：孤立高聳。酈道元《水經注．濁漳水》：「北城上有齊斗樓，超出群榭，孤高特立。」抗節：堅持節操。賈誼《治安策》：「故此一豫讓也……已而抗節致忠，行出乎列士，人主使然也。」
3. 饜（yàn ㄧㄢˋ）：吃飽。
4. 翳：遮蔽。屈原《離騷》：「百神翳其備降兮，九疑繽其並迎。」

5. 一枝：喻所求不多。《莊子．逍遙遊》：「鷦鷯巢於深林，不過一枝。」陶淵明《飲酒》之四：「因值孤生松，斂翮遙來歸。……托身已得所，千載不相違。」

秋夜

心似銀河凝不流，涼螢的皪破林幽[1]。桐陰漸薄松陰老，併送秋聲入小樓。

1. 的皪：光亮、鮮明貌。漢．司馬相如《上林賦》：「明月珠子，的皪江靡。」

狼藉書城獺祭頻[1]，夜涼燈味乍相親。閒愁不為西風起，自倚江樓念遠人。

1. 獺祭：獺常捕魚陳列水邊，如同供品祭祀。《禮記．月令》：「（孟春之月）東風解凍，蟄蟲始振，魚上冰，獺祭魚，鴻雁來。」後以比喻作詩文羅列故實，堆砌辭藻。

澹月疎星夜氣清，遙聞砧杵動層城[1]。微蟲不與無衣事，也作人間促織聲[2]。

1. 層城：重城；高城。《世說新語．言語》：「遙望層城，丹樓如霞。」
2. 微蟲：小蟲子，此處指蟋蟀。無衣：沒有過冬之衣物。《詩．豳風．七月》：「七月流火，九月授衣。……無衣無褐，何以卒歲？」
促織：催人織布製衣。又為蟋蟀之別名。三國吳．陸璣《毛詩草木鳥獸蟲魚疏》：「促織鳴，懶婦驚。」明．梁寅《詩演義》：「斯螽、莎雞、蟋蟀，一物而異名也。又曰絡緯，曰促織，以將寒而鳴，乃勸女工，故以名之也。」

策策西風萬木秋，玉簫哀怨未能收[1]。繁星點點人間淚，聚作銀河萬古流。

1. 策策：象聲詞。韓愈《秋懷詩》之一：「秋風一披拂，策策鳴不已。」
玉簫：簫之美稱。宋．馬廷鸞《後中秋》詩：「金風吹徹玉簫寒，志士悲秋思萬端。」

歲暮風雪，忽憶山中梅花，往視之，已開盛矣

簫角相逢風雪侵[1]，歲寒彌見故人心。別時情緒君能記，醉後疎狂我不禁[2]。

如接笑言禪思定，微聞薌澤綺懷深[3]。林間滿地橫斜月，願託苔枝似翠禽[4]。

1. 宋．姜夔《疏影》詞咏梅云：「客裏相逢，籬角黃昏，無言自倚修竹。」
2. 疎狂：豪放無拘束。禪思（sì ㄙˋ）：禪心。
3. 笑言：笑容與言語。薌（xiāng ㄒㄧㄤ）澤：香澤；香氣。《史記．滑稽列傳》：「羅襦襟解，微聞薌澤。」
4. 宋．林逋《山園小梅》詩：「疏影橫斜水清淺，暗香浮動月黃昏。」姜夔《疏影》詞：「苔枝綴玉。有翠禽小小，枝上同宿。」

十月二十九日月下作（以下十四年）

人似歸鴉暫息翰，玉山秋色靜中看[1]。長飈一掃遊氛盡，纔識冰輪照膽寒[2]。

1. 息翰（hán ㄏㄢˋ）：鳥收攏羽翼。喻休息。一九二五年十月，汪精衛在廣州。玉山：對山峰之美稱。唐．鮑防《人日陪宣州范中丞宴東峰亭》詩：「絲柳向空輕婉轉，玉山看日漸裴回。」

2. 長飈：大風。鮑照《放歌行》：「素帶曳長飈，華纓結遠埃。」遊氛：遊動之雲氣。唐·李嶠《早發苦竹觀》詩：「行看遠星稀，漸覺遊氛少。」冰輪：喻明月。唐·王初《銀河》詩：「歷歷素榆飄玉葉，涓涓清月溼冰輪。」

除夕

冰雪滿天地，老梅能作花。孤松青不已，相為導春華[1]。落落心如見，依依景未斜[2]。及時惟努力，攬物莫長嗟[3]。

【解題】除夕指公曆十二月三十一日，非農曆除夕。此詩《汪精衛集》題作「除夕邀南社諸子作歲寒小集，何香凝夫人繪歲寒圖，諸人皆有吟詠，余亦成一首」，文略異。查柳亞子有《十二月三十一日，歲寒社第三集，精衛招飲中山先生別邸》以及《題歲寒圖》二詩，均作於一九二三年。故此詩若非繫年有誤，則當為稍改舊作而成。

1. 相為（wèi ㄨㄟˋ）：相助；相護。春華：春天之美好時光。盧照鄰《於時春也慨然有江湖之思寄贈柳九隴》詩：「坐惜春華晚，徒令客思懸。」
2. 落落：清楚分明貌。宋·曾豐《至衡陽謁陳提舉》詩之二：「跡似雲泥長落落，心如水月固依依。」景：同「影」。

3. 及時：逢時，得到時機。《易・乾》：「君子進德修業，欲及時也。」

攬物：觀賞景物。黃庭堅《寄題趙丞相獨往亭》詩：「攬物覺意適，依風嗟世屯。」

附：柳亞子《十二月三十一日，歲寒社第三集，精衛招飲中山先生別邸》詩

一老南天國父尊，喜留別邸在江村。布衣昆弟能延士，椎髻妻孥並款門。柏酒椒盤新曆象，黃旗紫蓋舊乾坤。何當北伐功成日，重為先生壽玉樽。

又：柳亞子《題歲寒圖》詩

滄海橫流今已矣，居然有此歲寒圖。眼中朋舊誰人傑，劫後江山半酒徒。賤子生涯殊自惜，群公勳業諒非孤。拊膺獨有丹心在，誰薦雄文奏上都。

入峽（以下十五年）

入峽天如束，心隨江水長。鐙搖深樹黑，月蘸碎波黃。岸偪鼯聲縱[1]，巖陰虎跡藏。欋歌誰和汝，風竹夜吟商[2]。

【解題】《汪精衛全集》題作「過西江羚手峽作」。按「手」當為「羊」字之誤。羚羊峽在廣東西江肇慶段。一九二六年一月二十五日，汪精衛與譚延闓、白崇禧等自廣州出發赴廣西梧州晤李宗仁等，商討兩廣統一及北伐問題，途經羚羊峽。

1. 偪（bī ㄅㄧ，讀入聲）：狹窄。鼯（wú ㄨˊ）：即鼯鼠，俗名飛鼠。前後肢之間有皮褶（飛膜），可藉以滑翔。

2. 檝（jí ㄐㄧˊ）：同「楫」，船槳。亦指代船。

風竹：被風吹動之竹。庾信《園庭》詩：「水蒲開晚結，風竹解寒苞。」吟：吹奏。唐．楊凝《送客往鄜州》詩：「曉上關城吟畫角，暗馳羌馬發支兵。」商：五音（宮、商、角、徵、羽）之一。其聲悲怨。吟商即發出商聲。姜夔《湖上寓居雜咏》詩：「荷葉披披一浦涼，青蘆奕奕夜吟商。」

出峽

出峽天如放，虛舟思渺然[1]。雲歸新雨後，日落晚風前。波定魚吞月，沙平鷺隱煙。綠陰隨處有，可得枕書眠。

【解題】一九二六年一月三十一日，汪精衛等自梧州返回廣州。

1. 虛舟：空船。亦指放任漂流之船隻。語本《莊子．山木》：「方舟而濟於河，有虛船來觸舟，雖有惼心之人不怒。」喻胸懷恬淡曠達。宋．司馬光《酬王安之聞罷真率會》詩：「虛舟非有意，飄瓦不須嗔。」

舊曆元旦經白雲山麓書所見

農隙人家靜且慵，飯餘箕踞領東風[1]。宜春帖子尋常見[2]，點綴柴門特地紅。

【解題】舊曆元旦：丙寅年正月初一，即公曆一九二六年二月十三日。白雲山：在廣州東北部。

1. 農隙：農閒之時。《左傳．隱公五年》：「故春蒐、夏苗、秋獮、冬狩，皆於農隙以講事也。」箕踞：一種不拘禮節之坐姿。張開兩腿，形似簸箕，故云。《莊子．至樂》：「莊子妻死，惠子弔之，莊子則方箕踞鼓盆而歌。」
2. 宜春帖：舊俗立春及春節時剪或書寫字帖貼於門窗、器物之上，以示迎春。南朝梁．宗懍《荊楚歲時記》：「立春之日，悉剪彩為燕，戴之，帖『宜春』二字。」

村兒綠袴女紅妝[1]，分得黃柑著意嘗。卻道城中風物好，不知身在白雲鄉[2]。

1. 袴（kù ㄎㄨˋ）：同「褲」。古代特指左右各一、分裹兩脛之套褲。
2. 白雲鄉：見前《鴉爾加松海濱作》詩註 1。

泥潦縱橫叱犢行[1]，老農辛苦足平生。今宵一酌屠蘇酒[2]，坐聽家家爆竹聲。

1. 潦（lǎo ㄌㄠˇ）：積水。
2. 屠蘇酒：藥酒名。舊俗於農曆元旦飲屠蘇酒。《荊楚歲時記》：「（正月一日）長幼悉正衣冠，以次拜賀，進椒柏酒，飲桃湯，進屠蘇酒。」

雜詩

春花繡平林，絳跗映青條[1]。初日揚其輝，零露猶未消[2]。惟彼蝶與蜂，振翅何逍遙。食宿眾芳間，蕊粉還相調。取之亦已廉，報之不辭勞。東風亦良媒，鳴條一何驕[3]。

1. 平林：原野上之樹林。跗（fū ㄈㄨˊ）：花萼。青條：青色枝條。三國魏・曹叡《猛虎行》：「綠葉何落落，青條視曲阿。」
2. 零露：見前《西班牙橋上觀瀑》詩註9。
3. 鳴條：風吹樹枝發聲。漢・董仲舒《雨雹對》：「太平之世，則風不鳴條，開甲散萌而已。」

郊行

溶溶新綠漲晴川，鸂鶒依蒲自在眠[1]。行過小橋餘惘惘，梨花似雪柳如煙。

1. 溶溶：水流盛大貌。劉向《九嘆．逢紛》：「揚流波之潢潢兮，體溶溶而東回。」新綠：指開春後新漲之水。周邦彥《滿庭芳》詞：「人靜烏鳶自樂，小橋外，新綠濺濺。」鸂鶒（chì ㄔˋ）：水鳥名。好雌雄並游，俗稱紫鴛鴦。

即事

暮春三月雨滂沱，敗壁頹簷暗薜蘿。鳥雀亦如人望治，晴光纔動樂聲多。

題畫

冪錦籠香好護持，宛然金屋貯蛾眉[1]。何如手種千竿竹，翠羽紅襟自滿枝[2]。

【解題】所題之畫似為籠中鳥。

1. 冪（mì ㄇㄧˋ）：覆蓋。金屋：黃金之屋，極言其華美。相傳漢武帝欲以金屋接納阿嬌，見《漢武故事》。蛾眉：蛾之觸鬚細長而彎曲，故以喻美女之眉毛，亦借指美女。《詩．衛風．碩人》：「螓首蛾眉」。
2. 紅襟：喻鳥之紅色羽毛。

病中讀陶詩

攤書枕畔送黃昏，淚濕行間舊墨痕[1]。種豆豈宜雜荒穢，植桑曾未擇高原[2]。孤雲靉靉誠何託[3]，新月依依欲有言。山澤川塗同一例，人生何處不籠樊[4]。

1. 舊墨痕：汪精衛少年時，其父即授以陶詩，所謂行間舊墨痕者，或指書中批註文字。

2. 種豆：陶淵明《歸園田居》詩之三：「種豆南山下，草盛豆苗稀。晨興理荒穢，帶月荷鋤歸。」植桑：陶淵明《擬古》詩之九：「種桑長江邊，三年望當采……本不植高原，今日復何悔。」

3. 孤雲：陶淵明《詠貧士》詩之一：「萬族各有託，孤雲獨無依；曖曖空中滅，何時見餘輝。」

4. 籠樊：即樊籠。陶淵明《歸園田居》詩：「久在樊籠裏，復得返自然。」

病懷聽盡雨颼颼，斜日柴門得小休。抱節孤松如有傲，含薰幽蕙本無求[1]。閒居始識禽魚樂，廣土終懸霜霰憂[2]。暫屏酒尊親藥裹，敢因苦口致深尤[3]。

1. 抱節：堅守節操。孤松：孤生之松樹，喻獨立而有操守之人。陶淵明《飲酒二十首》之八：「青松在東園，眾草沒其姿。凝霜殄異類，卓然見高枝。」又《歸去來兮辭》：「撫孤松而盤桓。」《飲酒二十首》之四：「因值孤生松，斂翮遙來歸。」含薰句：陶淵明《飲酒二十首》之十七：「幽蘭生前庭，含薰待清風。」無求：張九齡《感遇》詩之一：「蘭葉春葳蕤，桂華秋皎潔；欣欣此生意，自爾成佳節。……草木有本心，何求美人折？」

2. 陶淵明《始作鎮軍參軍經曲阿作》詩：「望雲慚高鳥，臨水愧游魚。」霜霰：霜和霰。陶淵明《歸園田居》詩之二：「桑麻日已長，我土日以廣。常恐霜霰至，零落同草莽。」

3. 屏（bǐng ㄅㄧㄥˇ）：擯棄。親：親近，接近。藥裹：藥包；藥囊。陸游《病中偶得名酒小醉》詩：「詩囊羞澀悲才盡，藥裹縱橫覺病增。」敢：豈敢。致：表達。尤：責備；怪罪。

病起郊行

病骨樂與瘦筇俱[1]，疎陰漏日午晴餘。覓新詩似驢旋磨，溫舊書如牛反芻[2]。

岸几羅花村舍靜，峰屏襯樹行人疎[3]。林深足繭思小憩，啼鳥一聲眞起予[4]。

1. 筇（qióng ㄑㄩㄥˊ）：竹名，宜製杖。故亦泛指手杖。
2. 反芻：牛羊等動物把粗嚼嚥下之食物反回到嘴裏細嚼，然後再嚥下。
3. 岸几：岸如几案；羅：羅列，陳列。峰屏：峰如屏風。
4. 足繭：腳掌因磨擦而生出硬皮。喻跋涉辛苦。
起予：啟發自己。《論語．八佾》：「子曰：『起予者商也，始可與言《詩》已矣。』」

附：胡漢民《閱報見精衛病起郊行長句次其韻》詩

定有長欃與客俱，河山爭認歠歌餘。林多蔽翳人忘斧，野自寬閒牧廢芻。鶴病也知商出處，鷗盟何事怨生疎。滄江歲晚無人會，刻句傷懷又起予。

十七日夜半雨止，月色掩映庭竹間

竹間微雨濕幽輝，萬影參差欲上衣。今夜姮娥意愁絕，玉顏和淚減腰圍[1]。

1. 姮娥：月中女神。因避漢文帝劉恒諱而改稱常娥，後通作嫦娥。借指月亮。玉顏：女子之美貌，承上句而言。和淚：喻雨。減腰圍：人消瘦，喻月已虧。

春晴

宵來魂夢帖[1]，一枕足雨味。晨風喚我起[2]，庭宇已清霽。垂檐柳絲重，黲砌榆錢膩[3]。槿煙搖深青，蕉露泫微紫。娟娟蕙蘭花，素心禁盥洗。青條已紛披，玉立終不倚。孤標歷小挫，兀裛差可喜[4]。含薰空谷間，清風亦時至[5]。褰衣入深林，柯葉互虧蔽[6]。輕陰篩日影，樂此鳥聲碎。鵲蹋無定枝，燕歸有完壘。布穀尚丁寧，提壺已微醉[7]。荒蹊多伏莽，閣閣相鼓吹[8]。積潦動群蟁[9]，嗡嗡亦不已。可憐聽琴者，欲洗箏笛耳[10]。

1. 帖（tiē ㄊㄧㄝ）：妥帖，安定。
2. 晨風：鳥名。《詩．秦風．晨風》：「鴥彼晨風，鬱彼北林。」
3. 糝（sǎn ㄙㄢˇ）：散落。
4. 孤標：孤獨清高。皎然《五言詠敭上人座右畫松》詩：「真樹孤標在，高人立操同。」兀奡（ào ㄠˋ）：亦作「兀傲」，孤傲不羈。陶淵明《飲酒》詩之十三：「規規一何愚，兀傲差若穎。」
5. 陶淵明《飲酒二十首》之十七：「幽蘭生前庭，含薰待清風。」
6. 褰（qiān ㄑㄧㄢ）：撩起，用手提起。《詩．鄭風．褰裳》：「子惠思我，褰裳涉溱 。」虧蔽：遮掩。
7. 布穀：鳥名，即杜鵑。丁寧：囑咐，告誡。俗謂杜鵑鳴聲似催人播種穀物，故云。提壺：鳥名，即鵜鶘。歐陽修《啼鳥》詩：「獨有花上提壺蘆，勸我沽酒花前醉。」
8. 伏莽：草木叢中潛藏之物。閣閣：象聲詞。象蛙鳴聲等。鼓吹（chuì ㄔㄨㄟˋ）：演奏樂曲，喻蛙鳴。唐．楊收《詠蛙》詩：「會當同鼓吹，不復問官私。」
9. 積潦：大片積水。蟁（wén ㄨㄣˊ）：同「蚊」。
10. 洗耳：見前《感懷》詩註4。蘇軾《聽賢師琴》詩：「歸家且覓千斛水，淨洗從前箏笛耳。」

萬物樂新晴，亦如人望治。地毛猶未燥，群動颯然至[1]。林開蜂蝶亂，水漲鵝鴨恣。病蟲蝕敗葉，饑雀啄殘蕊。蝸涎巧誘敵，蛛網耽待餌[2]。籀泥蚓忘疲[3]，戴粒蟻盡瘁。艱難惟一飽，搶攘乃如此[4]。勞生故其所，蠖屈定非計[5]。積雨綠荒畦，生事雜芳穢[6]。野草既滋蔓，勢欲卷千里。蕭艾亦有花，風日還自媚。平生歲寒姿，至此寧獨異。老松皴霜皮，菌蕈若瘢痏[7]。寒梅最孤峭，磊砢已多子[8]。修竹緣牆隈，根荄皆怒起[9]。大哉此春雷，一震興百廢。

1. 地毛：指地面上各種植物。群動：各種動物。陶淵明《飲酒》詩之七：「日入群動息，歸鳥趨林鳴。」
2. 耽：手鈔本作「眈」，黑根本、中華本、澤存本亦作「耽」。按：耽亦同眈，雄視貌。
3. 籀（zhòu ㄓㄡˋ）：大篆。「籀泥」謂蚯蚓行泥上如書大篆。
4. 搶（chéng ㄔㄥˊ）攘：紛亂貌。《漢書．賈誼傳》：「本末舛逆，首尾衡決，國制搶攘，非甚有紀，胡可謂治？」
5. 勞生：辛勞之人生。語本《莊子．大宗師》：「夫大塊載我以形，勞我以生，佚我以老，息我以死。」
蠖（huò ㄏㄨㄛˋ）屈：像尺蠖一樣屈曲。喻人不得志而屈居下位或退隱。
6. 生事：猶世事，世情。芳穢：鮮花與雜草，喻美好之物與蕪穢之物。

7. 蕈（xùn ㄒㄩㄣˋ）：菌類植物。瘢疻（zhǐ ㄓˇ）：傷痕。

8. 磊砢（luǒ ㄌㄨㄛˇ）：眾多堆積貌。司馬相如《上林賦》：「蜀石黃碝，水玉磊砢。」

9. 隈（wēi ㄨㄟ）：隅；角落。荄（gāi ㄍㄞ）：草根。《漢書．禮樂志》：「青陽開動，根荄以遂。」

又按：此二詩手鈔本別為四首，前者自「褰衣」句別為一首，後者自「積雨」句別為一首。文字亦略異。

熱甚既而得雨，夜坐東軒作

土田龜坼苗將枯，桔槔鴉軋如哀呼[1]。蝦蟆吻燥作牛喘[2]，炙背欲死思泥塗。
長空熒熒三足烏，直以碧落為紅罏[3]。收雲入甑炊作雨，十里山水生糢糊。
菰蒲軒舞風來蘇，榆柳放浪無囚拘[4]。老檜偃蹇蒼髯濡[5]，長松揮灑亦自如。
夜深微光來庭除，碧梧翠篠膏沐餘[6]。輕涼漸生清響疎，繁星缺月如懸虛。
天孫搖曳蔚藍裾[7]，佩以玉玦纍明珠。此時花木靜而姝[8]，天地萬物咸相娛。
翠魚紛唼紫菱角[9]，粉蝶悄立紅蓮鬚。我亦跂腳牆東隅，流螢熠熠照觀書[10]。

1. 龜坼（jūn ㄐㄩㄣ / chè ㄔㄜˋ）：土地因天旱而裂開。桔槔（jié ㄐㄧㄝˊ / gāo ㄍㄠ）：汲水工具。鴉軋：象聲詞。

2. 蝦蟆（há ㄏㄚˊ，má ㄇㄚˊ）：青蛙和蟾蜍之統稱。

3. 熒熒：光閃爍貌。三足烏：傳說日中有三足烏。借指日。碧落：指天空。紅鑪：即紅爐、洪爐，大火爐。

4. 軒舞：舞動貌。《古詩源·帝載歌》：「鼚乎鼓之，軒乎舞之。」漢·馬融《琴賦》：「玄鶴二八，軒舞於庭。」

放浪：放縱不受拘束。囚拘：束縛。

5. 偃蹇：彎曲貌。漢·淮南小山《招隱士》：「桂樹叢生兮山之幽，偃蹇連蜷兮枝相繚。」

6. 翠篠（xiǎo ㄒㄧㄠˇ）：綠色細竹。梁簡文帝《喜疾瘳》詩：「隔簾陰翠篠，映水含珠榴。」

膏（gào ㄍㄠˋ）沐：洗沐，潤澤。唐·柳宗元《晨詣超師院讀禪經》詩：「日出霧露餘，青松如膏沐。」

7. 天孫：即傳說中之織女。玦（jué ㄐㄩㄝˊ）：古時一種佩玉。環形，有缺口。

8. 姝（shū ㄕㄨ）：美好。《詩·邶風·靜女》：「靜女其姝，俟我於城隅。」

9. 唼（shà ㄕㄚˋ）：水鳥或魚吃食。《楚辭·九辯》：「鳧雁皆唼夫粱藻兮，鳳愈飄翔而高舉。」

10. 跂腳：蹺起腳。黃遵憲《遊箱根》詩：「我方跂腳眠，夢騎赤龍舞。」。

熠熠（yì ㄧˋ）：閃爍貌。

雜詩

處事期以勇，持身期以廉。責己既已周，責人斯無嫌。水清無大魚，此言誠詹詹[1]。汙潴蚊蚋聚，暗陬蛇蠍潛[2]。哀哉市寬大，徒以便群僉[3]。燭之以至明，律之以至嚴。為善有必達，為惡有必殲[4]。由來狂與狷，二德常相兼[5]。

【解題】一九二六年三月二十日突發「中山艦事件」，蔣介石藉以排斥共產黨及國民黨左派，其後汪精衛負氣離職，四月以就醫為名離廣州到香港。此詩當就此事而發。

1. 水清無魚：《大戴禮記．子張問入官篇》：「水至清則無魚，人至察則無徒。」詹詹：言詞煩瑣。《莊子．齊物論》：「大言炎炎，小言詹詹。」
2. 汙：同「污」。潴（zhū ㄓㄨ）：水聚積處。陬（zōu ㄗㄡ）：角落。
3. 市：為某種目的而進行交易。「市寬大」即對人不作嚴格要求，以博取寬厚大度之名。僉（qiān ㄑㄧㄢ）：姦邪不正。群僉：群小，小人們。
4. 達：舉薦。殲：消滅。
5. 狂與狷：見前《雜詩》註2。

重過堅底古寺

薝蔔花開古寺東[1]，莓苔依約舊遊蹤。迢迢遠浦乘潮月，謖謖疏林隔水風[2]。梵唄已隨烏雀靜，征衣猶映芰荷紅。牧童黧面吹横笛，象背徜徉興未窮。

【解題】一九二六年五月十一日，汪精衛自香港赴法國養病，此為途經錫蘭（斯里蘭卡）時作。堅底即 Kandy，民國元年汪精衛旅歐時曾到此地遊覽。參前舟泊錫蘭島詩。

1. 薝蔔：梵文 Campaka 音譯。佛教意譯作金色花樹、黃花樹。為木蘭科喬木，樹高大，花甚香。
2. 謖謖（sù ㄙㄨˋ）：勁風之聲。晉・陸機《感時賦》：「寒冽冽而寖興，風謖謖而妄作。」

海上

明明天邊月，蕩蕩海上波。白雲與之潔，清風與之和。有如赤子心，萬事相涅磨[1]。憂患雖已深，坦白仍靡它[2]。君看寒光澈，碧海成銀河。一葦縱所如[3]，萬里無坎軻。

1. 赤子心：純潔善良如嬰兒之心地。《孟子・離婁下》：「大人者，不失其赤子之心者也。」
   湼（niè ㄋㄧㄝˋ）：同「涅」。湼磨：語本《論語・陽貨》：「不曰堅乎？磨而不磷。不曰白乎？涅而不緇。」後以喻經受考驗、折磨。宋・林希逸《代陳玄謝啟》：「磨涅豈無，恪守磷緇之訓；方圓俱可，肯貽卿皂之譏。」
2. 靡它（tuō ㄊㄨㄛ）：無二心。《詩・鄘風・柏舟》：「之死矢靡它」。
3. 葦：蘆葦編成之筏。《詩・衛風・河廣》：「誰謂河廣，一葦杭之。」亦泛指小舟。蘇軾《赤壁賦》：「縱一葦之所如，凌萬頃之茫然。」

湖上

一葉煙波萬疊間，垂綸端為釣潺湲[1]。暫留殘照天邊樹，盡抹微雲雨後山[2]。
隱霧笛隨黃犢遠，定風帆與白鷗閒。湖光入夜尤奇絕，指點秋星久未還。

1. 綸：釣絲。垂綸即垂釣。

2. 秦觀《滿庭芳》詞：「山抹微雲，天粘衰草，畫角聲斷譙門。」

麗蒙湖上觀落日（以下十六年）

澄波萬斛碧琳腴。雲影下澈如懸虛[1]。忽從空明生絢爛，玉盤眩轉赬虬珠[2]。
凝暉流耀天之隅。涵光蕩影態萬殊。紫雲生瀾麗且都[3]。爛如滄海明珊瑚。
絳霞蘸水柔欲濡。灼如綠波泛芙蕖。飛紅萬點餌遊魚。天吳紫鳳紛縈紆[4]。
布帆粲若雲錦舒。白鷗閃閃成金鳧。是時輕煙淡欲無。雪峰艷出如靜姝[5]。
臙脂新染凝脂膚。微渦欲動融紅酥[6]。鏡中眉樣畫不如。清暉玉色長相娛。
中流雙楫何紆徐。天空沆瀣相吹噓[7]。豈惟光景難具摹。幽閒澹沲意有餘[8]。
蒼然暮色來須臾。洛桑鐙火生模糊[9]。疎星缺月良相須。照我藜杖歸蘧廬[10]。

【解題】麗蒙湖：今譯萊蒙湖（Lac Léman），即日內瓦湖，為法國與瑞士之界湖。一九二七年初汪精衛仍在法國養病，至三月始取道德國、蘇聯回國，四月一日抵上海。

1. 琳腴：猶言玉液瓊漿。南朝梁．陶弘景《真誥．運象三》：「羽童捧瓊漿，玉華餞琳腴。」陸游《寺樓月夜醉中戲作》詩之二：「水精盞映碧琳腴，月下泠泠看似無。」懸虛：凌空。

2. 赬（chēng ㄔㄥ）：紅色。眩轉：眩暈。班固《西都賦》：「攀井幹而未半，目眴轉而意迷。」

3. 都：美好。《詩．鄭風．有女同車》：「彼美孟姜，洵美且都。」

4. 天吳：神名。《山海經．海外東經》：「朝陽之谷，神曰天吳，是為水伯。」又《大荒東經》：「有神人，八首人面，虎身十尾，名曰天吳。」紫鳳：神鳥名。謝朓《隋王鼓吹曲．鈞天曲》：「紫鳳來參差，玄鶴起凌亂」。縈紆：盤旋環繞。班固《西都賦》：「步甬道以縈紆，又杳窱而不見陽。」

5. 姝：美女。宋玉《登徒子好色賦》：「此郊之姝，華色含光。」

6. 紅酥：紅潤柔膩之物。陸游《釵頭鳳》詞：「紅酥手。黃縢酒。滿城春色宮牆柳。」

7. 紆徐：從容舒緩貌。沆瀣（hàng ㄏㄤˋ / xiè ㄒㄧㄝˋ）：夜間之霧氣露水等。《楚辭．遠遊》：「餐六氣而飲沆瀣兮，漱正陽而含朝霞。」吹噓：道教語。導引吐納。元稹《敘詩寄樂天書》：「僕少時授吹噓之術於鄭先生，病嬾不就。」

8. 澹沲（duò ㄉㄨㄛˋ）：亦作「淡沱」，風光明淨。杜甫《醉歌行》：「春光澹沲秦東亭，渚蒲芽白水荇青。」陸游《暮春》詩：「湖上風光猶淡沱，尊前懷抱頗清真。」

9. 洛桑：瑞士城市名，在日內瓦湖北岸。

10. 須：等待。《詩．邶風．匏有苦葉》：「人涉卬否，卬須我友。」

蘧（qú ㄑㄩˊ）廬：驛站中供人休息之所。猶言旅館。《莊子．天運》：「仁義，先王之蘧廬也，止可以一宿，而不可久處。」

廬山望雲得一絕句

兩山缺處聚遙峰，翠黛含暉色萬重。玉宇瓊樓原在望，只須身入白雲中。

【解題】一九二七年七、八、九月間，汪精衛多次赴廬山與軍政要人共商時局。

海上

銀漢迢迢玉宇恢，夜深風露滌餘埃。此心得似冰蟾潔，曾濯滄溟萬里來[1]。

【解題】一九二七年十月二十五日，汪精衛自上海乘船赴廣州。

1. 冰蟾：指月亮。宋．宋祁《庠局觀書偶呈同舍》詩：「蠹簡時披落暗塵，晝窗風冷冰蟾津。」左思《詠史》詩：「振衣千仞崗，濯足萬里流。」

題畫梅

繁英若飛瓊[1]，老柯如屈鐵。持此歲寒心，努力戰風雪。

1. 飛瓊：因風飄飛之瑩潔物體，如雪花、花瓣等。唐．無名氏《白雪歌》詩：「皇穹何處飛瓊屑，散下人間作春雪。」

海上觀月

海風吹出月如如，一片清光不可濡[1]。上下翻飛何所似，淥波蕩漾白芙蕖[2]。

【解題】一九二七年十一月十五日，汪精衛、李濟深代表粵方中央委員自廣州乘船赴上海出席國民黨中央委員全體會議預備會。

1. 如如：佛教語。即如真如之永恆存在。唐．慧能《壇經．行由品》：「萬境自如如，如如之心，即是真實。」清光：月、燈等清明之光輝。杜甫《一百五日夜對月》詩：「斫卻月中桂，清光應更多。」濡：沾濕。

2. 淥（lù ㄌㄨˋ）波：清波。曹植《洛神賦》：「迫而察之，灼若芙蕖出淥波。」

舟中感懷

倚欄惟見水無垠，天海遙從一線分。渺渺滄波峰載雪[1]，沈沈暝色岫連雲。

佳兵似火終難戢，止亂如絲祇益棼[2]。惆悵風濤作松籟，夢回猶認故山聞[3]。

1. 載：手鈔本作「戴」。按：載可通戴。《詩．周頌．絲衣》：「絲衣其紑，載弁俅俅。」鄭玄箋：「載猶戴也。」

2. 佳兵：堅甲利兵。《老子》：「夫佳兵者，不祥之器，物或惡之，故有道者不處。」戢（jí ㄐㄧˊ，讀入聲）：收藏兵器。引申為停止（戰爭）。《左傳．隱公四年》：「夫兵，猶火也；弗戢，將自焚也。」棼（fén ㄈㄣˊ）：紛亂，紊亂。《左傳．隱公四年》：「臣聞以德和民，不聞以亂。以亂，猶治絲而棼之也。」

3. 故山：舊山。喻家鄉。漢．應瑒《別詩》之一：「朝雲浮四海，日暮歸故山。」

白蓮

澹然相對蘊皆空，坐久微馨偶一逢[1]。玉骨冰肌塵不到，亭亭恰稱月明中。

1. 蘊：本佛教術語，梵文作 Skandha，或譯為陰，即蔭覆之意。佛教語。《心經》：「觀自在菩薩，行深般若波羅蜜多時，照見五蘊皆空，度一切苦厄。」馨（nún ㄋㄨㄣˋ）：香氣。

海上雜詩

朝暉流影入雲羅，盡熨風紋似鏡磨[1]。一種清明和悅意，欲將坦蕩託微波[2]。

1. 雲羅：如絲羅之輕雲。李商隱《春雨》詩：「玉璫緘札何由達，萬里雲羅一雁飛。」宋．韓維《同魏進道晚過湖上》詩：「平堤看瀲灩，皎如鏡新磨。」
2. 微波：微小之波浪。曹植《洛神賦》：「無良媒以接懽兮，託微波而通辭。」

碧浪千層天四圍，斜陽欲下尚依依。輕舟驚起潛魚夢，隊隊凌波作燕飛。

春歸

幾日棠梨爛漫開，春歸重對舊池臺[1]。情隨芳草連天去[2]，夢逐輕鷗拍水回。
飛絮便應窮碧落，墜紅猶復絢蒼苔[3]。梓桐拱把清陰好，還記年時手自栽。

1. 陸游《沈園二首》之一：「城上斜陽畫角哀，沈園非復舊池臺。」
2. 陸游《桃源憶故人》詞：「試問歲華何許？芳草連天暮。」
3. 碧落：天空。白居易《長恨歌》：「上窮碧落下黃泉，兩處茫茫皆不見。」
墜紅：落花。唐・陸龜蒙《連昌宮詞・階》：「草沒苔封疊翠斜，墜紅千葉擁殘霞。」
曼昭《南社詩話》：龔定庵「落紅不是無情物，化作香泥更護花」，精衛愛誦之。近日坊刻《汪精衛集》，於〈民族的國民〉篇末綴此兩句，余頗疑之，嘗於通訊時問及。得精衛復書云：「篇末空白，隨意填寫古人詩詞或格言一兩句，此雜誌慣事也。然其後輾轉翻刻，竟若以此兩句為與論文相連屬者然，此則非僕所知矣。」然此兩句實能道出志士仁人殺身成仁之心事。執信詩「葉落還肥根」，精衛謂是龔定庵詩意，而另有一種古樸風味。其實精衛所自作，如「雪花入土土膏肥，孟夏草木待爾而繁滋」，如「飛絮便應窮碧落，墜紅猶復絢蒼苔」，亦此物此志也。

題畫（以下十七年）

水精簾押盪微風[1]，玉色清輝掩映中。月即是人人是月，一時人月已交融。

1. 水精：即水晶。李白《玉階怨》詩：「卻下水精簾，玲瓏望秋月。」簾押：押簾之物。李商隱《燈》詩：「影隨簾押轉，光信簟文流。」

比那蓮山水之勝，前遊曾有詩紀之。自西班牙橋泝瀑流而上，攀躋崎嶇山徑間可六七里，得一湖，其上更懸瀑布二，更上則雪峰際天矣，此前詩所未紀也。今歲復遊，補之如次

峨峨青芙蓉，去天不盈尺[1]。一水孕其內，湛然作寒碧[2]。水光聚峰影，絳縞互明滅。有如置明鏡，倒映天際雪。雪花飛入水，水與雪同冽。又如拓金盤，於此承玉液。昔聞太華頂，天池中蕩潏[3]。此水將毋同，終古流不息。挹彼天上泉，泐此山中石[4]。蕩為千頃波，掛之萬仞壁。遂令百里內，變化杳難

測。連峰走風雨，盡澗鳴霹靂。我來臨清流，毛髮為灑淅[5]。水面如鏡磨，水心如箭激。迴飈之所薄，巉刻露山骨[6]。谷風挾陰冷，白日澹無色，既檥湖上舟，復憩巖下穴[7]。石危松不撓，雪沃花更潔。悠悠無心雲，荒荒斷腸碣[8]。繁星揭中夜，下聽眾流咽[9]。

湖濱危石突出，上植一碑，昔有英人夫婦新婚旅行，泛舟於此，溺焉。湖境既清，對此碑益增遊人感喟。

【解題】一九二七年十二月十一日，共產黨發動廣州起義，國民黨內部矛盾因之激化，汪精衛再度引退，十七日離上海赴法國，一九二八年一月抵馬賽。此詩所云之湖，即西班牙橋附近之戈布湖（Lac de Gaube）。

1. 青芙蓉：芙蓉，本指寶劍。漢・袁康《越絕書》載薛燭相越王句踐之寶劍「純鈎」，「揚其華，捽如芙蓉始出。」此處以喻山。宋・劉敞《寄論翊》詩：「嵐光共淡蕩，千丈青芙蓉。」峨峨：高貌。
2. 湛然作寒碧：「作」遺訓本作「使」，從曾本、黑根本、澤存本改。
湛然：清澈貌。晉・干寶《搜神記》卷二十：「不數日，果大雨。見大石中裂開一井，其水湛然。」寒碧：給人以清冷感覺之綠色。指清涼之湖水。姜夔《暗香》詞：「長記曾攜手處，千樹壓、西湖寒碧。」

3. 太華：即西嶽華山，因其西有少華山，故稱。天池：山頂之湖。杜甫《天池》詩：「天池馬不到，嵐壁鳥纔通。」蕩潏（jué ㄐㄩㄝˊ，讀入聲）：翻騰起伏。南朝齊・張融《海賦》：「沙嶼相接，洲島相連，東西蕩潏，如滿於天。」

4. 泐（lè ㄌㄜˋ）：石頭因風化或水流衝擊而裂開。亦通「勒」，銘刻。

5. 灑（xiǎn ㄒㄧㄢˇ）淅：因受驚或受涼而戰慄。《資治通鑑》卷二百四十八：「宣宗素惡李德裕之專。即位之日，德裕奉冊既罷，謂左右曰：『適近我者非太尉邪？每顧我，使我毛髮灑淅。』」

6. 巉（chán ㄔㄢˊ）刻：險峻陡峭。宋・蘇洵《憶山送人》詩：「大抵蜀山峭，巉刻氣不溫。」山骨：喻山中巖石。唐・劉師服等《石鼎聯句》詩：「巧匠斲山骨，刳中事煎烹。」

7. 檥（yǐ ㄧˇ）：使船靠岸。

8. 柳宗元《漁翁》詩：「回看天際下中流，巖上無心雲相逐。」斷腸碣：參詩末作者自註。

9. 揭：高舉，高懸。《詩・小雅・大東》：「維北有斗，西柄之揭。」

瑞士幾希柏瀑布自山巔騰擲而下，注於勃里安湖，遠映雪山，近蔭林木。余在此一宿而去

誰歟挽天河，直下幾千仞。[1]人間塵萬斛，快然一洗淨。飄飆下雲梯，跌蕩

臨玉鏡[2]。波光散復聚，歷亂雲霞影[3]。平生志淡泊[4]，樂此清絕境。孰云風氣寒，松柏各蒼勁。月出水更幽，泉響山自靜。遲明不忍去，曳杖眾峰頂[5]。

【解題】幾希柏瀑布，即吉斯河瀑布（Giessbach）；勃里安湖：即布里恩茨湖（Brienzersee）。位於瑞士伯爾尼州阿爾卑斯山北麓。

1. 天河：即銀河。杜甫《洗兵馬》詩：「安得壯士挽天河，洗淨甲兵長不用。」仞：古代長度單位。七尺（一說八尺）爲一仞。李白《望廬山瀑布》詩：「飛流直下三千尺，疑是銀河落九天。」
2. 飄飖：形容舉止輕盈、灑脫。唐．柳泌《玉清行》詩：「照徹聖姿嚴，飄飖神步徐。」雲梯：謂登天之路。郭璞《遊仙詩》之一：「靈谿可潛盤，安事登雲梯。」
跌蕩：同「跌宕」，行為無拘束。《後漢書．孔融傳》：「又前與白衣禰衡跌蕩放言。」陸游《與子坦子聿遊明覺十四韻》詩：「聯翩兩葛巾，跌蕩一短筇。」玉鏡：喻明靜之水面。李白《陪族叔曄遊洞庭湖》詩之五：「淡掃明湖開玉鏡，丹青畫出是君山。」
3. 歷亂：紛亂。盧照鄰《芳樹》詩：「風歸花歷亂，日度影參差。」
4. 淡泊：同「澹泊」。恬淡，不追逐名利。三國蜀．諸葛亮《誡子書》：「非淡泊無以明志，非寧靜無以致遠。」
5. 遲（zhì ㄓˋ）明：將近黎明。《史記．衛將軍驃騎列傳》：「遲明，行二百餘里，不得單于，頗捕斬首虜萬餘級。」
曳杖：拖着手杖。《禮記．檀弓上》：「孔子蚤作，負手曳杖，消搖於門。」

秋夜（以下十八年）

夜聞霜林號，撫枕百憂集[1]。朝來天地間，凜凜見寒色[2]。商飆一何迅，掃此流塵積[3]。叢憂亦如此，摧陷苦不力[4]。學道與光陰，勢若常相厄[5]。崎嶇蟻負重，飄瞥駒過隙[6]。豈無欲速意？所戒在枉尺[7]。不勞而可獲，失之未云惜。短檠不我棄，朝夕伴矻矻[8]。

【解題】一九二九年上半年，國內軍閥鬬爭激烈，李宗仁、馮玉祥在與蔣介石之戰爭中失利，轉與張發奎等擁汪回國「倒蔣」。九月七日汪精衛自法國啟程回國，十月上旬抵香港。

1. 霜林：帶霜或經霜之林木。唐・李頎《宿瑩公禪房聞梵》詩：「夜動霜林驚落葉，曉聞天籟發清機。」
百憂：種種憂慮。《詩・王風・兔爰》：「我生之初尚無造；我生之後，逢此百憂。」
2. 凜凜：寒冷貌。《古詩十九首・凜凜歲雲暮》：「凜凜歲雲暮，螻蛄夕鳴悲。」
3. 商飆：秋風。古人以五音配五季（春、夏、長夏、秋、冬），商音配秋，故云。陸機《演連珠》之四十一：「是以商飆漂山，不興盈尺之雲。」
流塵：飛揚之塵土。陶淵明《悲從弟仲德》詩：「流塵集虛座，宿草旅前庭。」

4. 叢憂：眾多憂患。摧陷：攻破，消滅。《晉書．帝紀第二》「（文帝）簡練將帥，授以成策。始踐賊境，應時摧陷。」

5. 戹：為難；損害。《公羊傳．僖公二十二年》：「吾聞之也，君子不戹人。」

6. 飄瞥：迅速飄過。《世說新語．言語》：「郊邑正自飄瞥，林岫便已皓然。」駒過隙：即「白駒過隙」，形容時間過得極快。《莊子．知北遊》：「人生天地之間，若白駒之過郤，忽然而已。」

7. 《論語．子路篇》：「無欲速，無見小利。欲速，則不達；見小利，則大事不成。」
枉尺：即枉尺直尋之意。《孟子．滕文公下》：「枉尺而直尋，宜若可為也。」喻小有所損，而大有所獲。《後漢書．張衡傳》：「枉尺直尋，議者譏之，盈欲虧志，孰云非羞？」

8. 短檠：矮燈架。借指小燈。韓愈《短燈檠歌》：「一朝富貴還自恣，長檠餤高照珠翠；噓嗟世事無不然，牆角君看短檠棄。」不我棄即不棄我。
矻矻（kū ㄎㄨ，讀入聲）：勤勞不懈貌。《漢書．王褒傳》：「勞筋苦骨，終日矻矻。」

譯囂俄共和二年之戰士詩一首

噓嗟共和二年之戰士，噓嗟白骨與青史。萬人之劍齊出匣，誓與暴君決生死[1]。暴君流毒遍四方，曰普曰奧遙相望[2]。狄而斯與蘇多穆，就中北帝尤披猖[3]。此輩封狼從瘈狗，生平獵人如獵獸[4]。萬人一怒不可回，會看太白懸其首[5]。

【解題】囂俄：今譯雨果（Victor Hugo，1802-1885），法國文學家。他於一八五三年寫作長詩 *À L'obéissance Passive*，歌頌法國大革命時期（共和二年即一七九三年）共和國士兵抗擊歐洲「反法同盟」之英雄業績，意在譴責一八五一年拿破崙三世及其追隨者圖謀復辟帝國之政變。汪精衛所譯係該詩第一章。

1. 萬人之劍：語出《陳書》卷十六蔡景歷傳：「六鈞之弓，左右馳射；萬人之劍，短兵交接。」暴君：指「反法同盟」諸國國君。
2. 普：即普魯士；奥：即奥地利。
3. 狄而斯：即古代腓尼基人之推羅城（Tyrus）；蘇多穆：即古代巴勒斯坦之所多瑪城（Sodom）。《聖經》記載這兩座城市因為罪大惡極而被毀滅。北帝：指俄國沙皇。披猖：猖狂。
4. 封狼：大狼。喻兇惡貪暴之人。李商隱《韓碑》詩：「淮西有賊五十載，封狼生貙貙生羆。」瘈（zhì ㄓˋ）狗：瘋狗。《左傳．襄公十七年》：「國人逐瘈狗。瘈狗入於華臣氏，國人從之。」
5. 太白：旗名。《史記．周本紀》：「武王持大白旗以麾諸侯……以黃鉞斬紂頭，縣大白之旗。」（大即「太」之古字。）

漫漫歐陸苦淫威。孰往摧之吾健兒。嚄唶猛將為指撝。步兵塞野如雲馳[6]。鐵騎蹴踏風為靡，萬眾一心無詭隨[7]。勢若滄海蟠蛟螭。與子偕行兮和子以歌。大無畏兮死靡他[8]。徒跣不恤霜露多。為子落日揮天戈[9]。

6. 嚄唶（huò ㄏㄨㄛˋ／zé ㄗㄜˋ）：大笑大呼。形容勇悍。《史記・魏公子列傳》：「晉鄙嚄唶宿將，往恐不聽，必當殺之。」指撝（huī ㄏㄨㄟ）：同「指揮」。

7. 詭隨：謂不顧是非而妄隨人意。《詩・大雅・民勞》：「無縱詭隨，以謹無良。」

8. 《詩・秦風・無衣》：「王於興師，修我甲兵，與子偕行。」大無畏：佛教語。《楞嚴經》卷五：「從佛出家。見覺明圓。得大無畏。」靡他：同「靡它」，謂無二心。《詩・鄘風・柏舟》：「之死矢靡它。」

9. 徒跣（xiǎn ㄒㄧㄢˇ）：赤足。《戰國策・魏策四》：「布衣之怒，亦免冠徒跣，以頭搶地爾。」恤：顧及；顧念。揮戈：《淮南子・覽冥訓》：「魯陽公與韓構難，戰酣日暮，援戈而撝之，日為之反三舍。」

日之所出，日之所沒。南斗之南，北斗之北。山之高，水之深，何處不有吾健兒之足跡。綠沈之槍荷於肩[10]。捉襟蔽胸肘已穿[11]。晝不得食兮夜不得眠。

身行萬里無歸休[12]。意氣落落不知愁[13]。試吹銅角聲啾啾[14]。有如天魔與之遊[15]。

10. 杜甫《重過何氏》詩之四：「雨抛金鎖甲，苔臥綠沈槍。」
11. 捉襟：《莊子．讓王》：「曾子居衛，十年不製衣，正冠而纓絕，捉衿而肘見。」形容衣衫襤褸。穿：露出來。
12. 歸休：回家休息。《莊子．逍遙遊》：「歸休乎君，予無所用天下為！」
13. 落落：猶磊落。明．胡奎《題太古子為分水縣佐蘇侯賦》詩：「笑談霏霏甘露灑，意氣落落秋風生。」
14. 銅角：軍樂器名。即銅製喇叭。《舊唐書．音樂志二》：「西戎有吹金者，銅角是也。長二尺，形如牛角。」啾啾（jiū ㄐㄧㄡ）：象聲詞。
15. 天魔：古有樂舞名「天魔舞」，由樂人扮作菩薩形且歌且舞。遊：遊戲，遊樂。

健兒胸中何所蓄？自由之神高且穆。誰言艦隊雄？截海歸掌握。誰言疆埸嚴？鞾尖供一蹴[16]。噓嗟吾國由來多瑰奇，男兒格鬬如虹霓。君不見祖拔將軍破敵阿狄江之上[17]，又不見馬索將軍耀兵萊茵河之湄[18]。

16. 疆埸（yì ㄧˋ）：邊界；邊境。《詩．小雅．信南山》「中田有廬，疆埸有瓜。」一蹴：同「一蹙」，一踢足。喻輕而易舉。蘇軾《申王畫馬圖》詩：「揚鞭一蹙破霜蹄，萬騎如風不能及。」

17. 祖拔：即儒貝爾（Joubert，1769-1799），法蘭西第一共和國（一七九二—一八〇四）將軍。阿狄江：即阿迪傑河（Adige），在意大利北部邊境。一七九七年儒貝爾於此大敗奧地利軍。

18. 馬索：即馬爾索（Marceau，1769-1796），法蘭西第一共和國將軍。湄（méi ㄇㄟˊ）：岸邊。《詩．秦風．蒹葭》：「所謂伊人，在水之湄。」

蝥弧先登銳無前，突騎旁出摧中堅[19]。追奔冒雨復犯雪，水深及腹無迴旋[20]。
受降城外看銜璧[21]，鼓吹開營森列戟。王冠委地如敗葉，付與秋風掃蹤跡。

19. 蝥（máo ㄇㄠˊ）弧：春秋諸侯鄭伯之旗名。後借指軍旗。《左傳．隱公十一年》：「潁考叔取鄭伯之旗蝥弧以先登。」
突騎：用於衝鋒突擊之精銳騎兵。《漢書．晁錯傳》：「若夫平原易地，輕車突騎，則匈奴之眾易撓亂也。」

20. 追奔：追擊逃敵。《後漢書．陳俊傳》：「追奔二十餘里，斬其渠帥而還。」

21. 受降城：城名。漢唐時修築以接受敵人投降，故名。《史記．匈奴列傳》：「漢使貳師將軍廣利西伐大宛，而令因杅將軍敖築受降城。」唐．李益《夜上受降城聞笛》詩：「迴樂峰前沙似雪，受降城外月如霜。」

銜璧：指國君投降。《左傳．僖公六年》：「許男面縛銜璧，大夫衰絰，士輿櫬。」

健兒一身經百戰，英姿颯爽眾中見。目炬爛如巖下電[22]，短髮蓬蓬風掠面[23]。
神光朗四照，卓立迥高標[24]。有如狻猊一躍臨岧嶤[25]，怒鬣呼吸風蕭蕭。

22. 爛：光亮，明亮。《世說新語．容止》：「裴令公目王安豐：『眼爛爛如巖下電。』」
23. 蓬蓬：鬚髮濃密凌亂貌。宋．洪邁《夷堅志．虔州城樓》：「風吹其髮蓬蓬然。」
24. 高標：出類拔萃之人。盧照鄰《還京贈別》詩：「戲凫分斷岸，歸騎別高標。」
25. 狻猊（suān ㄙㄨㄢ / ní ㄋㄧˊ）：亦作「狻麑」，即獅子。《爾雅．釋獸》：「狻麑如虦貓，食虎豹。」
岧嶤（tiáo ㄊㄧㄠˊ / yáo ㄧㄠˊ）：高峻貌。曹植《九愁賦》：「踐蹊隧之危阻，登岧嶤之高岑。」

壯懷激越臨沙場。雄聲入耳如醉狂[26]。甲刃相觸生鏗鏘。鐃歌傅翼隨風揚[27]。
鼓聲繁促笳聲長。間以彈雨聲滂滂[28]。有如雷霆百萬强。喑嗚叱咤毛髮張[29]。
嗚呼耆然長嘯者何聲？赫尼俾將軍死猶生[30]。

26. 雄聲：雄壯之聲。宋．鄭獬《勉陳石二生》詩：「雄聲落眾耳，白日飛霹靂。」
27. 鐃歌：軍歌。此處指《馬賽曲》。傅翼：添翼。《逸周書．寤儆》：「無虎傅翼，將飛入宮，擇人而食。」
28. 滂滂：聲勢大貌。漢．趙曄《吳越春秋．勾踐入臣外傳》：「望敵設陣，飛矢揚兵，履腹涉屍，血流滂滂。」
29. 喑（yìn ㄧㄣˋ）嗚：怒喝貌。《史記．淮陰侯列傳》：「項王喑噁叱咤，千人皆廢。」
30. 砉（huā ㄏㄨㄚ）然：象聲詞。赫尼倬：今譯漢尼拔（Hannibal），為北非古國迦太基著名統帥。此處借指法蘭西第一共和國將軍克萊貝爾（Kléber，1753-1800）。

革命之神愾然而長噓[31]。蒼生億兆皆泥塗[32]。誰無伯叔與諸姑。趣往救之勿踟躕[33]。軀殼雖殄心魂愉。健兒聞之喜，萬口同一唯[34]。相將赴死如不及，前者雖仆後者繼。噓嗟乎孰言窮黎天所僇[35]？君看趯到地球如蹴踘[36]。

31. 愾然：感嘆貌。《禮記．祭義》：「出戶而聽，愾然必有聞乎其嘆息之聲。」
32. 泥塗：指陷於災難、困苦。何遜《與建安王謝秀才箋》：「州民泥塗，何遜死罪。」
33. 趣（cù ㄘㄨˋ）：趕快；從速。踟躕：徘徊不前；緩行。《詩．邶風．靜女》：「愛而不見，搔首踟躕。」

生平不識畏懼與憂患。力從長夜求平旦[37]。由來眾志可成城[38]，端賴一身都是膽[39]。共和之神從指麾。百難千災總不辭。若云共和在天路。便當與子籋雲去[40]。

34. 唯（wěi ㄨㄟˇ）：應答聲。《論語．里仁》：「子曰：『參乎！吾道一以貫之。』曾子曰：『唯。』」
35. 窮黎：貧苦百姓。宋．曾鞏《贈職方員外郎蘇君墓誌銘》：「孝於父母，施及窮黎。」僇（lù ㄌㄨˋ）：同「戮」，殺戮。
36. 趯（tì ㄊㄧˋ）：踢。蹴踘（jū ㄐㄩ，讀入聲）：即蹴鞠。中國古代一種踢毬運動。亦借指足球。到：手鈔本、澤存本皆作「倒」。按：「到」同「倒」。
37. 平旦：清晨。《孟子．告子上》：「其日夜之所息，平旦之氣，其好惡與人相近也者幾希。」
38. 眾志成城：謂萬眾一心，堅如城堡。語本《國語．周語下》：「眾心成城，眾口鑠金。」
39. 《資治通鑒》卷六十八：「(劉）備明旦自來至雲營，視昨戰處，曰：『子龍一身都是膽也！』」
40. 籋（niè ㄋㄧㄝˋ）：通「躡」。追蹤。《漢書．禮樂志》：「籋浮雲，晻上馳。」

遊春詞

花枝紅映醉顏酡，雜遝遊人笑語和[1]。我更為花深禱告，折花人少種花多。

千紅萬紫各成行，日暖林塘藹藹香[2]。此際園丁高枕臥，遊人自為看花忙。

篠竹蕭森石徑斜，結隣三五盡田家。遊人去後黃蜂靜，付與村童掃落花。

1. 雜遝（tà ㄊㄚˋ）：同「雜沓」。紛雜繁多貌。南朝梁．王臺卿《奉和往虎窟山寺》詩：「賓徒紛雜沓，景物共依遲。」

2. 藹藹：香氣濃烈貌。劉向《九嘆．湣命》：「懷椒聊之藹藹兮，乃逢紛以罹詬。」

積雨初霽，偶至野橋，即目成詠（以下十九年）

迴潤初蘇柳，餘寒尚噤鶯。天仍含宿雨，人已樂新晴。負笈兒趨學，提籃婦饁耕[1]。尋常墟里事，入眼總怦怦[2]。

1. 饁（yè ㄧㄝˋ）耕：給在田間耕作者送飯。《詩．豳風．七月》：「同我婦子，饁彼南畝。」
2. 墟里：村落。陶潛《歸園田居》詩之一：「曖曖遠人村，依依墟里煙。」怦怦：心動貌。《楚辭．九辯》：「私自憐兮何極，心怦怦兮諒直。」

金縷曲　民國紀元前二年北京獄中所作

余居北京獄中，嚴冬風雪，夜未成寐。忽獄卒推余，示以片紙，摺皺不辨行墨，就鐙審視，赫然冰如手書也。獄卒附耳告余，此紙乃傳遞展轉而來，促作報章[1]。余欲作書，懼漏洩，倉猝未知所可。忽憶平日喜誦顧梁汾寄吳季子詞[2]，為冰如所習聞，欲書以付之，然「馬角烏頭」句[3]，易為人所駴[4]，且非余意所欲出，乃匆匆塗改以成此詞。以冰如書中有「忍死須臾」云云，慮其留京賈禍，故詞中峻促其離去。冰如手書，留之不可，棄之不忍，乃咽而下之。冰如出京後，以此詞示同志，遂漸有傳寫者。在未知始末者見之，必以余為勦襲顧詞矣[5]！此詞無可存之理，所以存之者，亦當日咽書之微意云爾。

別後平安否？便相逢、淒涼萬事，不堪回首。國破家亡無窮恨，禁得此生消受。又添了離愁萬斗。眼底心頭如昨日，訴心期[6]、夜夜常攜手。一腔血，為君剖。　淚痕料漬雲箋透[7]。倚寒衾、循環細讀，殘鐙如豆。留此餘生成底事？空令故人僝僽[8]。愧戴卻、頭顱如舊[9]。跋涉關河知不易，願孤魂、繚護車前後[10]。腸已斷，歌難又。

1. 報章：回報之章，回信。謝朓《酬德賦》：「方含毫而報章，迫紛埃之東騖。」
2. 顧貞觀（一六三七—一七一四），號梁汾，江蘇無錫人。清初著名詞家。康熙十五年（一六七六）入內閣大學士納蘭明珠府中為塾師，與明珠之子性德為摯友。吳季子即吳兆騫（一六三一—一六八四），江蘇吳江人。少有才名，與顧貞觀為至交。順治十四年（一六五七）捲入南闈科場案，次年流放寧古塔（今黑龍江寧安縣）。後經顧貞觀託請性德及明珠從中斡旋，於康熙二十年（一六八一）得放歸。
3. 馬角烏頭：馬生角、烏鴉白頭，喻不可能之事。亦指歷盡困苦終於得償所願。語本戰國時燕太子丹事，《燕丹子》卷上：「燕太子丹質於秦，秦王遇之無禮，不得意，欲求歸。秦王不聽，謬言曰令烏白頭，馬生角，乃可許耳。丹仰天嘆，烏即白頭，馬生角。」
4. 駴（hài ㄏㄞˋ）：同「駭」。驚駭。

5. 勦（chāo ㄔㄠ）襲：剽竊他人作品。

6. 心期：心中相許。陶淵明《酬丁柴桑》詩：「實欣心期，方從我遊。」

7. 雲箋：有雲狀花紋之精美紙張。亦作紙張之美稱。

8. 僝僽（chán ㄔㄢˊ / zhòu ㄓㄡˋ）：煩惱；愁苦。

9. 汪精衛行刺攝政王未遂，自分必死，故《被逮口占》詩有句云：「引刀成一快，不負少年頭。」此處謂以未死為愧。

10. 繚：圍繞。

附：顧貞觀寄吳漢槎《金縷曲》詞二闋（一六七六年）

季子平安否？便歸來，平生萬事，那堪回首。行路悠悠誰慰藉，母老家貧子幼。記不起、從前杯酒。魑魅搏人應見慣，總輸他、覆雨翻雲手。冰與雪，周旋久。　淚痕莫滴牛衣透。數天涯、依然骨肉，幾家能彀。比似紅顏多命薄，更不如今還有。只絕塞、苦寒難受。廿載包胥承一諾，盼烏頭馬角終相救。置此札，君懷袖。

我亦飄零久。十年來，深恩負盡，死生師友。宿昔齊名非忝竊，試看杜陵消瘦。曾不減、夜郎僝僽。薄命長辭知己別，問人生、到此淒涼否。千萬恨，從君剖。　兄生辛未吾丁丑。共些時、冰霜摧折，早衰蒲柳。詞賦從今須少作，留取心魂相守。但願得、河清人壽。歸日急翻行戍稿，把空名料理傳身後。言不盡，觀頓首。

【評】畢樹棠《紅葫蘆隨筆》：「情詞哀壯……雖係改顧貞觀之作，卻是妙詞，蓋情真使然也。」

（《逸經》第二十五期，一九三七年三月五日）

念奴嬌　偕冰如泛舟長江中流賦此（以下民國元年）

飄颻一葉[1]，看山容如枕，波痕如簟。誰道長江千里直，盡入襟頭舒卷。暮靄初收，月華新浴，風定波微翦。倏然攜手[2]，雲帆與意俱遠。　記否煙樹淒迷，年年飄泊，淚灑關河遍。恨縷愁絲千萬結，纔向東風微展。野藿同甘[3]，山泉分汲，蓑袂平生願[4]。呢喃何語，掠舷曾笑雙燕。

此詞經冰如推敲再三，然後定稿。附記於此。

【解題】一九一一年十一月六日，汪精衛獲釋，此後致力於南北議和。一九一二年三月十三日汪精衛偕蔡元培自北京南下漢口會晤黎元洪，十六日轉赴南京，四月三日陪同孫中山自南京乘車赴上海。

1. 飄颻：輕盈飄蕩貌。一葉：一片葉子。喻小舟。
2. 倏（xiāo ㄒㄧㄠ）然：超脫無拘束貌。《莊子．大宗師》：「倏然而往，倏然而來而已矣。」
3. 藿（huò ㄏㄨㄛˋ）：豆葉。嫩時可食。元稹《遣悲懷》詩之一：「野蔬充膳甘長藿，落葉添薪仰古槐。」
4. 蓑袂：蓑衣（袖）。借指農家生活。陸龜蒙《晚渡》詩：「各樣蓮船逗村去，笠檐蓑袂有殘聲。」

高陽臺 福州留別方曾諸姊弟，且申相見之約

澹月流波，明霞浴水，釣絲微漾風前。水遠天垂，遙憐遠樹如阡。歸心已逐征颿去[1]，怎離魂、轉更淒然。最難忘，話雨鐙陰[2]，聽水欄邊。　年來聚散渾如夢，儘思隨恨積，愁與情緜。閱盡悲歡，鼓山無限雲煙。西窗翦燭曾相約[3]，好凝眸、天際歸船[4]。且安排，剪了園蔬，引了流泉[5]。

【解題】《全集》題作「留福州十日別去，舟中寄方曾兩家姊妹弟甥，訂廣州相見之約」。按一九一二年四月汪精衛陳璧君在上海成婚，之後南下廣州，此詞為途經福州時作。「方曾諸姊弟」見前文「比那蓮山雜詩」解題。

1. 颿（fān ㄈㄢ）：同「帆」，船帆。亦借指船。
2. 話雨：指朋友敘舊。語本李商隱《夜雨寄北》詩：「何當共剪西窗燭，卻話巴山夜雨時。」
3. 西窗翦燭：參前註。
4. 謝朓《之宣城郡出新林浦向板橋》詩：「天際識歸舟，雲中辨江樹。」
5. 翦園蔬、引流泉：謂燒水做飯招待朋友。杜甫《贈衛八處士》詩：「夜雨剪春韭，新炊間黃粱。」清．吳綺《中秋後一日偕東塘亶初其恭集克敏堂小飲分得書字》詩：「豈分蓬門駐幰車，清談聊復剪園蔬。」

宋·蘇頌《次韻蔣穎叔同遊南屏見惠長篇》詩：「循崖勞傴伏，架筒引流泉。」

八聲甘州

太平公園在四圍山色中，隨水結搆，極自然之美。余遊記中有句云：「坡巒起伏，水流隨以縈迴；花木疏明，波光為之映帶。」蓋紀實也。是日大雨，衣履盡濕，而遊興轉勝，為賦此詞。

纔輕雷送雨便蕭然。晚涼滿人間。看疏林風澹，平原暝合，遠水煙涵。是處鳴鳩相和，底事語關關[1]。罨畫溪山裏[2]，蓑袂人閒。　夢裏遊蹤曾記，試臨流照影，綠上眉彎。笑遙岑沈醉，依約亸雲鬟[3]。輕颸微颭枝頭露，似桃波皾面欲生寒[4]。歸來後，一鈎新月，初上闌干。

【解題】一九一二年四月二十六日，汪精衛陳璧君婚後偕至馬來西亞陳家探親。參前文《太平山聽瀑布》詩解題。

1. 是處：到處；處處。鳴鳩：即斑鳩。《詩·小雅·小宛》：「宛彼鳴鳩，翰飛戾天。」

關關：鳥類雌雄相和之聲。亦泛指鳥鳴。《詩．周南．關雎》：「關關雎鳩，在河之洲。」

2. 罨（yǎn ㄧㄢˇ）畫：色彩鮮明之圖畫。多以形容自然景物。《舊唐書》卷十七上：「庚子，西川節度使杜元穎進罨畫、打毬衣五百事。」明．楊慎《丹鉛總錄》：「畫家有罨畫，雜彩色畫也。」

3. 遙岑：遠山。韓愈、孟郊《城南聯句》詩：「遙岑出寸碧，遠目增雙明。」亸（duǒ ㄉㄨㄛˇ）：下垂或搖曳貌。

4. 颸（sī ㄙ）：涼風。陶淵明《和胡西曹示顧賊曹》：「蕤賓五月中，清朝起南颸。」颭（zhǎn ㄓㄢˇ）：風吹物使之搖動。

頮（huì ㄏㄨㄟˋ）面：洗臉。舊俗春日取花和雪水洗面，謂可美容。《太平御覽》卷二十引唐．虞世南《史略》：「北齊盧士深妻，崔林義之女，有才學，春日以桃花頮兒面，咒曰：『取紅花，取白雪，與兒洗面作光悅；取白雪，取紅花，與兒洗面作光華；取雪白，取花紅，與兒洗面作華容。』」

齊天樂　印度洋舟中

海波浮簸山如動，孤舟已懸天半。雲幕周遮，星鋩搖漾，月黑冷燐零亂。狂瀾正捲，怎海若頻翻[1]，魚龍未厭。夢入空濛，射潮强弩倩誰挽[2]？　關河此時日遠。鎮無言徙倚，清淚如霰[3]。萬里波濤，百年身世，一樣蒼茫無畔[4]。

幡然意渙[5]，羨浴羽魚閒，眠窩燕嬾。驀地憂來，奈何空自喚[6]。

【解題】時為一九一二年八、九月間，汪精衛第一次赴法途中。

1. 海若：海神。《莊子．秋水》有北海若。《楚辭．遠遊》：「使湘靈鼓瑟兮，令海若舞馮夷。」

2. 射潮：典出五代吳越王錢鏐射潮築海塘故事。《宋史．河渠七》：「開平中，錢武肅王始築捍海塘……潮水晝夜衝激，版築不就，因命彊弩數百以射潮頭。」

3. 徙倚：徘徊。《楚辭．遠遊》：「步徙倚而遙思兮，怊惝怳而乖懷。」江淹《李都尉從軍》詩：「日暮浮雲滋，握手淚如霰。」

4. 許渾《陵陽春日寄汝洛舊遊》：「百年身世似飄蓬，澤國移家疊嶂中。」畔：界限。

5. 幡然：突變貌。《孟子．萬章上》：「湯三使往聘之，既而幡然改曰……」

6. 驀地憂來：突然三國魏．曹丕《善哉行》詩：「憂來無方，人莫之知。」奈何空自喚：即空自喚奈何。《世說新語．任誕》：「桓子野每聞清歌，輒喚奈何。謝公聞之曰：『子野可謂一往有深情。』」

百字令　七月登瑞士碧勒突斯山巔遇大風雪

泠然風善[1]，忽吹來、人在廣寒深處。應是仙峰天外秀，不受人間塵土。四遠微茫，一筇縹緲，白了山中路。披煙下望，青青鬟黛無數。

還笑初試荷衣，又吟柳絮[2]，萬象更如許。石磴幽花神自峭[3]，慣與長松為侶。孤嶼如樽，明湖似琖[4]，好把酡顏駐。酒醒夜白，寒雲枕下來去。

【解題】《南社》第二十二集題作「甲寅七月，登瑞士碧勒突山絕頂，遇大風雪」。甲寅爲一九一四年。

碧勒突斯山：今譯皮拉圖斯山（Pilatus），位於瑞士中部。

1. 泠然：輕妙之貌。《莊子．逍遙遊》：「夫列子御風而行，泠然善也。」
2. 荷衣：用荷葉製成之衣。屈原《離騷》：「製芰荷以為衣兮，集芙蓉以為裳。」柳絮：喻雪花。典出東晉謝道韞事。《世說新語．德行》：「謝太傅寒雪日內集，與兒女講論文義，俄而雪驟，公欣然曰：『白雪紛紛何所似？』……兄女曰：『未若柳絮因風起』。」
3. 石磴（dèng ㄉㄥˋ）：石臺階。南朝梁．蕭統《開善寺法會》詩：「牽蘿下石磴，攀桂陟松梁。」
4. 琖（zhǎn ㄓㄢˇ）：杯子。

浪淘沙　紅葉

江樹暮鴉翻。千里漫漫[1]。斜陽如在有無間。臨水也知顏色好，只是將殘。

秋色陌頭寒[2]。幽思無端。西風來易去時難。一夜杜鵑啼不住，血滿關山。

【解題】時為一九一四年第一次世界大戰爆發之後，汪精衛在法國東北避難。參前詠紅葉詩作。

1. 漫漫（mán ㄇㄢˋ）：廣遠無際貌。
2. 陌頭：即陌上，路旁。

蝶戀花　冬日得國內友人書，道時事甚悉，悵然賦此

雨橫風狂朝復暮[1]。入夜清光，耿耿還如故[2]。抱得月明無可語。念他憔悴風和雨。

天際遊絲無定處[3]。幾度飛來，幾度仍飛去。底事情深愁亦妒。愁絲永絆情絲住。

【解題】《南社》第二十二集題作「民國五年秋日，得國內友人來書，道時事甚悉，悵然倚聲」。又曼昭《南社詩話》：「民國五年，汪精衛得友人書，述國內時事甚詳，爲悵然賦一詞云：……」按：一九一六年十二月，汪精衛自法國啓程回國。

1. 橫（hèng ㄏㄥˋ）：猛烈。歐陽修《蝶戀花》詞：「雨橫風狂三月暮。門掩黃昏，無計留春住。」清．張惠言《詞選》解：「雨橫風狂，政令暴急也。」
2. 耿耿：明亮貌。謝朓《暫使下都夜發新林至京邑贈西府同僚》詩：「秋河曙耿耿，寒渚夜蒼蒼。」
3. 遊絲：飄蕩在空中之絲狀物。沈約《三月三日率爾成篇》詩：「遊絲映空轉，高楊拂地垂。」喻漂泊無定。明．徐芳《喜渡河洛再過伊闕》詩：「遊絲天際路，歇馬渡頭人。」

高陽臺　冰如導遊西湖賦此

風葉書窗，霜籐繡壁，蕭疏近水人家。初日鈎簾，遙青恰映檐牙[1]。湖山已似曾相識，況舊遊、人倚屏紗。最勾留、泉冷風篁，石醉煙霞[2]。

湖光不被芳隄隔。但東西吹柳，遠近浮花。水澹山柔，輕煙暈出清華。夷猶一棹凌波去，亂野鳧、飛入蒹葭。夜如何[3]？皓月當頭，照澈天涯。

【解題】陳璧君於一九一七年九月自法國返回。

1. 遙青：遠山。孟郊《生生亭》詩：「置亭嵽嵲頭，開牕納遙青。遙青新畫出，三十六扇屏。」檐牙：屋檐末端翹起如牙，故稱。唐．杜牧《阿房宮賦》：「廊腰縵回，檐牙高啄；各抱地勢，鈎心鬬角。」
2. 風篁：即風篁嶺。在杭州西湖西南，嶺下有龍井。秦觀《龍井記》：「龍井舊名龍泓……其地當西湖之西，淛江之北，風篁嶺之上，實深山亂石之中泉也。」
煙霞：杭州南高峰有煙霞洞，在西湖附近。宋．吳自牧《夢粱錄》：「城外有洞者凡一十有七，曰南高峰煙霞洞、下曰水樂洞……」
3. 夜如何：《詩．小雅．庭燎》：「夜如何其？夜未央。」杜甫《春宿左省》詩：「明朝有封事，數問夜如何。」

蝶戀花（以下十一年）

昔聞展堂誦其中表文芸閣所為詞，有「一寸山河、一寸傷心地」之句，未嘗不流連反覆，感不絕於心。近得《雲起軒詞》讀之，則似已易為「寸寸關河、寸寸銷魂地」。顧二語意境各殊，不能無割愛之憾。余冬日渡遼，所經行地觸目怵心，不忍殫述。爰就原句足成此闋，點金之誚，所不敢辭；掠美之愆，庶幾知免云爾。

雪偃蒼松如畫裏。一寸山河、一寸傷心地。浪齧巖根危欲墜。海風吹水都成淚。　夜涉冰澌尋故壘[1]。冷月荒荒、照出當年事[2]。蒿塚老狐魂亦死。髑髏奮擊酸風起[3]。

【解題】胡漢民（展堂）母文氏為文芸閣之姑。文廷式（一八五六——一九〇四）號芸閣，江西萍鄉人。清光緒十六年（一八九〇）榜眼，二十年大考，光緒帝親拔為一等第一名，升翰林院侍讀學士，兼日講起居注。為維新派重要人物。又為近代著名詞人，有《雲起軒詞》。

一九二二年九月二十二日，汪精衛奉孫中山之命自上海出發赴奉天晤張作霖，十月十一日返回上海。

1. 冰澌（sī ㄙ）：解凍時流動之冰。司馬光《太皇太后閣六首》之五：「冰澌半解波先綠，柳葉未生條已黃。」
2. 荒荒：黯淡迷茫貌。杜甫《漫成》詩之一：「野日荒荒白，春流泯泯清。」
3. 髑髏（dú ㄉㄨˊ / lóu ㄌㄡˊ）：死人頭骨。《莊子．至樂》：「莊子之楚，見空髑髏，髐然有形，撽以馬捶而問曰……」撽（qiào ㄑㄧㄠˋ）：擊打。唐．段成式《酉陽雜俎》：「舊說野狐名紫狐，夜擊尾火出，將為怪，必戴髑髏拜北斗，髑髏不墜則化為人矣。」明．劉基《郁離子》：「青邱之山，九尾之狐居焉。將作妖，求髑髏而戴之，以拜北斗，而僥福於上帝。遂往造共工之臺，以臨九邱。九邱十藪之狐畢集，登羽山而人舞焉……行未至闕伯之墟，獵人邀而伐之，攢弩以射其戴髑髏者。九尾之狐死，聚群狐而焚之，沮三百仞，三年而臭乃熄。」

陸游《五月七日夜夢中作》詩：「馬病霜菅瘦，狐鳴古塚穿。」

酸風：寒風。李賀《金銅仙人辭漢歌》：「魏官牽車指千里，東關酸風射眸子。」

附：文廷式《蝶戀花》詞

九十韶光如夢裏。寸寸關河，寸寸銷魂地。落日野田黃蝶起。古槐叢荻搖深翠。　惆悵玉簫催別意。蕙些蘭騷，未是傷心事。重疊淚痕緘錦字。人生只有情難死。

蝶戀花　大連曉望

客裏登樓驚信美[1]。雪色連空，初日還相媚。玉水含暉清見底。縞峰一一生霞綺[2]。　水繞山橫仍一例[3]。昔日荒邱，今日鮫人市[4]。無限樓臺朝靄裏。風光不管人憔悴。

【解題】一九二二年十月上旬，汪精衛自奉天返抵大連。

1. 信：果真，確實。王粲《登樓賦》：「登茲樓以四望兮，聊暇日以銷憂……雖信美而非吾土兮，曾何足以少留。」
2. 玉水：水之美稱。南朝梁．王僧孺《朱鷺》詩：「因風弄玉水，映日上金堤。」縞（gǎo ㄍㄠˇ）：白色細絹，亦指白色。霞綺：豔麗如綺之雲霞。晉．庾闡《遊仙》詩之八：「瑤臺藻構霞綺，鱗裳羽蓋級纚。」
3. 一例：照例，照舊。
4. 鮫人：傳說中之人魚。亦指漁民。宋．趙汝適《諸蕃志》卷下「龍涎」：「大食西海多龍，枕石一睡，涎沫浮水，積而能堅，鮫人採之以為至寶。」市即市場，謂此地昔日荒涼，今日繁華。

采桑子（以下十二年）

人生何苦催頭白，知也無涯。憂也無涯[1]。且趁新晴看落霞。　春光釀出湖山美，纔見開花。又見飛花。潦草東風亦可嗟[2]。

1.《莊子．養生主》：「吾生也有涯，而知也無涯。以有涯隨無涯，殆已。」
2. 潦草：隨意，不經心。

綺羅香　冰如有美洲之行，賦此送之

月色輕黃，花陰淡墨，寂寂春深庭戶。自下重簾，不放游絲飛去。博今宵、絮語西窗，拚明日、銷魂南浦[1]。最憐他、兒女鐙前，依依也識別離苦。

蒼茫煙水萬里，好把他鄉風物，自溫情緒。柁尾低飛，空妒煞閑鷗鷺。當海上、朝日生時，是江東、暮雲低處。正愔愔、梅子初黃，小樓聽夜雨[2]。

【解題】一九二三年初孫中山決意聯俄，並籌建黃埔軍校，又醞釀改組國民黨。因經費困難，遂派陳璧君以執信學校之名義赴美洲向華僑募捐。一九二三年四月二十九日，陳璧君自上海出發。

1. 絮語：低聲說話。西窗：語本李商隱《夜雨寄北》詩：「何當共剪西窗燭，卻話巴山夜雨時。」南浦：南面水邊。後泛指送別之地。屈原《九歌．河伯》：「子交手兮東行，送美人兮南浦。」江淹《別賦》：「春草碧色，春水淥波，送君南浦，傷如之何。」
2. 愔愔：幽寂貌。宋．晏殊《春陰》詩：「十二重環閟洞房，愔愔危樹俯迴塘。」宋．賀鑄《青玉案》詞：「一川煙草，滿城風絮，梅子黃時雨。」陸游《臨安春雨初霽》詩：「小樓一夜聽春雨，深巷明朝賣杏花。」

齊天樂 過鴉爾加松故居

蔚藍不被纖雲染，輕飆捲來秋爽。遠岫如煙，平沙似雪，人與白鷗同放。漁歌晚唱。看一棹歸來，釣絲微漾。殘日猶明，盈盈新月已東上。滄波澹然相向。似依依繪出，當日情狀。草徑全荒，松圍盡長，只有青山無恙[1]。臨風悵惘。儘馬策撾門[2]，塵封蛛網。落葉蕭蕭，亂蟬空自響。

晉羊曇為謝安所器重，安居近西州門，安既歿，曇不敢過[3]西州門。一日大醉，徑詣城下，左右告曰：此西州門也。曇感動，馬策撾門[4]，大哭而去。余過鴉爾加松方氏姊君瑛故居，悲不自勝，故用此語。

【解題】鴉爾加松：參前《鴉爾加松海濱作》詩解題。

1. 陶淵明《歸去來兮辭》：「三逕就荒，松菊猶存。」宋·李復《秋晚北園》詩：「地僻柴門靜，人稀草逕荒」。
松圍：松樹樹幹外圍。唐·羅炯《行縣至浮查寺》詩：「行時賓從光前事，到處松杉長舊圍。」
宋·方岳《賀徽倅葉秘書》：「素韡已終，曾索長安之米；青山無恙，竟回剡曲之舟。」

2. 馬策：馬鞭。撾（zhuā ㄓㄨㄚ）：擊打。馬策撾門：見作者詞末自註。
3. 過：手鈔本作「近」。
4. 曇感動，馬策撾門：手鈔本作「曇感慟，以馬策撾門」。

行香子

皛皛平川，快雨初晴。棹扁舟一葉風輕[1]。煙消穹碧，雲斂遙青[2]。看半江霞，烘素月，作微赬[3]。
圓波如鏡，疎林倒照，似蟾宮桂影縱橫[4]。冥然兀坐，風露泠泠[5]。儘月搖心，波搖月，兩無聲。

1. 皛皛（xiǎo ㄒㄧㄠˇ）：潔白明亮貌。平川：廣闊平坦之地。陶淵明《辛丑歲七月赴假還江陵夜行塗口》詩：「昭昭天宇闊，皛皛川上平。」快雨：陣雨。宋·張孝祥《念奴嬌》詞：「玉鑒瓊田三萬頃，着我扁舟一葉。」
2. 穹碧：即穹蒼。唐·趙蕃《月中桂樹賦》：「轉低影於穹碧，擢幽姿於顥初。」遙青：見前《高陽臺》詞註1。

3. 素月：明月。陶淵明《雜詩》之二：「白日淪西阿，素月出東嶺。」赬（chēng ㄔㄥ）：顏色變紅。陸游《養疾》詩：「菊穎寒猶小，楓林曉漸赬。」

4. 蟾宮：傳說月宮中有三足蟾，故以指代月亮。桂影：傳說月宮中又有桂樹，故云。

5. 冥然：玄默貌。晉·殷仲堪《天聖論》：「天者為萬物之根本，冥然而不言。」兀坐：獨自端坐。戴叔倫《暉上人獨坐亭》詩：「蕭條心境外，兀坐獨參禪。」泠泠：清涼貌。宋·郭祥正《送王侃主簿棄官歸南城》詩之三：「泠泠風露菊花時，有客言歸便得歸。」

探春慢

風惜殘紅，雨培新綠，又是一番天氣。淺草鳴蛙，浮萍聚鴨，各有十分生意[1]。誰道春歸了，看滿眼、芳菲如此。空憐啼鴂多情，聲聲為春憔悴[2]。省識清和味好，況野色晚來，恰稱新霽[3]。薄靄收霏，流虹散彩，玉宇天然無滓。一點谿山月，曾照我、杏花陰裏[4]。只願清輝、湛然不令心起[5]。

1. 生意：生機。《世說新語·黜免》：「桓玄敗後，殷仲文還為大司馬諮議，意似二三，非復往日。」

大司馬府聽前，有一老槐，甚扶疏。殷因月朔，與眾在聽，視槐良久，嘆曰：『槐樹婆娑，無復生意！』」

2. 鴂（jué ㄐㄩㄝˋ）：鳥名。即鶗鴂（杜鵑）。一說為伯勞。屈原《離騷》：「恐鶗鴂之先鳴兮，使夫百草為之不芳。」宋．張鎡《木蘭花慢》詞：「向啼鴂聲中，落紅影裏，忍負芳年。」

3. 清和：天氣清明和暖。曹丕《槐賦》：「天清和而濕潤，氣恬淡以安治。」元．石屋禪師《閒居》詩之二：「溪光晴瀉遠，野色晚來昏。」

4. 宋．陳與義《臨江仙》詞：「長溝流月去無聲。杏花疏影裏，吹笛到天明。」

5. 清輝：清光。多指日月之光華。湛然：清澈貌。蘇軾《和子由中秋見月》詩：「遂令冷看世間人，照我湛然心不起。」

浣溪沙

遠接青冥近畫闌[1]。鷗飛渺渺不知還。陵高彌覺碧波寬[2]。

玉宇鮮澄新雨後，翠嵐融冶夕陽間[3]。果然人世有清安[4]。

1. 青冥：青蒼幽遠貌，指天。屈原《九章．悲回風》：「據青冥而攄虹兮，遂儵忽而捫天。」畫闌：有彩繪裝飾之欄杆。

2. 陵：登上。《左傳．成公二年》：「齊侯親鼓，士陵城。」

3. 鮮澄：清新明淨。元．吳師道《吳禮部詩話》：「重巒迴複兮眾漁四來，突空明兮臥鮮澄。」

融冶：和煦明媚。五代．王定保《唐摭言》載吳融奠陸龜蒙文：「霏漠漠，澹涓涓；春融冶，秋鮮妍。」

4. 清安：清平安寧。

百字令 蒙特爾山中作

蒼崖四合，悄無人，惟見玉龍飛舞[1]。萬仞盤紆行漸上，卻似凌虛微步。眾壑森森，連山簇簇，捲入雲濤去。一峰未沒，傫然如作孤注[2]。堪嘆玉宇瓊樓，清寒如此，留得何人住[3]！縱使素娥能耐冷，脈脈此情誰訴[4]？小夢醒來，殘輝猶在，滴滴沾衣露。曙霞紅映，霓裳應為君賦[5]。

【解題】蒙特爾：今譯蒙特勒（Montreux），瑞士城市名，在日內瓦湖東北部湖濱、阿爾卑斯山麓。

1. 玉龍：喻雪。唐．呂巖《劔畫此詩於襄陽雪中》詩：「峴山一夜玉龍寒，鳳林千樹梨花老。」
2. 傫（léi ㄌㄟˋ）然：重疊堆積貌。
3. 蘇軾《水調歌頭》詞：「我欲乘風歸去，又恐瓊樓玉宇，高處不勝寒。」
4. 素娥：即嫦娥。李商隱《霜月》詩：「青女素娥俱耐冷，月中霜裏鬬嬋娟。」辛棄疾《摸魚兒》詞：「千金縱買相如賦，脈脈此情誰訴。」
5. 霓裳：傳說神仙以霓為裳。借指雲霞。又唐玄宗曾製《霓裳羽衣曲》。

掃葉集

掃葉集序

《小休集》後，續有所作，稍加編次，復成一帙，中有重九登掃葉樓一首[1]，頗道出數年來況味，因以「掃葉」名此集云。

汪兆銘精衛自序

1. 掃葉樓：在南京清涼山南峰。為明末畫家、詩人龔賢之故居。龔賢（一六一八——一六八九），字半千，號半畝，江蘇昆山人，早年曾參加復社，入清為遺民，隱居清涼山。擅詩文書畫，為當時「金陵八家」之一。

頤和園

四山微雨洗煙霏，萬點波光動翠微[1]。白鳥快穿虹影過，綠楊遙帶浪花飛。排雲宮闕空如許，橫海樓船遂不歸[2]。未與圓明同一炬，金甍猶得醉斜暉[3]。

清葉赫那拉后移海軍經費以築此園，故詩中及之[4]。

【解題】一九三〇年七月中旬，汪精衛偕陳璧君等啟程北上，二十三日抵北平，九月下旬始轉赴山西。

1. 翠微：形容山水青翠縹緲。左思《蜀都賦》：「鬱葐蒀以翠微，崛巍巍以峨峨。」
2. 排雲：推開雲層，極言其高。郭璞《遊仙詩》之六：「神仙排雲出，但見金銀臺。」頤和園有排雲殿。

   橫海：橫行海上。樓船：有樓之大船。多用作戰船，故亦指代水師。《史記·平準書》：「是時越欲與漢用船戰逐，乃大修昆明池，列觀環之。治樓船，高十餘丈，旗幟加其上，甚壯。」又漢代有樓船將軍、橫海將軍之名號。漢·陳琳《檄吳將校部曲文》：「樓船橫海之師，直指吳會。」
3. 圓明：即圓明園。在北京西郊，為清皇家園林，始建於康熙年間，一八六〇年遭英法聯軍劫掠並焚毀。

   甍（méng ㄇㄥˊ）：屋脊；屋簷。

4. 葉赫那拉后：即慈禧太后（一八三五—一九〇八）。滿洲鑲黃旗人。清文宗（咸豐）之妃，穆宗（同治）生母。光緒甲午（一八九四）值慈禧六十壽辰，世傳其挪用海軍經費修造頤和園。是年適逢中日戰爭爆發，清北洋水師最終全軍覆沒。

衛輝道中

川原如錦煥朝陽，生氣蓬蓬布八荒[1]。漫地牛羊成異色，滿山松柏散幽香。野田零露宜禾稼，墟里炊煙熟稻粱[2]。一種融融眞樂在，夫耕婦饁本家常[3]。

【解題】衛輝：地名。在河南北部。

1. 蓬蓬：茂盛、蓬勃貌。《詩．小雅．采菽》：「維柞之枝，其葉蓬蓬。」八荒：八方邊遠之地。賈誼《過秦論》：「有席捲天下，包舉宇內，囊括四海之意，並吞八荒之心。」
2. 零露：參前文「西班牙橋上觀瀑」詩註9。
3. 融融：和樂貌。《左傳．隱公元年》：「大隧之中，其樂也融融。」

墟里：即村落。陶淵明《歸園田居》詩之一：「曖曖遠人村，依依墟里煙。」

饁（yè ㄧㄝˋ）：往田間送飯。《詩．豳風．七月》：「同我婦子，饁彼南畝。」

太原晉祠有老柏偃地，人云周時物也。為作一絕句

晉祠老柏倚天長，布影寒流色更蒼。羨汝蕭然明月下[1]，不知人世有風霜。

【解題】一九三〇年九月下旬，汪精衛偕陳璧君等赴山西，與閻錫山、馮玉祥等聯合反蔣。至十一月初方離開山西。又據大癲《陳樹人之晉祠周柏》文（見《華東日報》一九三一年三月十五日四版），此詩與下一首皆爲題陳樹人所繪晉祠周柏之作。

晉祠：在太原西南懸甕山麓。為紀念西周時晉國開國諸侯叔虞而建，故名。老柏即晉祠之「齊年柏」，在祠中聖母殿前，據稱為周朝時所植。

1. 蕭然：瀟灑閒適貌。葛洪《抱朴子・刺驕》：「高蹈獨往，蕭然自得。」

他日復得一絕句

枕流端為聽潺湲，別有虬枝上接天[1]。此樹得毋同臥佛，沈沈一睡二千年[2]。

【解題】此詩《遼東詩壇》一九三一年第六十八期題作「爲陳樹人畫古柏題詩」，前二句文字略異。

1. 枕流：以水流為枕，喻隱居山林。語本《世說新語．排調》：「孫子荊年少時欲隱，語王武子當枕石漱流，誤曰漱石枕流。王曰：『流可枕石可漱乎？』孫曰：『所以枕流，欲洗其耳；所以漱石，欲礪其齒。』」潺湲：流水聲。唐．岑參《過緱山王處士黑石谷隱居》詩：「獨有南澗水，潺湲如昔聞。」

晉祠中齊年柏與難老泉分據聖母殿左右，故云。

2. 參前詩《舟泊錫蘭島至古寺觀臥佛》。黃遵憲《錫蘭島臥佛》詩：「如何沈沈睡，竟過三千年。」

【評】亞鳳（朱大可）《近人詩評》：「此詩言外有釋迦老子疲津梁之意，不獨枕流臥佛，用典巧合也。案此二首，骨力堅蒼，尤較雙照樓各首為勝。詩以窮而益工，精衛與展堂，皆不能外之也。」（《金剛鑽月刊》第三集，一九三三年）

中秋夜作

纔息青鐙下薄帷，窗間了了見花枝[1]。由來明月多情甚，不照團欒照別離[2]。

【解題】中秋：即一九三〇年十月六日。時汪精衛在太原。

1. 了了：清楚。李白《代美人愁鏡》詩：「明明金鵲鏡，了了玉臺前。」
2. 團欒：團聚；欒亦作圞。孟郊《惜苦》詩：「可惜大雅旨，意此小團欒。」

對月

枯樹藏鴉白可窺，冰蟾欲沒更遲遲[1]。沙場戰骨閨中婦，共影同光此一時[2]。

1. 冰蟾：指月亮。宋祁《庠局觀書偶呈同舍》詩：「蠹簡時披落暗塵，晝窗風冷冰蟾津。」
遲遲：眷戀貌。陶淵明《讀史述九章》詩之二：「去鄉之感，猶有遲遲。」
2. 唐．陳陶《隴西行》詩之二：「可憐無定河邊骨，猶是春閨夢裏人。」
韓愈《東方未明》詩：「嗟爾殘月勿相疑，同光共影須臾期。」

過雁門關

殘烽廢壘對茫茫，塞草黃時鬢亦蒼[1]。賸欲一杯酬李牧，雁門關外度重陽[2]。

一抹殘陽萬里城，更無木葉作秋聲。誰知獵獵西風裏，鴻雁南來我北行。

【解題】雁門關：長城要隘之一，在山西代縣西北。一九三〇年十一月一日汪精衛等自太原赴大同，途經雁門關。

1. 宋·周紫芝《中秋大晴採菊亭對月》詩：「塞草又黃人亦老，霜鬚渾白酒還傾。」
2. 李牧（？——前二二九）：戰國末期趙國名將。曾多次擊敗匈奴及秦國軍隊。

重陽：一九三〇年重陽節為公曆十月三十日。

【評】亞鳳（朱大可）《近人詩評》：「此詩作於閻馮敗後由雁門關出走之時。趙甌北評元遺山詩，謂其精思健筆，挾幽幷之氣，陳石遺評鄭太夷詩，即假其語，余於精衛此詩，亦欲假石遺之所假也。寒鶴語余，此詩李牧蓋指吳祿貞，精衛殆有感於閻錫山之闒茸，因而每飯不忘吳氏耶？」（《金剛鑽月刊》第三集，一九三三年）

道中作

行役何時已[1]？秋深景物繁。亂山苞大野[2]，平地茁遙村。歸牧鈴聲急，爭巢樹影翻。小休容可得，鐙火在柴門。

【解題】一九三〇年十一月一日，汪精衛等離開太原，取道晉北赴平津，三日抵北平，六日抵天津。

1. 行役：因兵役、勞役或公務等在外奔走。《詩．魏風．陟岵》：「予子行役，夙夜無已。」
2. 苞：同「包」，包圍。《史記．太史公自序》：「苞河山，圍大梁，使諸侯斂手而事秦者，魏冉之功。」大野：廣闊之原野。

潭上

百尺秋潭徹底清，冰蟾徐在鏡中行。琤瑽忽作瓊瑤碎，不是波聲是月聲。

雜詩

海濱非吾土，山椒非吾廬[1]。偶乘讀書暇，於此事犂鋤。相坡蒔花竹，欲使交扶疎[2]。培塿鑿為田[3]，因以治瓜蔬。曾聞斥鹵地，三歲不成畬[4]。土膏未盈畚，石骨已專車[5]。敢云心力勤，可以變荒蕪。筋骨既已疲，魂夢或少舒。朝來視新栽，日照東山隅。多謝杜鵑花，使我衰顏朱。

【解題】一九三〇年十一月中旬至一九三一年五月下旬，汪精衛蟄居香港。本組詩又見《青鶴》一九三四年第三卷第三期，題作：「十九年冬僦居海噬（按：當為「澨」），宅旁有荒地數畝，草木不生，因於讀書之暇從事耕種，藉覘生機，且以習勞，得詩八首」，文略異。又曼昭《南社詩話》：『余知精衛近作雜詩八首，曾錄其末一首以實詩話。餘七首，每索閱，輒以推敲未定為辭。近忽於杜貢石家見之。杜為精衛三十餘年老友，治律師業於廣州。精衛以詩寄之，附以小序曰：「余於十九年冬春之交遁地海濱，僦某姓別墅以居，旁多荒地，乃置耰鋤之屬，讀書之暇，從事墾植。偶有吟詠，輒著於篇，不復詮次先後也。」』

1. 山椒：山頂。漢武帝《李夫人賦》：「釋輿馬於山椒兮，奄修夜之不陽。」
2. 扶疎：同「扶疏」，枝葉繁茂分披貌。元．虞集《櫝軒詩》：「亭亭結根據，枝葉交扶疏。」

3. 培（pǒu ㄆㄡˇ）塿：本作「部婁」，即小土丘。《左傳．襄公二十四年》：「部婁無松柏。」王勃《入蜀紀行詩序》：「蓋登培塿者起衡霍之心，游涓澮者發江湖之思。」

4. 斥鹵：鹽鹼地。畬（yú ㄩˊ）：開墾已三年之熟田。《詩．周頌．臣工》：「亦又何求？如何新畬。」毛傳：「田，二歲曰新，三歲曰畬。」

5. 土膏：肥沃之土壤。南朝梁武帝《藉田》詩：「千畝土膏紫，萬頃陂色縹。」畚（běn ㄅㄣˇ）：盛物之器具。石骨：堅硬之巖石。專車：裝滿一車。《國語．魯語下》：「吳伐越，墮會稽，獲骨焉，節專車。」

佳種不易致，移自遠山隈。珍重萌蘖生，一日看十回[1]。小筧引新泉，泠泠滿尊罍[2]。天寒雨澤少，何以報瓊瑰[3]。悠然空谷間，蝴蝶忽飛來。舊草為君青，新花為君開。

1. 萌蘖：植物之新芽。《孟子．告子上》：「是其日夜之所息，雨露之所潤，非無萌蘖之生焉。」一日看十回：謂極為珍愛。辛棄疾《水調歌頭》詞：「帶湖吾甚愛，千丈翠奩開。先生杖屨無事，一日走千回。」又《沁園春》詞：「還知否，快清風入手，日看千回。」

2. 筧（jiǎn ㄐㄧㄢˇ）：用對剖之竹連接成之引水管道。泠泠：清涼貌。尊罍（léi ㄌㄟˊ）：均為古代酒器。

3. 雨澤：即雨水。《禮記・禮器》：「是故天時雨澤，君子達亹亹焉。」瓊瑰：美石。亦喻珍貴之禮物。《詩・秦風・渭陽》：「何以贈之，瓊瑰玉佩。」宋祁《送梵上人歸天臺》詩：「嗟予投報乏瓊瑰，目睇金園剩九回。」

韓公好悲春，宋子好悲秋[1]。區區不忍心，人乃謂何求[2]。世情惡真率，巧笑飾煩憂[3]。大度惟蒼旻，可以縱怨尤[4]。由來于田人，號泣不可收[5]。於氣則至剛，於情則至柔。春秋有佳日，欲與共綢繆[6]。

1. 韓公：指唐代文學家韓愈。其《感春》詩有「皇天平分成四時，春氣漫誕最可悲」之句。宋子：指戰國時楚國文學家宋玉。其《九辯》有「悲哉秋之為氣也，蕭瑟兮草木搖落而變衰」之句。
2. 區區：真摯懇切貌。不忍心：不忍之心。何求：有所尋求。《詩・王風・黍離》：「知我者謂我心憂，不知我者謂我何求。」
3. 巧笑：美好之笑容。《詩・衛風・碩人》：「巧笑倩兮，美目盼兮。」此處指虛偽之面孔。
4. 蒼旻（mín ㄇㄧㄣˊ）：即蒼天。陶淵明《感士不遇賦》：「蒼旻遐緬，人事無已。」怨尤：埋怨，責怪。《呂氏春秋・誣徒》：「人之情惡異於己者，此師徒相與造怨尤也。」
5. 于田人：指舜。《書・大禹謨》：「帝初於歷山，往于田，日號泣於旻天，於父母。」宋・林同《孝詩・吳明徹》：「苗枯親未葬，號泣日于田。」
6. 綢繆：情意殷切。舊題李陵《與蘇武詩》之二：「獨有盈觴酒，與子結綢繆。」

朝來霧氣重，天半山盡失。初陽雞子紅，破白乃無力[1]。披蓑行林間，雨自蓑針滴。縮項入笠簷，苔滑礙行屐。草根泥漸解，萍際水微活。荷鋤此其時，沾衣詎云惜[2]。梅花顧我笑，數枝正紅溼。遙知新霽後，青動萬山色。

1. 雞子：即雞蛋。《漢書・五行志中之下》：「宣帝地節四年五月，山陽濟陰雨雹如雞子。」破白：衝破白霧。
2. 陶淵明《歸園田居》詩之三：「衣沾不足惜，但使願無違。」

青松受嚴風，兀兀不肯馴[1]。不如靡靡草[2]，暫屈還復伸。强項性使然[3]，骨折何足論。我行松林下，風落不拾巾[4]。不辭眾草笑，只畏青松嗔。

1. 嚴風：寒風。鮑照《冬日》詩：「嚴風亂山起，白日欲還次。」

兀兀：孤立高聳貌。宋・沈遼《次韻酬李正甫對雪》詩：「半積軒砌發幽層，枯樹兀兀愁飢鷹。」

2. 靡靡：隨風倒伏貌。宋玉《高唐賦》：「薄草靡靡，聯延夭夭。」

3. 强項：喻剛正不屈。東漢光武帝時，董宣為洛陽令，湖陽公主之奴僕殺人，公主庇護之，其後該奴隨公主出行，董宣候之於途而殺之。光武帝怒，初欲殺宣，後令宣叩頭謝罪。宣不從。帝使人强按之，宣兩手據地，終未俯首。事見《後漢書・酷吏傳》。

4. 巾：頭巾，後亦稱冠為巾。《晉書・孟嘉傳》：「（嘉）後為征西桓溫參軍，溫甚重之。九月九日，溫燕龍山，寮佐畢集。時佐吏並着戎服，有風至，吹嘉帽墮落，嘉不之覺。溫使左右勿言，欲觀其舉止。嘉良久如廁，溫令取還之，命孫盛作文嘲嘉，着嘉坐處。嘉還見，即答之，其文甚美，四坐嗟嘆。」

海堧多悲風，草木不易蕃[1]。曠土終可惜，結搆成小園[2]。種菜與鋤瓜，閉門學隱淪[3]。古人或有然，此意匪我存[4]。目欲去荒穢，手欲除荊榛。孰云筋力衰，猶足任斧斤。有蘭生前庭，有菊榮東軒[5]。有豆種南山，有桑植高原[6]。桃李以為華[7]，松柏以為根。秋風不能仇，春風不能恩[8]。豁然披我襟，海天蕩無垠。

1. 海堧（ruán ㄖㄨㄢˋ）：沿海之地。悲風：寒風。《古詩十九首·去者日以疏》：「白楊多悲風，蕭蕭愁殺人。」蕃（fán ㄈㄢˋ）：生長繁殖。《易·坤》：「天地變化，草木蕃。」
2. 曠土：荒地。《禮記·王制》：「無曠土，無遊民，食節事時，民咸安其居。」結搆：同「結構」。連結構架，即設計建造。
3. 種菜：《三國志·蜀志·先主傳》裴註引《吳曆》：「備時閉門，將人種蕪菁，曹公使人闚門。既去，備謂張飛、關羽曰：『吾豈種菜者乎？曹公必有疑意，不可復留。』其夜開後柵，與飛等輕騎俱去。」陸游《月下醉題》詩：「閉門種菜英雄老，彈鋏思魚富貴遲。」
鋤瓜：即種瓜。《史記·蕭相國世家》：「召平者，故秦東陵侯。秦破，為布衣，貧，種瓜於長安城東。」又《三國志·吳志·步騭傳》：「（步騭）與廣陵衛旌同年相善，俱以種瓜自給。」
隱淪：即隱居。謝靈運《入華子岡是麻源第三谷》詩：「既枉隱淪客，亦棲肥遁賢。」
4. 存：嚮往。曹植《桂之樹行》：「乘蹻萬里之外，去留隨意所欲存。」
5. 陶淵明《飲酒》詩之十七：「幽蘭生前庭，含薰待清風。」又《飲酒》詩之五：「采菊東籬下，悠然見南山。」
6. 陶淵明《歸園田居》詩之三：「種豆南山下，草盛豆苗稀。」又《擬古》詩之九：「種桑長江邊，三年望當采……本不植高原，今日復何悔。」
7. 華：花。《詩·周南·桃夭》：「桃之夭夭，灼灼其華。」
8. 元·方回《次韻李太白》詩：「不受春風恩，勁氣尚可掬。」

我聞古人言，脩竹比君子。見賢思與齊，上達終不已[1]。嶺南有木棉，兀奡亦可喜[2]。每當伍凡卉，輒欲出頭地。黃老實中怯，不殆因知止[3]。坐令習陰懦，伈伈無生氣[4]。吾生良有涯，斯道乃無涘[5]。慨然念征邁，養勇在知耻[6]。

1. 見賢思齊：看到賢人，就想向其學習，以與之相同。《論語．里仁》：「子曰：『見賢思齊焉，見不賢而內自省也。』」
上達：上進。《論語．憲問》：「子曰：『不怨天，不尤人，下學而上達。知我者其天乎？』」
2. 木棉：落葉喬木，又名攀枝花、英雄樹。先葉開花，花大而紅。兀奡（ào ㄠˋ）：孤傲不羈。
3. 黃老：黃帝與老子，指道家。中怯：內心虛弱。
知止：懂得適可而止。《老子》：「知止可以不殆。」又：「知足不辱，知止不殆，可以長久。」
4. 陰懦：外強中乾。明．馮夢龍《智囊補．上智．汪應軫》：「時中使絡繹道路，恣索無厭，軫計中人陰懦，可懾以威。」
伈伈（xǐn ㄒㄧㄣˇ）：恐懼貌。韓愈《鱷魚文》：「刺史雖駑弱，亦安肯為鱷魚低首下心，伈伈睍睍，為民吏羞，以偷活於此邪？」
5. 涘（sì ㄙˋ）：邊際。《莊子．養生主》：「吾生也有涯，而知也無涯，以有涯隨無涯，殆已。」
6. 征邁：行進。《爾雅．釋言》：「征邁，行也。」嵇康《贈兄秀才入軍》詩之四：「嗟我征邁，獨行踽踽。」
知恥：謂有羞惡之心。《禮記．中庸》：「好學近乎知，力行近乎仁，知恥近乎勇。」

去惡如薅草，滋蔓行復萌[1]。掖善如培花，芒芒不見形[2]。平生濟時意，枵落無所成[3]。倚枕忽汍瀾，中夜聞商聲[4]。願我淚為霜，殺草不使生。願我淚為露，滋花使向榮[5]。不然為江河，日夜東南傾。

1. 薅（hāo ㄏㄠ）：去除雜草。《詩．周頌．良耜》：「其鎛斯趙，以薅荼蓼。」滋蔓：生長蔓延。
2. 掖：扶持。芒芒：同「茫茫」，模糊不清。
3. 濟時：即濟世。《舊唐書．隱逸傳序》：「退無肥遁之貞，進乏濟時之具。」
枵（xiāo ㄒㄧㄠ）：木大而中空。引申為空虛。枵落即大而無用。明．朱國楨《涌幢小品．府州郡縣異同．漢中府》：「何首烏有一顆至十餘斤者，然枵落無味，不堪用。余曾試之，笑其大而無當也。」
4. 汍（wán ㄨㄢˊ）瀾：淚疾流貌。《後漢書．馮衍傳下》：「淚汍瀾而雨集兮，氣滂浡而雲披。」
商聲：即五音之商音。其聲悲涼哀怨。陶淵明《詠荊軻》：「商音更流涕，羽奏壯士驚。」
5. 向榮：植物生長茂盛。陶淵明《歸去來兮辭》：「木欣欣以向榮，泉涓涓而始流。」

附：陳衍評語（《石遺室詩話》續編卷四）

以嗣宗、淵明之筆力，寫許身稷契之懷抱，為魏晉而不為魏晉所囿。第三首、第六首、第八首尤為落筆搖五嶽，笑傲凌滄洲矣。

即事

整頓書城暫作家，漁鐙明處是天涯。漫遊蹤跡如飄絮，學道光陰似養花。缺月愈教林影靜，微風不放竹枝斜。閒來且倚闌干立，莫負芳時攬物華[1]。

1. 芳時：花開時節。亦泛指良辰佳日。歐陽修《減字木蘭花》詞：「愛惜芳時，莫待無花空折枝。」物華：自然景物。南朝梁・柳惲《贈吳均》詩之一：「離念已鬱陶，物華復如此。」

飛花

疾風吹平林，眾樹失芳菲。古今傷心人，淚眼看花飛。花飛正紛紛，子生已離離[1]。今日青一捻，他日大十圍[2]。一樹能開千萬花，不啻一花化作千萬枝。花亦解此意，飛去不復疑。飄飆隨長風，安擇海角與天涯[3]。今年送春去，明年迎春歸。新花未滿枝，故花已成泥。新花對故人，焉知爾為誰？故人對新花，可喜還可悲。春來春去有定時，花落花開無盡期[4]。人生代謝亦如此，殺身成仁何所辭[5]！

【解題】此詩又見《民族詩壇》一九三八年第三期，題註「十九年春日」。文略異。

1. 離離：盛多貌。《詩．小雅．湛露》：「其桐其椅，其實離離。」
2. 捻（niē ㄋㄧㄝ，讀入聲）：拈取，握持。宋．許及之《賣花行》詩：「姚家魏家苦留春，花信未先紅一捻。」圍：古代計量周長之單位。白居易《澗底松》詩：「有松百尺大十圍，生在澗底寒且卑。」
3. 飄颻：飄蕩；飛揚。曹植《雜詩》之二：「轉蓬離本根，飄颻隨長風。」涯：音 yí ㄧˊ。
4. 宋．徐元傑《贈談星葉生》詩：「春來春去元無盡，花落花開自有時。」
5. 代謝：新舊更替。宋．麴貞《歲暮篇寄無礙居士》詩：「人生代謝如四序，陵陽松喬在何許。」殺身成仁：為追求仁而犧牲生命。《論語．衛靈公》：「志士仁人，無求生以害仁，有殺身以成仁。」

兩三年前，嘗養痾麗蒙湖濱，樂其風景。冬夜擁被憶之，如在目前。成絕句若干首

清曉湖奩向日開，雲天上下淨無埃。水光凝碧山橫紫，著個輕帆似雪來。

雨餘天外滿青山，病起微嫌足力孱[1]。小立闌干看亦好，人生難得暫時閒。

1. 孱（chán ㄔㄢˊ）：衰弱。

萬頃湖光一小舠，水波嬾嬾不成濤[2]。畫橈點鏡知何似？羹匕輕調碧玉膏[3]。

2. 舠（dāo ㄉㄠ）：小船。嬾嬾：同「懶懶」。
3. 畫橈：有彩繪裝飾之船槳。匕：古代取食之具。羹匕即湯匙。

漠漠湖光淡淡風，天邊初見日曈曈[4]。須臾鍛煉山頭雪，影落波心萬炬紅。

4. 曈曈（tóng ㄊㄨㄥˊ）：日初出貌。盧綸《臘日觀咸寧王部曲娑勒擒豹歌》詩：「山頭曈曈日將出，山下獵圍照初日。」

風日清嚴氣更澂，森然秦鏡欲生棱[5]。白鷗叫破千山靜，飛下湖心啄斷冰。

5. 風日：風與日，指天氣。清嚴：清寒。宋．鄭剛中《清明前十日大雪二首》詩之一：「天為韶陽太妖冶，故令翦水作清嚴。」澂（chéng ㄔㄥˊ）：澄靜。秦鏡：相傳秦始皇有鏡一方，能照人心善惡。見《西京雜記》卷三。此處喻湖面。

花木樓臺掩映間，扁舟載得夕陽還。舉頭天外分明見，卻向波心望雪山。

拏舟緩緩近菰蒲，驚起橋頭雪色鳧[6]。飛入水精盤子去[7]，波光如汞月如珠。

6. 拏（ná ㄋㄚˊ）：牽引。拏舟即撐船。
7. 水精盤：喻平靜之湖面。唐．李紳《悲善才》詩：「秋吹動搖神女佩，月珠敲擊水精盤。」

露溼苔磯夜氣生，水清荇藻更縱橫。垂綸別有悠然意，不釣游魚釣月明。

戴雪峰如高士髮，醻霞波似美人顏[8]。小詩裁就從頭讀，抵得乘桴一往還[9]。

8. 頮：洗臉。參前《八聲甘州》詞註4。

9. 桴：竹木小筏。《論語．公冶長》：「道不行，乘桴浮於海。」

木芙蓉

隨分濃妝與淡妝，水邊林下最清揚[1]。霜華為汝添顏色，只合迎霜莫拒霜[2]。朝來玉骨傲西風[3]，晚對斜陽酒暈紅。如此獨醒還獨醉[4]，幾生脩得到芙蓉[5]。

1. 隨分（fèn ㄈㄣˋ）：隨意。清揚：眉目姣好貌。《詩．鄭風．野有蔓草》：「有美一人，清揚婉兮。」

2. 霜華：即霜，霜花。拒霜：木芙蓉性耐寒，故別名拒霜。

3. 玉骨：指女子清瘦之體態。亦作花木枝幹之美稱。

4. 獨醒獨醉：喻不合於流俗。《楚辭．漁父》：「舉世皆濁我獨清，眾人皆醉我獨醒。」

5. 宋．謝枋得《武夷山中》詩：「天地寂寥山雨歇，幾生修得到梅花。」

【評】陳衍《石遺室詩話》續編卷四：「余於秋花，最喜木芙蓉，少日有句云：『芙蓉紅白天初曉』，自以為壓卷之作。昨見精衛絕句二首云：……（略），雖借題寫照，亦幼日秋庭晨課時常對此花，故感情倍覺親切歟？」

余詠木芙蓉有句云「霜華為汝添顏色，只合迎霜莫拒霜」，他日檢蘇東坡詩集，有《和陳述古拒霜花》詩云「喚作拒霜知未稱，細思卻是最宜霜」。此誠所謂「得句還愁後古人」也，因引申此義復成二首

棠梨榮春風，芰荷舒夏日。豈或使之然，於性各有適。芙蓉生水畔，未與蒲柳別。一朝犯霜露，凜然見顏色[1]。亭亭如靜女，落落少華飾[2]。翠袖亦已薄，素心有餘熱[3]。初陽為傅粉，亦不嫌太白。夕陽為施朱，亦不嫌太赤[4]。

態含三春艷，氣得九秋潔。雲霞以為華，冰雪以為質。瀟湘鑒其姿，表裏皆

清絕。既緬林下風，復懷高世節[5]。會當延素娥，樂與永今夕[6]。

【解題】得句還愁後古人：汪精衛《初夏即事寄冰如》詩句。

1. 顏色：喻品格。杜甫《花底》詩：「深知好顏色，莫作委泥沙。」
2. 靜女：嫻靜之女子。《詩．邶風．靜女》：「靜女其姝，俟我於城隅。」落落：孤高貌。華飾：華麗之裝飾。
3. 杜甫《佳人》詩：「天寒翠袖薄，日暮倚修竹。」素心：純潔之心。南朝宋．顏延之《陶徵士誄》：「弱不好弄，長實素心。」餘熱：殘餘之暑氣。木芙蓉花開在仲秋，故云。餘熱又喻老有所為。
4. 宋玉《登徒子好色賦》：「東家之子，增之一分則太長，減之一分則太短；着粉則太白，施朱則太赤。」
5. 林下風：女子閒雅之風采。《世說新語．賢媛》：「王夫人神情散朗，故有林下風氣。」高世：高超絕世。《戰國策．趙策二》：「夫有高世之功者，必負遺俗之累。」明．陳邦符《登三高亭》詩：「生存高世節，既沒崇音徽。」
6. 永：同「詠」。《詩．小雅．白駒》：「皎皎白駒，食我場藿。縶之維之，以永今夕。」

士生抱耿介，憂患乃乘之[1]。及其茹荼久，翻謂甘如飴[2]。芙蓉亦草木，詎與繁霜宜。艱難九秋中，葆此貞秀姿。正如處厄窮，志節乃爾奇[3]。誰知方寸間，歷歷皆瘡痍[4]。西風日淒厲，百卉歸黃萎。後凋亦何為？踽踽良可悲[5]。

1. 耿介：剛正守節。《楚辭．九辯》：「獨耿介而不隨兮，願慕先聖之遺教。」
乘：欺凌；侵犯。元．吳師道《送尉彥誠序》：「老病且衰，憂患乘之。」
2. 荼（tú ㄊㄨˊ）：苦菜。《詩．邶風．谷風》：「誰謂荼苦，其甘如薺。」又《大雅．綿》：「周原膴膴，堇荼如飴。」茹荼喻受苦難。駱賓王《疇昔篇》：「茹荼空有嘆，懷橘獨傷心。」
3. 乃爾：（竟然）如此。楊萬里《觀雪》詩：「屑雲作粉如何濕，雕玉為花乃爾輕。」
4. 方寸：指心。歷歷：清晰貌。《古詩十九首．明月皎夜光》：「玉衡指孟冬，眾星何歷歷。」
5. 後凋：喻守正不苟而有晚節。《論語．子罕》：「歲寒然後知松柏之後凋也。」
踽踽（jǔ ㄐㄩˇ）：獨行貌。《詩．唐風．杕杜》：「獨行踽踽，豈無他人，不如我同父。」

【評】陳衍《石遺室詩話》續編卷四：「（精衛木芙蓉詩）五古二首警句云：……（略）殆所謂勿忘在莒矣。又云……（略）則桓伊撫箏之感，商聲太重，願勿續彈也。」

夜起

星斗耿檐際[1]，微霜溼畫闌。蟲聲深院靜，雁影碧天寬。簌簌黃金樹[2]，幽幽白玉蘭。秋來如有迹，思發自無端。

黃金樹，一名桉樹，自澳洲移植。白玉蘭花類含笑[3]，而香色益清，粵中多植之。

1. 耿：光明；照耀。謝朓《暫使下都夜發新林至京邑贈西府同僚》詩：「秋河曙耿耿，寒渚夜蒼蒼。」
2. 簌簌：同「簌簌」，猶簇簇。宋．王安石《季春上旬苑中即事》詩：「新蕋漫知紅簌簌，舊山常夢碧叢叢。」
3. 含笑：木蘭科常綠灌木，初夏開花，開時常不滿，如人含笑狀，故名。

弔鐘花

日華的皪滿樓臺[1]，照取繁花爛漫開。想見瑤池王母宴，眾仙同覆紫霞杯。

蕊珠和露浥微馨，風味清淳似醁醽[2]。我與眾生同一醉，千鐘撞罷不曾醒。

弔鐘花惟嶺南有之，鼎湖山最盛。

【解題】弔鐘花：又名燈籠花、倒掛金鐘。杜鵑花科灌木或小喬木，於春節前後開花。鼎湖山在廣東肇慶東北。

1. 日華：太陽光華。謝朓《和徐都曹》：「日華川上動，風光草際浮。」的皪：見前《秋夜》詩註1。
2. 醁醽（lù ㄌㄨˋ / líng ㄌㄧㄥˊ）：即醽醁，美酒名。葛洪《抱朴子．嘉遯》：「藜藿嘉於八珍，寒泉旨於醽醁。」

題陳樹人《娘子關秋色圖》

夜涉滹沱感逝川[1]，馬蹄車轍又經年。還來表裏山河地，坐對漂搖風雨天[2]。
不斷秋聲聞觱篥[3]，漸疏林葉見鴟鳶。才難千古元同嘆，巾幗成名亦自賢[4]。

【解題】陳樹人（一八八四—一九四八），原名哲，字猛進，一字葭孫，廣東番禺人。同盟會會員，近代「嶺南畫派」創始人之一，與高劍父、高奇峰兄弟合稱「二高一陳」。《娘子關秋色圖》作於一九三〇年。

娘子關：在山西平定縣東北、河北井陘縣西。相傳唐平陽公主（高祖李淵之女）曾率娘子軍駐此，故名。

1. 滹（hū ㄏㄨ）沱：即滹沱河。源出山西繁峙縣東之泰戲山，流經太行山，在河北獻縣匯入子牙河，至天津會北運河，注入渤海。

逝川：一去不返之江河水。語本《論語．子罕》：「子在川上曰：『逝者如斯夫！不舍晝夜。』」

2. 表裏山河：內外有山河作為屏障。《左傳．僖公二十八年》：「戰而捷，必得諸侯。若其不捷，表裏山河，必無害也。」杜預註：「晉國外河而內山。」

漂搖：動搖。《詩．豳風．鴟鴞》：「予室翹翹，風雨所漂搖。」

3. 觱篥（bì ㄅㄧˋ / lì ㄌㄧˋ）：古代一種簧管樂器。出自西域，後傳入內地。

4. 才難：人才難得。《論語．泰伯》：「才難，不其然乎？」

巾幗：古代婦女之頭巾與髮飾。後以代稱婦女。巾幗成名：指唐平陽公主事。

附：陳樹人《娘子關秋色圖》題識

十九年十月二十六日偕若文內子由太原出娘子關，汽車道上殘柳萬株，作一片純黃金色，若文欣賞弗置，並云嶺南江南無此奇態，屬為圖之，以留鴻爪。　樹人識於小愒樓

先太夫人《秋庭晨課圖》，亡友廖仲愷曾為題詞，秋夜展誦，泫然賦此

一卷殘編在短檠，思親懷友淚同傾。百年鼎鼎行將半[1]，孤影蕭蕭只自驚。人事蹉跎成後死，夢魂勞苦若平生。風濤終夜喧豗甚[2]，鎮把心光對月明。

【解題】汪氏《秋庭晨課圖》有二：其一為溫幼菊繪，約作於民國十一年；其二為方君璧繪，作於民國二十二年。原詩題：「十八年秋九月夜展先太夫人秋庭晨課圖，中有亡友廖仲愷題詞，泫然賦此。」

溫其球（一八六二—一九四一），字幼菊，號語石山人。廣東順德人。近代嶺南名畫家。

廖仲愷（一八七七—一九二五），原名恩煦，字仲愷，廣東歸善（今惠陽）人。生於美國加州舊金山，一八九三年回國，一九〇二年赴日留學，一九〇五年加入同盟會，任外事部幹事。其後終身追隨孫中山左右，並歷任要職，為國民黨左派代表人物。一九二五年八月二十日在廣州被刺殺。

1. 鼎鼎：蹉跎。陶淵明《飲酒》詩之三：「鼎鼎百年內，持此欲何成。」陸游《老身》詩：「百年殊鼎鼎，萬事祇悠悠。」百年將半：此詩作於一九二九年秋，時汪精衛四十七歲。

2. 豗（huī ㄏㄨㄟ）：喧囂。李白《蜀道難》詩：「飛湍瀑流爭喧豗，砯崖轉石萬壑雷。」

附：《秋庭晨課圖》跋

右圖兆銘兒時依母之狀也。其時兆銘年九歲，平旦必習字於中庭，母必臨視之，日以為常。秋晨蕭爽，木芙蓉娟娟作花，籐蘿蔓於壁上。距今三十年矣，每一涉想，此狀如在目前。當時父年七十，母則四十，父以家貧，雖老猶為客於陸豐。海道不易，惟母同行，諸兄姊皆不獲從，以兆銘幼，挈以自隨。兆銘無知，惟以依膝下為樂。有時見母寂坐有淚痕，心雖戚然不寧，初不解慈母念遠之心至苦也。嗟夫！豈特此一端而已。兆銘年十三而失母，於母生平德行能知者幾何？於母生平所遇之艱難，能知者又幾何？母雞鳴而起，上侍老父，下撫諸弱小，操持家事，米鹽屑罔不綜覈，往往宵分不寐。兆銘惟知飢則索餅餌，飽則跳踉以樂，懵然不知母之勞瘁也。歲時令節，兆銘逐群兒嬉戲而忘倦，時見母蹀躞仰屋，微嘆有聲，搜篋得衣物付傭婦，令質錢市果餌，及親友至，則亟語笑款洽似無所憂者。兆銘亦忽忽不屑意，不知母何為而委曲煩重若是也。母所生子女各三人，劬勞太甚，諸子女以此長成，而母亦以此傷其生，不獲終其天年。悲夫！兆銘喪母後六年而去國，凡十年乃得歸。歸而求父之手澤，蠹餘猶得尺簡；求母之杯棬，則無有存焉者。因以兒時所得之印象告之溫幼菊丈，乞為圖之。庶幾母子雖一生一死乎，於圖中猶聚首也。

中華民國十一年三月　汪兆銘謹識

又《秋庭晨課圖》題識

溫圖於二十年秋間失去，廖詞書於十二年一月，當時什襲珍藏，未付裝潢，故幸未與溫圖同失。方君璧妹精繪事，且曾見溫圖，乃於二十二年十二月為更作此幅，與廖詞合為一卷。並重錄跋語及題句附於其末。
兆銘再識

廖仲愷題詞

紅花綠樹粲堂西。故園風景依稀。學書曾記作鸞飛。解得慈頤。　好雨已遲萱草，人間何處春暉。畫圖空省舊庭幃。夢也悽其。（調寄《畫堂春》）

前詞意尚未盡，再賦一解

一林紛紫翠。正衣線停拈，閑庭課字。弱齡問纔幾。便戲鴻妙筆，食牛英氣。淋漓滿紙。早博得、慈顏皆霽。宇宙間、惟愛長存，萬物都隨流水。　徒爾。文章一代，勛業千秋，春暉難繫。畫圖寂對。抵多少、陟屺興思。只粉牆西角，凌霄花發，卜得君家人事。撫蘭孫、玉立成行，恍聞鸞噦。（調寄《瑞鶴仙》為精衛四兄題秋庭晨課圖）

（按：以上皆據手跡抄錄，惟「閑庭課字」本作「閑課庭字」，似偶誤，參他本改。）

雨霽

迴飆忽捲雨廉纖，爽籟幽光此際兼[1]。洗滌長天為砥礪，磨礲新月作鈎鐮[2]。
劃開碧落銀河湧，淨刈浮雲玉宇嚴[3]。夜靜更饒風景澈，倚闌數徧萬峰尖。

1. 廉纖：細微。多以形容雨。韓愈《晚雨》詩：「廉纖晚雨不能晴，池岸草間蚯蚓鳴。」
爽籟：清風吹物之聲。唐．貫休《閒居擬齊梁四首》之一：「夜雨山草滋，爽籟生古木。」
2. 砥礪：磨石。精者為砥，粗者為礪。磨礲：磨礪加工。
3. 刈（yì 一ˋ）：割掉；除去。

雨後郊行

芳樹緣溪灣復灣，靜聞幽鳥答潺湲。微風忽幻波閒月[1]，薄靄能勻雨後山。桑陌陰濃筐筥集，稻田水滿桔橰閒[2]。彌望新綠非無謂，天使疲氓一破顏[3]。

【解題】此詩又見《國聞週報》一九三四年第十一卷第三十七期，題作「郜居」。文略異。

1. 閒（jiān ㄐㄧㄢ）：同「間」。
2. 筐筥（jǔ ㄐㄩˇ）：盛物之竹器，方者為筐，圓者為筥。《詩．周頌．良耜》：「或來瞻女，載筐及筥。」
桔橰（jié ㄐㄧㄝˊ／gāo ㄍㄠ）：古代汲水工具。
3. 彌望（wáng ㄨㄤˋ）：充滿視野。疲氓：疲困之民。韓愈《晚秋郾城夜會聯句》詩：「疲氓墜將拯，殘虜狂可縛。」破顏：露出笑容。唐．宋之問《發端州初入西江》詩：「破顏看鵲喜，拭淚聽猿啼。」

夜泛

微雨颯然過[1]，川原生夕涼。風平波去瀨，雲碎月行忙。螢火出林大，漁鐙在水長。慢搖孤棹去，荷葉久低昂[2]。

1. 颯然：形容風雨聲。宋・李綱《秋雨》詩：「颯然風雨作新涼，臥聽簷聲氣韻長。」
2. 低昂：高低起伏。清・查慎行《再題霜林秋晚圖卷》詩：「長風入林瘦蛟舞，萬葉低昂爭仰俯。」

臥病莫干山中作

秋月愛閒曠，亭亭臨空山。山亦愛清輝，膏沐千螺鬟[1]。流泉隔深竹，夜靜聞潺湲。歡然禮素娥，環佩鳴珊珊[2]。莫邪助干將，鑄劍誅神姦[3]。豐城久湮鬱，延津何時還[4]？今宵映水月，光射斗牛寒[5]。始知芙蓉鍨[6]，赫然留人間。東北有浮雲，因風欲漫漫。誰令滓太清，惻愴摧心肝[7]。何當抉銀河，灑作甘露溥[8]。下土同披襟，快然洗痌瘝[9]。

【解題】此詩又見《津浦鐵路月刊》一九三二年第二卷第九期，題作「二十一年九月臥病莫干山對月作錄奉湘舲先生莞正」，文略異。按一九三二年九月十五日，汪精衛自上海赴杭州，養痾於周夢坡莫干山別業，二十六日下山。

莫干山：在浙江北部德清縣境內，為天目山之餘脈。相傳為春秋時期莫邪、干將鑄劍處。

周慶雲（一八六四—一九三三），字景星，號湘舲，別號夢坡，浙江吳興人，近代著名民族資本家。亦工詩文書畫，精鑒賞。有《晨風廬叢刊》多種。周延礽《吳興周夢坡（慶雲）先生年譜》：「中秋節為府君與我母百四十齡合壽……開筵日值汪精衛院長來山養痾，借寓六月息園，錄示其對月詩，府君步元韻和之。」

1. 螺鬟：螺殼狀髮髻。喻山巒。金·陳庚《西巖迭巘》詩：「螺鬟煙髮矗萬峰，行人指點梵王宮。」
2. 珊珊：玉佩聲。杜甫《鄭駙馬宅宴洞中》詩：「自是秦樓壓鄭谷，時聞雜佩聲珊珊。」宋·沈遼《龍興觀》詩：「白日無人午夜靜，玉皇殿上朝仙官，但聞金環玉佩鳴珊珊。」
3. 相傳春秋時期干將與其妻莫邪在山中鑄劍。神姦：鬼神怪異之物。《左傳·宣公三年》：「遠方圖物，貢金九牧，鑄鼎象物，百物而為之備，使民知神姦。」
4. 豐城：地名，在江西。延津：地名，即延平津，在福建。相傳晉時豐城令雷煥於獄基掘得龍泉、太阿兩寶劍，其一自留，其一呈張華，後兩劍於延津會合化龍而去。參《晉書·張華傳》。
5. 斗牛：二十八宿之斗宿和牛宿。相傳晉時張華見斗牛之間常有紫氣，詢雷煥，乃知為豐城劍氣。參《晉書·張華傳》。
6. 芙蓉餤：喻寶劍之光芒。漢·袁康《越絕書》載：越王句踐有寶劍名純鈞，「揚其華，捽如芙蓉始出」。

7. 漫、肝二韻四句據《津浦鐵路月刊》補。東北有浮雲：語本曹丕《雜詩》「西北有浮雲」句，以一九三一年九一八事變爆發，故云。太清：指天。《世說新語．言語》：「司馬太傅齋中夜坐，于時天月明淨，都無纖翳。太傅歎以為佳。謝景重在坐，答曰：『意謂乃不如微雲點綴。』太傅因戲謝曰：『卿居心不淨，乃復强欲滓穢太清邪？』」

8. 漙（tuán ㄊㄨㄢˊ）：露多貌。《詩．鄭風．野有蔓草》：「野有蔓草，零露漙兮。」

9. 痌瘝（tōng ㄊㄨㄥ / guān ㄍㄨㄢ）：病痛；疾苦。

附：周夢坡和詩

幾見當頭月，登臨況在山。天空淨無滓，一洗百媚鬟。俯視篔簹谷，流水聲潺潺。中有神龍蟄，肯為鐵網珊。劍光耿千載，猶能燭豪姦。宵深萬籟寂，但見雲往還。浩歌發清興，聲聞玉宇寒。豈無上天梯，影息巖壑間。悲秋秋已暮，長夜何漫漫。舉頭人盡望，照澈膽共肝。願乞楊枝水，灑然如露漙。尋繹風人旨，襟抱在痌瘝。

病中作

奮飛無力但長噓，臥看簾波日影徂[1]。國勢急如駒下阪，世程曲似蟻穿珠[2]。

差池未得三年艾，枵落徒懸五石瓠[3]。移枕正遲明月上，枝頭烏鵲莫驚呼[4]。

1. 奮飛：振翅高飛。喻奮發有為。《詩．邶風．柏舟》：「靜言思之，不能奮飛。」

簾波：簾影搖曳如波。徂（cú ㄘㄨˋ）：行，行走。《詩．魯頌．駉》：「思無邪，思馬斯徂。」

2. 世程：即世路。蟻穿珠：南朝梁．殷芸《小說》：「夫子至陳，大夫發兵圍之，令穿九曲珠，乃釋其厄。夫子不能，……（采桑女）語曰：『用蜜塗蛛，絲將繫蟻，蟻將繫絲；如不肯過，用煙熏之。』孔子依其言，乃能穿之。」陸游《遊淳化寺》詩：「螘穿珠九曲，蜂釀蜜千房。」螘同蟻。

3. 差池：差錯。三年艾：三年之艾草，喻良藥。《孟子．離婁上》：「今之欲王者，猶七年之病，求三年之艾也。」趙岐註：「艾可以為灸人病，乾久益善，故以為喻。」

枵落：見前《雜詩》之八註3。五石瓠：可容五石之大葫蘆。常以喻物不得其用。《莊子．逍遙遊》：「今子有五石之瓠，何不慮以為大樽而浮乎江湖，而憂其瓠落無所容，則夫子猶有蓬之心也夫！」

4. 遲：遲疑，猶豫。白居易《琵琶行》詩：「尋聲暗問彈者誰，琵琶聲停欲語遲。」

枝頭烏鵲：漢．王逸《九思．哀歲》：「今其集兮惟鴞，烏鵲驚兮啞啞。」元．劉秉忠《小重山》詞：「詩酒休驚誤一生。黃塵南北路，幾功名。枝頭烏鵲夢頻驚。西州月，夜夜照人明。」

飛飛螢火惜居諸，一病因循久廢書[1]。曲突徙薪嗟已矣，焦頭爛額復何如[2]？

猶聞蝸角爭蠻觸，敢望豚蹏得滿車[3]。夜半打窗風雨惡，有人躑躅望蘧廬。

1. 飛飛：飄飛貌。居諸：本語助詞，《詩．邶風．柏舟》：「日居月諸，胡迭而微。」後借指光陰。因循：疏懶；閒散。北齊．顏之推《顏氏家訓．勉學》：「世人婚冠未學，便稱遲暮，因循面牆，亦為愚爾。」

2. 突：煙囪。漢．桓譚《新論》：「淳于髡至鄰家，見其竈突之直而積薪在傍，謂曰：『此且有火』，使為曲突而徙薪。鄰家不聽，後果焚其屋，鄰家救火，乃滅。烹羊具酒謝救火者，不肯呼髠。智士譏之曰：『曲突徙薪無恩澤，焦頭爛額為上客。』蓋傷其賤本而貴末也。」

3. 蠻觸：典出《莊子．則陽》：「有國於蝸之左角者，曰觸氏；有國於蝸之右角者，曰蠻氏。時相與爭地而戰，伏屍數萬，逐北，旬有五日而後反。」後以喻為微利而爭鬪。

豚蹏：《史記．滑稽列傳》：「今者臣從東方來，見道傍有禳田者，操一豚蹄，酒一盂，祝曰：『甌窶滿篝，污邪滿車，五穀蕃熟，穰穰滿家。』臣見其所持者狹而所欲者奢，故笑之。」宋．劉弇《和安中鐵柱留題》詩：「連年鹹毒纔三尺，何似豚蹄祝滿車。」

晚眺

茅茨絕頂四無鄰，浩浩川原暮色勻[1]。逸鹿窺籬頻引領[2]，歸猿戲樹欲忘身。

雲來忽使山都活，月上還於水最親。乞得林間一席地，鴉喧不礙苦吟人[3]。

1. 茅茨：茅草屋頂；茅屋。喻簡陋之居室。浩浩：廣大無際貌。
2. 引領：伸長脖頸。後多以形容期望殷切。《左傳．成公十三年》：「及君之嗣也，我君景公引領西望曰：『庶撫我乎！』」此處用本義。
3. 苦吟：作詩反覆推敲吟詠。唐．馮贄《雲仙雜記．苦吟》：「孟浩然眉毫盡落，裴祐袖手，衣袖至穿，王維至走入醋甕，皆苦吟者也。」

山中即事

萬峰雲際互沉浮，樹石生霉不似秋。好是風吹涼月醒，竹聲和影入瓊樓。

入山十日，雨多晴少。於其將去，投以惡詩

茲山陰雨窟，勢已席全勝。陽光攖其鋒，卻退恐不猛。白雲猶誕謾[1]，晴晦惟所命。當其出地底，不雨亦陰凝[2]。着草草生毛，着樹樹生癭。着水水糢糊，着山山飣餖[3]。峰頭與林麓，千百懸巨絙[4]。上縋天使墜，下汲地使迴。昏然天地合，萬象同一暝。山川與城郭，次第收入甑。可憐炊煙起，但見餘沫迸。黑子七八九[5]，高峰露其頂。須臾亦沉沒，漠漠遂千頃。我來山中住，初意得佳景。澄懷挹秋爽，虛抱洽山靜[6]。豈知遘此厄，耳目皆已屏[7]。愧無玄豹姿，隱霧豈其性[8]。出門心惴慄，跬步皆陷阱[9]。臨水不聞聲，對山不見

影。退藏一室內，又似蛙在井。更如鼠居穴，晝伏不敢逞。大雲偪戶牖，咄哉兵壓境[10]。紙櫺偶投隙[11]，突入遂馳騁。濛濛一室內，方向渾不省。曉帷垂沈沈，晝燭燒耿耿[12]。悶疑絮塞鼻，溼恐菌生脛[13]。踐地忽如浮，觸壁嗟已梗[14]。十日未一醉，胡為此酩酊[15]。不如鋪大被，高臥待其醒。

【解題】汪精衛於一九三二年九月十五日入莫干山養病，至二十六日下山，計約十日。

1. 誕謾：放誕傲慢。《淮南子．脩務訓》：「彼並身而立節，我誕謾而悠忽。」
2. 陰凝：陰氣凝結。《周易．坤》：「履霜堅冰，陰始凝也。」
3. 餖飣：食品堆疊於器皿之中。喻混雜堆砌。
4. 絙（gēng ㄍㄥ）：粗繩索。
5. 黑子：黑點，喻山尖。
6. 澄懷：清靜之心。《南史．宗少文傳》：「老疾俱至，名山恐難徧睹，唯澄懷觀道，臥以遊之。」
虛抱：空虛之懷。宋．張君房《雲笈七籤．晉茅山真人楊君》：「君淵沈應感，虛抱自得。」
7. 遘（gòu ㄍㄡˋ）：遭遇。《書．金縢》：「惟爾元孫某，遘厲虐疾。」
8. 玄豹：喻懷才而隱居避禍者。劉向《列女傳．陶答子妻》：「南山有玄豹，霧雨七日而不下食者，何也？欲以澤其毛而成文章也，故藏而遠害。」謝朓《之宣城出新林浦向板橋》詩：「雖無玄豹姿，終隱南山霧。」

9. 惴慄（lì ㄌㄧˋ）：恐懼戰慄。《詩．秦風．黃鳥》：「臨其穴，惴惴其慄。」
跬（kuǐ ㄎㄨㄟˇ）：半步。古謂行走時舉足一次為跬，舉足兩次為步。
10. 偪（bī ㄅㄧ）：迫近。咄（duō ㄉㄨㄛ）：嗟嘆之詞。
11. 櫺（líng ㄌㄧㄥˊ）：窗櫺。投隙：打開縫隙。
12. 沈沈（chén ㄔㄣˊ）：沉重貌。耿耿：明亮貌。
13. 脛（jìng ㄐㄧㄥˋ）：小腿。
14. 梗：阻塞；斷絕。
15. 酩酊（mǐng ㄇㄧㄥˇ / dǐng ㄉㄧㄥˇ）：大醉貌。

送別

把酒長亭杯已空[1]，行人車馬各西東。楓林不共斜陽去，自向荒郊寂寞紅。

1. 長亭：古時於道路每隔十里設一長亭，五里設一短亭，供人歇息。後常以長亭指送別之處。

對月

蕩蕩青天萬頃田，壞雲如草月如鐮[1]。姮娥不作包荒計，淨刈空華見妙嚴[2]。

1. 蕩蕩：廣大貌。壞雲：亂雲。宋．孔武仲《平陽嘆》詩：「壞雲如山壓齊壘，六軍顏色如灰死。」
2. 包荒：包含荒穢。《易．泰》：「包荒，用馮河，不遐遺。」空華：即「空花」，佛教指病眼者所見虛幻之花。喻妄想或假相。妙嚴：美妙莊嚴。

夏夜

藉草蔭林坐，勞人珍夜涼[1]。風枝搖復止，露葉暗生光[2]。鶴夢從酣穩[3]，蛙聲正肆狂。依依星斗沒，耒耜及朝陽[4]。

1. 藉（jiè ㄐㄧㄝˋ）草：坐臥於草上。勞人：憂傷之人。《詩．小雅．巷伯》：「驕人好好，勞人草草。蒼天蒼天，視彼驕人，矜此勞人。」亦指勞苦之人。

2. 風枝：受風之枝。戴叔倫《客夜與故人偶集》詩：「風枝驚暗鵲，霜草覆寒蛩。」
露葉：沾露之葉。韋應物《芳樹》詩：「風條灑餘靄，露葉承新旭。」
3. 鶴夢：喻清高脫俗之境。唐·李中《泉》詩：「漱石苔痕滑，侵松鶴夢涼。」
4. 耒耜（sì ㄙˋ）：耕地之農具。借指耕種。及：乘，趁。

觀月戲作

二妃把臂遊雲海，指點齊煙橫杳靄[1]。酒酣笑解明月珠，抛入滄溟發奇采。蕭蕭微風起青萍[2]，千波化作蒼龍鱗。一鱗中有一珠在，水晶宮闕成繽紛。一丸自向天心靜[3]，萬盞波光浮不定。須臾水月已交融，匹練秋光霜外冷[4]。

1. 二妃：指舜之妻娥皇和女英。劉向《列女傳》：「有虞二妃者，帝堯之二女也。長娥皇，次女英。」相傳二人死後為湘水之神。把臂：牽手或挽手。表示親密。
齊煙：李賀《夢天》詩：「遙望齊州九點煙，一泓海水杯中瀉。」齊州猶中州，指中國。
2. 青萍：亦作「青蘋」，一種水草。宋玉《風賦》：「夫風生於地，起於青蘋之末。」

3. 一丸：喻圓月。清．厲鶚《二月十四夜同周少穆胡又乾施竹田吳敦復汪旭瞻施北亭西湖泛月共賦四絕句》之二：「東風也似撩詩思，柳外吹來月一丸。」

4. 匹練：白絹。喻白色光影。宋．張炎《綠意》詞：「喜靜看、匹練秋光，倒瀉半湖明月。」

夜起

月色縞庭樹[1]，輕風生夜闌。四圍聲影靜，松蟀伴微嘆。野曠戍樓直[2]，江明漁火殘。疎枝近河漢，還念鵲巢單[3]。

1. 縞：映照。陸游《感秋》詩：「月明縞樹遶驚鵲，露下濕草啼寒螿。」
2. 戍樓：軍隊之瞭望樓。南朝梁元帝《登堤望水》詩：「旅泊依村樹，江槎擁戍樓。」
3. 鵲巢：鵲之巢穴。《詩．召南》有《鵲巢》一篇，毛序云：「鵲巢，夫人之德也。國君積行累功，以致爵位，夫人起家而居有之。」此謂思念陳璧君。

重九集掃葉樓，分韻得有字

驚風飄落葉，散作沙石走。擁篲非不勤[1]，積地倏已厚。仰觀高林杪，柯條漸堅瘦。危巢失所蔽，岌岌不可久[2]。宿鳥暮歸來，棲託已非舊[3]。踟躕集空枝，婉孌終相守[4]。此時登樓者，嘆息各搔首。西風日淒厲，殆欲摧萬有[5]。何以謝歲寒，臨難義不苟[6]。蒲柳奮登先，松柏恥凋後[7]。敢辭晚節苦，直恐初心負[8]。高人緬半千，佳節遘重九。還當掃落葉，共袁一尊酒。

【解題】時為癸酉重九，即一九三三年十月二十七日。是日計有七十餘位詩人與會，以龔賢《半畝園詩》分韻。後輯為《癸酉九日掃葉樓登高詩集》，於次年印行。分韻：舊時文人雅集，選擇若干字分拈，各人依拈得之字為韻作詩。

1. 擁篲（huì ㄏㄨㄟˋ）：執掃帚以掃除道路。《史記．孟子荀卿列傳》：「（騶子）如燕，昭王擁篲先驅，請列弟子之座而受業。」
2. 岌岌：危急貌。《孟子．萬章上》：「天下殆哉岌岌乎？」
3. 棲託：棲息，安身。謝靈運《山居賦》：「企山陽之遊踐，遲鸞鷖之棲託。」
4. 婉孌：纏綿；繾綣。陸機《於承明作與士龍》詩：「婉孌居人思，紆鬱遊子情。」

5. 萬有：即萬物。《子華子・陽城胥渠問》：「太初胚胎，萬有權輿。」

6. 《禮記・曲禮上》：「臨難毋苟免」，鄭玄註：「為傷義也。」

7. 《論語・子罕》：「歲寒，然後知松柏之後凋也。」《世說新語・言語》：「蒲柳之姿，望秋而落；松柏之質，經霜彌茂。」

8. 晚節：晚年之節操。《宋書・良吏傳》：「（陸徽）年暨知命，廉尚愈高，冰心與貪流爭激，霜情與晚節彌茂。」初心：當初之心意。干寶《搜神記》卷十五：「既不契於初心，生死永訣。」

秋夜

露冷庭除夜已分，麗空星斗正繽紛[1]。旻天不作防川計[2]，萬葉喧秋只靜聞。

1. 庭除：即庭院。麗空：懸於空中。宋・周必大《南嶽祈晴文》之二：「霜風掃曀，晴日麗空。」

2. 旻（min ㄇㄧㄣˊ）天：上天。《書・多士》：「爾殷遺多士，弗弔旻天，大降喪于殷。」又特指秋天。《爾雅・釋天》：「秋為旻天。」王逸《九思・哀歲》：「旻天兮清涼，玄氣兮高朗。」防川：本指制止洪水氾濫。後以喻箝塞言論。《國語・周語上》：「防民之口，甚於防川。」

冬晴郊行書所見

曀曀層陰塞兩間[1]，豁然風物變朝顏。霜絲盡綴玲瓏樹，日炬渾融鐵石山。逈野清嚴人意適[2]，長空寥闊鳥飛閒。攜筇更上崎嶇路，數點黃梅若可攀。

1. 曀曀（yì ㄧˋ）：陰沉昏暗貌。《詩．邶風．終風》：「曀曀其陰，虺虺其靁。」兩間：天地之間。韓愈《原人》：「形於上者謂之天，形於下者謂之地，命於其兩間者謂之人。」
2. 逈（jiǒng ㄐㄩㄥˇ）：同「迥」，曠遠。

春晝

林影遲春晝，柔風弄袷衣[1]。花明酣日氣，柳密亂煙絲。窗紙留蜂駐，簾旌礙燕歸。苔痕如有會，綠滿舊漁磯。

1. 袷（jiá ㄐㄧㄚˊ，讀入聲）衣：夾衣。潘岳《秋興賦》：「藉莞蒻，御袷衣。」

山行

幽深不可盡，磐石憩中程。壑聚千花影，泉流萬竹聲。靜恬魚得所，戒慎鹿微行[1]。未覺冰輪上[2]，群峰背漸明。

1. 得所：得到安居之地。《詩．魏風．碩鼠》：「樂土樂土，爰得我所。」又《孟子．萬章上》：「昔者有饋生魚於鄭子產，子產使校人畜之池。校人烹之，反命曰：『始舍之，圉圉焉，悠然而逝。』子產曰：『得其所哉！得其所哉！』」
戒慎：警惕謹慎。《禮記．中庸》：「是故君子戒慎乎其所不睹，恐懼乎其所不聞。」微行：行動悄無聲息。
2. 冰輪：喻明月。唐．王初《銀河》詩：「歷歷素榆飄玉葉，涓涓清月溼冰輪。」

禊日集後湖，分韻得林字

春服初成感不禁，物華人事兩駸駸[1]。曉風宛轉傳新哢[2]，夜雨殷勤澤舊林。

各有興懷時世異，了無間斷化工深[3]。君看枝上青如豆，肯負飛花墜溷心[4]。

【解題】此詩又見《國聞週報》一九三四年第十一卷第十九期，題作「上巳玄武湖禊集纕蘅代拈林字」，文略異。

禊（xì ㄒㄧˋ）：舊俗於水濱祓除宿垢與不祥。禊日一般在農曆三月上巳日，亦稱春禊。亦有秋禊，在農曆七月十四日。甲戌禊日即公曆一九三四年四月十六日。後湖即南京玄武湖，相對於燕雀湖（前湖）而言。

1. 春服：春日所着之衣。《論語・先進》：「莫春者，春服既成，冠者五六人，童子六七人，浴乎沂，風乎舞雩，詠而歸。」

物華：自然景物。南朝梁・柳惲《贈吳均》詩之一：「離念已鬱陶，物華復如此。」駸駸（qīn ㄑㄧㄣ）：馬疾奔貌。喻變化迅速。元・張雨《風雨宿菌閣絕句七首》詩之四：「物華年鬢兩駸駸，憶別何堪動此心。」

2. 哢（lòng ㄌㄨㄥˋ）：鳥鳴。陶淵明《癸卯歲始春懷古田舍》詩之一：「鳥哢歡新節，泠風送餘善。」

3. 興懷：引發感觸。晉・王羲之《蘭亭集序》：「俛仰之間，已為陳迹，猶不能不以之興懷。」

化工：自然造化之功。亦指自然界之創造者。賈誼《鵩鳥賦》：「且夫天地為爐兮，造化為工。」

4. 墜溷（hùn ㄏㄨㄣˋ）：落入廁所。喻遭受污染或結局堪悲。《梁書・范縝傳》：「人之生譬如一樹花，同發一枝，俱開一蒂，隨風而墮，自有拂簾幌墜於茵席之上，自有關籬牆落於溷糞之側。」

菊

爛漫花枝總剎那，東籬秋色獨峨峨[1]。能同風露搘持久[2]，兼得雲霞變化多。

華采外敷神自淡[3]，堅貞內蘊氣彌和。平生不作飄茵計，但把殘英守故柯[4]。

1. 剎那（nuó ㄋㄨㄛˋ）：佛教語，指極短之時間。《法華經．提婆達多品》：「深入禪定，了達諸法，於剎那間，發菩提心。」
東籬：泛指種菊之處。陶淵明《飲酒》詩之五：「採菊東籬下，悠然見南山。」峨峨：美盛貌。《詩．大雅．棫樸》：「奉璋峨峨，髦士攸宜。」

2. 搘（zhī ㄓ）持：支撐，相持。葛洪《抱朴子．塞難》：「草木延年而已，非長生之藥可知也。未得作丹，且可服之，以自搘持耳。」

3. 華采：華麗之色彩。《楚辭．九歌．雲中君》：「浴蘭湯兮沐芳，華采衣兮若英。」外敷：展露於外。

4. 飄茵：掉落在草地上。喻有好歸宿。參前詩註 4。
殘英守故柯：菊花有枯而不落者，故云。

郊行

雨餘溝洫水泱泱[1]，綠整秧針列萬行。草跡驢蹏融日氣，柳絲牛鼻赴波光。
采桑女似烏鴉鬧，放學兒如蚱蜢忙。一角茅棚煙縷起，好斟茗椀共徜徉[2]。

1. 溝洫（xù ㄒㄩˋ）：田間水道。泱泱：水深廣貌。《詩．小雅．瞻彼洛矣》：「瞻彼洛矣，維水泱泱。」
2. 椀（wǎn ㄨㄢˇ）：同「碗」。茗椀即茶碗。

乘飛機至九江，望見廬山，口占一絕句。蓋別來八九年矣

萬峰攢聚水縈迴，晴日穿雲紫翠開。五老舉頭齊一笑[1]，故人天外忽飛來。

1. 五老：廬山有五老峰。

廬山雜詩

九年夏秋間余遊廬山，曾為絕句若干首；十六年秋冬間復遊，則得一絕句而已；二十一年夏間曾復一至，自是歲輒一二至，留則二三日，得句則以小牋書之，拉雜不復編次云。

行廬山道中

參差不辨最高峰，疊翠浮青幾萬重。着得煙雲齊欲活，滿天鱗爪看飛龍。

曉登天池山，將以明日乘飛機發九江

屏嶂重深路轉幽，豁然開朗眾峰頭。山連鐵騎奔如放，水亘銀河凝不流。
初日乍舒天錦豔，微風忽送海綿浮。明朝更奮凌雲翼，一覽千巖萬壑秋。

晚眺

濯足龍宮興未休，天池曳杖更夷猶[1]。松門已稅千鴉駕，花徑還從一鶴遊[2]。
輕靄綠迷巖佛手，夕陽紅上石人頭[3]。秋來邱壑明如畫，抵得春時錦繡不[4]？

自神龍宮登天池山，則佛手巖、人頭石、錦繡谷、花徑、松門諸勝歷歷在目。

1. 夷猶：從容自得。張炎《真珠簾．近雅軒即事》詞：「休去。且料理琴書，夷猶今古。」
2. 稅（tuō ㄊㄨㄛ，讀入聲）駕：停車。亦喻休息或歸宿。花徑：在廬山上大林寺西。
3. 佛手巖：在花徑西面、大天池山東北。人頭石：在佛手巖東北。錦繡谷：在佛手巖北面。松門：在牯嶺東側松林間，有陳三立松門別墅。
4. 不（fǒu ㄈㄡˇ，讀平聲）：語氣詞，表反問。

大漢陽峰上植松甚多，古茂可愛，詩以紀之

猱升漸上最高峰[1]，喘汗纔收語笑同。河漢倒懸行杖底，江湖齊落酒杯中。
泉兼風雨飛騰壯，山納煙雲變化重。回首不嫌歸路永，萬松如鶴正浮空。

【解題】大漢陽峰：廬山最高峰，高一千五百四十三公尺。《江西方輿紀要》：「漢陽峰在廬山絕頂，望數百里，極目江漢，故名。」

1. 猱（náo ㄋㄠˋ）升：猿猴上樹。喻輕捷攀登。《詩・小雅・角弓》：「毋教猱升木，如塗塗附。」

大漢陽峰為廬山第一主峰，登絕頂作長句

萬嶺如僂拱四方，俛看五老亦兒行。波光窈杳分湖口[1]，樹色蒼茫接漢陽。天上風雲致明晦[2]，人間心力變滄桑。陸沉正有為魚嘆，敢向崖前謁禹王[3]。

禹王崖在峰下

【解題】此詩又見《國聞週報》一九三三年第十卷第四十四期。題作：「大漢陽峰為廬山第一高峰，武陵王以憖立碣峰頭，竝題聯語云：『峰從何處飛來，歷歷漢陽，正是斷魂迷楚雨；我欲乘風歸去，茫茫禹跡，可能留命待桑田』。余登斯峰有感其言，為作長句」，文略異。

1. 窈杳：幽暗貌。明・李夢陽《雙忠祠碑》：「雲迤迤兮覆宇，日窈杳兮即暮。」
2. 明晦：明與暗；晴與陰。梁武帝《擬明月照高樓》詩：「相去既路迴，明晦亦殊懸。」

3. 陸沉：陸地沉入海底。喻國土淪陷於敵手。《世說新語・輕詆》：「桓公入洛，過淮泗，踐北境，與諸僚屬登平乘樓，眺矚中原，慨然曰：『遂使神州陸沉，百年丘墟，王夷甫諸人不得不任其責！』」

為魚：喻遭受災禍。《左傳・昭公元年》：「微禹，吾其魚乎。」禹王：即大禹、夏禹，上古部落領袖。相傳曾奉舜命治理洪水，又分天下為九州。

天池山上有王陽明先生詩一首，鑱巨石上，昔年曾作詩紀之。今歲為作亭以蔽風雨，落成題壁

片石千秋挹古馨，兼收畫本入危亭[1]。江湖赭碧分雙鏡，吳楚青蒼共一屏。

世眼佛鐙攙鬼火，道心明月定風霆[2]。神龍宮瀑終宵響，猶作當年嘯詠聽。

【解題】民國《廬山志》卷三：「天池新塔建於舊塔東二百餘步……天燈塔塔南汪兆銘新建一亭，用以覆蓋王陽明詩鑱者。」參前「登天池山尋王陽明先生刻石詩」解題。此詩或作《陽明詩石亭落成題壁》：「瀑響龍潭靜可聽，兼收畫本入危亭。江湖赭碧分雙鏡，吳楚青蒼共一屏。世態佛燈攙鬼火，道心明月定風霆。飄然拄杖撞天去，片石空留手澤馨。」

1. 片石：一塊石頭。指王陽明詩刻石「照江崖」。古馨：喻古人之德行、聲譽。畫本：繪畫之範本，指山水景物。陸游《舟中作》詩：「村村皆畫本，處處有詩材。」
2. 世眼：世俗之眼光。佛鐙：廬山天池之奇觀。民國《廬山志》卷三：「天池佛燈，其所由來者舊矣。神其說則文殊化現之光，斥之者或目為妄誕，調停其說而折衷科學理論，亦有目之為磷火者。」又引周必大《泛舟遊山錄》：「至天池禮文殊，求燈，閃爍合離，或在江南，或在近嶺，高者天半，低者掠地。」

道心：天道之理，天理。《書・大禹謨》：「人心惟危，道心惟微。」亦指悟道之心。《壇經・般若品》：「自若無道心，闇行不見道。」

雨後

天際微雲澹欲流，灑然涼意滿汀洲[1]。亭亭過雨紅蕖直，浥浥含風綠樹柔[2]。
墜粉蝶衣相慰藉，游絲蛛網互綢繆。最憐川上牛浮鼻，也似疲農得小休。

1. 灑然：清涼爽快。宋・蘇舜欽《處州照水堂記》：「遂構廣廈，且以照水題之，庨豁虛明，坐視千里，雖甚盛暑，灑然如秋。」
2. 浥浥：形容香氣濃鬱。蘇軾《自普照遊二庵》詩：「山行盡日不逢人，浥浥野梅香入袂。」

十餘年前曾遊廬山，樂其風景，而頗以林木鮮少為憾，所為詩有「樓臺已重名山價，料得家藏種樹書」之句。今歲復來，蘆林一帶樹木蒼然，因復為長句以紀之

落日猶銜萬仞山，田家難得飯餘閒。稻粱鳥雀紛爭後，果蓏兒童大獲還[1]。
重疊碧畦丹嶂上，參差紅瓦綠陰間。十年樹木非虛願，好為秋光一破顏。

【解題】蘆林：在廬山黃龍寺東，交蘆橋東南。

1. 蓏（luǒ ㄌㄨㄛˇ）：瓜類植物之果實。古代稱木實曰果，草實曰蓏。一說有核曰果，無核曰蓏。

即事

殘暑新涼勢欲爭，四山倏忽變陰晴[1]。日專花氣連雲氣[2]，風縱蟬聲雜雨聲。
白鹿臺前芳未歇，黃龍潭上水初平[3]。不妨弦月遲遲上，且看明河淡淡生[4]。

1. 倏（shū ㄕㄨ）：同「倏」。倏忽：指極短之時間。《戰國策．楚策四》：「（黃雀）晝遊乎茂樹，夕調乎酸鹹，倏忽之間，墜於公子之手。」
2. 摶（tuán ㄊㄨㄢˋ）：同「摶」，聚集。《管子．霸言》：「夫令，不高不行，不摶不聽。」
3. 白鹿臺：即白鹿升仙臺，在廬山花徑西北。相傳有人乘白鹿於此升仙，故名。黃龍潭：在神龍宮西。
4. 明河：即銀河。宋之問《明河篇》詩：「明河可望不可親，願得乘槎一問津。」

山行

箕踞松根得小休，蟲聲人語兩無尤。雲從石鏡山頭起，水向鐵船峰上流[1]。
初日乍添紅果豔，清霜未減綠陰稠。匡廬自是多顏色[2]，要放千林爛漫秋。

1. 石鏡山：即廬山石鏡峰。峰上有石如鏡，隱現無時，光潤如鑑，故名。李白《廬山謠寄盧侍御虛舟》詩：「閒窺石鏡清我心，謝公行處蒼苔沒。」鐵船峰：廬山峰名。相傳晉代許遜與吳猛乘鐵船，二龍挾舟行，戒舟人勿視，至紫霄峰，茂林戛擊有聲，舟人竊視，龍與船俱隳。故名。
2. 匡廬：廬山別稱。相傳殷周之際有匡俗兄弟七人結廬於此，故稱。

自佛手巖遠望，數峰秀軟殊絕，為作絕句四首

萬綠揉成數點山，煙舒雲卷意俱閒。可能摺疊為輕扇，着我清風兩袖間。

數峰青出雨餘天，淡暈濃皴悉自然[1]。誰使遠山添蘊藉[2]，密林如草草如煙。

1. 暈、皴：皆為中國畫之技法。
2. 蘊藉：含蓄而不顯露。

煙光新濕苧蘿衣[1]，邱壑渾如襞積微。寄語天風休着力，恐教吹作白雲飛。

1. 苧（zhù ㄓㄨˋ）蘿：山名，在浙江諸暨，相傳為西施之家鄉。故以指代西施。襞（bì ㄅㄧˋ）積：衣服上的褶襉。《漢書．司馬相如傳上》：「襞積褰縐。」

娟娟翠岫凌雲去，嫋嫋清波帶月還。一樣溫柔好情性，動時流水靜時山。

別盧山

年年歌盧山，盧山定厭聞。今當欲去時，語吐還復吞。上山遲延下山快，盧山不舍逐吾背。失聲一嘆據石坐，今日盧山太多態。回頭語盧山，毋為兒女顏。君不見潯陽江頭人造鳥[1]，已張兩翼遲我雲水間。建業與九江[2]，一日可往還。會當袖取鍾山一片石，投之三疊泉中鳴珊珊[3]。上山時日始暾[4]，下山時日已曛。千峰萬峰間，一一白雲屯。無問為晴為雨為朝昏。君為盧山峰，我為盧山雲。因風以時來，無合亦無分。揮手自茲去，山中茅屋雞犬之聲隱約猶可聞[5]。我見盧山夏，不見盧山秋。盧山秋色時，頗復念我不？諸兒競攝影，縮取山光置案頭。我則獨行吟，搜索枯腸入小休。

1. 潯陽江：長江流經江西九江北部之段。白居易《琵琶行》：「潯陽江頭夜送客，楓葉荻花秋瑟瑟。」人造鳥：指飛機。
2. 建業：南京古稱。戰國時楚築城名金陵，至秦朝改稱秣陵，東漢末孫權據此，改名建業。
3. 三疊泉：在盧山東南九疊谷。亦名三級泉、水簾泉。

4. 暾（tūn ㄊㄨㄣ）：日初出貌。《楚辭・九歌・東君》：「暾將出兮東方，照吾檻兮扶桑。」

5. 李白《送友人》詩：「揮手自茲去，蕭蕭班馬鳴。」

《老子》：「甘其食，美其服，安其居，樂其俗。鄰國相望，雞犬之聲相聞，民至老死不相往來。」

陶淵明《桃花源記》：「阡陌交通，雞犬相聞。」

二十五年結婚紀念日賦示冰如

依然良月照三更，回首當年百感並[1]。志決但期能共死，情深聊復信來生。

頭顱似舊元非望[2]，恩意如新不可名。好語相酬惟努力，人間憂患正縱橫。

【解題】二十五年：非指民國二十五年，乃指汪陳結婚二十五週年，實當一九三四年。按汪陳於一九一二年三月底正式結婚，此詩所謂「二十五年」乃自庚戌（一九一〇）二人約定婚姻之時開始計算。汪氏曾將此詩寫贈長女長婿，跋云：「二十三年三月三十一日二十五年紀念結婚賦此詩示冰如，而是日又為孟恒與仲蘊訂婚之期，越五年二月二十六日結婚，因錄此詩以貽二人。」參〔日〕上坂冬子《我は苦難の道を行く：汪兆銘の真実》（日本東京：文藝春秋株式會社，二〇〇二年）上卷，第一一六頁插圖。

1. 並（bīng ㄅㄧㄥ）：合。謝靈運《初去郡》詩：「顧己雖自許，心跡猶未並。」陳著《夜夢在舊京忽聞賣花聲有感至於慟哭覺而淚滿枕上因趁筆記之》詩：「久而方覺更哽塞，擁被危坐百感並。」

2. 元：本來。頭顱似舊：參《被逮口占》詩句：「引刀成一快，不負少年頭。」

太平角夜坐

近天風露自泠泠，波遠微光閃似螢。清絕玉簫聲裏月，萬山如睡一松醒。

【解題】一九三五年七月十五日汪精衛偕陳璧君等自上海飛赴青島養病，至八月十九日方返上海。太平角：青島一處海岬名。

斐然亭晚眺

蔚藍波染夕陽紅，天宇昭昭暮色融[1]。海作衣裾山作帶，飄然我欲去乘風。

【解題】斐然亭：在青島嶗山華嚴寺東之海濱。建於一九三三年，以紀當時青島市長沈鴻烈開發嶗山之功。沈字成章，故取《論語》「斐然成章」以名亭，亦寓意沈氏政績斐然。

1. 昭昭：明亮貌。《楚辭・九歌・雲中君》：「靈連蜷兮既留，爛昭昭兮未央。」

臥病青島，少瘉，試遊勞山，為詩紀之，得若干首

【解題】勞山：即嶗山。在山東青島，東臨嶗山灣，南瀕黃海，為道教名山。瘉（yù ㄩˋ）：同「愈」。痊癒。

人亦勞勞似此山[1]，卻慚偷得病餘閒。兩崖斧鑿痕如畫，珍重勞人汗點斑。

1. 勞勞：辛勞；忙碌。元稹《送東川馬逢侍御使回》詩：「流年等閒過，人世各勞勞。」

老槐深竹影交加[2]，行到勞山道士家。舊事嬌兒能記得，雪中曾折耐冬花[3]。

滿山奇石鬱輪囷[4]，水色清寒不受塵。自是老松先得地，也應留坐久行人。

小叢薄艷自娟娟，日炙凝脂暖欲然[5]。問得嘉名成一笑，鈴蘭斜插笠簷邊[6]。

2. 交加：錯雜。杜甫《春日江邨》詩之三：「種竹交加翠，栽桃爛熳紅。」

3. 耐冬：山茶科常綠灌木或小喬木。花期經冬歷春，故名耐冬。

4. 輪囷（qūn ㄑㄩㄣ）：盤曲貌。漢．鄒陽《獄中上書自明》：「蟠木根柢，輪囷離奇。」

5. 娟娟：姿態柔美貌。然：同「燃」。

6. 嘉名：美好之名字。屈原《離騷》：「皇覽揆余初度兮，肇錫余以嘉名。」鈴蘭：百合科多年生草本植物，花白而芳香，下垂如鈴，故名。

太清宮接上清宮，犖确纔令一徑通[7]。誰使遊人開倦眼，明霞洞口野花紅[8]。

7. 太清宮：在嶗山南部老君峰下。上清宮：在嶗山東南部，太清宮西北。
犖确：怪石嶙峋貌。韓愈《山石》詩：「山石犖确行徑微，黃昏到寺蝙蝠飛。」

8. 明霞洞：在嶗山南部崑崙山腰。民國《嶗山志》：「上如廈，石之環列若堵。戶牖皆天成也。」

兩峰缺處海天明，灼灼銀波媚晚晴[9]。一片清音聽不斷，松風直下接濤聲。

9. 灼灼：明亮貌。晉·傅玄《明月篇》：「皎皎明月光，灼灼朝日暉。」

纍纍香粟盡垂金，簇簇高粱過一尋[10]。農事漸閒蔬飯了，耦耕人坐綠榆陰[11]。

10. 粟：穀物名。北方通稱「穀子」。尋：古代長度單位。一般為八尺。

11. 耦（ǒu ㄡˇ）耕：二人並肩而耕。泛指農事或務農。

碧琉璃水接天長，翡翠屏風絢夕陽。左是山光右海色，中間花木蔭周行[12]。

12. 蔭（yìn ㄧㄣˋ）：遮蔽。周行（háng ㄏㄤˊ）：大路。《詩・小雅・大東》：「佻佻公子，行彼周行。」

華嚴寺口暮雲封[13]，石徑幽幽萬竹中。忽地方庭如潑水，一輪明月御天風。

13. 華嚴寺：在嶗山東麓那羅延山腰。

樹老天清萬壑秋，片雲峰頂自悠悠。勞人亦解霜侵鬢，莫怪勞山易白頭。

紫薇花發太平宮，語笑還登獅子峰[14]。若說石頭似獅子，諸松一一似游龍。

14. 紫薇花：落葉灌木或小喬木，夏秋開花，花期極長。太平宮：在嶗山上苑南坡。為宋太祖敕建之華蓋真人（劉若拙）道場。獅子峰：在太平宮東門外。有巨石形如獅，故名。

一亭遙出翠微顛，盡納煙波置檻前。日動光華霞散采，此時山水亦斐然[15]。

15. 斐然：有文采貌。

仰攀喬木俛幽宮[16]，路轉千巖萬壑中。海闊天空歸一覽，始知人在最高峰。

16. 俛（ㄈㄨˇ）：同「俯」。屈身；低頭。

蔥蘢石帶青松色，磊落松含白石姿。兩是勞山奇絕處，海灘回首欲歸遲。

出林澗水逝滔滔[17]，我亦從茲泛去舠。纔得迎來又送往，勞山終古太勞勞[18]。

17. 滔滔：水流貌。《詩．齊風．載驅》：「汶水滔滔，行人儦儦。」

18. 終古：自古以來。屈原《哀郢》：「去終古之所居兮，今逍遙而來東。」

秋日重過豁蒙樓

欄楯參差帶暮煙[1]，寺樓重過已經年。茫茫虎踞龍蟠地，黯黯鴻來燕去天[2]。
懷古傷今空有淚，絕人逃世苦無緣[3]。未黃木葉蕭疏甚，好把秋聲處處傳。

【解題】此詩又見《國聞週報》一九三四年第十一卷第四十七期，題作「重九日秋岳纕蘅釋堪諸君邀集豁蒙樓，因事未往，纕蘅代拈傳韻，亦無以應。昨日休沐偶得登臨，遂成長句」，文略異。

豁蒙樓：在南京雞鳴寺。張之洞為紀念「戊戌六君子」之楊銳而建，成於一九〇四年。樓名取自杜甫《贈秘書監江夏李公邕》詩句：「君臣尚論兵，將帥接燕薊。朗詠六公篇，憂來豁蒙蔽。」

1. 欄楯（shǔn ㄕㄨㄣˇ）：即欄杆。古時宮殿四面欄杆，縱者為檻，橫者為楯。
2. 虎踞龍蟠：形容形勢險要。舊亦特指南京。《景定建康志》：「諸葛亮曰：『鍾阜龍蟠，石城虎踞，真帝王之宅。』」《明史．馮國用傳》：「太祖嘗從容詢天下大計，國用對曰：『金陵龍蟠虎踞，帝王之都。』」

鴻來燕去：謂時序變換。宋．趙長卿《清平樂》詞：「鴻來燕去。又是秋光暮。冉冉流年嗟暗度。這心事、還無據。」

3. 絕人：與人世隔絕。漢．袁康《越絕書．外傳本事》：「貴其內能自約，外能絕人也。」逃世：避世；隱居。劉向《古列女傳．楚老萊妻》：「萊子逃世，耕於蒙山之陽。」

【評】陳衍《石遺室詩話》續編卷四：「一起便是豁蒙樓，樓對鍾山，俯後湖，為金陵最開敞處。三四語雅與題稱，五六興體，非賦體。」

方君璧妹以畫羊直幅見貽，題句其上

兀兀高岡[1]，茫茫曠野。青草半枯，紅日將下。陟砠而瘏[2]，哀吟和寡。臨崖卻顧，是何為者？君不見風蕭蕭兮木葉橫飛，家家砧杵兮念無衣[3]。羊之有毛兮亦如蠶之有絲，翦之伐之，其何所辭！恐皮骨之所餘，曾不足以療一朝之饑也噫！

【解題】此詩又見《民族詩壇》一九三八年第三期，題作「題方君璧畫羊直幅」，題註「二十四年春日」，文略異。

1. 兀兀：高聳貌。唐．楊乘《南徐春日懷古》詩：「興亡山兀兀，今古水渾渾。」

2. 陟（zhì ㄓˋ）：登，往高處走。砠（jū ㄐㄩ）：覆土之石山。瘏（tú ㄊㄨˊ）：疲乏。《詩．周南．卷耳》：「陟彼砠矣，我馬瘏矣。」

3. 無衣：見前《秋夜》詩之三註2。

題高劍父畫《鎮海樓圖》

夢裏樓臺幾變遷，畫圖猶是十年前。沈沈綠藪連滄海，矗矗紅棉界遠天[1]。

懷抱久如含瓦石，風塵原不涴山川[2]。白雲隱約題詩處，指點黃花更惘然[3]。

【解題】高劍父（一八七九—一九五一）：名崙，廣州番禺人。同盟會會員，曾任同盟會廣東分會會長。近代「嶺南畫派」創始人之一。

鎮海樓：俗名「五層樓」，在廣州越秀山，為「羊城八景」之一，今闢為廣州博物館。高氏《鎮海樓圖》（又名《五層樓圖》）作於一九二六年九月，現藏香港藝術館。

1. 沈沈：茂盛貌。藪：人或物聚集之所。綠藪即綠野。矗矗：高峻貌。紅棉：即木棉。花紅艷，故云。界：隔開，劃分。

2. 含瓦石：喻勞碌不安。《晉書．卞壼傳》：「阮孚每謂之曰：『卿恒無閒泰，常如含瓦石，不亦勞乎？』」

涴（wò ㄨㄛˋ）：污染。

3. 白雲、黃花：廣州有白雲山。其南麓有黃花崗七十二烈士墓。

二十五年一月病少間，展《雙照樓圖》，因作此詩以示冰如

松枝與梅花，來自月輪中。皎潔自有質，婉孌相為容[1]。歲晚多晦冥，瑤臺偶
一逢。聚影疏林下，欲語心忡忡[2]。自從涉世來，日在荊棘叢。只今霜霰至，
何以禦嚴冬。南枝方含和，北枝已烈風[3]。後凋以為期，相看漸飛蓬[4]。回頭
望來處，玉鑑明蒼穹[5]。昭質本無滓[6]，日光與之融。清輝澈下土，萬里卷纖
蒙[7]。悠悠山河影，歷歷涵虛空。縱橫著枝柯，映蔚成蔥曨[8]。寒色自凜凜，
生氣何芃芃[9]。冰雪誠摧傷，亦復相磨礲[10]。對此意感激，矯若雙飛虹。願葆
金石姿，頡頏以相從[11]。共命人間世[12]，不辭憂患重。百孔千瘡餘，一笑報已
豐。憂在己不力，豈在憂時窮。棲棲百年內，耿耿兩心同[13]。玉宇雖高寒[14]，
咫尺猶可通。蟾兔有缺時[15]，光明長在胸。何況如槃月[16]，正照小樓東。

【解題】一九三五年十一月一日，國民黨四屆六中全會於南京中央黨部召開，汪精衛在會上遇刺，身中三槍。至一九三六年一月仍在上海治療休養。少間（jiàn ㄐㄧㄢˋ）：病好了一些。枚乘《七發》：「伏聞太子玉體不安，亦少間乎？」

《雙照樓圖》：未詳誰氏所繪。按吳湖帆曾於一九三八年五月三十日為汪精衛繪《雙照樓圖》。

1. 婉孌：參《重九集掃葉樓》詩註4。
2. 忡忡（chōng ㄔㄨㄥ）：憂愁貌。《詩・召南・草蟲》：「未見君子，憂心忡忡。」
3. 含和：含有溫暖之氣。烈風：強風。《書・舜典》：「納於大麓，烈風雷雨弗迷。」
4. 後凋：參前詠木芙蓉詩第二首註5。

   飛蓬：參前《舟次檀香山書寄冰如》詩註4。
5. 玉鑑：喻明月。梅堯臣《次韻答王景彝聞余月下與內飲》詩：「仰頭看月見新鴻，形影雙飛玉鑑中。」
6. 昭質：光明之品質。《楚辭・離騷》：「芳與澤其雜糅兮，唯昭質其猶未虧。」
7. 蒙：雲氣。《漢書・揚雄傳上》：「翕赫曶霍，霧集蒙合兮。」明・呂坤《呻吟語・天地》：「造物之氣有十：……細氣，纖蒙浮渺之氣也。」
8. 蔥曨：同「蔥蘢」，明麗貌。杜甫《往在》詩：「鏡奩換妝黛，翠羽猶蔥曨。」
9. 芃芃（péng ㄆㄥˊ）：茂盛貌。《詩・鄘風・載馳》：「我行其野，芃芃其麥。」
10. 磨礱：磨治。引申為磨煉，切磋。

11. 金石姿：如金石般堅貞之品性。韓愈《北極一首贈李觀》詩：「方為金石姿，萬世無緇磷。」

頡頏（xié ㄒㄧㄝˊ / háng ㄏㄤˊ）：鳥上下飛貌。《詩．邶風．燕燕》：「燕燕于飛，頡之頏之。」

12. 共命：命運與共。人間世：人世；社會。語本《莊子．人間世》。李白《贈饒陽張司戶燧》詩：「蹉跎人間世，寥落壺中天。」

13. 棲棲（xī ㄒㄧ）：忙碌不安貌。《詩．小雅．六月》：「六月棲棲，戎車既飭。」百年：指人之一生。陶淵明《擬古》詩之二：「不學狂馳子，直在百年中。」

耿耿：心事鬱結貌。《詩．邶風．柏舟》：「耿耿不寐，如有隱憂。」

14. 蘇軾《水調歌頭》詞：「我欲乘風歸去，又恐瓊樓玉宇，高處不勝寒。」

15. 蟾兔：舊說月中有蟾蜍與玉兔，因為月之代稱。《古詩十九首．孟冬寒氣至》：「三五明月滿，四五蟾兔缺。」

16. 槃（pán ㄆㄢˊ）：同「盤」。

不寐

中庭看梅花，夜久風月冷。入門還滅燭，鑑此橫窗影。離離疎復密，瑟瑟亂還整[1]。逸氣方遠出，尺幅不能騁[2]。幻為清淺水，魚藻蔚相映[3]。虛明絕渣滓[4]，澹蕩含至靜。幽賞自有在，香色皆已屏。萬籟亦俱寂，塊然成獨醒[5]。顧慚立雪人[6]，不寐心自警。

1. 離離：隱約貌。盧綸《奉和戶曹叔夏夜寓直寄呈同曹諸公並見示》詩：「亂螢光熠熠，行樹影離離。」瑟瑟：象風吹枝葉之聲。
2. 逸氣：超脫世俗之氣質。曹丕《與吳質書》：「公幹有逸氣，但未遒耳。」尺幅：小幅之紙或絹。常指畫卷。騁：盡情放縱。
3. 魚藻：魚和水草。語本《詩．小雅．魚藻》：「魚在在藻，有頒其首。」
4. 虛明：空明。陶淵明《辛丑歲七月赴假還江陵夜行塗口》詩：「涼風起將夕，夜景湛虛明。」
5. 塊然：獨處貌。《荀子．君道》：「塊然獨坐，而天下從之如一體。」獨醒：獨自不寐。亦謂獨自清醒，不同流俗。《楚辭．漁父》：「屈原曰：『舉世皆濁我獨清，眾人皆醉我獨醒，是以見放！』」
6. 立雪：站在雪地中，本於南朝梁慧可拜達摩、宋楊時謁程頤故事。後以喻精誠求法或尊師重道。

印度洋舟中　二十五年三月

多情鐙火照更殘，露氣潛生筦簟寒[1]。自被瘡痍常損慮，轉令魂夢得粗安。蒼波尉月無微摺，碧宇箱星有密攢[2]，誰奏雞鳴風雨曲[3]，悄然推枕起長嘆。

【解題】一九三六年二月十九日，汪精衛赴德國療養（陳璧君未隨行），三月十七日抵法國馬賽。此為途中作。

1. 筦（guǎn ㄍㄨㄢˇ）簟：竹席。
2. 密攢（cuán ㄘㄨㄢˊ）：密集。楊萬里《太平瑞聖花》詩：「密攢文杏蘂，高結綵雲毬。」
3. 雞鳴風雨：喻政治黑暗，社會不安。語本《詩．鄭風．風雨》：「風雨如晦，雞鳴不已。」

代家書

病起扶筇陟彼岡[1]，果然日月得相望。寄聲不用遙相憶，數鴈天涯自一行。

末句用冰如舊句。

1. 筇（qióng ㄑㄩㄥˊ）：指手杖。陟（zhì ㄓˋ）：登。《詩．魏風．陟岵》：「陟彼岡兮，瞻望兄兮。」又《詩．周南．卷耳》：「陟彼高岡，我馬玄黃。」

日月相望：日月同現天中，暗託「雙照」之意。唐·釋道宣《廣弘明集》卷第七載衛元嵩《上武帝論釋書》：「總六合在一心，齊日月而雙照。」

感事

劍掛墳頭草不青，又將拂拭試新硎[1]。紅旗綠柳隨眸見，鳥語笳聲徹耳聽。松鼠忘機緣散策，天鵝貪餌逐揚舲[2]。春來萬物熙熙甚[3]，那識人間戰血腥。

【解題】一九三六年五月十二日，胡漢民在廣州去世。時蔣介石剿共方亟，日本亦藉口增兵華北。本詩又見《國聞週報》一九三七年第十四卷第二十六期〈采風錄〉，題作「羅痕公園」，文略異。

1. 掛劍：典出《史記·吳太伯世家》：「季札之初使，北過徐君。徐君好季札劍，口弗敢言。季札心知之，為使上國，未獻。還至徐，徐君已死，於是乃解其寶劍，繫之徐君冢樹而去。從者曰：『徐君已死，尚誰予乎？』季子曰：『不然。始吾心已許之，豈以死倍吾心哉！』」後以指懷念亡友或對亡友守信，亦以諱稱朋友逝世。
硎（xíng ㄒㄧㄥˊ）：磨刀石。試新硎：謂刀剛磨好。語本《莊子·養生主》：「今臣之刀十九年矣，所解數千牛矣，而刀刃若新發於硎。」喻初露鋒芒。

2. 散策：拄杖散步。杜甫《鄭典設自施州歸》詩：「北風吹瘴癘，羸老思散策。」

揚舲（líng ㄌㄧㄥˋ）：揚帆。南朝梁．劉孝威《蜀道難》詩：「戲馬登珠界，揚舲濯錦流。」

3. 熙熙：繁盛貌。《逸周書．太子晉》：「萬物熙熙，非舜而誰能？」

山中

初日在柴門，流水入清聽。青草眠白羊，桃花鬧而靜。

羅痕 時新得家書

乍憑疎雨洗郊坰[1]，日出風生水上亭。灩灩千紅酣似醉，泠泠萬綠快如醒。池鳧爭餌無倫次，林鹿窺人有性靈。報道江南春正好，莫搔旅鬢嘆星星[2]。

【解題】羅痕：德國地名，即巴特瑙海姆（Bad Nauheim），位於法蘭克福以北，以溫泉療養著稱。自此以下十首皆作於一九三六年汪氏赴歐養病期間。

1. 郊坰（jiōng ㄐㄩㄥ）：郊外。蘇軾《南歌子》詞：「夜來微雨洗郊坰，正是一年春好，近清明。」
2. 星星：頭髮花白貌。左思《白髮賦》：「星星白髮，生於鬢垂。」

春夜羅痕小湖邊微月下

殘陽忽已蛻，新月如繭眉[1]。零露一何繁，洗此娟娟姿。夜色幽更深，不厭清光微。春氣況沖融，觸處皆華滋[2]。行行入林樾，人影相因依[3]。女蘿蔓始生[4]，麂眼明疎籬。微風不生籟，但拂臨水枝。葉底見波光，黝白成參差。釣石得小坐，數此清陰移。花色亦可辨，草香生我衣。扁舟乍欸乃，已在天之涯。無因發微嘆，宿鳥為一飛。

1. 繭眉：猶蛾眉。何遜《照鏡》詩：「聊為半蠒眉，試染夭桃色。」「蠒」同「繭」。

2. 沖融：沖和，恬適。杜甫《寄司馬山人十二韻》詩：「望雲悲轗軻，畢景羨沖融。」華滋：枝葉繁茂。《古詩十九首．庭中有奇樹》：「庭中有奇樹，綠葉發華滋。」

3. 林樾（yuè ㄩㄝˋ）：樹林。唐．王績《遊北山賦》：「遂披林樾，進陟峗嶇。」因依：倚傍；依託。阮籍《詠懷》詩之八：「迴風吹四壁，寒鳥相因依。」

4. 女蘿：植物名，多附生松上，下垂如絲。《詩．小雅．頍弁》：「蔦與女蘿，施於松柏。」

瑞士道中

分流擘石互縈紆[1]，整頓山川入畫圖。潑翠園林新雨後，滲金樓閣夕陽初。天然風景元無異，人事綢繆愧不如[2]。好和湖光入尊酒，便尋幽夢到匡廬。

1. 擘（bò ㄅㄛˋ）：分開。縈紆：盤旋環繞。班固《西都賦》：「步甬道以縈紆，又杳窱而不見陽。」

2. 宋．文天祥《金陵驛》詩：「山河風景元無異，城郭人民半已非。」綢繆：糾結。蘇軾《故龍圖閣學士滕公墓誌銘》：「君子無黨，譬之草木，綢繆相附者，必蔓草，非松柏也。」

旅仙湖上

波光淡而恬，水聲輕以清。藹如仁者心，渾厚涵光明。於時宿雨收，天高地亦平。扁舟着其間，萬象迴環生。輕鷗非故人，相見已忘形。就掌啄餘餌，既得還飛鳴。和以扣舷歌，潛魚亦來聽[1]。何當泯猜嫌，物我皆康寧[2]。

【解題】旅仙湖：今譯琉森湖（Lake Lucerne，或譯盧塞恩湖），瑞士中部名勝。

1. 扣舷：手擊船舷為節拍。蘇軾《前赤壁賦》：「於是飲酒樂甚，扣舷而歌之。」
潛魚：猶流魚，「流」用同「沈」。水底之魚。《荀子．勸學》：「昔者瓠巴鼓瑟而流魚出聽，伯牙鼓琴而六馬仰秣。」
2. 猜嫌：猜忌怨尤。袁宏《後漢紀．桓帝紀下》：「樂羊，戰國陪臣，猶賴見信之主以全其功，況唐虞之朝而有猜嫌之事哉！」康寧：安寧。《書．多士》：「非我一人奉德不康寧。」

轡茲諾湖上望對岸山

萬壑如奔馬[1]，茲山最軼群。上峰曜冰雪，下谷幻煙雲。中嶺橫青翠，都教醉夕曛[2]。蒼茫何所見，泉響九天聞。

【解題】轡茲諾（Vitznau）：今譯維茨瑙，為瑞士中部小鎮，附近即琉森湖（旅仙湖）。

1. 辛棄疾《沁園春》詞：「疊嶂西馳，萬馬迴旋，眾山欲東。」
2. 夕曛：落日之餘輝。謝靈運《晚出西射堂》詩：「曉霜楓葉丹，夕曛嵐氣陰。」

幾司柏山上

平生所觀瀑，眾妙不可名。惟此幽且奇，每見心為傾。遠從雪山來，飛白遊青冥[1]。一擲最高峰，其勢如建瓴[2]。直下千丈强，石破天為驚。千巖萬壑間，往復還相縈。十步一換態，百步一換聲。蕩蕩入平湖，浮綠與天平。山深日已夕，新月猶未生。遙遙望四極，亹亹涵虛明[3]。山色如明罄，湖光如墨晶。畫筆所不到，寫以聲泠泠。胸中若冰雪，對此匹練橫[4]。有懷當如何，木末搴流星[5]。

【解題】幾司柏：即幾希柏（Giessbach），在瑞士。參前詩「瑞士幾希柏瀑布……」

1. 飛白：中國書畫有「飛白」之法，此處以喻瀑布。青冥：青蒼幽遠。指山嶺。唐．施肩吾《瀑布》詩：「豁開青冥顛，寫出萬丈泉。」
2. 建瓴：傾倒瓶中之水。形容居高臨下、不可阻擋。《史記．高祖本紀》：「（秦中）地勢便利，其以下兵於諸侯，譬猶居高屋之上建瓴水也。」
3. 四極：四方極遠之地。屈原《離騷》：「覽相觀於四極兮，周流乎天余乃下。」亹亹（wěi ㄨㄟˇ）：水流貌。左思《吳都賦》：「玄蔭耽耽，清流亹亹。」
4. 匹練：白絹。喻瀑布。
5. 木末：樹梢。屈原《九歌．湘君》：「采薜荔兮水中，搴芙蓉兮木末。」

廓羅蒙柏道中

青山相對出，懸瀑以百數。使我於其間，有目不遑顧。耳亦不遑聽，但覺風虎虎[1]。擊拊者誰歟？水枹而石鼓[2]。我聞山與水，二美不能具[3]。動靜惟其宜，剛柔各有寓。瀑也實兼之，得一已千古。況多多益善，四立若環堵[4]。試觀縱橫勢，逸氣惟所馭。山為飛且鳴，水為歌且舞。始知天地間，落落無窘步[5]。嗟哉沉憂人[6]，一笑豁眉宇。

【解題】本詩又見《國聞週報》一九三七年第十四卷第二十七期〈采風錄〉，題作「自鬱茲諾赴幾司柏道中書所見」，文略異。廓羅蒙柏（Trümmelbach）：即特呂默爾河瀑布群，位於勞特布倫嫩峽谷（Lauterbrunnen）之中。

1. 虎虎：象聲詞。形容聲音猛烈。
2. 擊拊（ㄈㄨˇ）：敲擊，拍打。《書．益稷》：「予擊石拊石，百獸率舞。」枹（ㄈㄨˊ）：鼓槌。
3. 具：完備；齊全。王勃《滕王閣序》：「四美具，二難並。」
4. 多多益善：越多越好。《史記．淮陰侯列傳》：「上問曰：『如我能將幾何？』信曰：『陛下不過能將十萬。』上曰：『於君何如？』曰：『臣多多而益善耳。』」

環堵：狹窄簡陋之居室。亦形容圍聚如牆。《禮記‧儒行》：「儒者有一畝之宮，環堵之室。」

5. 落落：錯落分明貌。元‧薩都剌《寄朱舜諮》詩：「落落江南山，一一青可數。」

窘步：步履艱難。屈原《離騷》：「何桀紂之昌披兮，夫唯捷徑以窘步。」

6. 沉憂：即沈憂，深憂。曹植《雜詩》之二：「去去莫復道，沈憂令人老。」

孚加巴斯山中書所見

夙聞最高峰，是瀑所來處。朝來仰天半，晦昧隱雲霧。攀躋自山足，問徑嗟屢誤。泉聲忽在耳，隱若導前路。隨之入山深，數數與之遇[1]。林木迭虧蔽[2]，巖岫雜吞吐。山腹陡中斷，石壁深且阻。巨壑哆其口[3]，眾水紛下注。谽谺仰一臼[4]，錯落受千杵。舂撞力不竭，拗折意彌忤。並驅不少讓，互蹙作飛舞。氣含冰雪冷，勢挾雷霆怒。旋轉生迴瀾，搖撼動底柱[5]。小石已虀粉，翕忽散復聚。大石厲其齒，初若相齟齬[6]。及其沸而白，轉乃相水乳。化為一川雲，溶溶下山去。山肩石更峭，犖确無寸土[7]。冰澌所淬厲，黝若生鐵鑄。

其隙生小花，緻緻作霜縷[8]。亦有蠖屈松，老幹纔尺五。餘卉摧已盡，猨鳥失所據。飢鷹不得食，空際盤旋苦。喘息及山頂，足繭難再步。上有天可仰，下無地可俯。湖光廣百畝，深可十丈許。萬古冰與雪，盡向此中貯。酥融為玉液，寒碧鑒心腑。源清有如此，流長固其所[9]。欣然試一掬，更與作洄溯。

【解題】孚加巴斯：即富爾卡山口（Furka Pass），位於瑞士烏里州和瓦萊州交界處。

1. 數數（shuò ㄕㄨㄛˋ）：屢次；常常。《漢書．李陵傳》：「立政等見陵，未得私語，即目視陵，而數數自循其刀環。」
2. 虧蔽：遮掩。宋之問《自衡陽至韶州謁能禪師》詩：「迴首望舊鄉，雲林浩虧蔽。」
3. 哆（chǐ ㄔˇ）：張口。《詩．小雅．巷伯》：「哆兮侈兮，成是南箕。」
4. 谽谺（hān ㄏㄢ / xiā ㄒㄧㄚ）：山谷空曠貌。盧照鄰《五悲．悲昔游》：「當谽谺之洞壑，臨決咽之奔泉。」
5. 底柱：亦作「砥柱」，原為黃河三門峽急流中之山名，其形如柱。今已不存。
6. 齟齬（jǔ ㄐㄩˇ / yǔ ㄩˇ）：上下齒不相對應。喻參差不齊或抵觸不合。
7. 犖确：怪石嶙峋貌。韓愈《山石》詩：「山石犖确行徑微，黃昏到寺蝙蝠飛。」
8. 緻緻（zhì ㄓˋ）：細潤光滑貌。唐．韓偓《屐子》詩：「方寸膚圓光緻緻，白羅繡屧紅托裏。」霜縷：喻白髮。

9. 所：宜；適宜。《易．繫辭下》：「交易而退，各得其所。」

聖莫利茲山上

翠微深處碧淪漪，清絕朝暉欲上時。萬柏自搖風露影，四山為寫雪霜姿。舉頭已有天堪問，託足元無世可遺[1]。漸不勝寒猶不去，振衣高詠太沖詩[2]。

山高合中國七千尺，故以左太沖「振衣千仞岡」之句為咏

【解題】聖莫利茲：即瑞士東南部聖莫里茨（St. Moritz）。本詩又見《國聞週報》一九三七年第十四卷第十九期〈采風錄〉，末有自註云：「山在瑞士，高七千尺，有湖在山巔，小而清深，七八月間積雪如隆冬。」

1. 問天：訴問於天。王逸《天問序》：「《天問》者，屈原之所作也。何不言問天？天尊不可問，故曰天問也。」託足：立足，安身。《世說新語．識鑒》：「吾本謂度江託足無所。爾家有相，爾等並羅列吾前，復何憂！」遺世：超脫塵世。晉．孫綽《遊天臺山賦》：「非夫遺世玩道，絕粒茹芝者，烏能輕舉而宅之。」

2. 太沖即左思。其《詠史》詩之五：「振衣千仞岡，濯足萬里流。」

重過麗蒙湖

雲外飛樓月下舟，八年前此共清遊。湖之於我仍青眼[1]，山亦猶人更白頭。小作勾留差似燕，了無罣礙不如鷗[2]。憑欄感慨知何益，領取川原澹蕩秋。

1. 青眼：謂對人喜愛或器重。《晉書．阮籍傳》：「籍又能為青白眼。見禮俗之士，以白眼對之。及嵇喜來吊，籍作白眼，喜不懌而退；喜弟康聞之，乃賫酒挾琴造焉，籍大悅，乃見青眼。」
2. 勾留：逗留；停留。白居易《春題湖上》詩：「未能拋得杭州去，一半勾留是此湖。」罣（guà ㄍㄨㄚˋ）礙：佛教指心有迷障，未能悟脫。《般若波羅蜜多心經》：「菩提薩埵，依般若波羅蜜多故，心無罣礙。」

自題詩集後

足繭山仍遠[1]，悠然興不窮。小休何處好，風日綠陰中[2]。

1. 足繭：同「足趼」，指脚掌因磨擦而生出硬皮，喻跋涉辛勞。杜甫《觀公孫大娘弟子舞劍器行》詩：「老夫不知其所往，足繭荒山轉愁疾。」
2. 風日：風與日。陶潛《五柳先生傳》：「環堵蕭然，不蔽風日。」

譯詩

饞猴望鄰樹，涎墮果離離[1]。既貪得佳餌，又怯緣高枝。守者況眈眈[2]，捷取亦可危。欲進多虞心[3]，欲退宜有辭。此果不中食，孰云甘如飴。盜泉與惡木[4]，豈屑一顧之！平生有微尚[5]，見得能自持。歸家饜榛栗[6]，詎不療吾飢。嗟哉古詩人，曠達類如斯。誠知無大害，亦復可攢眉[7]。

1. 見前《飛花》詩註 1。

2. 眈眈：警戒注視貌。《易・頤》：「虎視眈眈，其欲逐逐。」

3. 虞：憂慮，憂患。《國語・晉語四》：「衛文公有邢狄之虞，不能禮焉。」

4. 盜泉：古泉名。在今山東泗水縣。《尸子》卷下：「（孔子）過於盜泉，渴矣而不飲，惡其名也。」惡木：賤劣之樹。陸機《猛虎行》：「渴不飲盜泉水，熱不息惡木陰。」李善註引《管子》：「夫士懷耿介之心，不蔭惡木之枝。」

5. 微尚：微小之志趣、意願。常用作謙詞。謝靈運《初去郡》詩：「伊余秉微尚，拙訥謝浮名。」

6. 饜（yàn ㄧㄢˋ）：飽食。

7. 攢眉：皺眉。憂愁或痛苦之態。漢・蔡琰《胡笳十八拍》：「攢眉向月兮撫雅琴，五拍泠泠兮音彌深。」

曉起

連宵雨未歇，簾幕閟深沉[1]。光風扇庭除[2]，始知春已深。脩竹媚新苔，瑟瑟布輕陰。幽花不能言，韻之以青禽。病骨如朽株，勾萌或相尋[3]。勞心如蟄蟲，趯趯將不禁[4]。

1. 閟（bì ㄅㄧˋ）：阻隔，遮蔽。江淹《別賦》：「春宮閟此青苔色，秋帳含茲明月光。」
2. 光風：雨霽日出時之和風。《楚辭．招魂》：「光風轉蕙，氾崇蘭些。」庭除：即庭院。陶淵明《擬古》詩之七：「日暮天無雲，春風扇微和。」
3. 勾萌：草木之嫩芽。《隋書．音樂志下》：「勾萌既申，芟柞伊始。」
4. 勞心：憂心。《詩．齊風．甫田》：「無思遠人，勞心忉忉。」
趯趯（tì ㄊㄧˋ）：跳動貌。《詩．召南．草蟲》：「喓喓草蟲，趯趯阜螽。」

舟夜（二十五年十二月）

到枕濤聲疾復徐，關河寸寸正愁予[1]。霜毛搔罷無長策[2]，起剔殘鐙讀舊書。

【解題】一九三六年十二月十二日突發西安事變，二十一日汪精衛自意大利熱那亞啟程回國。

1. 愁予：使我憂愁。屈原《九歌．湘夫人》：「帝子降兮北渚，目眇眇兮愁予。」
2. 霜毛：白髮。韓愈《答張十一功曹》詩：「吟君詩罷看雙鬢，斗覺霜毛一半加。」
長策：好計策。《史記．平津侯主父列傳》：「靡獘中國，快心匈奴，非長策也。」

海上望月作歌

暮雲澹盡河星稀。皓月徐升海之湄。冰輪未高光未滿，已覺颯颯清風吹。

鯨波萬里如燃脂。群動蟄蟄喘且疲[1]。一時冰雪忽照眼，豈止渴咽餐瓊糜[2]。

嗟哉素娥聖且慈。清輝所被無偏私。廣寒大開來熙熙。行歌起舞惟其宜。

夜深人靜聲影微。潛魚不躍烏不飛。孤光一點定中移[3]。青天四垂水四圍。

亭亭脈脈將何依。棲棲皇皇終不辭[4]。上天下地隨所之。入火不灼水不漓[5]。

勞勞眾生良可悲。三五二八須臾期[6]。同光共影勿復疑。試吸沆瀣甘如飴[7]。

嗟哉素娥聖且慈。我欲作歌窮於詞。

【解題】本詩又見《國聞週報》一九三七年第十四卷第二十五期〈采風錄〉，題作「紅海舟中熱甚，既而月出，瞻望作歌」，文略異。

1. 群動：各種動物。陶淵明《飲酒》詩之七：「日入群動息，歸鳥趨林鳴。」蟄蟄：眾多貌。《詩·周南·螽斯》：「螽斯羽，揖揖兮，宜爾子孫，蟄蟄兮。」

2. 瓊糜：玉屑。傳說食之可以延年。屈原《離騷》：「折瓊枝以為羞兮，精瓊靡以為粻。」「靡」同「糜」。

3. 孤光：孤獨之光，多指日光或月光。杜甫《王兵馬使二角鷹》詩：「中有萬里之長江，迴風滔日孤光動。」
4. 棲棲（xī ㄒㄧ）：忙碌不安貌。《論語．憲問》：「丘何為是棲棲者與？無乃為佞乎？」皇皇：彷徨不安貌。《禮記．檀弓上》：「既葬，皇皇如有望而弗至。」
5. 濡：沾濕。《史記．秦始皇本紀》：「真人者，入水不濡，入火不爇，陵雲氣，與天地久長。」
6. 三五：農曆每月十五。二八：農曆每月十六。皆為月圓之日。
7. 同光共影：韓愈《東方未明》詩：「嗟爾殘月勿相疑，同光共影須臾期。」沆瀣（hàng ㄏㄤˋ / xiè ㄒㄧㄝˋ）：夜間之霧氣、露水等。《楚辭．遠遊》：「餐六氣而飲沆瀣兮，漱正陽而含朝霞。」

紫雲英草可肥田，農家喜種之，一名「荷花浪浪」。取以入詩

紫雲英發水天紅，饁婦耕夫笑語同。識得江南名物否？荷花浪浪醉春風。

粵諺「春日人倦，為牛借力」，言牛借其力以行田也。語有奇趣，取以入詩

夢回布穀喚聲中[1]，一枕殘書讀未終。憊矣真疑牛借力，蘧然還作馬行空[2]。
雲開川上鱗鱗日，雨過亭前翼翼風[3]。一笑尚餘强項在，荷鋤渾不後村童。

1. 布穀：鳥名。即大杜鵑，常於春夏之交播種時鳴叫，故名。
2. 蘧（qú ㄑㄩˊ）然：驚喜貌。《莊子．大宗師》：「成然寐，蘧然覺。」
3. 鱗鱗：明亮貌。唐．張謂《九日宴》詩：「秋葉風吹黃颯颯，晴雲日照白鱗鱗。」
翼翼：飛動貌。《後漢書．張衡傳》：「紛翼翼以徐戾兮，焱回回其揚靈。」

飛機上作

落落青冥意所便[1]，風生河漢更泠然。身乘彩鳳雙飛翼，日盡齊州九點煙[2]。
黑子縱橫雲下壘，綠陰方罫雨中田[3]。媧皇有恨終須補，地圻東南水接天[4]。

1. 落落：清明貌。陶淵明《讀山海經》詩之三：「亭亭明玕照，落落清瑤流。」青冥：即青天。便（pián ㄆㄧㄢˊ）：安適。《楚辭．大招》：「魂乎歸徠，恣所便只。」
2. 李商隱《無題》詩：「身無彩鳳雙飛翼，心有靈犀一點通。」齊州：猶中州，指中國。李賀《夢天》詩：「遙望齊州九點煙，一泓海水杯中瀉。」
3. 黑子：黑點。亦特指圍棋之黑子。方罫（guǎi ㄍㄨㄞˇ）：棋盤上之方格。三國吳．韋昭《博弈論》：「然其所志不出一枰之上，所務不過方罫之間。」
4. 媧皇：即女媧。中國神話之人類始祖，曾煉五色石補天。地拆東南：《淮南子．天文訓》：「昔者共工與顓頊爭為帝，怒而觸不周之山。天柱折，地維絕。天傾西北，故日月星辰移焉；地不滿東南，故水潦塵埃歸焉。」

郊行書所見

穀雨清明一瞬中，郊原秀色已浮空。遙青暖受濛濛日[1]，新綠柔含濕濕風。宿釀乍開娛父老，春衣初試炫兒童。艱難一遇豐年樂，願得和聲處處同[2]。

1. 遙青：遠山。
2. 和聲：和樂之聲。《左傳．昭公二十一年》：「故和聲入於耳，而藏於心。」

釣臺

盛時出處自從容[1]，留得高臺有釣蹤。卻憶山川重秀日，鴟夷一棹五湖東[2]。
苔蘚侵尋蝕舊碑，江山風雨助淒其[3]。新亭收淚猶能及，莫待西臺慟哭時[4]。

【解題】一九三七年六月五日汪精衛偕陳璧君等自南京飛赴杭州，七日飛返南京。釣臺：在浙江桐廬富春山。相傳為東漢嚴子陵隱居垂釣處。

1. 出處（chǔ ㄔㄨˇ）：出仕和隱退。《易．繫辭上》：「君子之道，或出或處。」
2. 鴟夷：即鴟夷子皮，春秋時越國大夫范蠡之號。《史記．越王勾踐世家》：「范蠡浮海出齊，變姓名，自謂鴟夷子皮。」又：相傳越王勾踐滅吳後，范蠡攜西施隱居五湖。《吳地記》引《越絕書》：「西施亡吳國後，復歸范蠡，同泛五湖而去。」
3. 侵尋：漸進。淒其：寒涼貌。《詩．邶風．綠衣》：「絺兮綌兮，淒其以風。」亦引申為淒涼悲傷。
4. 西臺：臺名。在浙江桐廬富春山。為宋遺民謝翱哭文天祥處。謝翱有《登西臺慟哭記》以志其事。

別廬山三年矣，舟至九江望見口占

纔接嵐光眼便醒，別來蹤跡似飄萍。慚君不帶風塵色，更為行人着意青。

【解題】一九三七年七月三日，汪精衛偕陳璧君等自南京抵九江，即日轉赴廬山參加談話會，商討對日政策及黨務等問題。二十九日返南京。

廬山道中

積翠為前導，何知路阻長[1]。松香蒸日氣，草色展煙光。嶺盡全湖見，峰凹半刹藏。詩成剛擲筆，雲海已茫茫。

1. 積翠：翠色重疊。形容草木茂盛之狀。阻長：道路艱險且遙遠。《詩・秦風・蒹葭》：「溯洄從之，道阻且長。」

二十七年四月二十九日始至長沙，詣嶽麓山謁黃克强先生墓。以舊曆計之，適為三月二十九日也

黃花嶽麓兩聯綿，此日相望倍惕然[1]。百戰山河仍破碎，千章林木已風煙[2]。

國殤為鬼無新舊，世運因人有轉旋[3]。少壯相從今白髮，可堪攬涕墓門前[4]。

【解題】黃興（一八七四—一九一六），原名軫，字克强。湖南善化（今長沙）人，清末革命黨領袖，與孫中山並稱「孫黃」。一九一六年十月三十一日病逝於上海，次年歸葬嶽麓山。廣州起義（黃花崗起義）在農曆辛亥三月二十九（公曆一九一一年四月二十七日）。汪精衛於一九三八年四月二十九日自漢口抵長沙，之後赴南嶽遊覽，五月上旬返漢口。

1. 黃花：指廣州黃花崗。惕然：憂慮貌。元稹《兩省供奉官諫駕幸溫湯狀》：「六軍守衛於空宮，百吏宴安於私室，忝為臣子，誰不惕然。」

2. 千章：千株大樹。《史記．貨殖列傳》：「水居千石魚陂，山居千章之林。」

風煙：喻戰亂，戰火。高適《信安王幕府詩》：「四郊增氣象，萬里絕風煙。」

3. 國殤：為國犧牲者。屈原《九歌》有《國殤》篇。鮑照《代出自薊北門行》：「投軀報明主，身死為國殤。」

世運：時代盛衰治亂之氣運。漢．班彪《王命論》：「驗行事之成敗，稽帝王之世運。」轉旋：扭轉，挽回。

4. 攬涕：同「擥涕」，揮淚。《楚辭．九章．思美人》：「思美人兮，擥涕而竚眙。」

自長沙至衡山，通衢修潔，夾植桐樹，清陰瑟瑟，可覆行人，花方盛開，香氣蓊勃。道旁居民俟其實熟，榨以取油，既可自贍，亦以養路。為作二絕句

浩浩香風未有涯，離離花影正交加[1]。惜花須似桐花鳳[2]，但領花香不礙花。

夾道青青不染塵，雨餘風日更清新。行人自在桐陰下，便是桃源洞裏人[3]。

1. 離離：見前《不寐》詩註1。

2. 桐花鳳：鳥名。以暮春時棲集於桐花而得名。唐．李德裕《畫桐花鳳扇賦序》：「成都夾岷江磯岸，多植紫桐，每至暮春，有靈禽五色，小於玄鳥，來集桐花，以飲朝露。及華落則煙飛雨散，不知其所往。」

3. 桃源：「桃花源」之省稱。語本陶淵明《桃花源記》，謂有漁人自桃花源入一山洞，見世外之樂土。後以指避世隱居之地，亦指理想之境。

南嶽道中杜鵑花盛開，為作一絕句

果然火德耀南華[1]，一變嵐光作紫霞。四萬萬人心盡赤，定教開徧自由花。

【解題】南嶽：五嶽之一，即湖南衡山。杜鵑花：又名映山紅。

1. 火德：南嶽祀火神祝融，故以稱南嶽之神。宋．姜夔《鐃歌吹曲．沅之上》：「岧岧鎮山，火德之紀。真人方興，百神仰止。」又杜鵑花紅艷如火，故云。南華：即華南，南中國。

登祝融峰

直上祝融峰，遠望八千里。蒼茫雲海間，不辨湘資與沅澧[1]。古來此中多志士，國難之深有如此。嘘嗟乎！山花之丹是爾愛國心，湘竹之斑是爾憂國淚[2]。

【解題】祝融峰：衡山主峰，在湖南衡陽境內，海拔一千二百九十公尺。

1. 湘資沅澧：即湘水、資水、沅水、澧水，皆在湖南境內。
2. 湘竹：即湘妃竹，又名斑竹。參前《三賦紅葉》詩註2。

杜鵑花

昏嗁到曉恨無涯，嗁徧春城十萬家。血淚已枯心尚赤，更教開作斷腸花。

【解題】《古今》第二期卷首插圖手迹題作「詠杜鵑花絕句」。

下祝融峰過獅子巖

祝融峰上日初懸，獅子巖前破曉煙。五曲清湘光瀉地，四圍列岫遠浮天。嶠雲自戀前賢樹，石筧同甘老女泉[1]。最是老農能力作[2]，深山處處有梯田。

衡山無奇絕處，惟祝融一峰巋然獨峙，四圍群山撲地，繚繞天末。清湘五曲，昭晰可見，此景他山所未有也。獅子巖前有松數株，極古茂，一株已朽，傳羅念菴所手植。自祝融峰至上封寺，有石筧長可二里，引泉入寺，傳有老女憫寺僧汲水之艱，鳩工鑿石為之，此可紀也。

【解題】獅子巖：在南嶽南天門石牌坊上方，有巨石屹立，如獅踞地，故名。

1. 前賢：指羅洪先（一五〇四——一五六四）。羅字達夫，號念菴，江西吉水人，嘉靖八年（一五二九）狀元，陽明學派重要人物。餘參詩末自註。

石筧（jiǎn ㄐㄧㄢˇ）：石製引水槽。老女泉：即祝融峰太陽泉，泉有石槽引水通上封寺。相傳石槽為唐代四川一老處女捐資修建，故名。

2. 力作：努力勞作。《韓非子．六反》：「力作而食，生利之民也。」

飛機上作

疆畝縱橫綠野恢[1]，禾苗如水樹如苔。老農筋力消磨盡，留得川原錦繡開。

1. 疆畝：田地之疆界。宋．李心傳《建炎以來繫年要錄》卷一百八十：「吏每於歲首步頃畝，視賕之薄厚為予奪，疆畝所接皆苦之。」恢：寬廣。

七月八日晚泊木洞，明日可抵巴縣矣

峽掩重門靜不棼，檥舟猶及未斜曛[1]。月牙影浸玻璃水，日腳光融琥珀雲。沙際雁鵝方聚宿，天中牛女又離群[2]。川流東下人西上，惆悵濤聲枕畔聞。

【解題】此詩紀日似有誤。按一九三八年七月八日汪精衛尚在漢口參加第一次國民參政會。八月一日方自漢口赴重慶，五日抵達。

木洞：重慶轄下鎮名，位於明月峽出口處之長江南岸。巴縣：今為重慶巴南區。

1. 峽：指明月峽。棼（fén ㄈㄣˋ）：紛亂。檥（yǐ ㄧˇ）：使船靠岸。
2. 牛女：牽牛、織女兩星。潘岳《西征賦》：「儀景星於天漢，列牛女以雙峙。」

舟夜（二十八年六月）

臥聽鐘聲報夜深，海天殘夢渺難尋。柁樓欹仄風仍惡[1]，鐙塔微茫月半陰。良友漸隨千劫盡，神州重見百年沉[2]。淒然不作零丁嘆[3]，檢點生平未盡心。

【解題】一九三九年五月三十一日汪精衛自上海飛日本交涉中日問題，六月十八日乘船自日本返天津。

1. 柁樓：船上操舵之室，亦指後艙室。因高起如樓，故稱。欹仄：傾斜。

2. 良友：指方君瑛、曾仲鳴等人。參前詩《自都魯司赴馬賽歸國留別諸弟妹》解題。

神州重見百年沉：喻國土淪陷。《世說新語．輕詆》：「桓公入洛，過淮泗，踐北境，與諸僚屬登平乘樓，眺矚中原，慨然曰：『遂使神州陸沉，百年丘墟，王夷甫諸人不得不任其責！』」

3. 零丁：孤獨無依貌。宋．文天祥《過零丁洋》詩：「零丁洋裏嘆零丁」。

夜泊

雨底孤篷夢乍回，蘋花香傍水田開。浪聲恬適知風定，雲意空靈識月來。

囂蛤吠人如有恃，饕蚊繞鬢若無猜。尋思物我相忘理，演雅當年費盡才[1]。

1. 演雅：演即推演、闡發；雅指古代名物訓詁類著作，如《爾雅》、《廣雅》等。宋代黃庭堅有《演雅》詩。

不寐

憂患滔滔到枕邊，心光鐙影照難眠。夢迴龍戰玄黃地，坐曉雞鳴風雨天[1]。不盡波瀾思往事，如含瓦石愧前賢[2]。郊原仍作青春色，酖毒山川亦可憐[3]！

張孝達《廣雅堂集》「金陵雜詠」有云：「兵力無如劉宋強，勵精圖治是蕭梁。緣何不享百年祚，酖毒山川是建康。」其然豈其然乎[4]

1. 龍戰玄黃：喻戰亂。《易．坤》：「龍戰於野，其血玄黃。」雞鳴風雨：見前詩《印度洋舟中》註3。
2. 含瓦石：見前詩《題高劍父畫〈鎮海樓圖〉》註2。
3. 酖（zhèn ㄓㄣˋ）毒：毒酒，亦引申為毒害。
4. 張之洞（一八三七—一九〇九），字孝達，直隸南皮（今河北南皮）人。晚清重臣，洋務派代表人物之一。

久旱既而得雨

夢回涼意入鐙檠[1]，向曉千家曳屐聲。雲腳四垂天漠漠，獨看新綠雨中明。

1. 鐙檠：即燈檠，燈架。陸游《冬夜讀書》：「莫笑燈檠二尺餘，老來舊學要耘鉏。」

夏夕

萬葉空靈受月光，隔林徐度水風長。平鋪一簟天階上[1]，消受人間片晌涼。

1. 天階：舊指宮殿之臺階。張衡《東京賦》：「登聖王於天階，章漢祚之有秩。」杜牧《秋夕》詩：「天階夜色涼如水，臥看牽牛織女星。」此處指高樓之臺階。

去臘微雪後，至立春七日始得大雪，適又為上元後一日也，詩以紀之

辛巳初春

立春七日雪盈途，時過猶能澤萬枯。引領幾疑天雨粟，驚心真已米如珠[1]。花前雁後思何限[2]，月色鐙光景未殊。最是老梅能耐冷，朝來添得幾分腴。

【解題】上元即農曆正月十五。辛巳立春後七日、上元後一日即公曆一九四一年二月十一日，汪精衛在南京。

1. 天雨粟：天上下粟米。《淮南子．本經訓》：「昔者蒼頡作書，而天雨粟、鬼夜哭。」高誘註：「蒼頡始視鳥跡之文造書契，則詐偽萌生，詐偽萌生則去本趨末、棄耕作之業而務錐刀之利。天知其將餓，故為雨粟。」此處喻下雪。米如珠：米如珍珠之珍貴。指物資匱乏以致物價高昂。
2. 花前雁後：謂思鄉。語本隋．薛道衡《人日思歸》詩：「人歸落雁後，思發在花前。」

冰如手書陽明先生答聶文蔚書及余所作述懷詩合為長卷，繫之以辭，因題其後。時為中華民國三十年四月二十四日，距同讀《傳習錄》時已三十三年，距作述懷詩已三十二年矣

我生失學無所能，不望為釜望為薪[1]。曾將炊飯作淺譬，所恨未得飽斯民。
三十三年叢患難，餘生還見滄桑換。心似勞薪漸作灰，身如破釜仍教爨。
多君黽勉證同心，撫事傷時殆不任[2]。縱橫憂患今方始，敢說操危慮亦深[3]。

【解題】聶文蔚：聶豹（一四八七——一五六三）字文蔚，江西吉安人，王陽明弟子。《傳習錄》為王陽明之語錄與論學書信集，收《答聶文蔚書》兩篇。《述懷》詩見《小休集》。

1. 失學：謂失去上學機會或中途輟學。汪精衛《自述》（一九三三）云：「至於我的學業，因為只受過『子曰先生』的教育，當然所謂外國文、算術、體操等等都談不到。十六歲以後，輪到自己做『子曰先生』了，不但談不到，因為時間與經濟的關係，連夢也夢不到。所以我的一生，缺乏普通學識，連身體也呆笨不靈，這是提起來便慚愧的。」
為釜為薪：汪精衛《革命之決心》（一九一〇）：「是故不畏死之勇，德之烈者也；不憚煩之勇，德之貞者也。二者之用，各有所宜，譬之炊米為飯，盛之以釜，爇之以薪。薪之始燃，其光熊熊，轉瞬之間，即成煨燼，然體質雖滅，而熱力漲發，成飯之要素也；釜之為用，水不能蝕，火不能

鎔，水火交煎逼，曾不少變其質，以至於成飯，其熬煎之苦至矣！斯亦成飯之要素也。嗚呼！革命黨人，將以身為薪乎？抑以身為釜乎？亦各就其性之所近者，以各盡所能而已。革命之效果，譬則飯也；待革命以蘇其困之四萬萬人，譬則啼饑而待哺者也。革命黨人以身為薪，或以身為釜，合而炊飯，俟飯之熟，請四萬萬人共饗之！」

又：汪精衛於入京行刺前曾以八字血書致胡漢民：「我今為薪，兄當為釜。」

2. 多：稱讚。李白《敘舊贈江陽宰陸調》詩：「多君秉古節，嶽立冠人曹。」黽（mǐn ㄇㄧㄣˇ）勉：勉勵。同心：志同道合。

《詩．邶風．谷風》：「黽勉同心，不宜有怒。」

不任（rén ㄖㄣˋ）：不能忍受或不能勝任。

3. 操危慮深：志節高邁，憂慮深重。《孟子．盡心上》：「獨孤臣孽子，其操心也危，其慮患也深，故達。」元．趙汸《周易文詮．明夷》：「主難於去位，難於行志，不正則失身，直道則賈禍。惟操危慮深，隱忍以行其志，委曲以盡其忠，如此艱難以守其貞，乃不唯唯以徇非，復不矯矯以激怒，而為臣道之利。」

附：汪精衛《〈陽明與禪〉跋》

余十三四歲時，晨入塾從塾師習舉業，日將晡，自塾歸家，取父所藏書，手一二冊，升屋瓦踞坐，就夕陽光中讀之，至曛墨始已。所讀之書較之舉業，遙為有味，王陽明《傳習錄》其最愛讀者也。二十歲後留學日本，在神田書肆得王陽明雜誌百餘冊，其他研究王學之書亦最夥。其後離東京至南洋各埠從事革命宣傳，書籍不獲攜以自隨。數年之間，散失盡矣。己酉之冬復至東京，與冰如數數論及陽明學，余輩非能知陽明者，然惡程朱之瑣碎，且流於矯揉，故樂陽明之正直光明，表裏如一，而於「知而不行，只是不知」之說，尤所服膺。凡此皆精神修養之事，至於物理，非用科學方法，無以求知，此別為一事，未可以求全責備之心對古人也。里見常次郎所著《陽明與禪》一書，余所見不能盡同，然可取以為引申討論之資，故且讀且譯，以授冰如。未幾，冰如入京，余繼之，繼而余被執，繫於刑部獄，一年有餘始出，不惟書籍，平生所屬文字稿無一存者。自是以二十有餘年，出國數數，即在國內，東西南北，霍霍不定期居，最近兩年，始築屋於南京中山門外陵園新村，圖籍文稿，稍稍復聚。而昨年十二月間，首都淪陷，居宅化為灰燼，綜計三十年前所為文字，其稿尚存者，惟此譯本而已。此則冰如之勤於將護乃克致此，雖譯文未善，而當時切磋學問之樂，於此乃得以追溯，其感慨為何如也。當時所譯至第二編而止，今補譯第三編以下，俾成完本，而跋其經過始末於此。

中華民國二十七年二月二十八日　汪兆銘精衛識。

冰如以盧子樞所畫長卷見贈，因題其後

幼讀淵明詩，每作山林想[1]。北江幽絕處[2]，一舸數來往。他年任耕稼，於此得片壤。閒來取書讀，便在羲皇上[3]。弱冠攖世變[4]，此樂不敢望。崎嶇塵土中，舉步即羅網。偶逢佳山水，耳目始一放。蹉跎將六十，人事益搶攘[5]。登臨久已廢，歸夢餘惝怳[6]。蟄居不出戶，自詭因鞅掌[7]。屋梁風雨夕，白首空自仰。孟光有深意[8]，把卷邀共賞。青山千萬疊，茅屋著三兩。苕苕俯洲渚，翳翳傍林莽[9]。依依見樵跡，隱隱聽漁唱。蒼茫煙水外，天地忽開朗。川原相秀發[10]，雲日同澹蕩。有如歷三峽，山盡見夷曠[11]。揚帆泝曲江，晚翠接朝

爽[12]。誰歟香光筆[13]？墨意清且暢。喚起兒時事，高詠眾山響。附手成啞然，畫餅眞可餉[14]。

【解題】盧子樞（一九〇〇—一九七八），字沛森，廣東東莞人。精書畫及鑒賞，尤工山水。

1. 山林：借指隱居。劉一止《小齋即事二首》之二：「雖非山林間，故作山林想。」
2. 北江：珠江支流。其上源有二，一名湞水，一名武水，匯於韶關後稱北江。
3. 羲皇：即伏羲氏，為傳說中上古「三皇」之一，故稱。陶淵明《與子儼等疏》：「常言五六月中，北窗下臥，遇涼風暫至，自謂是羲皇上人。」
又按：《蘇鐸》雜誌第一卷第四期（一九四一）載此詩，於「閒來取書讀」前尚有兩句：「盡將青與綠，一一納尋丈。」中華本、澤存本亦同。
4. 弱冠：古時男子二十歲成人，初加冠，因體猶未壯，故稱。《禮記・曲禮上》：「二十曰弱冠。」
攖（yīng ㄧㄥ）：遭逢。世變：時代變遷，指清末之危局。
5. 搶（chéng ㄔㄥˊ）攘：紛亂貌。《漢書・賈誼傳》：「本末舛逆，首尾衡決，國制搶攘，非甚有紀，胡可謂治？」
6. 惝怳（chǎng ㄔㄤˇ / huǎng ㄏㄨㄤˇ）：惆悵；失意。《楚辭・遠遊》：「步徙倚而遙思兮，怊惝怳而乖懷。」
7. 自詭：自己詭稱；藉口。鞅掌：職事煩忙。《詩・小雅・北山》：「或棲遲偃仰，或王事鞅掌。」
8. 孟光：東漢梁鴻之妻。此處借指陳璧君。

9. 苕苕（tiáo ㄊㄧㄠˊ）：高貌。張衡《西京賦》：「干雲霧而上達，狀亭亭以苕苕。」翳翳：草木茂密成蔭貌。許渾《題四皓廟》詩：「紫芝翳翳多青草，白石蒼蒼半綠苔。」

10. 秀發：植物生長繁茂，花朵盛開。《詩．大雅．生民》：「實發實秀。」

11. 夷曠：平坦而空闊。宋．文同《黃秀才北郊書堂》詩：「始至甚夷曠，漸往頗險艱。」

12. 泝（sù ㄙㄨˋ）：逆流而上。晚翠：日暮蒼翠之景象。唐．權德輿《玉山嶺上作》詩：「晚翠深雲竇，寒苔淨石梁。」朝爽：早晨清爽之景象。劉義慶《世說新語．簡傲》：「王子猷……以手版拄頰云：『西山朝來致有爽氣。』」

13. 香光：元代畫家王蒙、明代畫家董其昌皆號香光居士。按《蘇鐸》此詩後自註云：「盧子樞粵人，現在廣州市，以詩畫名。其畫筆與書法皆肖董文敏。」然則此「香光」指董其昌。

14. 附手：同「拊手」，拍手。啞然：笑貌。《列子．周穆王》：「同行者啞然大笑。」畫餅：喻有名無實之物。《三國志．魏志．盧毓傳》：「選舉莫取有名，名如畫地作餅，不可啖也。」餉（xiǎng ㄒㄧㄤˇ）：吃。

六月十四日為方君瑛姊忌辰，舟中獨坐，愴然於懷，並念曾仲鳴弟

又向天涯賸此身，飛來明月果何因。孤懸破碎山河影，苦照蕭條羈旅人。

南去北來如夢夢[1]，生離死別太頻頻。年年此淚真無用，路遠難回墓草春。

【解題】一九四一年六月十四日，汪精衛偕周佛海等自上海赴日本。方君瑛、曾仲鳴：參前《自都魯司赴馬賽歸國留別諸弟妹》詩解題。

1. 杜牧《漢江》詩：「南去北來人自老，夕陽長送釣船歸。」夢夢：昏亂，不明。《詩．小雅．正月》：「民今方殆，視天夢夢。」

為榆生題吳湖帆畫竹冊

颯然英氣出蕭森，尺幅中存萬里心。供向齋頭同寶劍，聽他風雨作龍吟[1]。

【解題】龍沐勛（一九〇二—一九六六）：字榆生，江西萬載人。著名詞學家。曾任汪政府立法院立法委員、陳公博私人秘書、汪府家庭教師、南京中央大學教授等。吳湖帆（一八九四—一九六八）：原名翼燕，號倩庵，別署醜簃，江蘇蘇州人。著名畫家，亦精鑒賞，富收藏。按吳湖帆日記，一九三八年六月二十二日，「晨間龍榆生來，索畫竹。」畫作成於何時待考。

1. 龍吟：常形容簫笛之聲，亦指風吹竹木之聲。又龍榆生齋名「風雨龍吟室」。

初秋偶成

玉樓銀漢兩無塵[1]，一雨能令宇宙新。草木漸含秋氣息，川原初拓月精神。放懷已忘今何世，顧影方知孑（一作賸）此身[2]。愈近天明人愈寂，雞聲迢遞不嫌頻[3]。

1. 玉樓：傳說中天帝或仙人之居所。王勃《梓州郪縣靈瑞寺浮圖碑》：「玉樓星峙，稽閬苑之全模；金闕霞飛，得瀛洲之故事。」
2. 何世：甚麼時代。陶淵明《桃花源記》：「問今是何世，乃不知有漢，無論魏晉。」孑（jié ㄐㄧㄝˊ）：剩餘。
3. 迢遞：婉轉貌。唐．姚合《和高諫議蒙兼賓客時入翰苑》詩：「鐘聲迢遞銀河在，林色葱蘢玉露秋。」

海上

風雨縱橫欲四更，映空初見月華明。重懸玉宇瓊樓影，盡息金戈鐵馬聲。
險阻艱難餘白髮，河清人壽望蒼生[1]。愁懷起落還如海，卻羨輕帆自在行。

1. 河清：即黃河清。黃河水濁，故古人以「河清」為太平之象徵。人壽：人之壽命。《左傳・襄公八年》：「子駟曰：《周詩》有之曰：『俟河之清，人壽幾何？』」此處指人長壽。清・顧貞觀《金縷曲》詞：「詞賦從今須少作，留取心魂相守。但願得、河清人壽。」

八月二日乘飛機至廣州，留七日別去。飛機中作三絕句寄冰如

一鶴遙從萬里歸，劫餘城郭倍依依[1]。煙雲休作空濛態，淚眼元知入望微。
纔作孤鴻海上來，飛飛又去越王臺[2]。山川重秀非無策，共葆丹心不使灰。

年年地北與天南，憂患人間已熟諳。未敢相逢期一笑，且將共苦當同甘。

【解題】一九四一年八月二日汪精衛自南京飛廣州，十日經臺灣返南京。

1. 鶴歸：喻乘飛機回家鄉。暗用丁令威之典。《搜神後記》：「丁令威本遼東人，學道於靈虛山，後化鶴歸遼，集城門華表柱。時有少年舉弓欲射之，鶴乃飛，徘徊空中而言曰：『有鳥有鳥丁令威，去家千年今始歸。城郭如故人民非，何不學仙塚纍纍。』」

2. 孤鴻：作者自喻。張九齡《感遇》詩之四：「孤鴻海上來，池潢不敢顧。」

飛飛：飛行貌。王逸《九嘆・惜賢》：「三鳥飛飛以自南兮，覽其志而欲北。」去：離開。

越王臺：臺名，漢時南越王趙佗所築。在今廣州越秀山。

菊

菊以隱逸稱，殆未得其似。志潔而行芳，靈均差可擬[1]。生也不逢時，落葉滿天地。枝弱不勝花，凜凜中有恃[2]。繁霜作煅煉，侵曉色逾美。忍寒向西風，略見平生志。一花經九秋，未肯便憔悴。殘英在枝頭，抱香終不墜[3]。寒梅初破萼，已值堅冰至[4]。相逢應一笑，異代有同契。

1. 志潔行芳：志向高潔，品行端正。語本《史記．屈原賈生列傳》：「其志絜，其行廉，……其志絜，故其稱物芳。其行廉，故死而不容自疏。」
2. 凜凜：不屈貌。有恃：有所憑藉。
3. 鄭所南《寒菊》詩：「寧可枝頭抱香死，何曾吹落北風中。」《民報》時代汪精衛曾以「枝頭抱香者」為筆名。
4. 《易．坤》：「初六，履霜堅冰至。象曰：履霜堅冰，陰始凝也；馴致其道，至堅冰也。」

谿盦出示《易水送別圖》，中有予舊日題字，並有榆生、釋戡兩詞家新作，把覽之餘，萬感交集，率題長句二首

酒市酣歌共慨慷，況茲揮手上河梁[1]。懷才蓋聶身偏隱，授命於期目尚張[2]。
落落死生原一瞬，悠悠成敗亦何常。漸離筑繼荊卿劍，博浪椎興人未亡[3]。

少壯今成兩鬢霜，畫圖重對益徬徨。生慚鄭國延韓命，死羨汪錡作魯殤[4]。
有限山河供墮甑，無多涕淚泣亡羊[5]。相期更聚神州鐵，鑄出金城萬里長[6]。

【解題】任援道（一八九〇——一九八〇），號豁庵。江蘇宜興人。早年畢業於保定軍官學校，曾參與辛亥革命。後入汪精衛南京政權，歷任要職。二戰結束後遷香港，不久移居加拿大。工詞，有《青萍詞》、《鷓鴣憶舊詞》。

釋戡：李宣倜（一八七六——一九六一），字釋戡，號蔬畦、橋西草堂主人，福建閩侯人。近代詩人、劇作家、畫家，有《蘇堂詩拾》。

《易水送別圖》為高奇峰所繪。高奇峰（一八八九——一九三三）：名嵡，以字行。廣東番禺人，高劍父胞弟。同盟會會員，「嶺南畫派」創始人之一。

1. 酒市酣歌：見前《被逮口占》詩註2。河梁：見前「展堂養疴江之島」詩註1。
2. 蓋聶：戰國末期劍客，荊軻曾與之論劍。授命：獻出生命。於期：即樊於期。原為秦國將領，後逃往燕國，終為助荊軻刺秦王而自刎。俱見《史記·刺客列傳》。
3. 漸離：即高漸離。荊卿：即荊軻。荊軻刺秦失敗被殺，後高漸離入秦為樂師，乃以鉛置筑中，伺機襲擊秦始皇，亦失敗被殺。參《史記·刺客列傳》。
博浪椎：博浪即博浪沙，在今河南陽武縣。張良與力士擕椎於此狙擊秦始皇，誤中副車。參《史記·留侯世家》。
4. 鄭國：戰國末期韓國水工。曾奉命為秦國興修水利以耗其國力，後被發覺，秦欲殺之，鄭國自辯：

「始臣為間，然渠成亦秦之利也。」秦以為然。終於築成鄭國渠。見《史記．河渠書》。又《漢書．溝洫志》：「秦欲殺鄭國，鄭國曰：『始臣為間，然渠成亦秦之利也。臣為韓延數歲之命，而為秦建萬世之功。』」汪精衛《大家要說老實話大家要負責任》（一九三七年八月三日南京廣播）：「中國歷史上有兩句最痛心的：一是鄭國說：『臣為韓延數年之命，然渠成亦秦萬世之利也。』明知不能救韓之亡，而徒欲延其數年之命；這樣的以人參湯來延最後之喘息，到底不是辦法。」見《汪精衛先生抗戰言論集》。

汪錡：春秋時期魯國童子。殤：未成年而死。亦指戰死者。魯哀公十一年（前四八四），齊侵魯，汪錡戰死。《左傳．哀公十一年》：「公為與其嬖僮汪錡乘，皆死，皆殯。孔子曰：『能執干戈以衛社稷，可無殤也。』」

5. 墮甑：喻對既成之事不作無益之追悔。《後漢書．孟敏傳》：「（孟敏）客居太原。荷甑墮地，不顧而去。林宗見而問其意。對曰：『甑已破矣，視之何益？』」

亡羊：喻步入歧途而無所成就。《列子．說符》：「楊子之鄰人亡羊，既率其黨，又請楊子之豎追之。楊子曰：『嘻！亡一羊，何追者之眾？』鄰人曰：『多歧路。』既反，問：『獲羊乎？』曰：『亡之矣！』曰：『奚亡之？』曰：『歧路之中又有歧焉，吾不知所之，所以反也。』……心都子曰：『大道以多歧亡羊，學者以多方喪生。』」又或取亡羊補牢之義。《戰國策．楚策四》：「見菟而顧犬，未為晚也；亡羊而補牢，未為遲也。」

6. 聚鐵：語本《資治通鑑．唐昭宗天祐三年》：「全忠留魏半歲，羅紹威供億，所殺牛羊豕近七十萬，資糧稱是，所賂遺又近百萬；比去，蓄積為之一空。紹威雖去其逼，而魏兵自是衰弱。紹威悔之，謂人曰：『合六州四十三縣鐵，不能為此錯也！』」此處反其意而用之。金城：喻堅固之城牆。《管子．度地》：「城外為之郭，郭外為之閬。地高則溝之，下則隄之，命之曰金城，樹以荊棘，上相穡著者，所以為固也。」《史記．留侯世家》：「此所謂金城千里，天府之國也。」此句謂團結全國之力以保衛國家。

附：龍榆生《水龍吟．題高奇峰畫易水送別圖》（一九四二）

所期不與偕來，雪衣相送胡為者。高歌擊筑，柔波酸淚，一時俱下。血冷樊頭，忍還留戀，名姬駿馬。問誰深知我，時相迫促，恩和怨，餘悲詫。　孤注早拚一擲，賭興亡、批鱗寧怕。秦貪易與，燕仇可復，徑騰吾駕。日瘦風悽，草枯沙淨，飄然曠野。漸酒醒人遠，要憑寒劍，把神威借。

李宣倜《滿江紅．題易水送別圖》（一九四二）

煮酒談天，且休笑、荊卿謀拙。燕趙勢、虎蹊委肉，幾何能輟。功就定誇曹沫勇，身亡未讓專諸烈。算當時、百計費沉吟，方投玦。　一諾感，田光節。片語濺，於期血。豈縱橫游俠，恩酬寃雪。短劍單車汾水遠，高歌哀筑秦宮歇。甚丹青、千載卷圖看，酸風咽。

又：李宣倜《次均精衛先生題易水送別圖二首》

揮手西行慨以慷，雄關百二勢強梁。聲寒易水心彌熱，血濺秦廷氣一張。客異舞陽容有濟，事同曹劌故非常。披圖何限蒼茫感，豪俠燕邯問在亡。

殿上圖窮劍照霜，秦王環柱走傽徨。酬知授命真人傑，除暴捐軀亦國殤。有恃崤函終失鹿，無謀趙魏為驅羊。千秋博浪存韓志，一樣爭光日月長。

菊花絕句

一體兼眾芳，極妍與盡態[1]。惟有金石心[2]，凜凜常不改。

1. 極妍盡態：容貌姿態美麗至極。唐．杜牧《阿房宮賦》：「一肌一容，盡態極妍，縵立遠視，而望幸焉。」

2. 金石心：堅貞如金石之心。

梅花絕句

梅花有素心，雪月同一色。照徹長夜中，遂令天下白。

辛巳除夕寄榆生

梅花如故人，閒歲輒一來[1]。來時披素心，雪月同皚皚。水仙性狷潔[2]，亦傍南枝開。忍寒故相待[3]，豈意春風迴。

【解題】辛巳除夕：公曆一九四二年二月十四日。

1. 間（jiàn ㄐㄧㄢˋ）歲：亦作「間歲」，隔一年。
2. 狷潔：潔身自好。《國語・晉語二》：「公子勉之，亡人無狷潔，狷潔不行。」
3. 忍寒：忍耐寒冷。又龍榆生號忍寒居士。

附：汪精衛寄龍榆生詩手札
榆生先生惠鑒：
頃得小詩如左：（見上）
前作菊花詩用忍寒二字，今又用之，未知可為忍寒詞人添一故實否？除夕相念，書此以博一笑。敬請
大安。兆銘再拜　辛巳除夕燈下

疏影　菊

行吟未罷，乍悠然相見，水邊林下。半塌東籬，淡淡疏疏，點出秋光如畫。平生絕俗違時意[1]，卻對我、一枝瀟灑。想淵明、偶賦閒情，定為此花縈惹[2]。正是千林脫葉，看斜陽闃寂[3]，山色全赭。莫怨荒寒，木末芙蓉，冷豔疏香相亞[4]。不同桃李開花日，準備了、霜風吹打。把素心、寫入琴絲，聲滿月明清夜。

1. 絕俗：不染世俗。時意：時尚。
2. 閒情：男女之情。陶淵明有《閒情賦》。縈惹：招引。
3. 闃（qù ㄑㄩˋ）寂：寧靜。何遜《行經孫氏陵》詩：「闃寂今如此，望望沾人衣。」「闃」同「闃」。
4. 荒寒：荒涼。木末：樹梢。芙蓉：指木芙蓉，秋季開花。屈原《九歌．湘君》：「采薜荔兮水中，搴芙蓉兮木末。」王維《辛夷塢》詩：「木末芙蓉花，山中發紅萼。」相亞：匹敵；相當。亦作並排、依傍解。

百字令 水仙花

靈均去矣[1]，向瀟湘、留得千秋顏色。猶有平生遲暮感，況是霏霏雨雪。[2]玉色溫溫，金心的的，人與花同德。[3]飛塵不到，冷蹤只在泉石。小缽供養齋頭，深鐙曲几，清影搖籤帙[4]。伴取梅花三兩點，也似曉星殘月。靜始聞香，淡終生豔，夢化莊生蝶[5]。獨醒何意，銀臺試為浮白[6]。

《拾遺記》：楚人思慕屈平，謂之水仙。《群芳譜》：水仙花白，圓如酒杯，中心黃蕊，名「金盞銀臺」。古來詠水仙花者，山谷之詩、稼軒之詞，膾炙人口，然自是「凌波」、「解珮」搖筆即來，朱竹垞詞始刱禁體，風調獨勝。晴窗坐對，聊復效顰，以資笑噱云爾[7]

1. 靈均：即屈原。屈原《離騷》：「名余曰正則兮，字余曰靈均。」
2. 遲暮：喻晚年。屈原《離騷》：「惟草木之零落兮，恐美人之遲暮。」
霏霏：雨雪盛貌。《詩．小雅．采薇》：「今我來思，雨雪霏霏。」
3. 溫溫：潤澤貌。《詩．秦風．小戎》：「言念君子，溫其如玉。」的的：光彩鮮明貌。江淹《水上神女賦》：「的的也，象珪象璧，若虛若實；綾錦其文，瑤貝合質。」
4. 籤帙：書簽和書套。泛指書籍。
5. 《莊子．齊物論》：「昔者莊周夢為蝴蝶，栩栩然蝴蝶也；自喻適志與，不知周也；俄然覺，則蘧蘧然周也。」
6. 銀臺：參自註。浮白：滿飲或暢飲。劉向《說苑．善說》：「魏文侯與大夫飲酒，使公乘不仁為觴政，曰：『飲不釂者，浮以大白。』」
7. 屈平即屈原。山谷即北宋文學家黃庭堅，有詠水仙詩多首。稼軒即南宋詞人辛棄疾，有《賀新郎》詞詠水仙。朱彝尊（一六二九—一七〇九）號竹垞，清初著名學者、文學家。刱：同「創」。禁體：指作詩詞禁用指定之常見字詞或典故，意在難中出奇。朱彝尊有《金縷曲．水仙花禁用湘妃漢女洛神事》詞。

金縷曲

嗁鴂催山醒[1]。轉幽深、沈沈雉堞，柳荑搖暝[2]。攬得清輝凝眸處，身在萬桃花頂。正麗色、澄空相映。漠漠輕煙開漸淡，擁千鬟、一水明如鏡。還照取，鶯飛影。　桃源不在虛無境。在人間、林鴞音好，巷尨聲靜[3]。君看柴門春風入，菜甲麥芒齊迸[4]。且放下、老農鑱柄[5]。難得飯餘當戶坐，願春光、爛漫從渠領[6]。歌一曲，水泉聽。

【解題】《國聞週報》第十一卷第二十九期（一九三四年七月二十三日出版）〈采風錄〉題作「太平門外看桃花」，字句略異。太平門在南京玄武湖附近。

1. 嗁鴂：鳴叫之鶗鴂（杜鵑）。屈原《離騷》：「恐鶗鴂之先鳴兮，使夫百草為之不芳。」蘇軾《定惠院顒師為余竹下開嘯軒》詩：「嗁鴂催天明，喧喧相詆譙。」
2. 雉堞（dié ㄉㄧㄝˊ，讀入聲）：城上凹凸起伏之矮牆。荑（tí ㄊㄧˊ）：草木之芽。
3. 鴞（xiāo ㄒㄧㄠ）：貓頭鷹。《詩．魯頌．泮水》：「翩彼飛鴞，集於泮林。食我桑椹，懷我好音。」尨（máng ㄇㄤˊ）：狗。

4. 菜甲：菜初生之芽。杜甫《有客》詩：「自鋤稀菜甲，小摘為情親。」

5. 鑱（chán ㄔㄢˊ）：掘土農具。杜甫《乾元中寓居同谷縣作歌》之二：「長鑱長鑱白木柄，我生託子以為命。」

6. 從：任憑。渠：他。領：領受，接受。

附：懺盦《金縷曲．消夏詞仍用季公看桃花韻呈諸公索和》

莊蝀蘧然醒。正南薰、沿花吹得，冷雲無暝。蘄竹疎簾安排好，閒脫綸巾露頂。對素石、清泉瀠映。一局彈棋初換着，早牆頭、飛上冰蜍鏡。看大地，山河影。　平生不辨炎涼境。更何知、瓊樓寒重，鳳池波靜。幾輩鼻端青蠅集，污與元規塵迸。喜腰扇、尚持殘柄。羨煞投鞭截流手，阻長鯨、東海偏狂飲。歌郢雪，教伊聽。

附註：廖恩燾（一八六五—一九五四）號懺庵，廣東惠陽人，廖仲愷（恩煦）胞兄。

浣溪沙　過吳淞口

小艇依然繫水門[1]，門前落葉正紛紛。飢鴉病雀不能言。　衰柳鎮憐今日影，寒潮苦覓舊時痕。靜中搖動寂中喧。

1. 水門：水閘或臨水之城門。

風蝶令 白海棠

柔蔕和煙嚲[1]，幽花帶雪融。欲開還斂閟芳容，得似蝤蠐微俛意惺忪[2]。　格澹光彌豔，神清態轉穠。珠簾不約晚來風。吹起一庭香月照玲瓏。

1. 蔕（dì ㄉㄧˋ）：同「蒂」。嚲（duǒ ㄉㄨㄛˇ）：下垂。
2. 閟（bì ㄅㄧˋ）：關閉，隱藏。蝤蠐：天牛之幼蟲，色白身長。《詩·衛風·碩人》：「領如蝤蠐。」後以喻美女之頸。惺忪（sōng ㄙㄨㄥ）：剛睡醒時神志未清之態。

百字令 流徽榭即事

春風桃李，比梅花時節、多些芳綠。浩浩川原舒窈窕，是處山邱華屋[1]。草露含滋，林煙散暈，萬象如膏沐[2]。玉闌干外，柳絲初裊晴旭[3]。　日暮窮巷牛羊，畫堂燕雀，各自尋歸宿。留得蒼然山色在，領取人間幽獨[4]。潭水悠悠，落霞嫋嫋，樹影重重覆。低頭吟望，疏鐘已動靈谷。

【解題】此詞又見《民族詩壇》一九三八年第四期，題註「二十六年作」。流徽榭在南京中山陵至靈谷寺途中。

1. 是處：到處，處處。山邱華屋：原指宏美建築化為土丘，喻盛衰興亡之迅速。語本曹植《箜篌引》：「生存華屋處，零落歸山丘。」此處寫實景，謂一路所見有華屋有陵墓。
2. 膏沐：參前《熱甚既而得雨》詩註 6。
3. 晴旭：陽光明媚。唐・張說《奉和早霽南樓》詩：「物華蕩暄氣，春景媚晴旭。」
4. 幽獨：靜寂孤獨。屈原《九章・涉江》：「哀吾生之無樂兮，幽獨處乎山中。」

百字令 春暮郊行

茫茫原野，正春深夏淺，芳菲滿目。蓄得新亭千斛淚，不向風前棖觸。渲碧波恬，浮青峰軟，煙雨皆清淑[1]。漁樵如畫，天真只在茅屋[2]。　堪嘆古往今來，無窮人事，幻此滄桑局。得似大江流日夜[3]，波浪重重相逐。劫後殘灰，戰餘棄骨，一例青青覆。鵑唬血盡[4]，花開還照空谷。

【解題】此詞作於一九三七年。蕭公權《畫夢詞》有追和之作。序云：丙戌夏日檢故紙堆，偶於八年前之《大風旬刊》中見雙照樓春暮郊行《百字令》一闋，其詞曰：……（略）作者自跋謂：此詞作於去年四月，曾幾何時，滿目山河皆為戰血所染矣。空襲聲中執筆書此，爲之慨然。龔定庵詩「落紅不是無情物，化作春泥更護花」，林時塽詩「何堪更喞血，墮作自由花」，朱執信詩「水流還朝宗，落葉還肥根」，拙詞結句，此物此志也。二十七年四月書於漢皋。云云。今作者之墓草已宿，神州之戰血未湔，天災與人禍相乘，殺機經劫運而仍壯。憂心如擣，沉恨難言，依韻和之，不計詞意蹇拙矣！時三十五年七月十六日。（見中國人民大學出版社二〇一四年版《小桐陰館詩詞》，第三九七—三九八頁）此詞又見《青鶴》一九三七年第五卷第十四期〈近人詞鈔〉。

1. 清淑：清和。韓愈《送廖道士序》：「郴之為州，又當中州清淑氣，蛇蟺扶輿，磅礴而鬱積。」
2. 天真：事物之天然本質。引申指不受禮俗拘束之品性。
3. 謝朓《暫使下都夜發新林至京邑贈西府同僚》詩：「大江流日夜，客心悲未央。」
4. 鵑嘑血：杜鵑鳥相傳為古蜀王杜宇之魂所化，其口紅而鳴聲哀切，故舊時誤傳其悲鳴出血。多以形容思念之苦或悲恨之深。

附：蕭公權和作

烏輪酷焰，照荒原如血，奇愁警目。戰野枯骸猶待掩，頓起囂爭蠻觸。赤地無知，蒼天難問，盼斷休風淑。江南煙外，笙歌仍沸華屋。

屈指變統收場，神區易姓，幾度翻碁局。和戰紛紛多少事，付與潮頹波逐。破碎山河，尋常巷陌，舊燕巢都覆。春泥埋恨，落花長殉空谷。

憶舊遊　落葉

嘆護林心事[1]，付與東流，一往淒清。無限留連意，奈驚飆不管，催化青萍[2]。已分去潮俱渺，回汐又重經。有出水根寒，拏空枝老[3]，同訴飄零。天心正搖落，算菊芳蘭秀，不是春榮[4]。摵摵蕭蕭裏[5]，要滄桑換了，秋始無聲。伴得落紅歸去，流水有餘馨。儘歲暮天寒，冰霜追逐千萬程。

【解題】《朱自清日記》一九三九年十二月九日載：晚上牛先生來訪，我們像往常一樣進行了有趣的交談。他給我看汪精衛填的詞，是汪通過顧頡剛轉給委員長的信息。詞曰：……（文字略異）。然則此詞或作於是年。又按：此「牛先生」乃鈕先銘（一九一二—一九九六）。

1. 護林心事：語本龔自珍《己亥雜詩》之五：「落紅不是無情物，化作春泥更護花」。林時塽《無題》詩：「入夜微雲還蔽月，護林殘葉忍辭枝。」林時塽即林文（一八八七—一九一一），福建侯官人。黃花崗烈士之一。又胡漢民《香江風雨登樓輒懷精衛集曹全碑字得長句寄之》詩（一九二四）：「既雨餘雲仍在野，遇風殘葉忍辭枝。」

2. 驚飆：突發之狂風。曹植《吁嗟篇》：「驚飆接我出，故歸彼中田。」青萍：亦作「青蘋」，一種水草。宋玉《風賦》：「夫風生於地，起於青蘋之末。」

3. 挐（rú ㄖㄨˊ）空：同「拏空」。凌空；抓向空中。

4. 搖落：凋零。《楚辭．九辯》：「悲哉秋之為氣也！蕭瑟兮草木搖落而變衰。」菊芳蘭秀：漢武帝《秋風辭》：「秋風起兮白雲飛，草木黃落兮雁南歸。蘭有秀兮菊有芳，懷佳人兮不能忘。」春榮：春日繁榮之景象。

5. 摵摵（shè ㄕㄜˋ）：象葉落之聲。晉．盧諶《時興》詩：「摵摵芳葉零，橤橤芬華落。」蕭蕭：象聲詞。如風雨聲、草木搖落聲等。屈原《九歌．山鬼》：「風颯颯兮木蕭蕭，思公子兮徒離憂。」

附：吳稚暉《憶舊遊》詞（步韻）

落葉春華日，早綴枝頭，吸露高清。恨少貞堅質，受嚴霜小逼，墮作飄萍。當記背寒追暖，反覆太紛經。忍喬木豐林，根殘枝禿，催向凋零。　天心好荊棘，拚菊摧蘭折，滅絕猶榮。暴雨飄風後，看豺狼末日，終息嘶聲。知否八公山上，草木亦甯馨。待掃葉入溷，斬荊投海下金陵。（按：汪詞末句原作「只極目煙蕪，寒螿夜月愁秣陵。」）

金縷曲

綠遍池塘草用梅影書屋詞句[1]。更連宵、淒其風雨，萬紅都渺[2]。寡婦孤兒無窮淚，算有青山知道。早染出、龍眠畫稾[3]。一片春波流日影，過長橋、又把平堤繞[4]。看新塚，添多少。

故人落落心相照[5]。嘆而今、生離死別，總尋常了。馬革裹屍仍未返，空向墓門憑弔[6]。只破碎、山河難料。我亦瘡痍今滿體，忍須臾、一見欃槍掃[7]。逢地下，兩含笑。

【解題】此詞作於一九三九年，原有序：「吳湖帆先生寄示《梅影書屋詞集》、《畫集》，並《綠草詞箋》，蓋取德配潘夫人《千秋歲》詞中『綠遍池塘草』一語，就手稿放影製箋紀念，詞語樸茂，自足千古，輒用為《金縷曲》起句成此一闋。湖帆方悼亡，僕亦新喪其良友，當不病其詞之過哀乎！」又原作自署「未定稿」，僅用韻，文亦與此詞略異；此詞為定稿，步韻原作。

1. 梅影書屋：吳湖帆室名。「綠遍池塘草」為吳妻潘靜淑《千秋歲．清明》詞句。潘於一九三九年六月逝世，吳為作《綠遍池塘草》畫幅一幀，並遍徵圖詠。參附錄吳詞。
2. 淒其：寒涼貌。《詩．邶風．綠衣》：「絺兮綌兮，淒其以風。」謝靈運《登池上樓》詩：「池塘生春草，園柳變鳴禽。」
3. 龍眠：北宋畫家李公麟（一〇四九—一一〇六）號龍眠居士。
4. 長橋：潘靜淑葬於上海虹橋公墓。參附錄吳詞。
5. 故人：指曾仲鳴和沈次高。沈為汪精衛之外甥（汪精衛三姊適沈氏），一九三六年八月在香港遇刺。落落：猶磊落。

6. 馬革裹屍：見前「辛亥三月二十九日……」詩之二註 3。

7. 欃（chán ㄔㄢˊ）槍：即彗星。古人認為是凶星，主不吉。後以喻邪惡勢力。杜甫《奉送郭中丞兼太僕卿充隴右節度使三十韻》詩：「幾時迴節鉞，戮力掃欃槍。」

附：潘靜淑《千秋歲．清明》

夢魂驚覺。一片紗窗曉。春風暖，芳菲早。梁間雙燕語，闌角群蜂鬧。酬佳節，及時莫負韶光老。
正好抒懷抱。休惹閒愁惱。紅杏艷，夭桃笑。清明新雨後，綠遍池塘草。拚醉也，酡顏任教花前倒。

吳湖帆《金縷曲．綠遍池塘草圖》

綠遍池塘草。過清明、妬春風雨，春殘人渺。無可奈何花落去，腸斷離情難道。忍檢點、零星遺稿。一念相思更番讀，惹傷心、更把心縈繞。千萬語，總嫌少。
危樓半角斜陽照。問從今、怨懷孤憤，何時能了？雙眼淚痕乾不透，去去尋思悽弔。料地下、應知余抱。指望虹橋橋邊路，嘆青青、一例年年掃。非痛哭，即狂笑。

虞美人

空梁曾是營巢處[1]，零落年時侶。天南地北幾經過，到眼殘山賸水已無多。
夜深案牘明鐙火，閣筆淒然我[2]。故人熱血不空流[3]，挽作天河一洗為神州[4]。

1. 薛道衡《昔昔鹽》詩：「暗牖懸蛛網，空梁落燕泥。」
2. 閣：同「擱」，擱置；停輟。
3. 故人：參前《金縷曲》註5。
4. 杜甫《洗兵馬》詩：「安得壯士挽天河，盡洗甲兵長不用。」

滿江紅

驀地西風，吹起我、亂愁千疊。空凝望，故人已矣，青燐碧血。魂夢不堪關塞闊，瘡痍漸覺乾坤窄。便劫灰冷盡萬千年，情猶熱。

煙歛處，鍾山赤。雨過後，秦淮碧。似哀江南賦，淚痕重溼[1]。邦殄更無身可贖，時危未許心能白[2]。但一成一旅起從頭[3]，無遺力。

1. 哀江南賦：庾信（五一三—五八一）名作。信出身南朝望族，蕭梁時官至右衛將軍，後出使西魏，未還而梁亡，遂留北，歷西魏、北周，官至開府儀同三司，世稱庾開府。《哀江南賦》既傷南梁之亡，復嘆身世之悲。此詞作於抗戰時期江南淪陷之後，故云。

2. 殄（tiǎn ㄊㄧㄢˇ）：滅絕。《詩．大雅．瞻卬》：「人之云亡，邦國殄瘁。」贖：謂抵銷或彌補過失。《詩．秦風．黃鳥》：「如可贖兮，人百其身。」
白：辯白；得到昭雪。

3. 一成一旅：古以十里見方為一成，五百人為一旅。喻力量微薄。《左傳．哀公元年》：「有田一成，有眾一旅，能布其德而兆其謀。」

滿江紅　庚辰中秋

一點冰蟾，便做出、十分秋色。光滿處，家家愁冪[1]，一時都揭。世上難逢乾淨土，天心終見重輪月[2]。嘆桑田滄海亦何常[3]，圓還缺。　雁陣杳，蛩聲咽。天寥闊，人蕭瑟。賸無邊衰草，苦縈戰骨[4]。挹取九霄風露冷，滌來萬里關河潔。看分光流影入疎巢，烏頭白[5]。

【解題】庚辰中秋：公曆一九四〇年九月十六日。

1. 冪（mì ㄇㄧˋ）：遮蓋食物之巾帕。愁冪喻籠罩之愁緒。

2. 重（chóng ㄔㄨㄥˊ）輪：日、月周圍有光圈。古代以為祥瑞之象。《隋書・音樂志中》：「煙雲同五色，日月並重輪。」

3. 桑田滄海：喻世事巨變。葛洪《神仙傳・麻姑》：「麻姑自說云：『接侍以來，已見東海三為桑田。』」

4. 清・趙雙白《哀漳城》詩：「一郡飢魂哭秋雨，千山戰骨夜埋霜。我生不盡哀時感，衰草寒原幾斷腸。」

5. 烏頭白：烏鴉白頭，喻不可能實現之事（最終實現）。語本《燕丹子》卷上：「燕太子丹質於秦，秦王遇之無禮，不得意，欲求歸。秦王不聽，謬言令烏頭白，馬生角，乃可許耳。丹仰天嘆，烏即白頭，馬生角，秦王不得已而遣之。」

虞美人

庚辰重陽前三日，方君璧妹在南京書肆中得《滿城風雨近重陽圖》，蓋前歲旅居漢皐時懸之齋壁者，為題二詞於其右

周遭風雨城如斗，悽愴江潭柳[1]。昔時曾此見依依，爭遣如今憔悴不成絲[2]。

等閒歷了滄桑劫，楓葉明於血。卻憐畫筆太纏綿，妝點山容水色似當年[3]。

秋來凋盡青山色，我亦添頭白。獨行踽踽已堪悲，況是天荊地棘欲何歸[4]。
閉門不作登高計，也攬茱萸涕。誰云壯士不生還，看取筑聲椎影滿人間[5]。

【解題】庚辰重陽前三日：公曆一九四〇年十月六日。漢皋：即漢口（今屬武漢）。汪精衛於一九三七年十一月二十三日自南京抵漢口，至一九三八年八月一日始離漢口赴重慶。

1. 周遭：周圍。劉禹錫《石頭城》詩：「山圍故國周遭在，潮打空城寂寞回。」又宋・劉敞《聞元旦大朝會》詩：「玉帛雍容萬國來，帝城如斗挹春迴。」

江潭柳：用東晉桓溫典故。《世說新語・言語》：「桓公北征經金城，見前為琅邪時種柳，皆已十圍，慨然曰：『木猶如此，人何以堪！』攀枝執條，泫然流淚。」庾信《枯樹賦》：「桓大司馬聞而嘆曰：『昔年種柳，依依漢南；今看搖落，悽愴江潭。樹猶如此，人何以堪。』」

2. 依依：輕柔披拂貌。《詩・小雅・采薇》：「昔我往矣，楊柳依依；今我來思，雨雪霏霏。」又參前註。

唐・王建《汴路即事》詩：「廻看故宮柳，憔悴不成行。」

3. 山容水色：山水景色。蘇軾《六月二十日夜渡海》詩：「雲散月明誰點綴，天容海色本澄清。」宋・孫覿《華山天池記》：「張君始作橫卷，命畫工圖其迹，又自為文以傳於世。山容水色，了了如在人目中矣！」

4. 獨行踽踽：一個人孤零零地走路。《詩・唐風・杕杜》：「獨行踽踽，豈無他人，不如我同父。」

天荊地棘：天地間佈滿荊棘，喻世途或處境艱難。明・劉永錫《行路難》詩：「雲漫漫兮白日寒，天荊地棘行路難。」

5.《史記・刺客列傳》：「風蕭蕭兮易水寒，壯士一去兮不復還！」筑聲：指高漸離事；椎影：指張良事。俱參前「豁盦出示易水送別圖」詩註 3。

浣溪沙　廣州家園中作

英石岧岧俛畫闌，觀音竹映小盆山[1]。餘生還得故園看。　橄欖青於飢者面，木棉紅似戰時瘢[2]。尚存一息未應閒。

【解題】一九四〇年四月十二日汪精衛偕陳璧君等自南京飛抵廣州，十四日飛返南京。

1. 英石：廣東英德山溪中所產之石，可用作假山或盆景。岧岧（tiáo ㄊㄧㄠˊ）：高貌。張衡《西京賦》：「干雲霧而上達，狀亭亭以岧岧。」觀音竹：竹名。可供盆栽。
2. 瘢（bān ㄅㄢ）：創痕。

邁陂塘

二十九年十一月一日晚飯時，家人忽以杯酒相屬。問之，始知為五年前余為賊所斫不死而設也。因賦此詞

嘆等閒、春秋換了，鐙前雙鬢非故。艱難留得餘生在，纔識餘生更苦。休重溯。算刻骨傷痕，未是傷心處。酒闌爾汝[1]。問搔首長吁，支頤默坐，家國竟何補？　鴻飛意，豈有金丸能懼。翛翛猶賸毛羽[2]。誓窮心力迴天地，未覺道途修阻[3]。君試數。有多少故人，血作江流去。中庭踽踽。聽殘葉枝頭，霜風獨戰，猶似喚邪許[4]。

【解題】一九三五年十一月一日，國民黨四屆六中全會於南京中央黨部召開，汪精衛在會上遇刺，身中三槍。

1. 爾汝：彼此親昵之稱。
2. 金丸：金製彈丸。葛洪《西京雜記》：「韓嫣好彈，常以金為丸，所失者日有十餘。」此喻槍彈。張九齡《感遇》詩：「孤鴻海上來，池潢不敢顧。……矯矯珍木巔，得無金丸懼？」

翛翛（xiāo ㄒㄧㄠ）：羽毛殘破貌。《詩．豳風．鴟鴞》：「予羽譙譙，予尾翛翛。」

3. 修阻：路途遙遠而阻隔。錢起《淮上別范大》詩：「遊宦且未達，前途各修阻。」

4. 殘葉：曼昭《南社詩話》：侯官林時塽，字廣塵……廣塵有斷句云：「入夜微雲還蔽月，護林殘葉忍辭枝。」下句尤未經人道，仁人志士之用心，固如此也。

邪許（yé ㄧㄝˊ / hǔ ㄏㄨˇ）：勞動時眾人一齊用力所發之號子聲。

木蘭花慢

某君有輟絃之戚，賦詞見示，依調慰之

人生何所似？似渴驥、湧奔泉[1]。嘆一曲清泓，無窮況味，甘苦鹹酸。幾番。醉醒未了，早滔滔哀樂迫中年[2]。俠骨英雄結納[3]，情腸兒女纏綿。蕭然。落日照烽煙。夜枕綠沈眠[4]。又孤夢初回，淋鈴悽韻[5]，和入鸞絃。鐙前。尚留倩影，對丹心華髮耿相憐。離合從來一瞬，至情無閒人天[6]。

【解題】「澤存本」題作「援道有輟絃之戚賦詞見示依調慰之」，則「某君」即任援道。參前「豁盦出示《易水送別圖》……」詩解題。輟絃之戚：婉稱喪偶。

按：承任援道之子任祖新先生告知，任詞乃為如夫人魏氏作，魏氏於一九四〇年因病猝逝，年僅三十三歲。

1. 渴驥奔泉：口渴之駿馬奔向泉水。常指書法筆勢矯健。《新唐書．徐浩傳》：「怒猊抉石，渴驥奔泉。」此處喻人生短暫迅疾。
2. 滔滔：連續不斷貌。東方朔《七諫．謬諫》：「年滔滔而自遠兮，壽冉冉而愈衰。」
哀樂中年：《世說新語．言語》：「謝太傅語王右軍曰：『中年傷於哀樂，與親友別，輒作數日惡。』」元．劉秉忠《孤懷》詩：「孤懷懶與世浮沈，哀樂中年白髮侵。」
3. 結納：結交。《漢書．佞幸傳．石顯》：「是時，明經著節士琅邪貢禹為諫大夫，顯使人致意，深自結納。」
4. 綠沈：槍名。杜甫《重過何氏》詩之四：「雨抛金鎖甲，苔臥綠沈槍。」
5. 淋鈴：指雨聲。唐．鄭處誨《明皇雜錄》：「明皇既幸蜀西南行，初入斜谷，霖雨涉旬，於棧道雨中聞鈴聲與山相應。上既悼念貴妃，采其聲為《雨霖鈴》曲以寄恨焉。」
6. 無閒（jiàn ㄐㄧㄢˋ）：同「無間」，不斷；沒有阻隔。

附：任援道《木蘭花慢》（見《同聲月刊》一九四一年第一卷第三期）

友人以和吳眉生放翁生日詞見示，觸余新痛，依韻和之。

小樓人去遠，分鸞鏡、輟鵾絃。悵海國冠裳，神州鼙鼓，僕僕征鞭。平安。夢回逝水，數歡愁辜負幾流年。一霎生離死別，何如朝暮雲煙。　淒然。斗酒月斜偏。手澤薦青氈。又藐藐諸雛，麟遊鳳戲，感我華顛。川原。更懷舊迹，似孤鴻重到沈家園。試醞平生恩好，釀來血灑燈前。

金縷曲

三十年六月二十三日，余晤宮崎夫人於日本東京，承以《民報》時代照片見貽，蓋丙午之秋革命軍在萍鄉醴陵失敗後，余將偕黃克强赴廣州謀再舉，行前一日在《民報》社庭園內所攝。克强倚樹而坐，宮崎夫人之姊氏立於其左，余立於其後，在余之右者為林時塽，再右為魯易，為章太炎，為何天烱，凡七人，今存者余一人而已。把覽之餘，萬感交集，為題《金縷曲》一闋，「護林殘葉忍辭枝」，時塽詩句；「斷指」謂克强也。

小聚秋聲裏。近黃昏、籬花搖暝，庭柯凋翠。殘葉辭枝良未忍，耿耿護林心事[1]。正嗚咽、風蕭易水[2]。三十六年真電掣，賸畫圖、相對渾如寐。誰與攬、澄清轡[3]？　故人各了平生志。早一坏、黃花嶽麓，心魂相倚[4]。為問當時存者幾？落落一人而已[5]。又華髮、星星如此[6]。賸水殘山嗟滿目，便相逢、勿下新亭淚。為投筆，歌斷指[7]。

【解題】一九四一年六月十四日汪精衛等赴日交涉，十七日抵東京，二十三日會晤日本藏相河田烈及首相近衛文麿。宮崎夫人：宮崎寅藏之妻，其姊即前田卓子，當時住民報社為生活管家。宮崎寅藏（一八七一——一九二二）：日本浪人，孫中山之好友。丙午：公曆一九〇六年。魯易：疑為孫裕方（一八八三—？）。孫字伯群，別名魯易，安徽壽州（今壽縣）人，一九〇〇年赴美留學，一九〇四年在紐約結識孫中山。回國後曾任京綏鐵路機務處長、上海阜豐麵粉廠廠長。章炳麟（一八五九—一九三六），字枚叔，號太炎，浙江余杭人。清末光復會領袖，近代朴學大師。何天炯（一八七七—一九二五）：廣東梅縣人，一九〇五年入同盟會，任本部會計，後曾任中華革命黨廣東支部長。一九二五年病逝於廣州。

1. 參前《憶舊遊．落葉》詞註1。
2. 參前《秋夜》詩註1。
3. 攬轡澄清：謂在亂世而有革新政治、安定天下之抱負。《後漢書．范滂傳》：「時冀州飢荒，盜賊群起，乃以滂為清詔使，案察之。滂登車攬轡，慨然有澄清天下之志。」
4. 坏（pī ㄆㄧ）：抔。猶捧，掬。黃花嶽麓：林時塽葬於黃花崗，黃興葬於嶽麓山。
5. 落落：稀疏；零落。
6. 華髮：花白頭髮。星星：頭髮花白貌。左思《白髮賦》：「星星白髮，生於鬢垂。」
7. 投筆：扔掉筆。謂棄文而就他業，多指棄文就武。典出《後漢書．班超傳》：「〔班超〕家貧，常為官傭書以供養。久勞苦，嘗輟業投筆嘆曰：「大丈夫無它志略，猶當效傅介子、張騫立功異域，以取封侯，安能久事筆研間乎？」

斷指：黃興於黃花崗起義中傷右手，斷兩指。

水調歌頭 辛巳中秋寄冰如

一片舊時月，流影入中庭。問天於世何意？歲歲眼常青[1]。天上瓊樓皎潔，人世金甌殘缺，兩兩苦相形[2]。拂衣舍之去，欹枕聽長更。

飫孤光，似冰雪，夜泠泠[3]。銀河清淺，怎載得、如許飄萍。鴻雁北來還去，烏鵲南飛又止，無處不零丁[4]。何辭千里遠，共此一窗明。

【解題】辛巳中秋：公曆一九四一年九月六日。時汪精衛在蘇州視察清鄉，陳璧君未隨行。

1. 青眼：見前「五老峰」詩註3。
2. 金甌：喻國土。金甌缺喻國土淪陷。《南史・朱異傳》：「（梁武帝）嘗夙興至武德閣口，獨言：『我國家猶若金甌，無一傷缺。』」相形：對比。
3. 飫（yù ㄩˋ）：享用。孤光：指日光或月光。宋・張孝祥《念奴嬌》詞：「應念嶺表經年，孤光自照，肝膽皆冰雪。」泠泠：清涼貌。
4. 曹操《短歌行》詩：「月明星稀，烏鵲南飛。繞樹三匝，何枝可依。」零丁：孤獨無依貌。

三十年以後作

六十生日口占

六十年無一事成，不須悲嘅不須驚[1]。尚存一息人間世，種種還如今日生[2]。

1. 悲嘅（kài ㄎㄞˋ）：同「悲慨」。
2. 明．袁黃《了凡四訓》：「從前種種，譬如昨日死；從後種種，譬如今日生。」

白芍藥花

薌澤丹鉛總莫加，轉於狷潔見風華[1]。嫌名若不嗔唐突，合上徽稱綽約花[2]。

1. 薌澤：同「香澤」，香氣。丹鉛：脂粉。狷潔：潔身自好。風華：風采姿態。
2. 徽稱：褒揚讚美之稱號。

讀史

竊油燈鼠貪無止，飽血帷蚊重不飛。千古殉財如一轍，然臍還羨董公肥[1]。

1. 殉財：為財而死。賈誼《鵩鳥賦》：「貪夫殉財，烈士殉名。」然臍：「然」同「燃」。董公：指董卓。《後漢書・董卓傳》：「乃尸卓於市。天時始熱，卓素充肥，脂流於地。守尸吏然火置卓臍中，光明達曙，如是積日。」

題畫 方君璧作《任重致遠圖》

負山于背重千鈞，足趾沾泥衣着塵。跋涉艱難君莫嘆，獨行踽踽又何人[1]？

1. 踽踽（jǔ ㄐㄩˇ）：獨行貌。《詩・唐風・杕杜》：「獨行踽踽。」毛傳：「踽踽，無所親也。」

題畫 方君璧作《黃山雲海圖》

松籟蕭騷響上頭[1]，下看人世晚悠悠。千巖萬壑如波浪，欲放乘風一葉舟。

1. 蕭騷：風吹樹木之聲。韋莊《南省伴直》詩：「何事愛留詩客宿，滿庭風雨竹蕭騷。」

為曼昭題《江天笠屐圖》

笠屐翛然似放翁[1]，江天魚鳥亦從容。盤空黑羽頻捎月，躍水頳鱗欲化虹[2]。

別浦燈光深樹裏[3]，歸舟人語淡煙中。畫圖但溯兒時樂，嗟爾披吟淚滿胸[4]。

【解題】曼昭：真名待考。著有《南社詩話》，一說即汪精衛本人。

1. 翛（xiāo ㄒㄧㄠ）然：超脫無拘束貌。《莊子．大宗師》：「翛然而往，翛然而來而已矣。」放翁：即陸游。

2. 頳鱗：赤鱗之魚。劉向《列仙傳．呂尚》：「呂尚隱釣，瑞得頳鱗。」
3. 別浦：河流注入江海之處。謝莊《山夜憂》詩：「淩別浦兮值泉躍，經喬木兮遇猿驚。」
4. 泝：追泝，回想。嗟爾：表示感嘆之辭。披：打開，翻閱。班固《東都賦》：「披皇圖，稽帝文。」吟：吟賞，玩味。

石頭城晚眺

廢堞荒壕落葉深，寒潮咽石響俱沈[1]。一聲牧笛斜陽裏，萬壑千巖盡紫金[2]。

【解題】石頭城：古城名。故址在南京清涼山。戰國時楚於此築金陵城，漢末孫權重築，改名石頭城。後因以指代南京。

1. 堞：城上呈齒形之矮牆。劉禹錫《石頭城》詩：「山圍故國周遭在，潮打空城寂寞回。」
2. 紫金：紫金色。亦為一種合金礦物名。又南京鍾山亦名紫金山。

春暮登北極閣

近檻波光照我襟，棲霞牛首遠中尋[1]。湖山自鬱英雄氣，原隰終興急難心[2]。風定落紅依故砌，雨餘高綠發新林。低徊未忍褰衣去，坐待冰蟾破夕陰[3]。

【解題】北極閣：在南京雞籠山山頂，為古觀象臺址，今為江蘇氣象臺。

1. 棲霞牛首：即南京棲霞山、牛首山。
2. 原隰（xí ㄒㄧˊ，讀入聲）：泛指原野。曹植《離友》詩：「馳原隰兮尋舊疆」。急難（nàn ㄋㄢˋ）：危難。杜甫《義鶻行》：「茲實鷙鳥最，急難心炯然。」
3. 低徊：徘徊，流連。屈原《九章·抽思》：「低徊夷猶，宿北姑兮。」褰衣：見前《春晴》詩註 6。冰蟾：見前《海上》詩註 1。

方君璧妹自北戴河海濱書來，云海波蕩月，狀如搖籃。引申其語，作為此詩

海波如搖籃，皓月如睡兒。籃搖睡更穩，偃仰隨所之[1]。凝碧清且柔，湛若盤中飴[2]。微風作吹息，漾漾生銀漪。疇昔喻素娥，有類母中慈[3]。今也兒中孝[4]，形影長不離。青天靜無言，周遭如幔帷。殷勤與將護[5]，勿遣朝寒欺。

1. 偃仰：俯仰。
2. 湛：清亮貌。飴（yí 一ˊ）：飴糖。
3. 疇昔：往日，從前。素娥：即嫦娥，亦代稱月。母中慈：即慈母。
4. 兒中孝：即孝子。
5. 將護：護理；護衛。

壬午中秋夜作

明月有大度，於物無不容。妍醜雖萬殊，納之清光中。江山既輝媚，塵土亦清空。花木既明瑟，灌莽亦蔥瓏[1]。城郭千萬家，關山千萬重。縞潔揚其暉，緇磷汩其蹤[2]。化瑕以為瑜，無異亦無同。玉宇在人間，悠哉此一逢。孰云秋已半，春氣何沖融[3]。願言生六翮，浩蕩揚仁風[4]。

【解題】壬午中秋：公曆一九四二年九月二十四日。時汪精衛在南京。

1. 明瑟：潔淨。酈道元《水經注．濟水》：「池上有客亭，左右楸桐，負日俯仰，目對魚鳥，水木明瑟。」灌莽：灌木叢。蔥瓏：同「葱蘢」：明麗貌。杜甫《往在》詩：「鏡奩換妝黛，翠羽猶葱朧。」
2. 縞潔：喻潔白之物。緇磷：喻污濁之物。語本《論語．陽貨》：「不曰堅乎？磨而不磷；不曰白乎？涅而不緇。」汩（gǔ ㄍㄨˇ）：湮滅。
3. 沖融：見前《遊莫干山》詩註2。
4. 願言：見前《感懷》詩註4。六翮（hé ㄏㄜˊ，讀入聲）：鳥類雙翅之正羽。亦指代鳥翅。《戰國策．楚策四》：「奮其六翮而淩清風，飄搖乎高翔。」

仁風：仁愛如風流播。多以頌揚功德。潘岳《為賈謐作贈陸機》詩：「大晉統天，仁風遐揚。」

秋夜即事

月輪冉冉御天風，萬瓦新霜皎皎同。樹影滿庭人不語，秋聲只在碧空中。

偶成

新綠涵春雨，微寒一院生。日光動啼鳥，清絕是初晴。

重光大使屬題《三潭映月圖》卷

水色澹而空，月光皎以潔。水月忽相遇，天地共澄澈。一月落千波，千波各一月。空靈極動盪，涵泳歸靜寂。我心亦如水，印月了無迹。願持澹泊姿，共勵貞明節。

【解題】重光大使：即重光葵（一八八七——一九五七），一九四二年一月至一九四三年四月任日本駐汪政府大使。

飛機中作 時為十二月二十日，月將望，故云然

重雲覆海下茫茫，上是晴空色正蒼。中有控鸞人一笑[1]，東西日月恰相望。

【解題】一九四二年十二月十九日，汪精衛自南京飛抵日本福岡，二十日（農曆冬月十三）自福岡飛抵東京，商討對英美宣戰事宜。

1. 控鸞：控：駕馭。張君房《雲笈七籤·墉城集仙錄敘》：「或身離囂濁，控鸞鶴以沖虛。」

惺兒畫牽驢，戲題其右

驢為哲學家，負重無不可。四足已蹩躠，一背仍磊砢[1]。怡然逢孺子，引手釋所荷。牽曳就芻秣，目動兩頤朵[2]。長勞得少息，此樂吾亦頗[3]。泉聲如引睡，芳草隨所臥。

【解題】惺兒：即汪精衛之長女汪文惺（一九一四—二〇一五）。

1. 蹩躠（bié ㄅㄧㄝˊ/xiè ㄒㄧㄝˋ）：跛行貌。磊砢（luǒ ㄌㄨㄛˇ）：眾多委積貌。謂驢負荷甚多。
2. 芻秣：牛馬之飼料。朵：動。朵頤：鼓腮嚼食。
3. 頗：偏向。

蠟梅

后山詩句古今傳[1]，我更拈花一惘然。古色最宜邀凍石，孤標只合耦冰仙[2]。

淡黃月色無風夜，凝碧池光欲雪天。着此數枝更清絕，不辭耐冷立階前。

《廣東通志》：蠟石一名凍石。《群芳譜》：水仙單瓣者名冰仙

1. 后山：即北宋詩人陳師道。陳有詠蠟梅詩多首。
2. 孤標：形容品行高潔。耦（ǒu ㄡˇ）：配偶。

三十二年三月二十三日在廣州嗚崧紀念學校植樹，樹多木棉及桂。仲鳴沒於三月二十一日，次高沒於八月二十二日，適當兩樹花時也

兩手把樹枝，兩淚滴樹根。故人不可見，見樹如見人。木棉花殷紅，桂花皎以潔。想見故人心，如火亦如雪。花飛還復開，葉落還復生。有如故人心，萬古常青青。故人心何在？乃在人心裏。相愛復相親，故人良未死。樹人望成才，樹木望成林。收拾舊山河，勿負故人心。故人若歸來，臨風聞此曲，願山益以青，願水益以綠。

【解題】鳴崧紀念學校：汪精衛政府於一九四一年在廣州設立，以紀念曾仲鳴與沈崧（次高）。一九三九年曾仲鳴被刺於越南河內，沈崧被刺於香港。

三月二十六日別廣州，飛機中作此寄恂兒

秦淮綠柳未抽芽，南海紅棉已着花。四野春光融作水，千山朝氣蔚成霞。老牛含笑看新犢，雛鳥多情哺倦鴉[1]。乍喜相逢還惜別，卻愁風雨阻行槎。

【解題】一九四三年三月二十二日汪精衛自南京飛抵廣州，二十六日自廣州飛臺北，二十八日返南京。恂兒即汪精衛三女汪文恂（一九二二—二〇〇二）

1. 暗用舐犢、反哺之典。喻父女親愛。《後漢書．楊彪傳》：「（楊彪）子修為曹操所殺。操見彪問曰：『公何瘦之甚？』對曰：『愧無日磾先見之明，猶懷老牛舐犢之愛。』」
晉．成公綏《烏賦》：「雛既壯而能飛兮，乃銜食而反哺。」

書所見

網密蛛肥踞畫檐，兩獒爭骨殿門前。瓶花妥帖鑪香靜[1]，始信禪房別有天。

1. 妥帖：寧靜。

偶成

雨後春泥已下鋤，一庭芳穢有乘除[1]。鑪灰爆得花生米，便與兒童說子虛[2]。

1. 乘除：算術之乘法和除法。喻自然人事之消長盛衰。陸游《遣興》詩：「寄語鶯花休入夢，世間萬事有乘除。」
2. 子虛：漢司馬相如有《子虛賦》，假託子虛、烏有先生、亡是公三人互相問答。後指虛構故事。

即景

月光水色化虛無，月是冰心水玉壺[1]。化到竹林更清絕，竿竿都是碧琳腴[2]。

1. 冰心、玉壺：喻高潔之品性。鮑照《白頭吟》詩：「直如朱絲繩，清如玉壺冰。」王昌齡《芙蓉樓送辛漸》詩：「一片冰心在玉壺」。
2. 琳腴：喻美酒。此句以碧琳腴喻竹，色之青翠。

雜詩

文章有萬變，導源惟一清。欲致雲海奇，先求空水澄。澼之不厭純，淬之不厭精[1]。未能去荒穢，安在儲菁英[2]？星月有昭質，蕩蕩行空青[3]。虛中乃翕受，冰雪發其瑩[4]。非儉不能仁，非廉不能明。政事亦如此，感慨淚縱橫。

1. 澼（pì ㄆㄧˋ）：漂洗。淬：本指鍛造時淬火。引申為錘煉。
2. 荒穢：污穢，雜質。菁英：精華。
3. 昭質：明淨之品質。屈原《離騷》：「芳與澤其雜糅兮，唯昭質其猶未虧。」空青：青色之天空。杜甫《不離西閣》詩之二：「江雲飄素練，石壁斷空青。」
4. 虛中：虛心；謙虛。翕受：吸收。《書．皋陶謨》：「翕受敷施，九德咸事，俊乂在官。」發瑩：闡發之使其顯揚。

即事

風咽瓶笙茗熟初[1]，硯池花落惜香餘。青燈不礙明蟾影[2]，雙照樓中夜讀書。

1. 瓶笙：以瓶煎茶，水沸時發聲如吹笙，故稱。
2. 明蟾：舊說月中有蟾蜍，因以為月之代稱。

看花絕句

冰霜禁受不相猜，笑向東風把臂來。為使年年春似海，萬花齊落復齊開。

讀陶詩

愚觀《贈羊長史》詩，知陶公於劉裕之收復關河，不能無拳拳之念。然終於廢然意沮者，以裕之所為，不過自創其子孫帝王萬世之業，充此一念，患得患失，必無所不至。陶公胸次有伯夷之清，孟子所謂「行一不義、殺一不辜而得天下，不為」者，其攢眉而去，亦固其所。史但稱自以曾祖晉室宰輔云云，似未足以盡陶公。而諸家評注惟知着眼於此，可為一嘆。裕之手翦燕秦，固快人意，然以汲汲於帝制自為之，故功業不終，致成南北朝擾攘之局，是則全謝山之推崇宋武，亦不免有所偏也。因作此詩。

寄奴人中龍，崛起自布衣。伯仲視劉季，功更在攘夷[1]。嗟哉大道隱，天下遂為私[2]。坐令耿介士，棄之忽如遺[3]。錢溪始自勵，彭澤終言歸[4]。豈為恥折腰？恥與素心違[5]。世無管夷吾，左衽誠可悲[6]。若無魯仲連，何以張國維[7]？

【解題】劉裕（三六三—四二二）：即南朝宋武帝，小名寄奴。東晉末年劉裕率師北伐，於義熙五年（四〇九）滅南燕，義熙十三年（四一七）滅後秦，四二〇年代晉稱帝。全謝山：清代學者、文學家全祖望（一七〇五—一七五五）號謝山。

1. 伯仲：本為兄弟排行。喻不相上下。劉季：即漢高祖劉邦。攘夷：抗拒異族侵擾。《毛詩．車攻序》：「宣王能內修政事，外攘夷狄。」劉裕曾北伐，滅南燕（鮮卑）、後秦（羌），收復長安，故云。
2. 大道：治世之最高原則。《禮記．禮運》：「大道之行也，天下為公……今大道既隱，天下為家。」
3. 耿介：正直廉潔。《楚辭．九辯》：「獨耿介而不隨兮，願慕先聖之遺教。」棄之如遺：《國語．楚語下》：「靈王不顧於民，一國棄之如遺迹焉。」
4. 錢溪：今安徽貴池梅根港。自勵：勉勵自己。陶淵明有《乙巳歲三月為建威參軍使都經錢溪》詩，始動歸心。彭澤：縣名。漢代始設，在今江西北部。陶淵明曾為彭澤令，後辭官歸隱，賦《歸去來兮辭》。
5. 折腰：屈身事人。《晉書．陶潛傳》：「吾不能為五斗米折腰，拳拳事鄉里小人耶！」素心：本心。
6. 管夷吾：即春秋時政治家管仲。左袵（rèn ㄖㄣˋ）：衣襟向左。為古代某些少數民族之服式。《論語．子路》：「子曰：『管仲相桓公，霸諸侯，一匡天下，民到于今受其賜。微管仲，吾其被髮左袵矣！』」
7. 魯仲連：戰國末期齊國名士，曾奔走各國排難解紛，又「義不帝秦」，後歸隱。國維：國家之綱紀。《管子．牧民》：「國有四維，一維絕則傾，二維絕則危，三維絕則覆，四維絕則滅……何謂四維？一曰禮，二曰義，三曰廉，四曰耻。」歐陽修《五代史．雜傳》：「禮義廉恥，國之四維。四維不張，國乃滅亡。」

夜坐竹林中作

露葉風枝密復疎，碧琳腴映玉蟾蜍[1]。含光弄影知何意？伴我林間夜讀書。

1. 碧琳腴：喻綠竹。參前《即景》詩。玉蟾蜍：指明月。

竹

修竹竿竿綠到根，下為流水上為雲。茅亭更在深深處，只有書聲略可聞。

二十餘年前嘗自江西建昌縣驛徒步往柘林村訪四姊，侵曉行，夜半始達。留一日，以小舟歸。沿途山水清峭，意殊樂之，欲作詩，久未就；癸未夏夕苦熱，枕上忽得之。錄如左天明下艇辭田家，雙棹紆折穿蒹葭。忽從小汊出江面，灩灩玉鏡開秋華[1]。
建昌山水夙秀峭，盥沐風露逾柔嘉[2]。波遠白帆點初日，天空綠樹明朝霞。
澄漪絕底作碧色，俯視可辨石與沙。雲居縹緲在天半，倒影入水清而葩[3]。
昨宵苦熱體流汗，嗞嗽未畢寒齒牙。欣然腹餒思朝食，小舟相值多魚蝦。
十錢買得徑尺鱖，和以豉汁參薑芽。青蔬白米久已備，尚有村釀名橙花。
回頭煙樹乍明滅，柘林村與人俱遐。卅年骨肉一相見，苦淚在眼猶麻茶[4]。
須臾酒香飯亦熟，鷗鷺探首聲啞啞[5]。

【解題】此詩又見《同聲月刊》一九四三年第三卷第八期，題作「兆銘五六歲時，第四姊遣嫁江西王氏，路遠不得相見。直至民國九年夏間，始往訪之。由九江驛乘火車至建昌驛，下車步行，沿道訪問。窮一晝夜，始至柘林村得相見。臨別，四姊告以已備小舟，可直達塗家埠驛，換乘火車，省步行之勞也。如其言。沿途山水清絕，久欲作詩紀之，忽忽未就。今歲夏夕苦熱，枕上忽得之。詩不佳，然實錄。所云雲居，山名也，舟中可久久望見之」。按：汪精衛有三兄六姊，四姊即汪精衛生母之長女，名兆娥（據孫雲年《江南感舊錄》），一八七二年生，一八八八年適王氏（據汪兆鏞《微尚老人自訂年譜》）。癸未為一九四三年。

1. 汊（chà ㄔㄚˋ）：河流分岔處。灩灩：水波閃動貌。何遜《望新月示同羈》詩：「的的與沙靜，灩灩逐波輕。」玉鏡：喻明靜之水面。李白《陪族叔曄遊洞庭湖》詩之五：「淡掃明湖開玉鏡，丹青畫出是君山。」秋華：即秋花。
2. 盥沐：洗手洗臉。柔嘉：柔和美好。
3. 雲居：即雲居山，在今江西省九江市永修縣西北。
葩：華美。韓愈《進學解》：「《易》奇而法，《詩》正而葩。」
4. 麻茶：模糊、迷蒙貌。唐．李涉《題宇文秀才櫻桃》詩：「今日顛狂任君笑，趁愁得醉眼麻茶。」
5. 啞啞（yā ㄧㄚ）：象禽鳥鳴聲。焦贛《易林．師之萃》：「鳧雁啞啞，以水為家。」

飛行機中偶作

蒼天近咫尺，風日清且曠。白雲如蓮花，開滿碧海上。

癸未中秋作此示冰如

幼時嬉戲慈親側，最愛中秋慶佳節。遶庭拍手唱新詞，大餅團團似明月。今年兩遂含飴願[1]，對月開樽翁六一。坐聞咿啞為忻然[2]，卻憶兒時淚橫臆。月兮月兮我生與爾長相從，有影必共光必同。周旋朔漠千堆雪，流轉南溟萬里風[3]。悲歡離合無重數，喜爾清光總如故。屹然照此白髮翁，鐵骨冰心不相忤。芙蓉花影今宵多，依然壁上蔓藤蘿。不辭痛飲醉顏酡，卻顧恐被孟光訶[4]。

【解題】癸未中秋：公曆一九四三年九月十四日。時汪精衛在南京。

1. 含飴：即含飴弄孫。是年汪精衛長子汪文嬰、長女汪文惺各得一女。
2. 咿啞：象小兒之聲。蘇軾《中秋見月和子由》詩：「卷簾推戶寂無人，窗下咿啞惟楚老（蘇軾孫）。」
忻（xīn ㄒㄧㄣ）然：愉悅貌。
3. 周旋：輾轉盤桓。朔漠：北方沙漠地帶。流轉：流離轉徙。南溟：南方大海。
4. 孟光：東漢梁鴻之妻，此處借指陳璧君。訶（hē ㄏㄜ）：斥責。陳璧君限制汪精衛飲酒。故云。

即事

日光猛烈水風涼，水畔山頭百仞强。度壑穿林無限好，萬松香會萬荷香。

飛機中作

拂耳飛星若有聲，俛看足底月華生。山林城廓濛濛地，惟有長川一道明。

郊行即事

平原芳草綠初酣，馬足踟躕未忍探。最是日明風又靜，梈花如雪燭天南[1]。

1. 梈（tíng ㄊㄧㄥˊ）：即山梨。燭（讀入聲）：照耀。

百字令

連日熱甚，夜不成寐。既望，月出，布簟階上，臥觀久之，遂得酣睡至於天明，賦此為謝

悶沈沈地，忽飛來明月，萬花齊醒。香氣因風成百和，瑟瑟動搖清影[1]。歷亂茅茨[2]，尋常草樹，也入空靈境。四圍寂寂，浩歌宜在松頂[3]。 堪笑玉潔姮娥，獨清未辨，與眾生同病[4]。賴有一丸靈藥在，化作冷波千頃。蜀犬收聲，吳牛止喘，美睡從吾領[5]。夢回蛙鼓[6]，廣寒仙樂同聽。

1. 百和：即百和香，由各種香料合成之香。
2. 歷亂：紛亂。盧照鄰《芳樹》詩：「風歸花歷亂，日度影參差。」茅茨：茅草屋頂，亦指茅屋。
3. 浩歌：放聲高歌。屈原《九歌．少司命》：「望美人兮未來，臨風怳兮浩歌。」
4. 獨清：清白自處，不同流俗。《楚辭．漁父》：「屈原曰：舉世皆濁我獨清，眾人皆醉我獨醒。」未辨：不成功，沒做到。
5. 蜀犬：蜀郡之狗。柳宗元《答韋中立論師道書》：「僕往聞庸蜀之南，恒雨少日，日出則犬吠。」吳牛：吳地之水牛。漢．應劭《風俗通》：「吳牛望月則喘，使之苦於日，見月怖，亦喘之矣。」
6. 蛙鼓：群蛙鳴聲。邵雍《和王安之少卿雨後》詩：「蛙鼓未足聽，蚊雷未易驅。」

朝中措

重九日登北極閣，讀元遺山詞至「故國江山如畫，醉來忘卻興亡」，悲不絕於心，亦作一首

城樓百尺倚空蒼[1]。雁背正低翔[2]。滿地蕭蕭落葉，黃花留住斜陽[3]。闌干拍偏，心頭塊壘，眼底風光[4]。為問青山綠水，能禁幾度興亡？

【解題】重九：公曆一九四三年十月七日。元遺山即金元時期詞人元好問（一一九〇—一二五七）。

1. 空蒼：蒼天。宋．葉適《齊雲樓》詩：「虛景混空蒼，囂聲收遠肆。」
2. 雁背：周邦彥《玉樓春》詞：「煙中列岫青無數，雁背夕陽紅欲暮。」
3. 黃花：指菊花。
4. 塊壘：胸中鬱結之氣。辛棄疾《水龍吟》詞：「把吳鈎看了，闌干拍遍，無人會、登臨意。」

附：元好問詞（《朝中措．永寧時作》之三）

時情天意任論量。樂事苦相妨。白酒家家新釀，黃花日日重陽。　城高望遠，煙濃草淡，一片秋光。故國江山如畫，醉來忘卻興亡。

補遺

答小隱

孱軀敵憂患[1]，深情傷別離。相逢不可期，夢魂常依依。願我魂來日，適君夢我時。黯然盡所懷，握手有餘悲。夢亦不可到，愁亦不可掃。不如各努力，此心常相照。

【解題】據《南社叢刻》補。小隱：參前《有感》詩解題。

1. 孱軀：衰弱之軀。

口占贈小隱

小謫蓬萊別有天，素心人共話纏綿[1]。五更殘夢應相喚，莫負雞聲到枕邊。

【解題】據《邱樊倡和集》補。《南社叢刻》題作「贈小隱」。

1. 素心人：心地純潔之人。陶淵明《移居》詩之一：「聞多素心人，樂與數晨夕。」

答小隱

寒蕪衰柳不勝情，別恨頻從夢裏驚。同病憂憐相爾汝，論交肝膽共分明。敢因幻影悲離合，願守良知徹死生[1]。咫尺天涯猶可慰，隔牆時聽讀書聲。

【解題】據《邱樊倡和集》補，《汪精衛全集》及《南社叢刻》亦載。

1. 幻影：虛幻之景象。《金剛經》：「一切有為法，如夢幻泡影，如露亦如電。」良知：儒家謂人類先天所有之道德意識。《孟子．盡心上》：「人之所不學而能者，其良能也；所不慮而知者，其良知也。」

雜詠

風雨雞鳴夜[1]，殘鐙焱不明。頭顱看自厭，髀肉嘆重生[2]。北固名空擁，東封事已成[3]。更闌作奇夢，涉海射秋鯨[4]。

草沒軹深井，煙寒豫讓橋[5]。秦宮一擊筑，吳市數聲簫[6]。駿骨朽誰市，湘魂黯未招[7]。悲風答長嘯，落葉響蕭蕭[8]。

刀鋸一何吝，餘生慨以慷[9]。鴻毛微命賤，馬革腐屍香[10]。喪亂今方亟，痌瘝未忍忘[11]。悠悠過歲月，中夜起徬徨。

眾生淪地獄，踽踽欲何之[12]。羑里堅貞日，龍場悟澈時[13]。山河枯涕淚，風雨滌襟期[14]。自覺心如水，高歌日已移。

【解題】以上四首據《邱樊倡和集》補。《汪精衛全集》及《南社叢刻》亦載。

1. 風雨雞鳴：喻政治黑暗，社會不安。《詩．鄭風．風雨》：「風雨淒淒，雞鳴喈喈。」

2. 髀（bì ㄅㄧˋ）：指股部；大腿。晉．陳壽《三國志．蜀書．先主傳》裴松之註引晉．司馬彪《九州春秋》：「備住荊州數年，嘗於表坐起至廁，見髀裏肉生，慨然流涕。還坐，表怪問備，備曰：『吾常身不離鞍，髀肉皆消；今不復騎，髀裏肉生。日月若馳，老將至矣，而功業不建，是以悲耳。』」後因以「髀肉復生」為自嘆壯志未酬，虛度光陰之辭。

3. 北固：山名，在今江蘇鎮江東北，有南、中、北三峰，北峰三面臨江，形勢險要，故稱「北固」。東封：至東嶽行封禪之事。《史記．司馬相如列傳》載，司馬相如遺書《封禪文》，盛頌漢之功德，建議武帝封泰山、禪梁父。相如卒後八年，武帝從其言至泰山封禪。後以指帝王行封禪之事，昭告天下太平。

4. 射鯨：語本《史記．秦始皇本紀》：「始皇夢與海神戰……乃令入海者賫捕巨魚具，而自以連弩候大魚出射之。自琅邪北至榮成山，弗見。至芝罘，見巨魚，射殺一魚。」李白《古風五十九首》之三：「連弩射海魚，長鯨正崔嵬。」

5. 軹深井：即軹深井里，古地名。戰國時刺客聶政之故里，在今河南濟源縣。

豫讓橋：橋名，在並州晉陽縣（今太原）東一里。春秋時刺客豫讓為智伯報仇，欲刺趙襄子於汾橋畔，故亦稱汾橋為豫讓橋。龔自珍《自春徂秋》詩之五：「既窺豫讓橋，復瞰軹深井。」

6. 秦宮擊筑：見前《述懷》詩註19。

吳市吹簫：春秋時伍子胥為報父兄之仇，自楚逃至吳，曾吹簫乞食於吳市。《史記．范雎蔡澤列傳》：「伍子胥橐載而出昭關，夜行晝伏，至於陵水，無以糊其口，膝行蒲伏，稽首肉袒，鼓腹吹篪，乞食於吳市。」

7. 市骨：喻招攬人才。典出《戰國策．燕策一》，郭隗以買馬為喻，勸說燕昭王招攬賢士，謂古代君王以千金買千里馬而不得，乃以五百金買得馬骨，其後不到一年，得千里馬三匹。

湘魂：指屈原。屈原遭讒毀被流放至湘，後自沈於汨羅江，故云。《楚辭》有《招魂》篇，王逸《題解》：「《招魂》者，宋玉之所作也……宋玉憐哀屈原忠而斥棄，愁懣山澤，魂魄放佚，厥命將落。故作《招魂》，欲以復其精神，延其年壽。」

8. 悲風：淒寒之風。《古詩十九首．去者日以疏》：「白楊多悲風，蕭蕭愁殺人。」蕭蕭：象聲詞。屈原《九歌．山鬼》：「風颯颯兮木蕭蕭，思公子兮徒離憂。」

9. 刀鋸：刀和鋸。古代刑具。亦代指刑罰。慨以慷：即慷慨。曹操《短歌行》：「慨當以慷，憂思難忘。」

10. 鴻毛：鴻雁之毛。喻輕微或不足道之物。《戰國策．楚策四》：「是以國權輕於鴻毛，而積禍重於丘山。」韓愈《貞女峽》詩：「漂船擺石萬瓦裂，咫尺性命輕鴻毛。」微命：卑微之生命。屈原《天問》：「蠭蛾微命，力何固？」王勃《滕王閣序》：「勃，三尺微命，一介書生。」

馬革：見前「辛亥三月二十九日……」詩之二註3。

11. 喪亂：死亡禍亂。形容社會動盪。《詩．大雅．雲漢》：「天降喪亂，饑饉薦臻。」

痌（tōng ㄊㄨㄥ）：痛；瘝（guān ㄍㄨㄢ）：病。痌瘝：病痛；疾苦。

12. 踽踽（jǔ ㄐㄩˇ）：孤獨行走貌。《詩．唐風．杕杜》：「獨行踽踽。」毛傳：「踽踽，無所親也。」

13. 羑里：殷代監獄名。《莊子．盜跖》：「文王拘羑里。」《太平御覽》卷六四三引《風俗通》：「《周禮》三王始有獄……殷曰羑里，言不害人，若於閭里。」司馬遷《報任少卿書》：「文王拘而演周易，仲尼厄而作春秋。」

龍場：即龍場驛，在今貴陽市修文縣。明代王守仁以忤逆宦官劉瑾，被貶為龍場驛驛丞，於此悟道，遂開「心學」一派。

14. 襟期：襟懷、志趣。北齊．高澄《與侯景書》：「繾綣襟期，綢繆素分。」

同展堂遊張家口雲泉寺

關外春深似暮秋，半鞭殘雪此清遊。奇愁突兀如山起，密意迴環似水流。

一勺雲泉茶易熱，千年冰洞屐難留。獨憐老樹餘枯幹，盡日邊風撼未休。

【解題】據《國學週刊》第六期補（一九二三年六月十三日）。《汪精衛全集》詩題誤作「聞展堂游張家口雲泉寺」，文字亦略異。一九一七年三月胡漢民自北京往游明陵及張家口。參前《遊昌平陵》詩解題。

附：胡漢民詩《由張家口歸》

但見千山雪，誰知三月春。樹枯仍入畫，月冷故依人。歸路衣裘薄，迷途僕豎親。笑他趨熱者，何事候風塵。

鼓山道中

松聲忽與泉聲合，山色遙從海色分。失喜踈林自見月[1]，卻看涼袂欲生雲。

詩成便欲乘風去，鸞吹蒼茫不可聞[2]。

【解題】據《汪精衛集》及《汪精衛全集》補。詩缺首聯。

1. 失喜：喜極不能自制。宋之問《牛女詩》：「失喜先臨鏡，含羞未解羅。」
2. 鸞吹（chuì ㄔㄨㄟˋ）：指笙簫等樂聲。唐·李群玉《昇仙操》：「鳳臺閉煙霧，鸞吹飄天風。」

寄題雄跨亭

亭在陳英士墓道之側

惆悵危欄倚翠微，不因宿草已沾衣[1]。山中明月須長在，照得遼東一鶴歸[2]。
腹痛車中力不任，中原北望暮雲沈[3]。滿山木葉蕭蕭響，說盡平生報國心。
渡河聲咽宗留守，聞笛心傷向子期[4]。一角虛亭殘月裏，夢中識路有餘悲[5]。

【解題】以上三首據《汪精衛集》及《汪精衛全集》補。
陳其美（一八七八—一九一六），字英士，浙江吳興（今湖州）人。一九〇六年於日本加入同盟會，辛亥革命後任滬軍都督，一九一六年在上海被刺殺。墓在湖州南郊峴山東麓。雄跨亭在峴山之巔。

1. 惆悵：本集均作「悵倚」，據《汪精衛詩存》一九三三年改訂本改。宿草：隔年之草。《禮記·檀弓上》：「朋友之墓，有宿草而不哭焉。」後多用為致悼之辭。沾衣：淚濕衣襟。
2. 遼東鶴：參前「八月二日乘飛機至廣州」詩註 1。

3. 腹痛：參前《秋夜》詩註4。中原北望：陸游《書憤》詩：「早歲那知世事艱，中原北望氣如山。」

4. 宗留守：即宗澤（一〇六〇—一一二八），北宋末、南宋初名臣。曾任東京留守，力主抗金。後憂憤而死，臨終三呼「過河」而卒。見《宋史》本傳。

向秀（約二二七—二七二），字子期，魏晉間名士，「竹林七賢」之一。景元四年（二六三），嵇康、呂安為司馬氏所害，向秀經其山陽舊居，聞鄰人吹笛而追念亡友，因作《思舊賦》。後以為懷念故友之典。

5. 夢中識路：沈約《別范安成》詩：「夢中不識路，何以慰相思。」

奴兒哈赤墓上作

墓在瀋陽城東俗稱東陵

百年終一死，所餘但枯骨。可憐秦始皇，於此致情切。生營阿房宮，死葬驪山穴[1]。刑徒七十萬[2]，汗盡繼以血。後來帝王陵，侈麗如一轍。珠襦與玉匣，留與赤眉發[3]。淒涼冬青樹，遺黎淚空咽[4]。靺鞨起黑水，人事至簡率[5]。一朝得薦食，摹擬惟恐失[6]。瀋陽城之東，岡巒若屏列。周遭四十里，松柏青鬱鬱。墓門與隧道，初日煥丹漆。取材自昌平，規模信弘闊。昔日遼東戰，千里血渠決[7]。髑髏築京觀，高與此陵埒[8]。自從入關來[9]，中原苦蕭瑟。揚州與嘉定，屠城輒十日[10]。城闕爾何物，朽骨驚突兀。丹青爾何物，血肉慘凝結。歷史如我詔，悲慨腸內熱[11]。禍階自玄鳥，朱果孕梟傑[12]。長林與豐草[13]，世世作巢窟。老汗真封狼，所至縱馳突[14]。持校阿骨打，嗜殺差髣髴[15]。持校鐵木真，戰伐遜功烈[16]。長城適自壞[17]，戎馬不能遏。生貙復生羆，九州竟囊括[18]。黨人起革命，危苦經百折。所蘄但平等[19]，志事昭若揭。三戶秦遂亡，九世讎已雪[20]。於今一家內，不復辨胡越[21]。君看原上樹，樵斧不容伐。當春綠盈枝，行人弄清樾。山川自輝媚，雲物足怡悅[22]。村歌雜婦孺，燕雀鳴相聒。南望黃花岡，毅魄如可活[23]。真成抵黃龍，痛飲不能節[24]。

【解題】據曾仲鳴本《小休集》補。奴兒哈赤：即清太祖努爾哈赤（一五五九—一六二六）。汪精衛於一九二二年九月赴奉天（瀋陽）會晤張作霖，協商聯合反直系軍閥之計劃。

1. 阿房宮：秦始皇所營宮殿，阿房為地名。驪山：在陝西臨潼，秦始皇陵即在此。

2. 《史記．秦始皇本紀》：「作宮阿房，故天下謂之阿房宮。隱宮徒刑者七十餘萬人，乃分作阿房宮，或作麗山。」麗山即驪山。

3. 珠襦：貫珠為飾之短衣，為古代帝后之服。玉匣：漢代帝王葬飾。赤眉：西漢末農民起義軍。因以赤色塗眉為標誌，故稱。後泛指農民起義軍。發：挖掘，指盜墓。

4. 冬青：一種常綠喬木。至元十五年（一二七八），元僧楊璉真伽掘宋代帝后陵墓，棄屍骨於草莽之間。宋遺民唐珏等收取遺骨葬於紹興蘭亭，又移宋故宮之冬青樹植其上。後多用為遺民悼念故國之典。遺黎：亡國之民，遺民。

5. 靺鞨（mò ㄇㄛˋ／hé ㄏㄜˊ）：中國古代少數民族名，五代以後稱女真，主要分佈於東北。明朝時建州女真結合其他部落和民族成為滿洲，即滿族。黑水：即黑龍江。簡率：簡略粗率。

6. 薦食：吞併。《左傳．定公四年》：「吳為封豕長蛇，以薦食上國。」摹擬：模仿，傚法。

7. 遼東：遼河以東地區。明末明軍與滿洲軍在遼東長期作戰。

8. 京觀（guàn ㄍㄨㄢˋ）：古時戰爭勝利者為炫耀武功，收集敵人屍首封土而成之高冢。《左傳．宣公十二年》：「君盍築武軍，而收晉屍以為京觀。」埒（liè ㄌㄧㄝˋ）：等同。

9. 入關：進入山海關。一六四四年四月清軍入關，五月攻佔北京，九月遷都於此。

10. 揚州：即揚州。順治二年（一六四五）四月，清軍攻破揚州，屠城十日，史稱「揚州十日」。同年六月和八月，嘉定遭清軍三次屠城，史稱「嘉定三屠」。

11. 詔：告誡。內熱：內心憂慮焦灼。《莊子．人間世》：「今吾朝受命而夕飲冰，我其內熱與！」杜甫《自京赴奉先縣咏懷五百字》詩：「窮年憂黎元，嘆息腸內熱。」

12. 禍階：災禍之來處。階即階梯，喻憑藉或途徑。《三國志．魏志．文德郭皇后傳》：「桀奔南巢，禍階末喜。」玄鳥：即燕子。相傳簡狄吞玄鳥卵而懷孕生契（商朝之始祖）。《詩．商頌．玄鳥》：「天命玄鳥，降而生商。」

朱果：清朝祖先之傳說。《清通志．氏族一》：「我朝先世發祥於長白山。山之東有布庫哩山，下有池曰布勒瑚里，相傳有天女三浴於池，浴畢，有神鵲銜朱果置季女衣，季女取而吞之，遂有身。尋產一男，生而能言，體貌奇異。及長，母告之故。命曰：『汝以愛新覺羅為姓，天生汝以定亂國。其往治之。』……三姓遂以女妻之，奉為國主，其亂遂定。於是居長白山東鄂多理城，國號滿洲。」梟傑：梟雄。

13. 長林豐草：林深草密之地，為禽獸棲息之所。後用以指隱逸者所居。此指游牧民族所居。

14. 老汗（hán ㄏㄢˋ）：汗即可汗，為少數民族統治者之稱號。此指努爾哈赤。封狼：見前譯囂俄共和二年之戰士詩註 4。馳突：奔馳衝突。《後漢書．南匈奴傳論》：「雲屯鳥散，更相馳突。」

15. 阿骨打（一〇六八—一一二三）：女真族酋長，金國建立者。髣髴：同「彷彿」，類似。

16. 鐵木真（一一六二—一二二七）：即成吉思汗，蒙古帝國建立者。功烈：功勛業績。

17. 長城：喻保衛國家之重要力量。《宋書．檀道濟傳》：「道濟見收，脫幘投地曰：『乃復壞汝萬里之長城。』」

18. 貙（chū ㄔㄨ）：猛獸名。也稱貙虎。羆（pí ㄆㄧˊ）：熊類猛獸。李商隱《韓碑》詩：「淮西有賊五十載，封狼生貙貙生羆。」

19. 蘄：通「祈」，祈求。

20. 三戶：三戶人家。極言人數之少。《史記．項羽本紀》：「自懷王入秦不反，楚人憐之至今，故楚南公曰：『楚雖三戶，亡秦必楚也。』」按：推翻秦朝之項羽、劉邦皆為楚人。九世讎：謂累世深仇。春秋時齊哀公遭紀侯誣害，為周天子所烹，至齊襄公滅紀國，始復九世祖之仇。事見《公羊傳．莊公四年》。《漢書．匈奴傳上》：「昔齊襄公復九世之讎，《春秋》大之。」

21. 一家：一個大家庭。民國時期有「五族共和」之說。胡越：胡與越。泛指北方和南方各民族。

22. 輝媚：語本陸機《文賦》：「石韞玉而山輝，水懷珠而川媚。」

雲物：景物。謝朓《高松賦》：「爾乃青春受謝，雲物含明，江皋綠草，曖然已平。」怡悅：取悅；喜悅。《史記·周本紀》：「今殷王紂乃用其婦人之言……乃為淫聲，用變亂正聲，怡説婦人。」

23. 毅魄：英靈。語本屈原《九歌·國殤》：「身既死兮神以靈，魂魄毅兮為鬼雄。」

24. 黃龍：即黃龍府，為遼金兩代重鎮，故址在今吉林農安。一一二六年金兵俘虜宋朝徽欽二帝后北上，一度將其囚禁於此。《宋史·岳飛傳》：「金將軍韓常欲以五萬眾內附。飛大喜，語其下曰：『直抵黃龍府，與諸君痛飲爾！』」

為榆生題上彊邨授硯圖

蕉葉青花慘不言，墨痕中雜淚痕溫。知君落筆深燈裏，定有高歌動九原。

【解題】據《同聲月刊》第二卷第一號（一九四二年一月十五日出版）補。又見《國聞週報》第十二卷第一期「采風錄」。

朱祖謀（一八五七—一九三一），原名朱孝臧，字古微，號漚尹，又自號上彊邨民，為「清末四大詞人」之一。浙江歸安（今湖州）埭溪渚上彊邨人。光緒九年（一八八三）進士，官至禮部右侍郎。民元後以遺老寓居上海，一九三一年十二月病逝。卒前以平日校詞之朱墨雙硯授龍榆生，寓傳衣缽之意，夏敬觀為繪《上彊邨授硯圖》以志其事；其後十餘年間陸續有吳湖帆、湯滌、徐悲鴻、方君璧等為繪授硯圖，計達八幅之多（最後一幅繪於汪氏去世後）。此詩所題之圖不詳誰氏所繪。

張永福先生創辦《圖南日報》，為宣傳革命之嚆矢，其別墅曰晚晴園，總理孫先生每過星洲，必下榻焉。日來永福先生以大著見示，為賦一絕

遙從南斗望中原，壯志天池欲化鯤[1]。百戰故人今健在，白頭重話晚晴園。

【解題】據張永福《南洋與創立民國》補。此詩作於一九三三年八月，為張永福《南洋與創立民國》一書之題序。張永福（一八七二——一九五七）字叔耐，廣東饒平人，生於新加坡，為當地華僑領袖。一九〇四年與陳楚楠創辦《圖南日報》，一九〇六年參與成立同盟會新加坡分會，任副會長，一九〇七年任會長。一九三二年回國，任國民政府僑委常委、國民黨黨史編纂委員會名譽編纂、汕頭市長和中央銀行汕頭分行行長等職。後追隨汪精衛，曾任汪政府中央監察委員、國民政府委員，一九四八年後寓居香港直至病逝。晚晴園

在新加坡，始建於十九世紀末，後為張永福購得，曾作同盟會新加坡分會會址。今闢為孫中山南洋紀念館。

嚆矢：即響箭。發時其聲先箭而至，故以喻開始，猶言先聲。星洲：即新加坡。

1. 南斗：星名。即斗宿。在北斗星以南，有星六顆，形似斗，故稱。借指南方。

天池：即南冥，南方大海。《莊子．逍遙遊》：「北冥有魚，其名為鯤。鯤之大，不知其幾千里也；化而為鳥，其名為鵬。鵬之背，不知其幾千里也；怒而飛，其翼若垂天之雲。是鳥也，海運則將徙於南冥。南冥者，天池也。」

題楊椒山先生手書詩卷

纏綿忠愛何時畢，萬劫難灰一寸心[1]。化作松筠庵畔月，孤光長照後來人[2]。

既敬錄先生絕命詩，復步先生獄中詩原韻成此一絕。

【解題】據《同聲月刊》第二卷第九號（一九四二年十月十五日出版）卷首圖版補，詩題為編者所加。此詩又見何秀峰、何英甫抄本，題作「三十一年題楊椒山先生詩卷」。楊椒山即楊繼盛，參前《詠楊椒山先生手所植榆樹》詩。

1. 纏綿忠愛：忠君愛國之情深摯難解。清．湯斌《劉山蔚詩序》：「少陵間關氛祲曾無虛日，而感時憂國，忠愛纏綿，即一飯一吟不忘君父。」

萬劫：佛教稱世界由生到滅為一劫。又謂劫火之餘灰為劫灰。梁．慧皎《高僧傳》：「昔漢武穿昆明池底，得黑灰，問東方朔。朔云：『不知，可問西域胡人。』後法蘭既至，衆人追以問之，蘭云：『世界終盡，劫火洞燒，此灰是也。』」寒灰：即死灰。一寸心：指一片誠心。蘇軾《滕縣時同年西園》詩：「我獨種松柏，守此一寸心。」

2. 松筠庵：在北京宣武門外達智橋胡同，為楊繼盛故居，清乾隆間改為楊椒山祠。

孤光：孤獨之光，常指日或月。宋．張孝祥《念奴嬌．過洞庭》詞：「應念嶺表經年，孤光自照，肝膽皆冰雪。」

附：楊繼盛手書詩卷

逐日課程惟有睡，百年勳業本無心。聖君賜我安閒地，好作羲皇世上人。
一息若存還報主，萬古不死是吾心。於今秪合昏昏睡，笑殺當時勳業人。
疎懶百年還舊癖，功名此日負初心。本來面目頻頻照，恐落寰中第二人。
嘉靖三十四年秋月之望　椒山

按：即楊繼盛《夏午睡胡敬所年兄因見教作此和謝》三首。文字與別集所載略異。

汪精衛《楊椒山先生手書獄中詩跋》

兆銘七八歲時，先君子即令手抄楊椒山獄中家書誦之。弱冠處北京刑部獄中，日夕與椒山先生手植榆樹相對。相傳先生在獄中，每春輒植一樹，言曰：「我生則樹不活，我死則樹活。」歷歲樹皆不活，嘉靖三十四年春，植樹活，先生果以是年十月朔棄市，蓋偶然歟。獄卒傳先生神話，多至不可勝紀，數百年如一日，非其精誠感人之深，不能若是也。刑部獄舍，於民國元年以後，議拆去更造。兆銘告王總長亮疇，必毋伐此樹，以存甘棠之愛。兆銘於先生嚮慕已深，每欲得一二行手澤，以遂瞻仰。十年冬，在廣州市書肆，得先生手書鷓鴣詞，狂喜，其後仔細推究，決為贗鼎，為之廢然。今見此卷，真氣淋漓，於安閒中得貞固，且經晦聞先生鑒賞，誠屬人間至寶。展覽再三，追憶前事，為之惘然。

二十三年八月　汪兆銘記

又：三十一年六月，重見此卷於廣州，並得而寶藏之，欣幸何極！然撫時感舊，又為之惘惘不置。汪兆銘。

又：晦聞考證椒山先生此三首作於將死之前，今錄絕命一首於後。

按：汪精衛所錄楊繼盛絕命詩：浩氣還太虛，丹心照千古。平生未報恩，留作忠魂補。

【附註】王總長亮疇：王寵惠（一八八一——一九五八），字亮疇，廣東東莞人。近代著名法學家和外交家。一八九五年考入天津北洋大學堂，一九〇二年赴美國，入耶魯大學，獲法學博士學位。一九〇五年加入同盟會，一九一二年一月任南京臨時政府外交總長，三月被任命為袁世凱政府司法總長。其後歷任國民政府要職。一九四九年赴香港，尋轉臺灣，一九五八年三月十五日病逝於臺北。

晦聞先生：黃節（一八七三——一九三五），字晦聞，廣東順德人。近代著名詩人和學者，為「嶺南近代四大家」之一。一九〇二年在上海創刊《政藝通報》以宣傳革命，繼而創立國學保存會，創刊《國粹學報》。一九〇九年加入同盟會，一九一三年加入南社。一九一九年任北大教授，一九二八年任廣東省教育廳廳長等，後歷任北平各大學教職，一九三五年一月二十四日病逝於北平。

由巴黎返羅痕郊行

蛙迎歸客互喧呼，無限歡聲漸滿湖。幾處蘆根知水落，一時風雨令花疎。好山重對逢知己，熟徑追尋溫舊書。入夜誰驅幽澗月，伴人耿耿到庭除[1]。

【解題】以下七首據汪氏後人二〇〇四年自印本補。一九三六年汪精衛赴德國羅痕養病。參前《羅痕》詩解題。

1. 耿耿：見《蝶戀花．冬日得國內友人書》詞註2。

重九登白雲山

累碁直上眾峰頭，回首坡坨紫翠稠[1]。南國魚龍方靜夜，中原鴻雁又驚秋。名山浪作終身計，佳節聊為盡日遊。歸路漸知人事近，尚聞磵水入林幽[2]。

1. 累碁（qí ㄑㄧˊ）：堆疊棋子。喻形勢危險。《戰國策．秦策四》：「物至而反，冬夏是也。致至而危，累碁是也。」

坨：土堆。宋．孫覿《胡恭夫勉齋》詩：「鬆鬆拔地起，千丈青坡坨。」

2. 磵（jiàn ㄐㄧㄢˋ）：山間水溝。

舟出巫峽過巫山縣城俯江流山翠欲活與十二峰巉巖氣象迥不侔矣為作一絕句

峽開江水接天流，一抹修眉翠黛浮[1]。若把風姿喻神女，矜嚴消盡見溫柔[2]。

【解題】一九三八年八月，汪精衛自武漢赴重慶。巫峽：長江三峽之一。西起重慶巫山縣大溪，東至湖北巴東縣官渡口。因巫山而得名。

1. 修眉：長眉。翠黛：黑綠色。唐．皮日休《太湖詩．石板》：「似將翠黛色，抹破太湖秋。」
2. 神女：即巫山神女。相傳為赤帝之女，名瑤姬，未嫁而卒，葬於巫山之陽。見宋玉《高唐賦》序及《文選》李善註。矜嚴：矜持嚴肅。

過巫峽

奇峰十二貫蒼穹[1]，鐵骨松顏今古同。一掃荒唐雲雨夢，披襟飽領大王風[2]。

1. 奇峰十二：巫山有十二峰。
2. 雲雨夢：用楚襄王與巫山神女之典故。宋玉《高唐賦》序：「昔者楚襄王與宋玉遊於雲夢之臺，望高唐之觀……怠而晝寢，夢見一婦人曰：『妾巫山之女也，為高唐之客，聞君遊高唐，願薦枕席。』王因幸之。去而辭曰：『妾在巫山之陽，高丘之岨，旦為朝雲，暮為行雨。朝朝暮暮，陽臺之下。』」
大王風：宋玉《風賦》：「有風颯然而至，王乃披襟而當之曰：『快哉此風，寡人所與庶人共者邪！』宋玉對曰：『此獨大王之風耳，庶人安得而共之？』」後多指帝王雄風。此處謂好風。

聞之舟子三峽猿啼近來已成絕響為作一絕句

不盡人間殺伐心[1]，老猿從此入山林。風清日烈瞿塘峽[2]，惟有秋蟬自在吟。

【解題】三峽猿啼：酈道元《水經注·江水二》：「自三峽七百里中，兩岸連山，略無闕處，重巖疊嶂，隱天蔽日，自非停午夜分，不見曦月。……每至晴初霜旦，林寒澗肅，常有高猿長嘯，屬引淒異，空谷傳響，哀轉久絕。故漁者歌曰：巴東三峽巫峽長，猿鳴三聲淚沾裳。」

1. 殺伐：殺戮。指捕殺猿猴與砍伐樹木。
2. 瞿塘峽：長江三峽之一，西起四川奉節縣白帝城，東至重慶巫山縣大溪。

春暮

又是鶯飛草長時，劫餘髠柳亦成絲[1]。可憐春色窮妍麗，不似人間有亂離[2]。
死未歸魂虛上塚，生仍枵腹強扶犁[3]。幽禽枉作丁甯語，為問提壺欲勸誰[4]。

1. 鶯飛草長：見前《舟中曉望》詩註。髠（kūn ㄎㄨㄣ）：砍；截斷。
2. 亂離：遭戰亂而流離失所。
3. 上塚：上墳，掃墓。枵（xiāo ㄒㄧㄠ）腹：空腹。謂飢餓。
4. 丁甯：言語懇切貌。提壺：鳥名，亦作「提壺蘆」，即鵜鶘。參前《春晴》詩註 7。

題吳道鄰繪《木蘭夜策圖》

風四號，月半吐，此時攬轡踄長路[1]。風與馬，同蕭蕭[2]，月與人，同踽踽。拚將熱血葆山河，欲憑赤手迴天地。戈可揮，劍可倚[3]。一干一城從此始。雖千萬人吾往矣[4]。

【解題】吳道鄰（一九一〇—？）：字少蘊，江蘇吳縣人。為吳湖帆入室弟子。木蘭：民間傳說人物。曾女扮男裝代父從軍。參北朝民歌《木蘭辭》。此詩何秀峰、何英甫抄本題作「題吳道鄰為冰如繪便面」。

1. 攬：原誤作「攪」，逕改。攬轡即挽住馬繮。曹植《贈白馬王彪》詩：「欲還絕無蹊，攬轡止踟躕。」踄（bù ㄅㄨˋ）：步行。
2. 蕭蕭：象聲詞。常形容馬鳴聲、風雨聲等。《詩．小雅．車攻》：「蕭蕭馬鳴，悠悠旆旌。」陶淵明《詠荊軻》詩：「蕭蕭哀風逝，淡淡寒波生。」
3. 揮戈：喻力挽危局。參前《譯囂俄共和二年之戰士詩一首》註9。
倚劍：語本宋玉《大言賦》：「方地為車，圓天為蓋。長劍耿介，倚乎天外。」
4. 干（gān ㄍㄢ）：盾牌。一干一城喻防衛力量薄弱。
雖千萬人吾往矣：形容勇往直前。《孟子．公孫丑》：「自反而縮，雖千萬人吾往矣！」

瀝滘蘊園鵜鸕　民元六月

小舟入浦溆，初日媚淪漣[1]。藹藹嘉樹陰，裊裊晨炊煙[2]。荔子千萬顆，顆顆紅欲燃[3]。香帶朝露清，艷奪晴霞鮮。小屋亦如舟，長在水之邊[4]。盈盈檽檻間，悉與荔相緣[5]。饑以荔為糧，渴以荔為泉。既醉復既飽，一榻南窗前[6]。樹影在衣袂，幽夢如飛仙[7]。夢回夜未闌，人月同娟娟。

【解題】自此以下九首皆錄自《汪精衛詩詞新編》（臺北市：時報文化，二〇一九）所附何秀峰、何英甫抄本手跡（其已見於報端雜著者不錄）。二本文字略異，今參酌而定。據新編，何秀峰（一八九八—一九七〇）為汪精衛長婿何孟恆之父，何英甫為何秀峰之弟。瀝滘（jiào ㄐㄧㄠˋ）：河道相通處。廣東地名多見。瀝滘在廣東番禺，今屬廣州海珠區。蘊園、鵜鸕，皆不詳。

1. 浦溆（xù ㄒㄩˋ）：水邊。杜甫《戲題王宰畫山水圖歌》：「舟人漁子入浦溆，山木盡亞洪濤風。」
淪漣：水波。唐．皎然《溪上月》詩：「蟾光散浦溆，素影動淪漣。」
2. 藹藹：茂盛貌。陶淵明《和郭主簿》之一：「藹藹堂前林，中夏貯清陰。」
嘉樹：美樹。《楚辭．九章．橘頌》：「后皇嘉樹，橘徠服兮。」

3. 荔子：即荔枝。

4. 蘇軾《寒食雨二首》其二：「小屋如漁舟，濛濛水雲裏。」《詩．秦風．蒹葭》：「所謂伊人，在水之湄。」

5. 櫺（líng ㄌㄧㄥˊ）檻（jiàn ㄐㄧㄢˋ）：欄杆。漢．班固《西都賦》：「舍櫺檻而卻倚，若顛墜而復稽。」

6. 黃遵憲《番客篇》詩：「既醉又飽腹，出看戲舞場。」南窗：向南之窗戶，亦作泛指。陶淵明《歸去來兮辭》：「引壺觴以自酌，眄庭柯以怡顏。倚南窗以寄傲，審容膝之易安。」

7. 飛仙：會飛之仙人。蘇軾《赤壁賦》：「挾飛仙以遨遊，抱明月而長終。」

賀新涼

何處追涼地[1]。繞城西、幾條略彴，一灣流水[2]。紅荔香中搖屎艇，十里晚晴天氣[3]。看隊隊、鴛鴦游戲。濯足滄浪嫌水濁，煮魚生、粥喫偏爭嗜[4]。新月上，夜如市。

柳波搖漾荷風細。意微醺、茉莉當胸，素馨圍髻。菱角蓮蓬隨意喫，領取泮塘風味[5]。把渣滓、中流拋棄。和尚吟吟開口笑，有疍家、狗肉燜鹽豉[6]。消長夏，儘如此[7]。

【解題】賀新涼：即詞牌「賀新郎」。

1. 追涼：乘涼，納涼。陸游《湖上夜賦二首》其二：「清絕追涼地，平生得未曾。」
2. 略彴（zhuó ㄓㄨㄛˊ）：小木橋。《漢書．武帝紀》「初榷酒酤」，唐．顏師古注：「榷者，步渡橋，《爾雅》謂之石杠，今之略彴是也。」按：二何抄本皆作「略約」，逕改。
3. 屎艇：廣州舊俗稱清運糞溺之無篷小船。
4. 《孟子．離婁上》：「有孺子歌曰：『滄浪之水清兮，可以濯我纓；滄浪之水濁兮，可以濯我足。』孔子曰：『小子聽之！清斯濯纓，濁斯濯足矣，自取之也。』」魚生粥：廣東特色鹹粥。魚生即生魚片。喫：同「吃」（入聲）。
5. 泮塘：地名。舊指廣州西郊大片低窪之地（今屬荔灣區）。水產多菱角、蓮藕、馬蹄等，有所謂「泮塘五秀」之名。
6. 吟吟：笑貌。疍（dàn ㄉㄢˋ）家：即疍戶。舊時水上居民，多以船為家。
7. 長夏：即夏天。因白晝較長，故稱。亦特指陰曆六月。消夏：即避暑。

民國九年重陽節日既葬仲實於薤露園，余與方曾陳三君植梅二、冬青樹百於墓旁。嗟夫！東西南北之人，生無定所，死無定處，得與此三尺斷墳朝夕相依者，惟此離離草樹而已，能無慨然

殘日荒荒土一坏，蕭風斜送斷鴻來[1]。心魂相守渾無據，不及寒花傍塚開[2]。

【解題】仲實：即黎仲實（一八八六—一九一九），廣東高要人。一九〇二年留學日本，一九〇三年加入軍國民教育會、拒俄義勇隊。一九〇五年加入同盟會。後參與領導欽廉起義、河口起義，又與汪精衛等謀刺攝政王載灃。一九一九年病逝於上海，葬於萬國公墓（初名薤露園）。方曾陳三君：即方君瑛、曾醒、陳璧君。

《禮記．檀弓上》：「今丘也，東西南北之人也。」鄭玄注：「東西南北，言居無常處也。」

1. 荒荒：黯淡迷茫貌。杜甫《漫成二首》其一：「野日荒荒白，春流泯泯清。」坏（pī ㄆㄧ）：同「抔」。
2. 清．顧貞觀《金縷曲》：「詞賦從今須少作，留取心魂相守。」寒花：天寒時開放的花，此處指梅花。

二十四年四月題譚復生唐佛塵先生墨跡

慷慨從容作國殤，大名千古兩瀏陽[1]。淋漓楮墨痕猶濕，中有孤兒淚萬行[2]。

【解題】譚復生：譚嗣同（一八六五—一八九八）字復生，湖南瀏陽人。「戊戌六君子」之一。

唐佛塵：唐才常（一八六七—一九〇〇）號佛塵，湖南瀏陽人，清末維新派領袖之一。戊戌變法失敗後創「自立會」，並於漢口謀舉自立軍起義，事泄被捕就義。

1. 國殤：為國犧牲者。屈原《九歌》有〈國殤〉篇。
2. 楮（chǔ ㄔㄨˇ）墨：紙與墨。孤兒：指唐才常次子唐有壬（一八九四—一九三五）。日本慶應大學理財科畢業，回國後曾任南京國民政府交通部次長、第三屆立法委員等，一九三三年經汪精衛推薦出任外交部常務次長，一九三五年十二月廿五日，在上海寓所遇刺身亡。

百字令

寒雲送月，正初日朦朧，障紗微浴[1]。一抹朝霞紅欲醉，驚起翠禽雙宿[2]。疊嶂重重，垂楊處處，遠引登臨目[3]。懸流百尺，碎紅飛入深綠[4]。最是宿恙初痊，扶筇小步，笑把羣峰逐。寂寂荒籬聞犬吠，古寺寒鐘相續。湖面膠冰，山牙界雪，僧釀欣初熟。悠然一覺，千秋此意能足。

1. 障紗：亦稱「幛紗」、「紗障」，即面紗。
2. 翠禽：即翠鳥。宋・姜夔《疏影》詞：「苔枝綴玉，有翠禽小小，枝上同宿。」
3. 辛棄疾《沁園春》詞：「疊嶂西馳，……爭先見面重重。看爽氣朝來三數峰。」《五燈會元》卷二十載大慧禪師詩句：「處處綠楊堪繫馬，家家門底透長安。」王安石《桂枝香・金陵懷古》詞：「登臨送目。正故國晚秋，天氣初肅。」
4. 懸流：從高處下注之水流，多指瀑布。郭璞《江賦》：「淵客築室於巖底，鮫人構館於懸流。」

題獨漉堂《聽劍圖》

一瓣心香四十年，敢云火盡有薪傳[1]。餘生重值艱難日，掩淚淒吟寶劍篇[2]。

兆銘弱冠時讀獨漉堂集，始感激為詩[3]，四十年來朋輩偶有稱兆銘詩似獨漉者，大喜過望，而未敢信也。去歲璧君得此圖於廣州，恭敬展對，久久不忍捨去。今秋再覯，爰發狂言，千載以下尚祈見宥[4]。辛巳重陽日汪兆銘再題。

【解題】獨漉堂：陳恭尹之室名。陳恭尹（一六三一—一七〇〇）字元孝，晚號獨漉子，廣東順德（今佛山順德區）人。詩與屈大均、梁佩蘭並稱「嶺南三大家」，又工書法。有《獨漉堂集》。《聽劍圖》為陳恭尹自繪，其《聽劍圖自贊》云：「有丈夫握腕而行，童子捧劍以隨，其後劍鳴鞘中，童子側聽而笑：此獨漉子《聽劍圖》也。獨漉子為此圖逾三十年，年既五十矣，而圖之如初，其生平可概見也，乃自為贊。贊曰：五十年前，非不可追。五十年後，是未可知。以昔之圖，較於今茲。其中懷之耿耿者猶是，而兩鬢之蒼蒼者漸非。」

1. 心香：佛教語。謂中心虔誠，如供佛之焚香。宋·王十朋《行可生日》詩：「祝公壽共詩書久，一瓣心香已敬焚。」火盡薪傳：火雖燒完，柴卻留傳下來。比喻思想、學術、技藝等世代相傳。亦作「薪盡火傳」。語本《莊子·養生主》：「指窮於爲薪，火傳也，不知其盡也。」

2. 寶劍篇：古詩篇名，多人有作。李商隱《風雨》詩：「淒涼寶劍篇，羈泊欲窮年。」

3. 感激：感奮激發。劉向《說苑．修文》：「感激憔悴之音作而民思憂。」

4. 覿（dí ㄉㄧˊ）：相見。爰：二何抄本皆作「愛」，逕改。以下：二何抄本皆作「以上」，逕改。

無題

蕭瑟蘭成忍述哀，舊時風物首重迴[1]。夢痕酸苦頻推枕，酒意蒼涼遂卻杯。死別親朋餘熱血，生還閭里但寒灰。分明寡婦孤兒淚，灑向青山綠水來。

1. 蘭成：即庾信。參前《舟出吳淞口作》詩註2。杜甫《詠懷古跡五首》其一：「庾信平生最蕭瑟，暮年詩賦動江關。」

無題

六十年來迹已陳，畫圖重浥淚痕新。三千組練猶存越，百二山河竟屬秦[1]。夢裏心魂通契闊，眼前代謝有新陳。漸離筑繼荊軻劍，博浪沙椎更絕塵[2]。

1. 組練：指精銳之軍。典出《左傳・襄公三年》：「（楚子重）使鄧廖帥組甲三百，被練三千以侵吳。」孔穎達疏：「組甲，以組綴甲，車士服之；被練，帛也，以帛綴甲，步卒服之。」
百二山河：喻險要之地。唐・盧宗回《登長安慈恩寺塔》詩：「九重宮闕參差見，百二山河表裏觀。」
2. 參前「豁盦出示《易水送別圖》」詩註3。
又按：此詩兩用「陳」字韻，疑有誤。

無題

昔誦藕莊詞，今觀石谷畫[1]。由來耿介人，意致得瀟灑。樓台無地起，歸者茅茨下[2]。簑笠足烟雨，放漁兼學稼[3]。江上送行人，定是同心者。此樂未敢思，一卷聊共把。

1. 藕莊：或指清初詞人龔翔麟（一六五八—一七三三），與朱彝尊等合稱「浙西六家」，有《紅藕莊詞》。
石谷：王翬（一六三二—一七一七）字石谷，清初畫家，與王時敏、王鑑、王原祁並稱「四王」。
2. 茅茨：茅草屋頂，亦指茅屋。《墨子·三辯》：「昔者堯舜有茅茨者，且以爲禮，且以爲樂。」陶淵明《和劉柴桑》詩：「荒途無歸人，時時見廢墟。茅茨已就治，新疇復應畬。」
3. 放漁：乘舟捕魚。學稼：學種莊稼，務農。《論語·子路》：「樊遲請學稼，子曰：『吾不如老農。』」

登延平水操臺口占

勁節孤忠久寂寥，海山遺壘未全消。高臺月皎霜寒夜，髣髴如聞白馬潮[1]。

【解題】據廈門鼓浪嶼日光巖汪精衛題詩石刻補，原署「民國九年獲登延平水操臺口占一絕

即請仲訓先生雅正　汪兆銘」，詩題爲編者所加。延平：指鄭成功，南明永曆帝曾封其為延平郡王。水操臺為鄭成功指揮操練水軍處。

黃仲訓（一八七五—一九五一），字鐵夷，原籍福建南安，早年隨父遷居廈門。清末赴安南（越南）經商致富，民國初年於鼓浪嶼日光巖下建瞰青別墅。

1. 髣髴：同「彷彿」。白馬潮：《太平廣記》卷二百九十一：伍子胥累諫吳王，賜屬鏤劍而死。臨終，戒其子曰：「懸吾首於南門，以觀越兵來。以鮧魚皮裹吾屍，投於江中，吾當朝暮乘潮，以觀吳之敗。」自是自海門山，潮頭洶高數百尺，越錢塘漁浦，方漸低小。朝暮再來，其聲震怒，雷奔電走百餘里，時有見子胥乘素車白馬在潮頭之中。因立廟以祠焉。

楚傖婚後七日招飲於其家賦呈同座諸子

楓葉明新霜，芙蓉媚初日[1]。主人葉水心，觴客盈一室[2]。朝來剛畫眉，花粲文通筆[3]。康節顧而笑[4]，莊諧輒間出。兩髯皆超群，詩筆信橫絕[5]。矯矯二三子，語默真且率[6]。平生柳屯田[7]，廿載魂夢結。相逢不肯釋，把酒共促膝。鯫生鬱陶久，今也意爲豁[8]。歡言汎秋菊[9]，金杯不辭溢。昨夜涼風來，庭樹聲瑟瑟。薄帷不成寐，萬感胸際咽。嗟我南社徒，中間更蕩析[10]。存者雖無幾，一一霜下傑[11]。所以鍥不舍，文章與氣節[12]。以此自矜奮，亦以相怡悅[13]。歲寒將何為，努力踐冰雪[14]。相與盡一巵，此情若膠漆[15]。

【解題】據《國學彙編》第一期（一九二三）補。《國學週刊》一九二三年第二十六期亦載，文略異。

楚傖：即葉葉（一八八七—一九四六），原名宗源，字卓書，號楚傖。江蘇吳江人。一九〇九年加入同盟會，一九一〇年加入南社，一九一六年一月與邵力子等在上海創辦《民國日報》，任總編輯。後歷任國民黨政府要職，一九四六年逝世於上海。一九二二年葉楚傖元配周湘蘭去世，次年雙十節（亦重陽節）續娶吳孟芙。

1. 芙蓉：指木芙蓉，秋季開花。楓葉、芙蓉又暗指葉楚傖、吳孟芙。
2. 葉水心：南宋文學家、思想家葉適（一一五〇—一二二三）號水心，此處指葉楚傖。觴客：饗宴賓客。《史記．天官書》：「張，素，為廚，主觴客。」陸游《晡後領客僅見燭而罷戲作短歌》詩：「忍睡出坐衙，扶病起觴客。」
3. 畫眉：本漢代張敞事。後以指代夫婦閨房之樂。《漢書．張敞傳》：「敞無威儀……又為婦畫眉，長安中傳張京兆眉憮。」（憮通「嫵」。）

文通：南朝文學家江淹。《南史．江淹傳》：「淹少以文章顯，晚節才思微退……又嘗宿於冶亭，夢一丈夫自稱郭璞，謂淹曰：『吾有筆在卿處多年，可以見還。』淹乃探懷中得五色筆，一以授之。爾後為詩絕無美句，時人謂之才盡。」又五代．王仁裕《開元天寶遺事》：「李太白少時，夢所用之筆，頭上生花，後天才贍逸，名聞天下。」

4. 康節：北宋理學家邵雍謚康節。此處指邵力子。

5. 兩髯：指于右任及胡樸安，二人皆蓄鬚，亦皆為南社社友。

橫絕：超卓。明．李東陽《送蕭履庵詩序》：「時履庵尚未第，其清詞妙翰，橫絕時輩。」

6. 矯矯：卓然不群貌。《漢書．敘傳下》：「賈生矯矯，弱冠登朝。」

語默：說話或沉默。《易．繫辭上》：「君子之道，或出或處，或默或語。」

7. 柳屯田：北宋詞人柳永，官至田員外郎，故稱。此處指柳亞子。

8. 鯫（zōu ㄗㄡ）生：淺薄愚陋之人。此處用以自謙。《史記．項羽本紀》：「鯫生說我曰：『距關，毋內諸侯，秦地可盡王也。』」

鬱陶：憂思積聚貌。《書．五子之歌》：「鬱陶乎予心，顏厚有忸怩。」

豁：舒展。陸游《甲子歲十月二十四日夜半夢遇故人於山水間飲酒賦詩既覺僅能記一二乃追補之》詩：「興闌棋局散，意豁酒杯深。」

9. 汎菊：參前《再賦紅葉》詩註 2。

10. 蕩析：動盪離散。《書．盤庚下》：「今我民用蕩析離居，罔有定極。」南社：參前《江樓秋思圖》詩解題。一九二三年南社解體，同年十月十四日柳亞子等成立新南社，本詩所及諸人皆為社員。

11. 陶淵明《和郭主簿二首》詩：「懷此貞秀姿，卓為霜下傑。」

12. 南社向以文章氣節自許。曼昭《南社詩話》：「南社爲革命結社之一，刱於清末，以迄於今，已有三十年之歷史。其所揭櫫，爲文章氣節。其所謂文章，革命黨人之文章；所謂氣節，革命黨人之氣節。」

13. 矜奮：振奮，勉勵。韓愈《柳州羅池廟碑》：「柳侯為州，不鄙夷其民，動以禮法。三年，民各自矜奮。」怡悅：參前《奴兒哈赤墓上作》詩註22。

14. 歲寒：《論語．子罕》：「歲寒，然後知松柏之後凋也。」汪精衛、柳亞子、葉楚傖等於舊曆同年底成立歲寒社。

15. 膠漆：比喻情誼極深，親密無間。漢．鄒陽《獄中上書》：「感於心，合於意，堅如膠漆，昆弟不能離，豈惑於眾口哉！」

附：柳亞子《十月十八日，葉楚傖、吳孟芙夫婦招飲，賦示汪精衛、于右任、胡樸安、邵力子、陳望道、沈君匋諸子暨胡漳平女士》（據《磨劍室詩詞集》）

中華民國十二秋，吾生忽落松江陬。葉生慷慨為置酒，招邀賓旅陳觥籌。十月十八作重九，眾人唯唯吾獨否。持螯對菊便良辰，正朔已更休墨守。座中人物誰最妍，汪倫一斗才翩翩（精衛）。清談痛飲餘事耳，江山萬里君仔肩。鬢髯如戟涇鬍子（樸安），有女能文刮目視（漳平）。賜也方人我未暇，胸中一部廿四史。邵平（力子）、陳涉（望道）不能飲，計窮忽出背水陣。角力不解倒地同，瘦沈旁觀但微哂（君匋）。主人主婦雙嬋娟，白頭期汝千千年。文章爭說葉永嘉，眉嫵休描吳絳仙。賤子狂吟二十春，未諳禁病遣客嗔。老去漸於詩律細，長歌為謝于將軍（謂右任也）。

題樸學齋話酒圖

此身更迭為賓主[1]，借問蒼生得飽無。四海橫流果安放，廿年感舊足長噓[2]。

奇書滿壁香逾古，晚菊當籬色更腴。伏女盈盈好才調，祝君九十老霜鬚[3]。

【解題】據《國學週刊》一九二三年第三十期補。樸學齋：胡樸安齋名，《樸學齋話酒圖》為其女湋平所繪。胡樸安（一八七八—一九四七），原名韞玉，安徽涇縣人。國學保存會、同盟會會員，曾任《國粹學報》、《民立報》等編輯，一九一〇年加入南社。後任教於各大學，有《詩經學》、《中國文字學史》、《中國訓詁學史》等。

1. 賓主：賓客與主人。一九二三年十月間，葉楚傖、胡樸安、汪精衛連番作東宴客，參柳亞子《磨劍室詩詞集》。
2. 橫流：本指洪水氾濫。《孟子．滕文公上》：「當堯之時，天下猶未平，洪水橫流，氾濫於天下。」後以比喻社會動盪。《晉書．王尼傳》：「滄海橫流，處處不安也。」又按：一九二三年全國多地水災。廿年感舊：一九〇五年胡樸安曾募資於蕪湖萬春圩墾荒，後終因洪水氾濫而失敗。「廿年」乃舉其約數。
3. 伏女：本指西漢經學家伏勝之女，史載其曾奉父命傳《尚書》於晁錯。《漢書．儒林傳》：「孝文時，求能治《尚書》者，天下亡有，聞伏生治之，欲召。時伏生年九十餘，老不能行，於是詔太常，使掌故朝錯往受之。」顏師古註引漢衛宏《定古文尚書序》：「伏生老，不能正言，言不可曉也，使其女傳言教錯。」此處指胡樸安之女滰平（樸安亦精研經學）。才調：才氣，文才。《晉書．王接傳論》：「王接才調秀出，見賞知音，惜其夭枉，未申驥足。」

九十：比伏生。霜鬢：白鬍鬚，形容高壽。宋．周紫芝《中秋大晴採菊亭對月》詩：「塞草又黃人亦老，霜鬢渾白酒還傾。」

張化臣先生輓詩

國破存三戶，材成敵萬人[1]。河山無盡恨，隴畝有餘春[2]。六義形篇籍，孤懷託隱淪[3]。戰場夜經過，肝膽鬱輪囷[4]。

風雨蓮池夜，青燈在短檠[5]。依依惟稚子[6]，相和讀書聲。赤縣知何似，黃臺恨未平[7]。他年歌陟岵，苦語記分明[8]。

有子久行役[9]，相看萬里遙。風波既失所，陰雨更飄搖[10]。叢菊霜中秀，孤松雪後凋[11]。倚閭雖不倦，白髮已蕭蕭[12]。

兒曹須努力，再造此乾坤[13]。皓首還憂國，青鞋自灌園[14]。力耕中有樂，天爵外何尊[15]。乘化忽歸去[16]，高風萬古存。

【解題】據《學衡》第二十五期（一九二四年一月）補。

張化臣：張繼（溥泉）之父，歿於一九二三年。詩見章炳麟《張化臣先生傳》（《華國月刊》一九二四年第一卷第九期）。

1. 三戶：見前《奴兒哈赤墓上作》詩註20。

敵萬人：《史記·項羽本紀》：「書足以記姓名而已，劍一人敵，不足學，學萬人敵。」《張化臣先生傳》載其少時「不樂為舉業，讀兵法，欲以戎事自見」。

2. 隴畝：田野。《張化臣先生傳》載其「家居劭農，親鉏瓜種菘，植蒲陶數畝」。

3. 六義：《詩大序》：「詩有六義焉：一曰風，二曰賦，三曰比，四曰興，五曰雅，六曰頌。」《張化臣先生傳》載其「好杜岐公、馬貴輿書，故於典章尤明」。

孤懷：見前《除夕》詩註2。隱淪：見前《雜詩》第六首註3。《張化臣先生傳》謂其「矜重節操，而惡夫以學幹祿者，以為聖人之道自此窮」。

4. 輪囷：見前《臥病青島》詩註4。《張化臣先生傳》載其攜張繼「過高陽，指孫文正祠，因道明季胡寇略畿南狀，辭色切厲」。

5. 蓮池：即蓮池書院，在河北保定。短檠：見前《秋夜》詩註8。

6. 稚子：指張繼。《張化臣先生傳》載其「中歲入蓮池書院，為古文辭……清光緒中，攜小子繼遊學蓮池」。

7. 赤縣：赤縣神州之省稱。《史記．孟子荀卿列傳》載戰國時齊人騶衍之論，謂「中國名曰赤縣神州。赤縣神州內自有九州，禹之序九州是也，不得為州數。中國外如赤縣神州者九，乃所謂九州也。」

黃臺：參見前《有感》詩註 2。

8. 陟岵（hù ㄏㄨˋ）：《詩．魏風》篇名。《毛詩序》：「《陟岵》，孝子行役，思念父母也。國迫而數侵削，役乎大國，父母兄弟離散，而作是詩也。」其辭有云：「陟彼岵兮，瞻望父兮。」

苦語：苦心之言。《張化臣先生傳》載，袁世凱欲行帝制，張繼辭參議院議長之職，「先生堅之曰：『見機遠引，不攖萬圜之祿，於職為不負。』」其後張繼遠走巴黎，「先生亦與書，教以守節不孫之道。」

9. 行役：因兵役、勞役或公務而在外跋涉。《詩．魏風．陟岵》：「嗟！予子行役，夙夜無已。」此謂張繼因反袁而先後流亡日本、法國；護法運動興，又赴日尋求支持，其後更往來粵、滬各地發展黨務。

10. 風波：喻艱辛勞苦。《莊子．天地》：「天下之非譽，無益損焉，是謂全德之人哉！我之謂風波之民。」

失所：謂無存身之地。飄搖：漂泊奔波，形容行止無定。亦喻時局動盪不安。

11. 後凋：喻有晚節。《論語．子罕》：「歲寒然後知松柏之後凋也。」

12. 倚閭：謂父母牽掛兒女，望其歸家。《戰國策．齊策六》：「王孫賈年十五，事閔王。王出走，失王之處。其母曰：『女朝出而晚來，則吾倚門而望；女暮出而不還，則吾倚閭而望。』」

蕭蕭：稀疏貌。宋．李綱《摘鬢間白髮有感》詩：「蕭蕭不勝梳，擾擾僅盈掬。」

13. 兒曹：猶兒輩。《史記．外戚世家》褚少孫論：「是非兒曹愚人所知也。」陸游《嘆老》詩：「家事豈容關老子，兒曹努力事耕鉏。」

再造乾坤：喻重建政權或恢復社會秩序。唐．蘇頲《諫鑾駕親征表》：「今陛下鳳翔藩邸，龍躍御天，不日再造乾坤，一呼而撥定禍亂。」

14. 皓首：即白頭，謂年老。舊題漢．李陵《答蘇武書》：「丁年奉使，皓首而歸。老母終堂，生妻去帷。」

青鞋：即芒鞋、草鞋。杜甫《發劉郎浦》詩：「白頭厭伴漁人宿，黃帽青鞋歸去來。」

灌園：澆灌園圃，從事田園勞動。後謂退隱家居。《史記．商君列傳》：「君之危若朝露，尚將欲延年益壽乎？則何不歸十五都，灌園於鄙。」

15. 力耕：努力耕作。《楚辭．卜居》：「寧誅鋤草茅，以力耕乎？將遊大人，以成名乎？」參前註 2。

天爵：天然之爵位。以道德修養受人尊敬，勝於世俗爵位，故稱。《孟子．告子上》：「仁義忠信，樂善不倦，此天爵也；公卿大夫，此人爵也。」

16. 乘化：順從自然造化。陶淵明《歸去來辭》：「聊乘化以歸盡，樂夫天命復奚疑。」此處婉稱去世。

題朱述刪先生《東廬讀畫圖》

一卷臨風坐，鬚眉凜若神。誰知讀畫者，原是畫中人。

十九年五月為樸之兄題其尊人述刪先生《東廬讀畫圖》

【解題】據《古今》一九四三年第二十五期補。朱述刪：朱樸之父，畫家。其他不詳。朱樸（一九〇二—一九七〇），字樸之，號樸園，晚號省齋。江蘇無錫人。曾歷任汪政權要職，又為《中華日報》主筆，後於一九四二年三月創辦《古今》雜誌。

萬松林雅集分得然字

石廊泉檻意泠然，篳路於今四十年[1]。三面峰巒先得地，一林松栝漸參天[2]。

名山不盡煙雲變，古蹟尤多翰墨緣。鹿洞風流宜振起，佇看戶誦與家絃[3]。

【解題】據《國聞週報》一九三三年第十卷第三十二期補。

萬松林：廬山名勝，在牯嶺南。一九三三年（癸酉）夏，江西省政府主席熊式輝於此發起詩人雅集，由詩壇宿老陳三立主持（萬松林中有陳氏「松門別墅」），與會者七十餘人，以晉釋慧遠《遊廬山詩》分韻。其後由曹經沅輯為《癸酉廬山雅集詩草》刊行。

1. 篳路：即篳輅，本指柴車。語出《左傳・宣公十二年》：「篳路藍縷，以啟山林。」四十年：一八九三年陳三立曾與友人易順鼎等遊廬山，後有《廬山詩錄》刊行。

2. 栝（kuò ㄎㄨㄛˋ）：木名，即檜樹。

3. 鹿洞：廬山五老峰南麓有白鹿洞書院，始建於南唐，至宋代為「四大書院」之一。風流：流風餘韻。《漢書・趙充國辛慶忌等傳贊》：「其風聲氣俗自古而然，今之歌謠慷慨，風流猶存耳。」戶誦家絃：古時授《詩》，配絃樂而歌者為絃，無樂而朗讀者為誦，合稱「絃誦」，亦作「弦誦」。《禮記・文王世子》：「春誦、夏弦。」後以稱詩禮教化或學校教育。戶誦家絃即謂家家有弦誦之聲，喻文化昌明，亦指詩文等流傳極廣。

附：釋慧遠《遊廬山詩》（亦名《廬山東林雜詩》）

崇巖吐清氣，幽岫棲神跡。希聲奏群籟，響出山溜滴。有客獨冥遊，徑然忘所適。揮手撫雲門，靈關安足闢。流心叩玄扃，感至理弗隔。孰是騰九霄，不奮沖天翮。妙同趣自均，一悟超三益。

中華民國郵政輿圖題詞

庶矣哉四百餘兆之人民，廣矣哉四百餘萬方里之山河[1]，悠矣哉四千餘年之歷史，可泣而可歌。率三民之主義兮，進斯世於大同[2]；何寇賊之披猖兮[3]，致四海於困窮。此一片乾淨之土兮，一片忠純之血之所濯也[4]；慨當以慷兮，吾與子其偕作也[5]。身滅兮種延[6]，家毀兮國全。同此心兮，所向無前；同此心兮，所向無前。

【解題】據《中華民國郵政輿圖》（一九三三年版）卷首補。此詩別有抄本題作「中華輿地圖題詞」。

1. 庶：眾多。兆：數詞。一般以百萬為兆。方里：一里見方，一平方里。
2. 三民主義：即民族主義、民權主義和民生主義。係孫中山所倡之政治理論與綱領。大同：古代儒家追求之理想社會，與「小康」相對。《禮記．禮運》：「大道之行也，天下為公，選賢與能，講信脩睦，故人不獨親其親，不獨子其子，使老有所終，壯有所用，幼有所長，矜寡孤獨廢疾者皆有所養，男有分，女有歸，貨惡其棄於地也，不必藏於己，力惡其不出於身也，不必為己，是故謀閉而不興，盜竊亂賊而不作，故外戶而不閉，是謂大同。」
3. 披猖：猖獗，猖狂。參前譯〈俄共和二年之戰士〉詩註3。
4 忠純：忠誠純正。諸葛亮《前出師表》：「侍中侍郎郭攸之、費禕、董允等，此皆良實，志慮忠純，是以先帝簡拔以遺陛下。」
5. 慨當以慷：即慷慨之意。曹操《短歌行》詩：「慨當以慷，憂思難忘。」偕作：共同行動起來。《詩．秦風．無衣》：「王於興師，脩我矛戟，與子偕作。」
6. 種：種族。指中華民族。

題《蟬嫣集》

噤若寒蟬處世精，人間誰作不平鳴[1]。喜君落筆如風雨，寫出蕭蕭變徵聲[2]。

趙少昂先生爲高奇峰先生之高弟子，傳其師之學，尤喜畫蟬，獨出機杼，彙其所作爲《蟬嫣集》，屬題一絕句。二十三年十一月，汪兆銘。

【解題】據《北洋畫報》一一七四期（文字）、一四三四期（手迹）補，題目爲編者所加。《蟬嫣集》收趙少昂畫蟬十六幅，一九三六年出版。

1. 宋·王灼《讀王尼傳》詩：「處世常多憂，政坐口復牽。誰能百無營，飲露如寒蟬。」韓愈《送孟東野序》：「大凡物不得其平則鳴。」
2. 杜甫《寄李十二白二十韻》詩：「筆落驚風雨，詩成泣鬼神。」宋·周紫芝《許貴州出蘇叔黨樹石》詩：「老坡騎鯨上天去，小坡落筆如風雨。」變徵：古代七聲聲階之第四音級，較徵低半音。《史記·刺客列傳》：「高漸離擊筑，荊軻和而歌，為變徵之聲，士皆垂淚涕泣。又前而為歌曰：『風蕭蕭兮易水寒，壯士一去兮不復還！』」

題蔣委員長侍母圖

人生百年耳，母壽有幾何[1]。吁嗟遠遊子，生別常苦多。況復冒危難，憂國矢靡他[2]。倚閭亦已倦，白髮驚皤皤[3]。當其赴戰場，落日揮天戈[4]。及其侍重幃，春暉如隙過[5]。幸及村居好，樂此東風和[6]。語笑如嬰兒，彩衣舞傞傞[7]。為母進一巵，未飲顏先酡[8]。母性好梵唄，佛光耀巖河[9]。母性好施與，四鄰相觀摩[10]。事親在養志，秩秩禮無訛[11]。白華未終篇，哀思生蓼莪[12]。願推錫類仁，慰子以此歌[13]。

【解題】據《興華週刊》一九三五年第三十二卷第二十五期補，原題作「汪院長題蔣委員長侍母圖」。又汪氏手迹題作「介石仁兄屬題侍母圖」。蔣委員長即蔣介石，其母名王采玉（一八六四—一九二二），浙江嵊縣葛溪（今奉化葛竹村）人。

1. 此句或作「人生百年內，將母能幾何」，見手迹。《古詩十九首》之十五：「生年不滿百，常懷千歲憂。」

《左傳・襄公八年》：「《周詩》有之曰：『俟河之清，人壽幾何？』」

2. 矢靡他：誓無二心。矢：誓；靡他：即靡它，無他。《詩・鄘風・柏舟》：「之死矢靡它。」

3. 倚閭：見前《張化臣先生輓詩》註12。皤皤：白髮貌。《漢書・敘傳下》：「營平皤皤，立功立論。」

4. 揮天戈：暗用魯陽戈之典。《淮南子・覽冥訓》：「魯陽公與韓搆難，戰酣日暮，援戈而撝之，日為之反三舍。」後以謂力挽危局。又「天戈」謂帝王之軍隊。韓愈《潮州刺史謝上表》：「日月清照，天戈所麾，莫不寧順。」

5. 重幃：層層帷幔，指內室。明・何景明《秋夕懷曹毅之》詩：「獨愁誰與語，明月鑒重幃。」
春暉：春日之陽光。孟郊《遊子吟》：「誰言寸草心，報得三春暉？」後多以喻慈母之恩。過隙：喻光陰易逝。《莊子・知北遊》：「人生天地之間，若白駒之過郤，忽然而已。」郤同「隙」。《禮記・三年問》：「三年之喪，二十五月而畢，若駟之過隙。」

6. 和：溫暖，溫和。陶淵明《擬古》詩之七：「日暮天無雲，春風扇微和。」

7. 彩衣：指孝養父母。《藝文類聚》卷二十引《列女傳》：「昔楚老萊子孝養二親，行年七十，嬰兒自娛，常着五色斑斕衣，為親取飲。」傞（suō）：舞不止貌。《詩・小雅・賓之初筵》：「側弁之俄，屢舞傞傞。」

8. 「毋」字原作「每」，當誤，逕改。酡（tuó ㄊㄨㄛˊ）：飲酒臉紅貌。

9. 梵唄：唱誦佛經或演奏佛樂之聲。南朝梁・慧皎《高僧傳・經師論》：「原夫梵唄之起，亦肇自陳思。」蔣介石《先妣王太夫人事略》：「先妣長齋禮佛，二十餘年，其所信仰，老而彌篤」。
巖河：蔣氏祖籍浙江奉化溪口鎮，其地有武嶺山、雪竇山及錦溪、剡溪諸勝。又「河」字手迹作「阿」。巖阿：山曲折處。

10. 觀摩：原作「觀靡」。按：靡可通「摩」，然此處爲韻腳，當誤，逕改。

11. 養志：謂奉養父母能順從其意志。《孟子．離婁上》：「若曾子，則可謂養志也。事親若曾子者，可也。」

秩秩：有順序貌。《荀子．仲尼》：「貴賤長少秩秩焉，莫不從桓公而貴敬之。」

12. 白華：《詩．小雅》篇名，一般以為乃周幽王之申后遭黜自傷之作。蔣介石《先妣王太夫人事略》：「歲乙未，不幸先考棄養，吾家內外之事，一萃先妣一人之身，而家難頻仍，禍患相乘，先妣節哀忍苦，狀至慘惻，尤有非不肖所忍追述者。」

蓼莪：亦《詩．小雅》篇名。內容為感懷父母之恩德。參上條。

13. 錫類：施及眾人。《詩．大雅．既醉》：「孝子不匱，永錫爾類。」宋．王灼《呈陳崇青求娛親堂三大字》詩：「小堂欲作娛親扁，純孝誰推錫類仁。」

詠問禮亭 得大字

積流以成海，積壤以成岱。積智以成聖，生民得所賴[1]。夫子固天縱，睿智夐百代[2]。勤學而好問，其道乃愈大[3]。仁以宅其內，禮以節其外。約之寸心微，充之四海沛。師表垂古今，萬教源一愛[4]。片碣昭楷模，崇亭肅瞻對[5]。

豈惟寶残缺，不異接謦欬[6]。謹禮雖小康，終與大同會[7]。條理猶可詳，請事大小戴[8]。

【解題】據《新亞細亞》一九三六年第十一卷第四期《問禮亭詩初集》補入。

問禮亭：位於民國南京政府考試院內明志樓前，亭內立南齊永明間「孔子問禮」石刻（今歸南京夫子廟）。考試院長戴季陶為此廣徵題詠，以《禮記．禮運》之大同篇分韻，汪氏得大字，詩冠其首。

1. 李斯《諫逐客書》：「太山不讓土壤，故能成其大；河海不擇細流，故能就其深；王者不卻眾庶，故能明其德。」
2. 夫子：指孔子。《論語．子罕》：太宰問于子貢曰：「夫子聖者與？何其多能也？」子貢曰：「固天縱之將聖，又多能也。」
3. 《論語．八佾》：子入太廟，每事問。或曰：「孰謂鄹人之子知禮乎？入太廟，每事問。」子聞之曰：「是禮也。」

《史記．孔子世家》：魯南宮敬叔言魯君曰：「請與孔子適周。」魯君與之一乘車，兩馬，一豎子俱，適周問禮，蓋見老子云。

4. 師表：道德或學問上的榜樣。《三國志．魏書．文帝紀》：「昔仲尼資大聖之才，懷帝王之器……可謂命世之大聖，億載之師表者也。」

《論語．顏淵》：樊遲問仁，子曰：「愛人。」

5. 昭：昭示，顯揚。肅：引進，引導。瞻對：瞻仰、面對。
6. 謦欬：咳嗽，借指談笑、談吐。《莊子．徐無鬼》：「夫逃空虛者……聞人足音跫然而喜矣，又況乎昆弟親戚之謦欬其側者乎？」後以接謦欬喻親受教誨。
7. 小康、大同：儒家理想社會之兩階段，語本《禮記．禮運》。
8. 大小戴：即西漢著名經學家戴德和戴聖叔侄。世傳《禮記》有《大戴禮記》、《小戴禮記》之別，今通行本為《小戴禮記》。

題蔭遠堂詩集

二十七年十一月曾慕韓先生出示其先太夫人傳略暨蔭遠堂集，敬讀一過，並題其後。

三蘇盛文章[1]，氣節皆瑰奇。良由閨門內，更有女中師[2]。以德相其夫，以學教其兒。挑燈讀漢書[3]，賢聖惟所希。方其慕澄清，志定不可移[4]。善惡有必辨，禍福則置之。凜凜鐵石心[5]，涵之以至慈。大道誠已聞，百世當念茲[6]。悠哉蔭遠堂，異代不同時[7]。忠愛如一心，悱惻如一辭[8]。俠骨出柔腸，娓娓為歌詩。我生未登堂，讀之有餘悲[9]。再拜語令子，至孝在無違[10]。邦家至多難，攬轡長相期[11]。松柏有蟠根，金石有勁姿[12]。何以慰茲懷？努力扶艱危。

【解題】據《民族詩壇》一九三九年第二卷第三期補。

曾慕韓：即曾琦（一八九二—一九五一），原名昭琮，字錫瓚，號愚公（《愚公自訂年譜》謂名昭忠，號錫璜），四川隆昌人。一九一九年留學法國，一九二三年在法國組織成立中國青年黨。母宋氏（一八五五—一九〇〇）四川江安人，工為詩，有《蔭遠堂詩存》。

1. 三蘇：北宋蘇洵及其二子蘇軾、蘇轍，皆以文學知名，世稱「三蘇」。曾琦有長兄昭璵、二兄昭琪、三兄昭瓚（一九〇四年卒），故此處比擬曾氏三兄弟。
2. 女中師：即女師。古代掌管教養貴族女子之女教師。宋玉《神女賦》：「顧女師命太傅。」後以指德才可為女子之楷模者。楊萬里《四十二叔祖母劉氏太孺人挽辭》：「孝留天下口，身立女中師。」蘇軾兄弟受母教良多，曾氏兄弟亦然，故云。
3. 漢書：此處當指《後漢書》。陸游《聞新雁有感》詩：「鏡湖夜半聞新雁，自起吹燈讀漢書。」
4. 澄清：謂肅清混亂局面。《後漢書．黨錮傳》：「（范）滂登車攬轡，慨然有澄清天下之志。」此處前後數句暗用蘇軾與其母事。《宋史．蘇軾傳》：「（蘇軾）生十年，父洵遊學四方。母程氏親授以書，聞古今成敗，輒能語其要。程氏讀東漢范滂傳，慨然太息。軾請曰：『軾若為滂，母許之否乎？』程氏曰：『汝能為滂，吾顧不能為滂母邪！』」
5. 凜凜：威嚴貌。鐵石心：皮日休《桃花賦序》：「余嘗慕宋廣平之為相，貞姿勁質，剛態毅狀，疑其鐵腸石心，不解吐婉媚辭。」後多喻志節堅定。陸游《後園獨步有懷張季長正字》詩：「半生去國風埃面，一片憂時鐵石心。」

6. 《論語．里仁》：「朝聞道，夕死可矣。」《尚書．大禹謨》：「帝念哉！念茲在茲，釋茲在茲。」

7. 杜甫《詠懷古蹟》詩：「悵望千秋一灑淚，蕭條異代不同時。」

8. 忠愛：忠誠仁愛。《禮記．王制》：「悉其聰明，致其忠愛以盡之。」悱惻：憂思鬱結。南朝梁．裴子野《雕蟲論》：「若悱惻芬芳，楚騷為之祖。」

9. 汪精衛十四歲喪母，故有此語。

10. 語（yù ㄩˋ）：告訴。令子：猶言佳兒。多以稱美他人之子。此指曾琦。無違：不違背父母之志意。《論語．為政》：「孟懿子問孝，子曰：『無違。』」

11. 攬轡：本意為挽住馬韁。參前註4范滂事。相期：期待；相約。李白《贈郭季鷹》詩：「一擊九千仞，相期凌紫氛。」

12. 蟠根：樹木盤曲之根。金石：金與石。常以喻事物堅剛或心志堅貞。韓愈《北極一首贈李觀》：「方為金石姿，萬世無緇磷。」

革命的母親陳母衛太夫人壽詩

今歲吾母壽辰，諸兒女孫曾謀有以娛親者。吾母之明德懿行，化導於家庭，貢獻於民國，曩歲所撰《我的母親》一文，已述其略。比年以來，吾母憂國家之多難，民生之憔悴，勤宣佛號，蘄致和平，至誠懇懇，久而彌篤，然則本此意以作小詩，俾家人歌以侑觴，倘亦吾母所欣然而聽之者乎！

檳榔萬重山，秀出極樂寺[1]。椰林海色間，佛光浩無涘[2]。林樾疏以明，海水清以深。日月揚其輝，照見慈母心。母心即佛心，欲度眾生厄。智慧出蓮華，光明生貝葉[3]。良辰值清和[4]，舉酒為母歌。弘此聖善心，萬物皆猗那[5]。佇看楊枝水[6]，滴滴成天河。甲兵洗務淨，億兆祛煩苛[7]。繞膝有孫曾，屢舞同傞傞[8]。願母進一觴，長使朱顏酡。

中華民國三十年歲次辛巳四月二十一日
女兒璧君、子壻兆銘同敬祝

【解題】據《新東方雜誌》一九四一年第三卷第六期補。衛太夫人：陳璧君之母衛月朗（一八六九—？），原籍廣東番禺，婚後偕夫陳耕基赴南洋經商，漸成巨富，後定居檳榔嶼。嘗親至新加坡謁孫中山，並加入同盟會，於革命資助尤多。陳璧君《我的母親》一文作於一九三五年，見《汪精衛先生行實錄》（張江裁總纂，中華民國史料編刊會，一九四三年）。

1. 檳榔：即馬來西亞檳榔嶼，其地有極樂寺。
2. 椰林：原作「椰休」，逕改。涘（sì ㄙˋ）：邊際。
3. 蓮華：即蓮花。貝葉：即貝多羅樹葉，古代印度人用以寫經。後亦借指佛經。
4. 清和：農曆四月之別稱。謝靈運《遊赤石進帆海》詩：「首夏猶清和，芳草亦未歇。」
5. 聖善：聰明賢德。《詩．邶風．凱風》：「母氏聖善，我無令人。」

猗（ē ㄜ）那：盛美貌。《詩．商頌．那》：「猗與那與，置我鞉鼓。」

6. 楊枝水：佛教喻甘露，稱能使萬物復甦。《晉書．佛圖澄傳》：「（石）勒愛子斌暴病死……乃令告澄。澄取楊枝沾水，灑而呪之，就執斌手曰：『可起矣！』因此遂蘇。」
7. 甲兵：鎧甲和兵械。杜甫《洗兵馬》詩：「安得壯士挽天河，淨洗甲兵常不用。」

億兆：指庶民百姓。煩苛：繁雜苛細。《漢書．文帝紀》：「漢興，除秦煩苛，約法令，施德惠，人人自安。」杜甫《秋日夔府詠懷》：「哀痛絲綸切，煩苛法令蠲。」

8. 繞膝：子孫眾多圍繞膝下。多以形容天倫之樂。孫曾：孫子和曾孫。

傞傞：見前《題蔣委員長侍母圖》詩註7。

詩一首贈堤部隊長少將

遙山麗如綺，長流縈似帶。海氣百重樓，岩松千丈蓋。

【解題】據《政治月刊》（上海）一九四一年第二卷第四期補。

部隊長：日軍部隊正職長官之通稱。堤少將：當指堤不夾貴（一八九〇—一九五九），「七七事變」後率關東軍「堤支隊」入關，協同攻陷天津，後又參與「台兒莊會戰」、「武漢會戰」。二戰末期率部守備千島群島北部，終奉命向蘇軍無條件投降。

冬窻絕句

遠峰含雪映檐牙，髡柳枝頭噤凍鴉[1]。別有人間生意在，紙窗晴日煖梅花[2]。

【解題】據《古今》第二期卷首插圖補，自識云：「二十九年三月三日樸之吾兄以紙索書，雜錄舊句兩首呈正。」參前詩《杜鵑花》解題。

又此詩亦見題畫手迹，文字略異。題識「壬午春以此畫奉贈晴氣先生附錄拙句並希雅正」，畫署「蔡談月色寫于白下茶丘」。晴氣：即晴氣慶胤（一九〇一—一九五九），一九四〇年曾任汪政府軍事顧問，一九四二年（壬午）任日本華北方面軍參謀。蔡談月色：南社蔡守（一八七九—一九四一）之側室談溶（又名溶溶），字月色（一八九一—一九七六），亦南社社員。白下：即南京。茶丘：明遺民杜濬葬茶處。《清史稿》本傳：「杜濬，字于皇，號茶村，黃岡人。明季為諸生，避亂居金陵……嗜茗飲。嘗言吾有絕糧，無絕茶。既有花冢，因拾殘茗聚封之，謂之『茶丘』。」蔡守亦自號「茶丘殘客」。

1. 檐牙：屋檐末端翹出如牙之處。杜牧《阿房宮賦》：「廊腰縵回，檐牙高啄。」髡（kūn ㄎㄨㄣ）：樹枝光禿貌。龔自珍《某生與友人書》：「阻風無酒倍消魂，況是殘秋岸柳髡。」
2. 生意：生機，生命力。紙窗：糊紙之窗戶。白居易《曉寢》詩：「紙窗明覺曉，布被暖知春。」煗（nuǎn ㄋㄨㄢˇ）：同「煖」，暖。

題王西神《秋平雲室填詞圖卷》

秋風從何來，瞬息已千里。澄懷縱遠目，天地浩無涬。山川與城郭，一例化碧水。將心作芙蓉，飛入彩雲裏。詩人好悲秋，頹放託沈醉[1]。夢窗獨佼佼，落筆見英氣[2]。靈巖一觴詠，千載有同契[3]。西神南社徒，志節夙自勵。團焦不厭小，樂此邱壑美[4]。偶然琴臺古，也雪興亡涕[5]。茫茫殘霸跡，歷歷在屐齒[6]。晏安自鴆毒，何與江山事[7]。且勿笑夫差，但當學種蠡[8]。

【解題】據《國藝》一九四一年第三卷第二期補。王蘊章（一八八四—一九四二），字蓴農，號西神、西神殘客，江蘇無錫人。光緒二十八年（一九〇二）舉人，南社社友。清末曾應上海商務印書館之聘，主編《小說月報》及《婦女雜誌》十餘年。著有詩詞曲小說多種，以及秋平雲室詞話、曲話、聯話等。

1. 悲秋：因秋景而傷感。宋玉《九辯》：「悲哉秋之爲氣也，蕭瑟兮草木搖落而變衰。」陸游《立秋後作》詩：「宋玉悲秋千載後，詩人例有早秋詩。」又《秋夜二首》之二：「人人解說悲秋事，不似詩人徹底知。」

頹放：志氣消沉，行為放縱。《宋史．陸游傳》：「范成大帥蜀，游爲參議官，以文字交，不拘禮法，人譏其頹放，因自號『放翁』。」陸游《明日復理夢中意作》詩：「白盡髭須兩頰紅，頹然自以放名翁。」

2. 夢窗：南宋詞人吳文英（約一二〇〇—一二六〇）號夢窗。佼佼（jiǎo ㄐㄧㄠˇ）：出眾。《後漢書．劉盆子傳》：「卿所謂鐵中錚錚，傭中佼佼者也。」

3. 靈巖：原作霞巖，逕改。吳文英有《八聲甘州．陪庾幕諸公遊靈巖》詞，結云：「連呼酒，上琴臺去，秋與雲平。」同契：猶同心。晉．陸機《贈顧令文為宜春令》詩：「比志同契，惟予與子。」

4. 團焦：圓形草屋。《北齊書．神武帝紀上》：「後從榮（尒朱榮）徙據并州，抵揚州邑人龐蒼鷹，止團焦中。」

5. 琴臺：用作彈琴場所之建築物，多地皆有。此當指蘇州靈巖山之琴臺。古：疑當為「去」，參前註。

雪涕：擦拭眼淚。《列子．力命》：「晏子獨笑於旁，公雪涕而顧晏子。」

6. 殘霸：吳文英《八聲甘州》詞有「幻蒼崖雲樹，名娃金屋，殘霸宮城」之句。吳王夫差曾短暫稱霸，後為勾踐所滅，故稱。屐齒：屐底之齒。《宋書．謝靈運傳》：「（靈運）尋山陟嶺，必造幽峻，巖障千重，莫不備盡。登躡常著木履（屐），上山則去前齒，下山去其後齒。」亦指足迹、遊踪。

7. 宴安鴆毒：喻耽於逸樂而殺身。《左傳・閔公元年》：「宴安酖毒，不可懷也。」酖通「鴆」。何與：即何干，有何相干。參前《不寐》詩自註。

8. 夫差：春秋末期吳國國君。種蠡：文種和范蠡，皆為春秋末期越國大夫。漢・揚雄《解嘲》：「子胥死而吳亡，種蠡存而越霸。」

題張江裁《汪精衛先生庚戌蒙難實錄》

勁木無菀枯[1]，清輝無虧盈。播之為歌詩[2]，其聲和且平。岧岧揖芬樓，噦噦聞鸞笙[3]。

【解題】據《汪精衛先生庚戌蒙難實錄》卷首補。題目為編者所加。張次溪（一九〇九—一九六八）號江裁，廣東東莞人。輯有《汪精衛先生行實錄》、《清代燕都梨園史料》等。庚戌蒙難：指汪精衛庚戌年（一九一〇）刺殺攝政王失敗入獄事。參附錄汪序。

1. 菀（yù ㄩˋ）：茂盛。《詩・大雅・桑柔》：「菀彼桑柔，其下侯旬。」

2. 歌詩：配有音樂可以歌唱之詩。亦泛指詩歌。

3. 岧岧：見前《浣溪沙・廣州家園中作》詞註1。揖芬樓：待考。或為張氏室名。「揖芬」語出李白《贈孟浩然》詩句「高山安可仰，徒此揖清芬」。

噦噦（huì ㄏㄨㄟˋ）：象聲詞。《詩・魯頌・泮水》：「其旂茷茷，鸞聲噦噦。」鸞笙：笙之美稱。宋・張元幹《好事近》詞：「瑤池清夜宴群仙，鸞笙未吹徹。」

附：《汪精衛先生庚戌蒙難實錄》汪序

余於辛亥九月十六日出刑部獄。其時黨禁雖弛，而同人方各有所事，秘其行蹤，不能集獄門外相候。獨張君伯楨來迓，遂同至泰安棧。君為留日法政同學，歸國後供職法曹，平日與黨人無往來，至是毅然不以指目為嫌，盡其周旋之雅，故人風義，有足多者。自是二十餘年間，余為國民革命，碌碌奔走，君則殫精所學，沈潛自得，不惟不多把晤，即通訊亦不常有也。前數年余在南京得君自北平來書，知於法學外，兼治國故。覃思所到，發前人所未發。而哲嗣次溪復能稟承家學，發揮光大，並以暇日輯成庚戌三月間余入獄始末見示。余既喜故人無恙，且鯉庭新陰鬱葱未艾，又棖觸舊事，自以為為國戮力三十餘年，而成效未見，災難且洊至，深以不獲早死為恨。故於次溪索序，遲遲未有以應也。頃次溪復以書來，並贈以所著京津風土叢書，且語以將重纂庚戌紀事。比年以來，神州陸沉，生民邱墟，故都尤不勝荊棘銅駝之感。余方不自揣，欲以微力與海內有志之士共挽此垂亡之局，事之濟否，誠未可知。猶憶辛亥出獄後，同學許有壬和余以詩，有「不死何云幸，餘生亦大難」之句，感慨係之。以次溪之勵志而篤學，纂述舊聞，盱衡時事之餘，其亦將有同感乎？

中華民國二十九年一月　汪兆銘謹識

附錄

一、邱樊倡和集序

士生而欲强立不回以行其志，則死與繫獄，其報酬也。死之為用，能使人自覺其責任之已盡，雖所志未遂，於心有所不慊，而無所不安。繫獄之為用，能使人省省然憂其責任之未盡，然是不能也，非不為也，則於心亦無所不安。是故自吾志而言之，則欲生而自由，以非如是則不得行其志也。自吾身而言之，則所志苟不遂，毋寧死與繫獄之為愈，以非如是則於心終不得安也。夫惟反之於心而無不安，叩之於志而有未遂，則懷一日未盡之責，以自振其一日未死之身而已矣。繼此以往，其將泯泯以即於死乎？未可知也。其不然乎？未可知也。我將為其可知者，而以不可知者任之自然，此余所常以自勖，而又以之勖小隱者也。小隱生平議論行事不與吾黨同，而其有志於天下國家則無不同。一旦蒙負奇冤，以投於囹圄，為人生所不能堪，而小隱夷然讀書窮理，好學不倦，是蓋反之於心而泰然者耶？是蓋知其責之未盡而為是矻矻者耶？由此鍥而不舍，他日出而行其志，吾安知其所造之極也。邇者小隱以與余倡和諸詩都為一集，而命序於余，因以此言弁之。蓋詩以言志，斯即吾二人之志也。辛亥仲夏汪兆銘序。

二、邱樊倡和集跋

余生平不能為文辭，但時讀古人之作以自娛而已。數年以來，稍稍學為文，亦第言所欲言，於文之義法，茫乎未有聞也，而於詩卒未敢一試為之。入獄以來，與小隱遇，小隱工詩，時時以所作示余，余因是亦效為之，然一如曩者之為文，言所欲言，固未知詩之義法為何如也。小隱以與余倡和諸作合為一編，余初以為無取，蓋余詩既不足存，即小隱之詩，吾見其進而日上，其必不止於是也。然小隱之意良不在詩，蓋以識夫吾二人相與砥礪於幽憂困阨之中，所以涵泳其心靈，使動靜語默之間，無失其常度者。他日展而讀之，穆然如見當日患難相共之情，斯亦齊桓不忘在莒之意也。余既應小隱之囑且為之序，因跋其纂輯之旨於後。辛亥仲夏汪兆銘跋。

三、曾仲鳴《小休集跋》

嘗讀《南社詩話》[1]，關於汪精衛先生之詩，有一條如左：

去歲冬日，余於坊間購得《汪精衛集》四冊[2]，第四冊之末附詩百餘首；又購得《汪精衛詩存》一小冊[3]，讀之均多訛字，不可勝校。曾各買一部以寄示精衛，並附以書，問訊此等出版物曾得其允許否，何以訛謬如此？嗣得精衛覆書如下：「奉手書及刻本兩種敬悉。弟文本以供革命宣傳之用，不問刊行者為何人，對之惟有致謝。至於詩則作於小休，與革命宣傳無涉，且無意於問世，僅留以為三五朋好偶然談笑之資而已。數年以前旅居上海，葉楚傖[4]曾攜弟詩藁去，既而弟赴廣州，上海《民國日報》逐日登弟詩藁，弟致書楚傖止之，已刊布大半矣。大約此坊間本即搜輯當時報端所刊布者。刊布尚非弟意，況於印行專本乎！訛字之多，不必校對，置之可也。」

又有一條如左：

余嘗在廣州東山陳樹人寓得見精衛手錄詩藁，簽題為「小休集」，並有自序一首。以精衛之自序勘精衛之詩，覺其所言一一吻合。蓋精衛在北京獄中始學為詩，當時雖鋃鐺被體，而負擔已去其肩上，誠哉為小休矣！因居一室，無事可為，無書可讀，舍為詩外何以自遣？至於出獄之後，則紀遊之作居其八九，蓋十九年間偶得若干時日以作遊息，而詩遂成於此時耳。革命黨人不為物欲所蔽，惟天然風景則取不傷廉，此蘇軾所謂惟江上之清風、山間之明月，取之無盡、用之不竭者。精衛在民國紀元以前，嘗為馬小進[5]作詩集序，最近為陳樹人作畫集序，皆引申此義。彼為《汪精衛詩存》作序者，殆未知精衛作詩之本恉也。
以上二條皆深知汪精衛先生者。顧先生之詩，雖自以為與革命宣傳無涉，不欲出而問世，然其胸次之涵養與性情之流露，能令讀者往往愛不忍釋。而坊間刻本既多訛謬，即南社同人如胡樸安，所為《叢選》，鈔先生之詞，亦復羼入他人所作。然則苟得善本而精校之，刊布於世以供讀者，使無魯魚虛虎之憾，固藝林之所樂聞，而亦先生所不以為忤者也。余從先生久，得見先生手所錄詩藁，雖生平所作或不止此，然既為先生所手錄，則其可深信不疑已無俟言。爰與二三同志謄錄校勘，印成專本，以餉愛讀先生之詩者，並紀其始末如右。

民國十九年六月二十日　曾仲鳴謹跋

1. 此《南社詩話》著者署名曼昭。最初發表於香港《南華日報》，後連載於上海《中華日報》，《古今》半月刊亦有部份轉載。
2. 《汪精衛集》：恂如編，上海光明書局發行，初版於一九二九年十月。
3. 《汪精衛詩存》：雪澄編，上海光明書局發行，初版於一九二九年六月。

4. 葉楚傖：見前《楚傖婚後七日招飲於其家賦呈同座諸子》詩解題。

5. 馬小進：即馬駿聲（一八八九—一九五一），廣東新寧（今臺山）人。同盟會會員、南社社員。民元後曾為眾議院議員。抗戰時期任教於廣州大學，晚年旅居香港。一九五〇年病逝。

四、龍榆生《雙照樓詩詞藁校記》

汪先生《雙照樓詩詞藁》，前有曾仲鳴氏仿宋聚珍本，斷手於十九年六月，題曰《小休集》。其後續有所作，改題《掃葉集》，久未續刊。自予創辦《同聲月刊》，因從先生乞得未刊各稿，分期刊布。已而日本人黑田君[1]，及上海中華日報社，並有排印本，《小休》、《掃葉》兩集俱備。澤存書庫主人陳人鶴君[2]，復從先生乞取刪定本，壽諸梨棗，藉為先生六十祝嘏之資，仍題曰《雙照樓詩詞藁》，予曾與校訂之役。世行諸本，蓋以此為最善云。後此有作，時時手寫寄予，予為載入月刊。然亦偶有未備。自先生下世，曹少巖、屈沛霖兩君[3]，為理董遺稿，予從假得錄副，以校澤存本，亦續有增改。因特補錄，並為校記如上。容更商諸人鶴，為謀續刊。其已載《同聲》「今詩苑」諸篇，亦仍重錄，以免後先失次。嗚呼！先生往矣！每念數載以還，深宵昧旦，吟興偶發，輒飛箋相示，賞音契合，既感先生年來用心之苦，未嘗不躍然以喜、悄焉以悲也。青簡尚新，而其人已亡，孤燈恍然，如見顏色。而家國興亡之痛，從容文酒之歡，夢影前塵，直同天上矣！乙酉季春，龍沐勛謹記。

（原載《同聲月刊》第四卷第三號）

1. 黑田君：按「黑田」當為「黑根」之誤。《雙照樓詩詞藁》有黑根祥作編輯校勘、那須太郎發行印刷本，一九四一年三月於北京出版。

2. 陳群（一八九〇—一九四五），字人鶴，福建閩侯人。畢業於日本明治大學、東洋大學，曾任廣東軍政府秘書、國民革命軍東路總指揮部政治部主任等，後歷任汪政府要職。澤存書庫為其私人藏書樓，所藏善本甚富。一九四五年八月陳群自殺，遺言將澤存書庫所藏全部歸公。

3. 曹宗蔭，字少巖，廣東人，一九三二年曾任行政院院部參事，後任汪精衛政府中央委員、政務參贊。

屈向邦，字沛霖，廣東番禺人。一九三二—一九三六年曾任行政院院部參事、秘書。

五、陳璧君手抄本《雙照樓詩詞藁》（贈端木愷本）[1] 龍榆生跋

壬午春汪先生六十歲時，陳君人鶴以校刻先生所為詩詞全藁請，先生取曾仲鳴氏校印《小休集》，益以十九年後所為《掃葉集》，手加刪訂，仍總題曰《雙照樓詩詞藁》付之，余實與於勘校之役，即世所傳澤存書庫本也。先生下世後，冰如夫人及曹君少巖復裒集遺藁，寫定為未刊藁一卷，其於澤存本《掃葉集》字句間亦小有刪改，並於《初秋偶成》後增「風雨縱橫」一首，《辛巳除夕寄榆生》前增《菊花》、《梅花》兩絕句，詞末增《水調歌頭·辛巳中秋寄冰如》一首，余曾據撰校記，載入所輯《同聲月刊》中。越二歲，余遭囚繫，與冰如夫人同在吳門獅子口獄中，先生子壻何君文傑[2]自京獄手錄全藁以寄夫人，夫人據寫數本，分貽親厚，復命余為寫一袖珍本，以為朝夕吟玩之資。余十數年來以倚聲之學受先生知遇，仲鳴既沒，先生每有所作，必飛箋見示，自二十九年後手書篇詠，存余篋中者幾十之六七。一夕漏將盡，聞叩門聲甚急，家人驚起，發函伸紙，則先生所自改詩，蓋三易藁而後定。急足凡三至，亦驚訝莫審所由也。先生憂勞萃於一身而不廢歌詠，且矜慎不苟如此。某夜余得讀其新製《虞美人》詞，至「閣筆悽然我」之句，為之泫然，徹旦不復成寐。先生故喜陶詩，晚歲益廣羅眾本，致力愈勤且細，曾草《讀陶隨筆》[3]數千言，亦屢易其藁，先生五言詩之淵源所自，於此亦略可窺知焉。先生詩詞全藁，自曾氏

校印《小休集》後，越十年始出《掃葉集》，初由余分載於《同聲月刊》，其後日本人黑田君[4]復從先生假錄一本，以仿宋聚珍版印布於北平，訛敓滋甚。已而澤存本出，校刻頗精而流傳特少。林君柏生[5]復以仿宋字精印於中華日報社，其後柏生又並未刊藁，屬由報社別以鉛字印行。余所見先生詩詞集之行世者止此。嗚呼！先生往矣！人鶴、柏生亦後先身殉，每撫茲集，當日情況歷歷如在目前，未嘗不愴然長懷。竊意先生之心終當大白於天下，而讀先生詩詞者，必各有所興觀也。余既依何鈔迻錄，復略為更定款式，以歸一律。其先生為余題《彊邨授硯圖》一絕句，亦依手迹補入《掃葉集》中，以見余受知於先生之所由。他日如為吾力之所能，猶思別壽梨棗也。

中華民國三十六年歲在丁亥盛夏之月　龍沐勛謹跋

1. 此本現藏臺灣東吳大學圖書館。端木愷（一九〇四—一九八七），字鑄秋，安徽當塗人。畢業於復旦大學、東吳大學，分別獲文學士及法學士。後留學美國，獲紐約大學法學博士。一九二七年回國，在上海各大學任教。抗戰後歷任安徽省民政廳廳長、行政院會計長、國民參政會參政員等，後在上海開辦律師事務所。一九四七年後歷任立法院立法委員、行政院秘書長等。一九六九年起任東吳大學校長。

2. 何文傑（一九一六—）：即何孟恆，汪精衛長婿。

3. 汪精衛《讀陶隨筆》刊於《古今》半月刊第二十九期（一九四三年八月十六日出版）。

4. 黑田君：按「黑田」當為「黑根」之誤。《雙照樓詩詞藁》有黑根祥作編輯校勘、那須太郎發行印刷本，一九四一年三月於北京出版。

5. 林柏生（一九〇二—一九四六），號石泉，廣東信宜人。曾任汪精衛秘書、黃埔軍校政治教官。一九二九年在香港創辦南華通訊社，次年創辦《南華日報》，任社長。一九三二年在滬創辦《中華日報》。後歷任汪政府要職。一九四六年十月被處決。

六、陳璧君手抄《雙照樓詩詞藁》龍榆生識語

丁亥夏大熱，冰如夫人以國事繫吳門獄中，終日據小几鈔書自遣，汗涔涔浹背。既為端木律師手寫《雙照樓詩詞藁》竟，復語余曰：「自前歲吾家遭難，老身而外，逮吾兒女，若婿、若在襁褓中之外孫，皆牽連入獄。乃端木先生挺身為吾兩子及婿任辯護，不特不受費，而往來於京、滬、吳間行旅所資，亦由自出，有心哉若人也！老身無以為報，惟竭其血汗之所註，勉寫汪先生此集，以表感激之微誠而已。」余惟汪先生憂國之情與四十餘年所從事，實歷吾中華亘古未有之變局，其難言之痛，自可於諸篇什絃外得之。而夫人之所以手寫此本以貽端木先生者，其微旨當為端木先生所默喻。伸公道而重人權，明是非而雪冤抑，此固法律家之神聖責任，而為舉國人士所共欽挹者也。於是乎書。

中華民國三十六年八月四日　忍寒居士謹識於吳門師子口獄中[1]

1. 師子口：即獅子口。一九四六年初，陳璧君、陳公博、褚民誼等皆被囚於蘇州獅子口監獄。其後陳公博、褚民誼被處決，陳璧君於一九四九年七月被轉移至上海提籃橋監獄，直至一九五九年六月十七日病逝。

後記

汪夢川

孟子云：「誦其詩、讀其書，不知其人，可乎？是以論其世也。」斯固不刊之論也；而於汪精衛氏，余欲反其言曰：「論其世，品其人，不誦其詩、讀其書，可乎？」昔梁任公云：「天下惟庸人無咎無譽。舉天下人而惡之，斯可謂非常之姦雄矣乎；舉天下人而譽之，斯可謂非常之豪傑矣乎。雖然，天下人云者，常人居其千百，而非常人不得其一，以常人而論非常人，烏見其可？故譽滿天下，未必不為鄉愿；謗滿天下，未必不為偉人。」善哉斯言！而今人每偏聽偏信，動輒據小說家言作誅心之論，不亦謬乎？古云詩如其人，則欲知汪精衛，請自讀其詩始。

汪氏初為粵東才俊，繼為同盟會骨幹、為革命烈士、為左派領袖，固一世之楷模，為時流所共仰也；及強鄰入寇，汪氏初主抗敵，終主和戎，至南京政權立而身敗名裂矣！其中之史事糾結難解，故陳寅恪先生以同時史家，亦有「冤禽公案總傳疑」之嘆，則其人固非蓋棺即可論定也。汪氏之詩亦曾流傳天下，眾口稱賞，至汪氏身後，其詩亦遭湮埋，而今知之者鮮，識者謂其非以人傳而以人沒也。余也不敏，少時亦嘗以同宗為羞；及長偶讀其詩，乃不能釋卷，拜服之餘，復感動莫名。拜服者何？以其雅正純粹也。自來文人好炫才逞氣，故雖以李杜之高，偶亦不免無聊之作。汪作則絕無俗態，亦不矜才藻、功力，而純以傾注其中之情感動人，此所謂難能且可貴者也。感動者何？以其中深重之憂患意識、強烈之犧牲情結及夫民胞物與之志意也。余讀之再四，悲慨無端，嘗作詩以誌之，今不揣淺陋，錄以附諸驥尾：

忍死書生志待酬，欲當滄海止橫流。獨行那計千夫指，自污拚蒙萬世羞。
請入泥犁曾未悔，翻成公敵亦何尤。鐵肩疲憊應歸息，泉下精魂願小休。

神州鼎沸忍無聞？恥作高談袖手人。棄位捐名原磊落，求仁得怨總酸辛。
死生自望分薪釜，成敗誰令比岳秦。肝膽崑崙雙國士，瀏陽地下許為鄰。

恩深聊復信來生，想見當年比目情。月下傷心緣世亂，花前濺淚為天傾。
拋將兒女呢呢態，譜入風雷滾滾聲。向晚危樓勞久立，中原何日得澄清。

茫茫青史幾英雄？半是欺天半是空。入土難辭人論罪，登基盡可自居功。
後生休望真情白，末日惟期上帝公。掩卷無言心欲死，樓頭且看夕陽紅。

按汪氏《雙照樓詩詞藁》最早有曾仲鳴編輯本，僅《小休集》上下兩卷，刊行於一九三〇年；其後有日人黑根祥作編輯校勘本，大略於曾本增《掃葉集》一卷，刊行於一九四一年，同年稍後又有《中華日報》社所刊三卷本，於《小休集》、《掃葉集》詩詞皆有所增補；再後則有陳群〈澤存書庫〉本，亦都為三卷，乃據《中華日報》社本而略有增刪，刊行於一九四二年；至汪氏去世後，有〈汪主席遺訓編纂委員會〉刊本，於澤存本之外，復增〈三十年以後作〉一卷，刊行於一九四五年。此本為《雙照樓詩詞藁》最早之全本，亦後來臺港諸翻印本之所據。其他尚有陳璧君獄中手抄本（臺灣東吳大學圖書館有藏）及汪氏後人增補本等。此外如《邱樊倡和集》、《汪精衛詩存》、《汪精衛集》、《汪精衛全集》，以及《南社叢刻》、《同聲月刊》等等，所收汪作亦足資參考。
本書以〈遺訓本〉為底本，其他諸本參校；除非文字顯誤，一仍〈遺訓本〉之舊。〈遺訓本〉作品繫年有誤者，本書於解題中作補充說明。〈遺訓本〉未收者則另闢〈補遺〉一卷以存之。

本書之作，首在傳播，故釋義不憚瑣細；較為生僻之字皆注音；關係緊要之入聲字亦註明。此舉或有傷高明玩索之趣，先此致歉。

註釋所引習見之書（如《史記》之類），皆不著撰人。所涉書籍、詩文之作者，首次出現列其時代，以後從略。詞彙各義項不作重複註釋。同一典故重複出現則視情況作簡註。

註釋之末或擇要附錄他人和作以相發明，與汪作密切相關之材料亦酌情補入，惟限於篇幅，未能求全。

本書註釋所參考之前賢著作，以體例所限，未便一一列舉；本書之作得師友之指點亦多，謹此一併致謝。

本次增修，除修訂前版註釋外，更輯補汪氏佚作廿五題廿九首，其中據時報本《汪精衛詩詞全編》所附抄本補入九首；宋希於君《雙照樓詩歐遊地名補考》一文，於汪氏旅歐諸作所涉地名多有補正。茲特別鳴謝。

○● 雙照樓詩詞藁〔增修版〕

作者　汪精衛

出版　天地圖書有限公司
香港黃竹坑道四十六號新興工業大廈十一樓（總寫字樓）
電話：2528 3671　傳真：2865 2609
網址：cosmosbooks.com.hk
香港灣仔莊士敦道三十號地庫（門市部）
電話：2865 0708　傳真：2861 1541

設計　Untitled Workshop

印刷　美雅印刷製本有限公司
香港九龍觀塘榮業街6號海濱工業大廈4樓A室
電話：2790 3614　傳真：2342 0109

發行　聯合新零售（香港）有限公司
香港新界荃灣德士古道二二〇—二四八號　荃灣工業中心十六樓
電話：2150 2100　傳真：2407 3062

出版日期　二〇一二年四月初版／二〇二四年七月增修版・香港